Dieses Buch möchte ich im Besonderen zwei Frauen widmen, denen ich mich nahe fühle, obwohl wir uns bisher bloß über das Internet kennen: Anja von facebook.com/Bücherliebe und die Autorin Martina Riemer/May Raven. Unabhängig voneinander haben sie mich angeschrieben, ob ich mich nicht beim Drachenmond Verlag bewerben möchte. Meine Bücher, so meinten sie, würden dort super ins Programm passen. Ich fand das ebenfalls – hätte mich aber nie ohne Zuspruch getraut, den Verlag anzuschreiben.
Danke, dass ihr an mich geglaubt habt.

Mein Dank geht auch an Astrid, die Drachenmutter und das Herz des Drachenmond Verlags. Du hast mir eine Chance gegeben. Jetzt fliege ich mit euch unter dem Mond.

CONTINENS
MUNDI
VESPER
GILEBRET
NODHAL
AURORA
TALANIS

"Consistam in aequo -
Ruhe im Gleichgewicht"

Die Hexade von Poschovar

I. Fam. Mittermorgen

Patriarch & Matriarchin: Oliver & Charlêne Mittermorgen
Nachfolgerin: Selma Mittermorgen

II. Das Volk vom Fluss

Patriarch: Anselm Horasch
Nachfolger: Viktorius Horasch

III. Fam. Pensing

Patriarchen: Peter & Paul Pensing
Nachfolge: Mehrere Kandidaten ohne Entscheidung

IV. Fam. Wegemann

Patriarch & Matriarchin: Ulla & Johann Wegemann
Nachfolgerin: Cordula Wegemann

V. Fam. Devoye

Matriarchin: Anna Devoye
Nachfolgerin: Lisbeth Devoye

VI. Fam. Song

Matriarchin: Großmutter Pheng Song
Nachfolger: Zhang Song

Christie

PROLOG

Hinter mir ertönt ein Rumpeln. Meine Schwester Lin, die auf einer der höheren Leitersprossen balanciert, durchsucht das Regal mit den unzähligen, handtellergroßen Schubladen, das die Wand hinter dem Kassentresen bedeckt. »Mum hat die Rosenwurzeln wieder ins hinterste Eck geräumt!«, beschwert sie sich.

»Kein Wunder«, erwidere ich und blättere lustlos in meinem Taschenbuch. »Rosenwurzeln besitzen weder medizinische noch magische Wirkung und sind zudem giftig. Es spricht gegen Mums Ehrenkodex, sie zu verkaufen, daher verscharrt sie sie hinter dem restlichen Kram.«

»Frau Vitra ist unsere Stammkundin und sie schwört auf das Zeug«, brummt Lin. »Ich möchte nicht jedes Mal stundenlang suchen müssen!«

Frau Vitra zufriedenzustellen hat es auf meiner Prioritätenliste noch nie sonderlich weit nach oben geschafft. Die ältere Dame mit dem orangerot gefärbten Haar, das den grauen Ansatz nie ganz verstecken kann, ist eine seltsame Gestalt wie viele andere, die unseren Laden besuchen. Ein Geschäft, in dessen Fenstern geprägte Bronzemünzen und fedrige Traumfänger baumeln, lockt allerlei schräge Vögel an.

Der Geschäftsname, der aus talanidischen Schriftzeichen besteht, flankiert die Oberseite der Eingangstür wie exotische Wimpern. Darunter ist ein unauffälliges Schild angebracht, das den Text in die Gemeinsprache übersetzt:

Songs Laden – alternative Heilmedizin

Wir leben auf dem neuen Kontinent *Vesper*. Die Landmasse wurde im Vergleich zu den anderen Kontinenten erst spät besiedelt. Heute tummeln sich auf Vesper Bewohner aus allen Teilen der bekannten Welt. Hier gibt es nur wenige Menschen, die altes Talanidisch lesen können – noch dazu in seinen zahlreichen Dialekten. Wer über das Meer hierher zieht, versucht noch eine Zeit lang, seine Kultur festzuhalten, doch früher oder später geht jede Tradition in etwas Neues über; in eine Art vesperische Kultur – oder *Un*kultur, wie Großmutter Pheng abfällig betont. Lin und ich sind der lebende Beweis dafür.

Lin heißt eigentlich Linda, doch Großmutter weigert sich, ihren modernen Namen anzuerkennen. Linda verdankt Großmama Pheng ihren talanidischen Spitznamen – Lin –, während ich, Christine, als *Christie* ganz im kulturellen Mischmasch von Vesper aufgehe.

Nicht, dass Großmutter Pheng mich jemals Christie nennen würde. Mein Name ist ihr in jeder Form ein Grauen, weswegen sie es tunlichst vermeidet, über mich sprechen zu müssen.

Lin, ihre Großmutter und mich verbindet eine lange Geschichte, die mich manchmal traurig und öfter auch wütend stimmt. Lin und ich sind nur Halbschwestern, ich bin also nicht mit Großmama Pheng blutsverwandt. Das lässt mich die alte Hexe auch zu jedem Zeitpunkt spüren. Vielleicht lese ich deswegen gerne Schundromane. Sie beschäftigen sich kaum mit verkalkten Großmüttern mit steinernen Herzen. Hier steht der vollkommene, agile Jungspund mit dem entflammten Liebesorgan im Zentrum.

»Ein perfekter Mann«, schnaube ich. »Als ob es so etwas in der Realität gäbe.«

Das Türglockenspiel läutet. Das Geräusch lässt meine Haut prickeln – die magischen Zeichen im Messing lösen angeblich einen Zauber aus, der jede Person prüft, die unseren Laden betritt. Sobald von einem Besucher Gefahr ausgeht, schlägt die Magie an. Keiner weiß, in welcher Form sich der Schutzzauber äußert. Es ist fraglich, ob das Glockenspiel überhaupt richtig funktioniert.

Da ich Frau Vitra erwarte, die ihr in der Wahrsagerei-Stube hart erarbeitetes Geld für ein paar lausige Rosenwurzeln ausgeben möchte, rühre ich mich nicht vom Platz. Seelenruhig beende ich die Buchseite und hebe den Blick erst, als jemand vor den Tresen tritt.

Vor mir steht ein schlanker Mann mit regennassen Schultern. Er sieht sich um und kratzt sich dabei fahrig am Übergang zwischen dem dunkelbraunen Haupthaar und dem Bartschatten, der seine Wangen und das Kinn überzieht. Sein Blick gleitet über die Teemischungen. Er trägt einen Rucksack und lederne Stiefel, die ihn wie ein Abenteurer wirken lassen.

Der Kerl sieht aus, als wäre er meinem Buch entsprungen. Offenbar interessiere ich ihn weit weniger, was mir klar wird, als Lin mit dem Behälter Rosenwurzeln aus dem Hinterzimmer zurückkehrt.

»Was ist mit dem Glockenspiel los?«, fragt sie. Erst jetzt bemerke ich, dass die Türglocke noch immer Töne produziert wie hauchdünnes Glas, das aneinander schlägt.

»Kann ich Ihnen helfen?«, fragt der Fremde mit den braunen Augen und spielt damit auf die Kiste an, mit der sich Lin abmüht.

Lin verzieht die Lippen zu einem humorlosen Lächeln. »Ich bin ein großes Mädchen«, erwidert sie und stemmt die Box auf die Theke. Dabei kommt ihr der Strauß aus getrockneten Vogelfüßen in den Weg, der von einem Deckenbalken hängt. Normalerweise ist es mir reichlich egal, dass wir ... *seltsam* sind, doch jetzt, wo der Fremde einen Schritt in unsere heiligen Hallen gesetzt hat, ist es mir unangenehm. Ich möchte ihm gefallen. Die wenigen Quadratmeter unseres Ladens bilden ein Labyrinth aus gefälschtem talandischem Mobiliar, in dem Halbedelsteine, energetische Seifen, Talismane und Traumpüppchen, Kräuter, Pulver und Tinkturen zu finden sind.

Lin spaziert zur Eingangstür, reckt sich auf die Zehenspitzen und greift nach dem Glockenspiel. Dabei zieht sich ihr Oberteil in die Höhe und gibt die Sicht auf einen schmalen Streifen Haut frei, was unser Abenteurer durchaus bemerkt.

Das Glockenspiel verstummt. Linda dreht sich um und malt sich ein Lächeln auf wie Lippenstift. »Können wir *Ihnen* irgendwie behilflich sein?«

Wir sind Halbschwestern, sie und ich. Wir besitzen beide dasselbe schwarzblaue Haar und die dunklen, mandelförmigen Augen. Ich war nie eifersüchtig, dass sie attraktiver ist als ich. Wie meine Mutter besitzt sie etwas Anziehendes, Verführerisches, dem sich beide nicht gänzlich bewusst sind. Sie ziehen Fremde – vor allem Männer – an, ohne dass sie viel dafür tun müssen. *Jetzt* kann ich mich eines stechenden Gefühls in der Magengegend nicht erwehren.

Wäre das Leben ein Roman, so wäre Lin die unsympathische Zicke und ich die chaotische, aber liebenswerte Außenseiterin, die auf der letzten Buchseite mit ihrer großen Liebe in den Sonnenuntergang reitet. Leider ist das Leben kein Roman und Lin keine Zicke. Sie ist meine Schwester, eine liebenswerte Person und wir stehen uns nah. Wie ich mich in Männer aus Büchern verliebe, verlieben sich reale Männer in Lin.

Auch dieser Mann.

Das ist der Tag, an dem ich meinen Traummann treffe und ihn wieder verliere (wobei man durchaus kritisch anmerken kann, dass ich ihn genau genommen nie besessen habe). Jeder, der glaubt, dass diese Geschichte darauf hinausläuft, dass wir durch geheimnisvolle Umstände zusammenfinden, irrt sich. Das werden wir nicht.

An diesem Punkt könnte meine Geschichte eigentlich enden, doch das tut sie nicht. Ich habe eine andere Geschichte zu erzählen – eine über Familie, im Speziellen meine. Es ist eine Geschichte über Liebe – wenn auch nicht amouröser Art –, über Enttäuschung, Hoffnung und Angst, die es mit sich bringt, wenn man diejenigen beschützen möchte, die einem nahestehen.

Das Glockenspiel über der Ladentür hätte mir verraten sollen, dass der Unbekannte Unheil mit sich bringt … nicht nur für Lin und mich, sondern für unsere gesamte Familie.

1. EINLADUNG

Der Neuankömmling sieht Linda verschmitzt und auch ein wenig verlegen an. »Ich bin gerade erst zugezogen«, erklärt er, »und möchte mir ein Bild von der Nachbarschaft machen.«

Lin beugt den Kopf zur Seite, ihr Blick streift den Mann mit augenscheinlichem Desinteresse. Währenddessen macht sie sich daran, die Kiste zu entrümpeln. Ich rümpfe die Nase. Mein Geruchssinn ist besser als der anderer Menschen, ein Erbe meiner Mutter. Die Box verströmt den muffigen Geruch von Pilzen, wobei ich nicht sagen kann, ob sie selbige enthält oder mittlerweile daraus besteht.

Ich ziehe die Nase kraus, als mir ein weiterer Geruch entgegenquillt. Gierig sauge ich die Luft ein. Der Duft rauscht durch meine Nase und kitzelt an den winzigen Härchen. Es fällt mir schwer, ihn zu identifizieren – er wird von anderen Gerüchen überdeckt wie eine Wand von zahlreichen Schichten alter Tapete. So sehr ich mich auch bemühe, den Ursprung herauszufinden, kann ich ihn unter dem Duft der Kiste, der sich mit Lins Deodorant vermischt, nicht identifizieren.

Ich bemerke, dass ich die Augen geschlossen halte und öffne sie behutsam. Der Fremde sieht mich entgeistert an, verlagert seine Aufmerksamkeit jedoch rasch wieder auf Lin. »Ich nehme an, Sie stammen aus der Gegend?«

»Nein«, erwidert meine Schwester, während sie Säckchen und Döschen auf dem Tresen schlichtet. »Wir arbeiten nur hier.«

»Woher kommen Sie?«

Lin hebt die Augenlider und ringt sich zu einem spöttischen Lächeln herab. »Wollen Sie wissen, wo ich wohne, oder spielen Sie auf meinen kulturellen Hintergrund an? Für beide Antworten kennen wir uns nicht ausreichend, fürchte ich.« Die gute, alte Lin. Es gibt so ziemlich keine Anmache, die sie nicht erlebt hat. Sprüche zu kontern, darin hat sie Übung.

Der Fremde lehnt sich an den Tresen. »Ich wollte Sie nicht in Verlegenheit bringen. Ich suche lediglich Anschluss und hin und wieder ein gutes Gespräch.«

Auf Lins Wangen erscheinen Lachfalten. Das bedeutet, dass sie nun wirklich lächelt, nicht auf die künstliche Weise, mit der sie Männer abweist, die ihr zu den unpassendsten Zeiten – an der Kasse, im Warteraum des Zahnarztes oder beim Gefängnisbesuch unseres Vaters – Avancen machen. Der Fremde reagiert auf Lindas Lächeln wie eine Sonnenblume auf die Sonne und wendet sich ihr komplett zu.

Ich seufze und stütze gelangweilt mein Kinn ab. Der junge Mann nickt in Richtung Tür, an der der Name unserer Mutter unter dem Wort *Geschäftsleitung* geschrieben steht. »Sind Sie Ruth?«

»Das ist meine Mutter. Mein Name ist Linda«, erklärt sie wahrheitsgemäß. »Linda Song.«

Das Türglockenspiel klingelt erneut. Die Traumfänger und Schutzsymbole wanken, als die Tür aufgerissen wird. Begleitet von einem kalten Luftschwall, betritt Frau Vitra den Laden. Die Luft bringt nicht nur ein schrilles: »Guten Morgen, ihr Lieben!«, mit sich, sondern auch den Geruch von nasser Straße und den Ausdünstungen des benachbarten Restaurant-Küchenabzugs.

Da, erneut ein Hauch, der meine Nase streift und wie eine Ahnung darin hängen bleibt. Ich schließe die Augen. Es riecht nach kaltem Stein, feuchter Erde und regenbesprenkelten Blättern.

Moment mal. Ich spähe zwischen den Wimpern hervor. Das ist deswegen erstaunlich, da es im Umkreis von zehn Häuserblocks keinen einzigen Baum gibt. Das Arbeiterviertel besteht aus lieblos aneinandergereihten Schuhkarton-Wohnhäusern … und Songs Laden befindet sich in dem Karton der kleinsten Kinderschuhe, die im Handel erhältlich sind.

Ich öffne den Mund, um etwas zu sagen. Als ich die Luft in die Lungen sauge, um sie in Form von Tönen wieder auszuspucken, legt sich ein metallischer Geschmack auf meine Zunge, sodass ich husten muss.

»Linda …«, wiederholt der Abenteurer, als wäre ihr Name ein exklusives Bonbon, das über seine Zunge gleitet. »Würden Sie sich vielleicht in den nächsten Tagen von mir auf eine Tasse Kaffee einladen lassen und mir etwas über die Gegend erzählen?«

Ha, gleich passiert es! Lin nimmt niemals Einladungen an. Nicht mit ihrem Aussehen, nicht mit ihrem kulturellen Erbe, nicht mit unserer Familiengeschichte. Einen Augenblick lang werde ich noch seinen hoffnungsvollen Augenaufschlag genießen, und dann … *bämm!*

»Wieso eigentlich nicht?«, lächelt sie und nestelt an einem Döschen herum.

Vor Schock vergesse ich während des Öffnens die alte Kasse zu sichern. Die Lade springt aus der Verankerung, knallt mir in den Magen und das Geld fällt klimpernd zu Boden. Leise fluchend sammle ich die Münzen auf.

Als ich die Nase wieder über den Tresen strecke, bemerke ich, wie die Tür zufällt, begleitet vom geisterhaften Klingeln unseres Glockenspiels. Ich kann sehen, dass sich die breitschultrige Gestalt durch das milchige Glas entfernt. Lin lächelt, als sie einen Papierstreifen zwischen den Fingern faltet, offenbar seine Telefonnummer. Während der Fremde und sie mich in den letzten Minuten komplett ignoriert haben, fühlt sich Frau Vitra zum Gegenteil berufen. Sie verlangt lautstark nach ihren Rosenwurzeln und fünf Gramm Gäga-Brocken, die in Talanis unter dem Namen *Lebensspender* bekannt sind, da sie auf magische Art und Weise die Wundheilung fördern.

Es dauert eine geschlagene halbe Stunde, bis meine ältere Schwester merkt, dass ich sauer bin. Ein hartes Stück Arbeit, denn ich gebe mir wirklich Mühe, sie nicht anzusehen. Als sie endlich bemerkt, dass ich sie in meinem gekränkten Stolz ignoriere, werfe ich mir bereits den Rucksack mit meinen Fahrradpolo-Schlägern über die Schulter. Ich schnappe mir eine leere Kühltasche und stapfe erhobenen Hauptes Richtung Tür.

»Was ist los mit dir?«, fragt Lin.

»Gar nichts!«, schnauze ich und versuche, einen eiskalten Abgang hinzulegen. »Ist ja nicht so, als würde mein Befinden irgendjemanden interessieren!«

Ich weiß, es ist kindisch, auf Linda sauer zu sein, bloß weil sich mein potenzieller Traummann mehr für sie interessiert als für mich. Aber es ist auch nachvollziehbar, wie ich finde.

Ich entsperre mein Fahrrad – die Eisenkette, mit der ich es sichere, ist verhältnismäßig dick für den Zustand des zerkratzten Drahtesels, den ich mein Eigen nenne – und schwinge mich auf den abgewetzten Sattel. Ich zwänge mir den Gurt der Kühltasche über die Schulter, er stößt gegen die Polo-Schläger. Ein prüfender Blick in den Himmel verrät mir, dass sich die Wolken dicht und grau aneinander drängen. Die Wetterfee im Radio behauptete heute Morgen noch, Regengüsse wären weitgehend unwahrscheinlich, und ich hoffe, ich kann ihrem Urteil trauen.

Ich strample entgegen der Einbahnstraße und verlasse das Arbeiterviertel in nordwestlicher Richtung. Wir besitzen kein Auto und ein Taxi kann und will ich mir nicht leisten. Ich hätte meinen Cousin Zhang fragen können, ob er mich fährt. Der verwöhnte Schnösel hat zu seinem siebzehnten Geburtstag ein Auto geschenkt bekommen. Doch Zhang verlangt für jeden Gefallen über kurz oder lang eine Gegenleistung und darauf habe ich keine Lust. Ich trete in die Pedale und schlittere über die feuchte Straße, die profilierten Reifen geben ein schmatzendes Geräusch von sich. Autos überholen mich, wirbeln den Regen der letzten Nacht auf und überziehen mich mit einem feinen Sprühregen. Das Gesamtbild passt zu meiner Laune.

Dann bricht die Sonne hervor – es lebe die Wettertante aus dem Radio – und mit ihrem Erscheinen bessert sich auch meine Stimmung. Ein gewaltiger Doppeldeckerbus hupt mich an. Mit einem ausgestreckten Arm samt unauffällig aufragendem Mittelfinger zeige ich an, dass ich gerade abbiege. Die schmale Straße, auf der ich hinabsause, gibt den Blick frei auf ein farbloses Gebäude, das eine Mischung aus einem Militärbunker und einem alten Vierkanthof zu sein scheint. An den vergitterten Fensterlöchern ist die Strafvollzugsanstalt Poschovar zu erkennen, in der mein Ziehvater seit mehr als vierzehn Jahren seine Strafe absitzen muss.

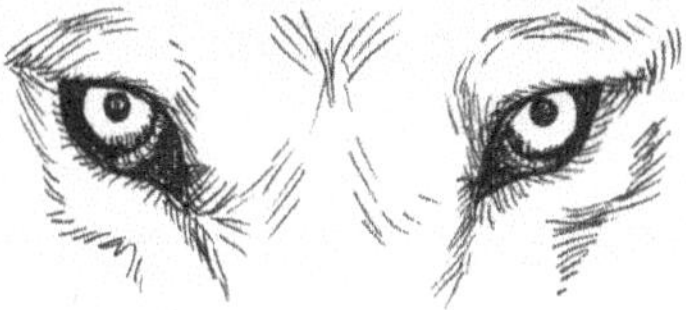

2.

VATER IN SCHWARZ-WEISS

»Hey, kleine Maus. Wie geht es dir?«

Bob, der Leiter des Zellentrakts, in dem mein Vater einsitzt, kennt mich, seitdem ich vier Jahre alt bin, weswegen er sich neben meinem Vater in der außergewöhnlichen Situation befindet, mich *kleine Maus* nennen zu dürfen. Bob sieht so aus, wie sein Name klingt. Er besitzt dicke Backen, die nie ganz rasiert sind, und trägt jederzeit ein einlullendes Lächeln auf den Lippen. Damit strahlt er eine Ruhe aus, als würde ihn nicht einmal ein Massenausbruch zur Eile motivieren. Ich schätze Bob, von Beginn an hat er sich gut mit meinem Vater verstanden. Manchmal spielen die beiden Karten. Als Leiter der Station C sieht er geflissentlich darüber hinweg, wenn ich kleine Geschenke mitbringe.

»Mir geht es gut. Danke, Bob«, erwidere ich. »Kann ich meine Polo-Schläger hier stehen lassen?«

»Gib sie Florence, sie wird darauf achten.«

Florence stellt die Besucherpässe aus. Sie folgt zahlreichen Mitarbeitern, die über die Jahre hinweg gekommen und wieder gegangen sind. Nur mein Vater musste bleiben … und Bob.

Die Gefängnisrezeptionistin nimmt mir meine Taschen ab und streckt mir mit violett lackierten, manikürten Fingernägeln die Besucherkarte entgegen. »Christine Song, bitte schön.« Ich bedanke mich und folge dem Beamten in das Besucherareal von Block C.

Mein Vater wartet bereits auf mich – Long Song, *der Drache*. Krame ich in meinen Erinnerungen, kann ich mich nicht daran erinnern, ihn jemals zornig erlebt zu haben – nicht einmal, als er vor Gericht sein vernichtendes Urteil erfuhr. Doch das ändert nichts an der Tatsache, dass er ein Drache ist.

Die Bezeichnung ›Drache‹ ist nicht bloß eine farbenfrohe Allegorie seines Charakters. Long Song ist tatsächlich ein Drache – nun, zumindest zur Hälfte. Sein Vater, Zuko Song, war ein *Roter Drache*.

Die anderen Häftlinge verstehen nicht, was das bedeutet. Sie wissen nicht, dass die silbernen Ringe, die wie Handschellen dauerhaft an seinen Hand- und Fußgelenken angebracht sind, die Magie dämmen, die in ihm schlummert. Was sie sehen, sind die Schuppen, die seinen Oberkörper wie Tätowierungen überziehen. Ihnen ist nur bekannt, dass mein Vater illegale Geschäfte in der Drachenstadt Shousa betrieben hat. Die Stadt, in der eine Triade aus Drachenwandlern das Sagen hat.

Obwohl mein Vater höflich und besonnen ist, macht es den anderen Häftlingen Angst, nicht zu wissen, wozu er fähig sein könnte. Daher halten sie zu ihm Abstand – und auch zu uns.

Papa wartet an seinem üblichen Platz im Besucherzimmer und lächelt mir entgegen. Einige Tische sind besetzt, die Familien unterhalten sich leise. Wie immer hat Vater sich rasiert. Er besitzt die typischen dunklen Augen der Familie Song und sattes, rabenschwarzes Haar, das trotz seines Eintritts in die Vierziger kaum Grau beinhaltet. Ich mag die Lachfalten, die sich in den letzten Jahren um seine Augen gesammelt haben. Was ich nicht mag, sind die scharfen Linien, die seinen Mund flankieren – die ihn selbst dann ernst und ein wenig traurig wirken lassen, wenn er seine Mimik in Schach hält.

»Hey, Paps«, rufe ich bemüht leicht und beobachte, wie die ernsten Linien in seiner Freude aufgehen. Ich umarme ihn und küsse seine Wangen. Er hält mich einen Moment lang fest und saugt hörbar meinen Geruch ein. Früher habe ich geglaubt, ich hätte meinen überragenden Geruchssinn von ihm geerbt. Erst als ich alt genug war, habe ich begriffen, dass das nicht möglich ist. Long ist mein Vater – der meines Herzens. Nur nicht auf genetischer Basis. Genetisch gesehen ist ein anderer Mann mein Vater. Jemand, den ich nicht kenne. Niemand in unserer Familie spricht über ihn; es ist ein ungeschriebenes Gesetz, das nicht gebrochen werden darf.

Damals, als Lin noch klein war, durchlebten meine Eltern eine schwere Zeit. Großmutter Pheng versagte ihnen jegliche Unterstützung, weswegen sich Long in illegale Geschäfte verwickeln ließ. So wie ich die spärlichen Erklärungen meiner Mutter verstanden habe, war er zu dieser Zeit kaum zu Hause. Meine Mutter hatte eine Affäre. Eine Affäre, während der ich gezeugt wurde. Obwohl mein Ziehvater und meine Mutter ihre Differenzen überwunden haben, blieb mein leiblicher Vater ein Tabuthema.

»Ich bin dein Vater«, betonte Long immerzu, wenn ich danach fragte. »Niemand sonst.« Irgendwann habe ich aufgegeben.

Long stellte mich nie infrage. Seine Mutter, Großmutter Pheng, die Matriarchin unserer Familie, sah das anders: Für sie schien ich immer die fleischgewordene Verfehlung meiner Mutter zu sein.

Ich setze mich neben dem Vater meines Herzens nieder. »Was gibt es Neues?«, fragt er.

»Nicht viel«, erwidere ich.

»Wie läuft das Geschäft?«

»Gut«, sage ich, doch wir wissen beide, dass es sich um eine leere Floskel handelt. Ich erzähle ihm davon, dass mir Frau Vitra letzte Woche angeboten hat, aus meiner Hand zu lesen. Mutter ist sich nicht sicher, ob die alte Dame tatsächlich magische Kräfte besitzt.

»Heute kam ein Typ in unseren Laden, der Linda zum Kaffeetrinken eingeladen hat«, füge ich an.

Mein Vater hebt alarmiert den Kopf. »Was für ein Typ?«, fragt er.

Ich zucke mit den Achseln. »Keine Ahnung. Wir kennen ihn nicht.«

»Linda sollte nicht mit Kerlen ausgehen, die sie nicht kennt!«

Obwohl ich ihr vor Kurzem genau dasselbe vorgeworfen habe, zucke ich mit den Schultern. Meine Schwester ist vier Jahre älter als ich, also zweiundzwanzig, und sollte ausgehen können, mit wem sie möchte.

Allerdings wird uns Song-Frauen über manches in unserem Leben die Kontrolle genommen, einfach weil wir ein Teil dieser Familie sind. Zu unserem Schutz, heißt es. Wenn man es dir oft genug sagt, beginnst du selbst irgendwann daran zu glauben.

Ich reibe mir über die Nase. Um Long und mich abzulenken, nicke ich in Richtung eines vergitterten Fensterlochs, unter dem ein schlaksiger, rothaariger Bursche sitzt. »Ist der neu?«

Mein Vater folgt meinem Blick. »Sein Name ist Ottomar oder Ottokar, glaube ich.« Er beugt sich über den Tisch. »Hast du mir Tabak mitgebracht?«

Ich greife in meine Tasche und ziehe eine Packung Tabak zusammen mit Filter und Papers hervor. Bob steht an der Tür und sieht elegant vorbei. Long öffnet die Verpackung, die ein goldschimmernder, stilisierter

Phoenix ziert. Die Marke haben bereits seine Eltern geraucht. Der Geruch des bläulichen Qualms hat ihn wohl nie mehr losgelassen, weswegen ich regelmäßig Tabak von Großmutter Pheng abholen muss. Sie bestellt ihn aus Talanis.

Er dreht sich eine Zigarette, klemmt sie sich zwischen die Lippen, lässt sich von mir Feuer geben und zieht. Entspannt lehnt er sich zurück. In meinen frühesten Erinnerungen sehe ich ihn in unserer winzigen Küche sitzen, umflutet vom Straßenlärm, der durch das geöffnete Fenster dringt, während er eine verknitterte *Phönix Gold*-Zigarette raucht.

Long wendet den Kopf und beobachtet den rothaarigen Ottokar. »Fast noch ein Kind, der Junge. Hat mit Asphodelienkraut gedealt. Sie haben ihn schneller eingebuchtet, als der Richter mit seinem Hammer auf den Tisch schlagen konnte.« Sein Blick wirkt distanziert, als befände er sich gedanklich an einem weit entfernten Ort. »Ich habe das Gefühl, sie werden immer jünger. Letzte Woche ist dieser Junge aus Block A entlassen worden. Er ist fünfundzwanzig, doch nach den sechs Monaten hier sah er zehn Jahre älter aus. Sie hatten ihn für ein Jahr eingebuchtet, weil er eine Tankstelle ausgeraubt hatte.« Long streckt sich und verschränkt die Hände hinter dem Kopf, der Zigarettenrauch windet sich wie eine gräuliche Schlange aus dem Papier. Er seufzt, zieht an der Zigarette und zuckt mit den Schultern. »Man erfährt an diesem Ort viel über Wertigkeiten.«

Ich ahne, was er meint.

Mein Vater war naiv gewesen, in die illegalen Geschäfte der Drachenstadt einzusteigen. Doch er war jung gewesen, jung und verzweifelt. Meine Mutter war mit Lin schwanger, kurz nachdem sie einander kennengelernt haben. Erst als er verurteilt wurde, ließ sich Großmutter Pheng dazu breitschlagen, uns den Laden zu überlassen. Hätte sie das früher getan, wäre vielleicht alles anders gekommen.

Ich schiebe vorsichtig meine Hand über den Tisch. Mein Ziehvater lässt die Arme sinken und berührt mit seinen Fingerspitzen meine. »Nur noch eine Woche, Paps. Was sage ich? Sechs Tage. Sechs Tage, dann ist es vorbei.«

Es dauert, bis er mich ansieht. Ich glaube einen Moment lang hinter diese schwarzen Augen blicken zu können und bekomme es ein wenig mit der Angst zu tun – denn ich erkenne, dass *er* Angst hat. *Er.* Mein

Vater. Vierzehn Jahre lang habe ich ihn in diesem Gefängnis besucht und niemals hatte ich das Gefühl, dass er sich vor irgendetwas auf dieser Welt fürchtete.

Er kaut an seiner Unterlippe. Ich bemerke, dass er das in letzter Zeit öfter getan haben muss, denn die äußersten Hautschichten sind durchgebissen. Mein Vater, der Drache, der stoische Felsen, der in der Justizanstalt Poschovar auf nichts wartet außer auf seine Freiheit, bekommt es im Angesicht seiner Entlassung mit der Angst zu tun.

»Paps …?«, frage ich zögerlich.

Er ergreift meine Finger, drückt sie. Sein Griff ist so warm und stark, wie ich ihn kenne. Er lächelt.

»Sechs Tage«, sagt er. »Du hast recht.« Seine Knöchel sind rau, was daran liegt, dass er in der Wäscherei arbeitet. Die Wasch- und Bleichmittel haben seine Hände zu denen eines viel älteren Mannes gemacht.

»Wir warten draußen auf dich. Du musst keine Angst haben. Wir alle werden vor den Toren stehen. Mama, Linda und ich.«

»Daran zweifle ich nicht, kleine Maus«, murmelt Vater. »Es ist nur … ich war seit langer Zeit nicht mehr draußen, verstehst du? Anfangs macht dir die Enge hier drinnen Angst. Nach fünfzehn Jahren ist sie zum einzig Bekannten meiner begrenzten Welt geworden. Die Vorstellung der Weite …« Er stößt die Luft aus und sich fort. »Genug davon – ich klinge wie ein seniler, alter Mann.«

Das Handy vibriert in meiner Gesäßtasche, ich ziehe es hervor.

Cordula

verrät der Bildschirm. Ich öffne die SMS.

15:32:12: Cordula: Vergiss die Steaks nicht.

»Paps, ich muss los. Ich habe Training.«

Vater legt den verglühenden Zigarettenstummel vorsichtig am Tischrand ab. Er beugt sich zu mir und küsst mich stumm auf die Wange. »Gib auf dich acht. Und sage deiner Schwester, sie soll nicht mit irgendwelchen dahergelaufenen Männern ausgehen.«

Bei den Geistern unserer Ahnen … Linda wird mich dafür umbringen.

3.

GROSSMAMA SONG

Ich besuche die Fleischerei, die von der Justizanstalt Poschovar betrieben wird und das Gefängnis versorgt. Das Steak des vorst-sandhischen Steppenrinds, das mir der Fleischer auf einseitig foliertes Papier legt, ist saftig und preiswerter, als man es sonst wo in unserer Stadt bekommen könnte. Trotzdem sehe ich selten andere Käufer.

Ich packe das Steak in meine Kühlbox und mache mich auf den Weg, strample auf dem Fahrrad die Straße zurück zur Kreuzung. Als ich oben ankomme, hat nicht nur die Ampel, sondern auch mein Kopf eine hochrote Farbe angenommen. Das Handy in meiner Gesäßtasche vibriert, ich ziehe es hervor und gehe ran, während auf der querenden Spur Lastwagen vorbeirauschen. »Hallo?«

»Hey, Cousinchen, es ist *Zet!*«

Ich erkenne die Stimme. Dennoch erwidere ich: »Ich kenne keinen Z.«

Ein Seufzen, das im Lärm der Autos untergeht. »Ich bin's, Zhang.«

»Hallo, Zhang, was kann ich für dich tun?«

»Du musst mir einen Gefallen tun.«

»Keine Zeit. Ich muss zum Training.«

»Dann liegt *Großmama Phengs* genau auf deinem Weg! Kannst du kurz vorbeikommen?«

»Du hast keine Ahnung, wo ich mich gerade befinde, ergo weißt du nicht, ob sich Großmama Phengs auf meinem Weg befindet. Ich habe wirklich keine Zeit.«

»Christie …!«, schnurrt mein Cousin ins Telefon. »Darf ich dich erinnern, wer dich das letzte Mal bei Unwetter zu Long gebracht hat?« Genau da ist sie, die Retourkutsche. Hinfahrt gratis, Rückfahrt doppelt bezahlt. Die Ampel schaltet zögerlich auf Gelb, dann Grün. Ich fühle mich äußerst multitaskingfähig, als ich einhändig in die Pedale trete und bei der Überquerung der Kreuzung keine Bruchlandung hinlege.

»Was willst du?«, schnaufe ich.

»Du musst für mich eine Auslieferung machen.«

»*Was?* Das kann doch nicht dein Ernst sein!«

»Christie, ich schwöre dir, es geht um Leben und Tod!«

Scheiße, dort vorne nähert sich ein Streifenwagen. Warum sind die hier ständig unterwegs? Ich lege eilig auf, stopfe das Handy durch den Kragen meines T-Shirts in den BH und fahre unauffällig weiter. Als ich den Streifenwagen passiere, pfeife ich diskret vor mich hin. Als wollen mich die Geister bestrafen, beginnt es zu regnen.

Bei ›Großmama Phengs‹ angekommen, bin ich bis auf die Haut durchnässt. ›Großmama Phengs‹ ist ein talanidisches Restaurant, betrieben von Lins und Zhangs gemeinsamer Großmutter. Eigentlich heißt es *Das Große Song*, doch kaum jemand nennt es so.

Zhang sitzt in der Loge rechts vom Eingang. Sie ist zum Kotzen kitschig eingerichtet und der Familie und Freunden vorbehalten. Dafür, dass es sich am Telefon um eine Sache um Leben und Tod gehandelt hat, wirkt er äußerst entspannt. Er lehnt in der Sitzecke, die Beine in den viel zu engen schwarzen Hosen auf dem Tisch abgelegt, und wippt mit seinen Schuhen. Auf seinem schwarzen T-Shirt sind weiße Kopfhörer abgebildet. Es sind dieselbe sündteure Marke Kopfhörer, aus denen Zhang basslastige Musik in die Ohren wummert. Er hält sich für unglaublich alternativ, läuft mit Jutetasche in die Schule und trägt seine schwarzen Stirnfransen ins Gesicht gekämmt und am Hinterkopf aufgestellt. Damit erinnert er mich immer an einen Igel, der kopfüber in eine Pfütze gestürzt ist. Ich trete näher und lasse die Kühltasche auf die Sitzbank fallen. »Leben und Tod, was?«

Er weist mit schwarz lackierten Fingernägeln auf sich selbst. »Liebste Cousine …« Im Gegensatz zu seiner Großmutter hat er sich nie daran gestört, dass wir genetisch nicht verwandt sind. Und so sehr er eine lästige Pestbeule sein kann, so sehr schätze ich ihn für die Leichtigkeit, mit der wir beide Umgang pflegen. »Für Nekromanten geht es immer um Leben und Tod.«

In meiner Familie fließen zwei spezielle Blutlinien zusammen – die eine Hälfte besitzt das Erbe des Drachen, weitergetragen durch den verstorbenen Großvater, die andere besitzt die Macht der Nekromantie, vererbt durch Großmutter Song.

Jap, richtig gehört. Nekromantie. *Totenbeschwörung.* Ausgerechnet Zhang hat diese Fähigkeit von Großmama Pheng geerbt. Als ob er sich nicht ohnedies schon für den Nabel dieses Universums hält.

Ich reiße die Augen auf, als ich etwas unter dem Ärmel seines T-Shirts hervorblitzen sehe. »Was … ist … *das?*«

»Das ist ein Tattoo«, präsentiert mir Zhang stolz seinen Oberarm, der wohl gern einen Bizeps und einen Trizeps geschenkt bekommen würde. Die Farbe ist noch frisch und wirkt aufgemalt. Es zeigt ein grässliches, grünes Gesicht mit vertrockneten Lippen, fehlenden Zähnen, blutigem Zahnfleisch und Augen wie schwarze Löcher. »Nekromantie – ein Zombie … du verstehst?«

»Das ist womöglich das Ekligste, das ich in meinem ganzen Leben gesehen habe.«

Er zuckt mit den Augenbrauen, die er sich heimlich zupft, obwohl er es leugnet. »Das verstehst du nicht, Christie. Das ist eine *Nekromanten-Sache* – ein *Insider,* quasi.«

Das geifernde, grüne Gesicht verschwindet unter dem Ärmel. »Was sagt Pheng dazu?«

»Oma? Nicht viel.«

»Ich kann nicht fassen, dass deine Eltern dir das erlaubt haben.«

»Die hatten nicht viel zu erlauben …« Wieder diese typische Geste, bei der er mit Zeigefinger und kleinem Finger auf sich selbst weist, als wäre er das Zentrum dieser Welt. Irgendwie ist er das, zumindest für die Welt von Großmama Pheng und seinen Eltern. Es ist kein Wunder, dass er sich so aufführt – mein Vater nennt ihn nicht umsonst einen verzogenen Fratz. »Abgesehen davon hat Linda doch auch Tattoos«, fügt er trotzig an.

»Zhang«, erwidere ich gereizt. »Linda besitzt keine *Tattoos.* Das sind *Drachenmale!* Sie hat sie sich nicht ausgesucht. Und du kannst mir glauben, könnte sie ihre Schuppen loswerden – sie würde es tun.«

Er zuckt nur mit den Schultern.

Ich stoße ein lang gezogenes Seufzen aus. »Also gut, was willst du von mir?«

»Ich habe Auslieferdienst bis sechzehn Uhr, muss aber früher weg.«

Ich schaue auf die Uhr. Es ist halb vier. »Die Auslieferung hättest du machen können, während ich hierhergefahren bin. Mit deinem *Auto.*«

Zhang zieht die Füße vom Tisch, beugt sich vor und packt meine Hände. »Musste mich hübsch machen. Ich habe ein Date.«

Ich stöhne auf und lass meinen Kopf auf die Tischplatte fallen. »... und ich dachte, es geht nicht schlimmer.«

»Bitte, Christie! Es ist nur *eine* Auslieferung – zwei Häuser! Komm, es ist wirklich nur ...!« Sein Betteln höre ich nicht länger, es läuft wie ein langweiliger Kaufhaus-Singsang im Hintergrund ab. Schlecht gelaunt stapfe ich Richtung Küche und entdecke dabei Pheng.

Großmama Pheng Song ist nicht nur der Name des Restaurants, sie *ist* dieses Restaurant. Als sie mit Großvater Zuko nach Vesper kam, eröffneten sie zuerst unseren Laden. Sie musste rasch einsehen, dass ein Geschäft mit traditioneller talanidischer Medizin in Poschovar nicht der große Bringer war. Deswegen gründete sie alsbald *Das Große Song,* und was talanidischer Medizin nicht gelang, gelang talanidischem Essen – es zog die Massen an.

Pheng Song sitzt hinter der dunkelrot lackierten Bar und entdeckt mich mit ihren kalten Augen. Ihre Persönlichkeit erfüllt den gesamten Raum und gibt mir wie immer ein bisschen das Gefühl, ersticken zu müssen. Sie trägt die traditionelle talanidische Robe, die sie wie eine Matrone wirken lässt, obwohl sie nicht dick ist. Die zahlreichen Stoffschichten, die unter der Brust festgebunden werden, lassen jeden dick wirken.

Pheng sitzt in ihrem Kleid wie ein Phönix in seinem Nest, dabei zieht sie an ihrer Zigarettenspitze, die am Ende abgeknickt ist, sodass die Zigarette steil in die Höhe ragt. Das grau bestäubte Haar hat sie zu einem Knoten gebunden. Ich sehe in ihrem Gesicht Parallelen zu dem meines Vaters. Doch das, was ich bei ihm als gütig und warm empfinde, erlebe ich bei ihr als kalt, hart und abweisend.

Pheng lächelt nicht. Vater meint, auch in seiner Kindheit hätte sie niemals gelächelt. Sie muss die Freude in Talanis zurückgelassen haben.

Ich weiß, dass Pheng Song ein schwieriges Leben gehabt hat. Sie wurde früh verheiratet, an einen Mann, der über fünfzehn Jahre älter war als sie selbst und den sie kaum kannte. An einen *Drachen,* noch dazu.

Vater sagt, Beziehungen zwischen Drachen und Nicht-Drachen sind schwierig. Drachen fühlen sich automatisch zu anderen Drachen hingezogen. Es besteht eine chemische Verbindung, die vermutlich helfen soll, die Art nicht aussterben zu lassen. Ich weiß nicht, ob Pheng ihren Mann Zuko geliebt hat. Aber wie ich es verstanden habe, war es ihm nicht möglich, *sie* zu lieben. Zumindest nicht, wie sie es gern gehabt hätte.

Das erste und älteste Kind starb kurz nach der Überfahrt von Talanis nach Vesper an Sandelmückenfieber. Dann wurde mein Vater geboren – und Pheng schien zu spüren, dass dieses Kind mehr von dem lieblosen Vater geerbt hatte als von ihr. Das machte die Beziehung zu Long ebenso schwierig, wie sie es zu Zuko war, und bescherte meinem Vater eine kalte Kindheit.

Erst das dritte Kind, Onkel Thien, konnte ihr Ruhe bringen. Wie sie bei Long geahnt hatte, dass er den Drachen in sich trug, so wusste sie bei Thien, dass er ihr selbst ähnlicher war als der restlichen Familie.

Thien zeigte nie Anzeichen nekromantischer Fähigkeiten. Niemand ahnte, dass dieses magische Talent eine Generation überspringen würde. Dann kam Zhangs sechster Geburtstag mitsamt der toten Fliege, die er mit Kraft seiner Gedanken bewegte – selbst dann noch, als Onkel Thien sie bereits zum dritten Mal erschlagen hatte.

Linda, Zhang und ich fanden das damals zum Brüllen komisch. Nur die Erwachsenen lachten nicht.

Ich nicke Großmutter Song zu. »Pheng«, spreche ich sie dreist mit ihrem Vornamen an und weiß, dass es sie innerlich zur Weißglut treibt. Wie ein Vulkan, in dessen Innerem Magma brodelt. Ich spüre ihren Blick wie kaltes Eisen und flüchte in die Küche, um die Lieferungen entgegenzunehmen. Mir schlagen die Hitze und der Geruch von Sojasauce und Frittiertem entgegen und ich bin froh, Pheng entfliehen zu können. Eine der Kellnerinnen grüßt mich und tänzelt mit einem Tablett voller Reisschnaps an mir vorbei. Ich wechsle ein paar Worte mit den beiden Köchen, dann verabschiede ich mich durch den Hintereingang, zwei Lieferungen in den Händen.

Eine Tasche mit säuberlich verpacktem Essen am Lenker, schlenkert mein Fahrrad über den Petrikov-Gürtel, um die letzten beiden Bestellungen abzuliefern. Als ein Regenschauer auf mich niedergeht, hasse ich Zhang mit der Kraft all unserer Ahnen. Ich hoffe, seine Verabredung gibt ihm einen Korb.

Ich fahre entgegen der Einbahn der Poschovarer Heide, eine Straße, die früher einmal ein Teil des Stadtparks gewesen ist, der nur noch ein Fünftel seiner ursprünglichen Größe besitzt. Dort liefere ich das erste Essenspaket ab. Die Poschovarer Heide grenzt heute an drei verschiedene Territorien – sie liegt am Rand der Vorstadt und gehört zum Gebiet der Wegemanns, grenzt allerdings auch ans Stadtparkgelände, das die Devoyes beanspruchen. Vier Straßen weiter westlich beginnt das Arbeiterviertel, aus dem ich gerade komme. Es ist das Gebiet von Großmama Pheng.

Bei der Hausnummer 147 halte ich und kette mein Fahrrad an die Laterne. Das letzte Mal, als ich etwas hier in der Gegend ausgeliefert habe, hat man mir mein Bike geklaut. Nur das aufgeschnittene Fahrradschloss lag noch am Boden.

Der Zettel mit der Adresse weist mich an, an Tür Nummer 7 zu läuten. Es dauert eine Weile, bis der Lautsprecher knackt. »Hallo?«

»Großmama Phengs hier«, antworte ich.

»Tür 7.« Der Türöffner schnarrt, ich stopfe das Papier in die Hosentasche und betrete das Haus.

Das Tor fällt hinter mir ins Schloss, das Geräusch hallt durch das Treppenhaus. Es gibt keinen Aufzug, daher erklimme ich eine Stufe nach der anderen. Tür 1, 2, 3, weiter in den zweiten Stock – 4, 5, 6. Als ich im dritten Stock ankomme, steht Tür 7 ein Stück offen. Musik dringt auf den Gang. Ich trete näher und klopfe vorsichtig, die Tür schwingt dadurch nach innen. Ich sehe einen Schatten, der sich dem Eingang nähert.

Im nächsten Moment erschlägt mich der Geruch.

Es ist, als hätte man ein Tierheim voller räudiger Köter durch den Mahr-Fluss laufen lassen und nun verschanzen sie sich allesamt in dieser Wohnung. Der Geruch von nassem Hund ist allgegenwärtig. Er quillt aus dem Appartement, dringt in meine Nase und legt sich in all seiner regentriefenden Haarigkeit auf meine Zunge.

Ich schlage mir die Hand vor die Nase und lasse dabei fast das Essen fallen. Die Tür wird weiter aufgerissen, ein Mann starrt mich an, als ich nach dem Henkel grapsche.

Hastig ziehe ich die Hand vom Gesicht und versuche, ein Lächeln zustande zu bringen.

Der Mann ist Mitte zwanzig bis Anfang dreißig, besitzt hellbraunes, kurz geschnittenes Haar, das sich im Ansatz wellt und in einen viel längeren Bart übergeht. Unruhig trete ich von einem Bein auf das andere und öffne schließlich den Mund. Ich atme ein (es schmeckt nach Hund, nach nassem, vollgesabbertem Hund) und stoße mit hoher Stimme aus: »Songs hier, ich bringe Ihnen das Essen.« Ich strecke ihm den Sack entgegen. »49,80, bitte.«

Der Mann macht keine Anstalten, die Tüte entgegenzunehmen. Er starrt mich an und wirkt ganz und gar unzufrieden. »Du bist nicht vom *Songs*«, sagt er. Seine Stimme ist tief und dunkel und raspelt durch meine Gehörgänge.

Diese Aussage überrascht mich, sodass ich einen Moment lang vergesse, die Luft anzuhalten. »W-wie bitte?«, entgegne ich verdattert. Das Paket in meiner Hand zittert, schließlich hat der Typ für ungefähr sieben Leute Essen bestellt.

»Du bist nicht vom Songs. Dort arbeitet ein Junge. Siebzehn, achtzehn Jahre alt. Er beliefert uns immer.«

Meine Augen verengen sich. »Sie reden von meinem Cousin, Zhang. Und falls Sie ihn jemals arbeiten gesehen haben, gratuliere ich Ihnen, denn das geschieht äußerst selten.« Ich zwinge meine Hand ein Stück in die Höhe, sodass der Sack vor seinem Gesicht baumelt. Der Geruch des Essens überdeckt für einen Moment den der Hunde. Seltsam, sollte dieses Rudel bei Regen spazieren gewesen sein, müssten die Tiere aufgestachelt durch die Wohnung laufen, doch es ist weder etwas zu sehen noch zu hören.

Der Typ greift nach seiner Bestellung und nimmt sie widerwillig entgegen. Man könnte meinen, er wäre enttäuscht, dass *ich* ihn beliefere. Vielleicht steht er heimlich auf meinen Grufti-Cousin? Die Wege der Geister sind unergründlich.

Mit der freien Hand fasst der Typ in seine Hosentasche und fischt einen zerknitterten Fünfziger hervor. »Passt schon«, sagt er und knallt mir die Tür vor der Nase zu.

Ich lecke mir über die Lippen und überlege, ob ich noch einmal anklopfen soll, um dem Typen zu sagen, dass er ein ungehobelter, stinkender Klotz ist, doch ich lasse es. Ich bin schon eine halbe Stunde zu spät fürs Training. Daher laufe ich das Treppenhaus hinunter, zur Tür raus und werfe mich aufs Fahrrad. Als ich losfahre, hör ich, wie aus einem der oberen Fenster ein wölfisches Heulen ertönt. Klingt nach einem gigantischen Biest. Jetzt bin ich froh, den Hundebesitzer nicht angepöbelt zu haben.

4.

DRACHEN-TATTOO

Ich komme zu spät zum Fahrrad-Polo-Training. Viel zu spät. Die anderen Mädels sind bereits mit ihren Fahrrädern nach Hause gedüst, bloß Angela Bosco steht noch unter der Dusche. Ich fahre weiter zu meiner besten Freundin Cordula, um ihr die Steaks zu bringen. Sie hat nicht viel Zeit, um sich zu unterhalten – sie trägt getigerte Unterwäsche, hat sich aus ihren platinblonden Haaren eine rockige Tolle gedreht und sich Rasierschaum auf die Beine gepappt. Eine Zigarette steckt in ihrem Mundwinkel, als sie mit dem Rasierer in der Hand die Tür öffnet. Date-Nacht bei den Wegemanns. Da verziehe ich mich besser.

Mein Zorn fokussiert sich ganz auf meinen Cousin, wegen dem ich meinen gesamten Nachmittag verschwendet habe. Als ich den Schlüssel in das Schloss der Wohnungstür stecke, bin ich am ganzen Körper verschwitzt. Meine Beinmuskeln brennen, meine Rückenmuskeln sind vom Tragen verspannt. Ich schließe die Tür hinter mir und lehne mich erschöpft dagegen. Der Sack Polo-Schläger rutscht von meiner Schulter und mit ihm die Last des Alltags.

Das Handy in meiner Hosentasche vibriert. Eine SMS.

Zhang: 18:31:02: Eingelocht!

Ich presse die Lippen zusammen und tippe mit nicht unwesentlicher Gewaltanwendung:

Christie: 18:32:17: vollidiot

Das Handy landet in einem weiten Bogen auf dem Sofa. Unsere Wohnung ist winzig, Frau Stein von nebenan lebt allein in einer Wohnung mit denselben Ausmaßen. Durch die Wohnungstür gelangt man direkt ins Wohnzimmer, in dessen Mitte ein Couchtisch und ein Schlafsofa stehen. Auf Letzterem nächtigt unsere Mutter.

Hinter dem Sofa erhascht man einen Blick in die zweieinhalb Meter breite Küche, in die gerade eine Küchenzeile und ein schmaler Tisch samt dreier Stühle passen. Links davon befindet sich Lins und mein Zimmer, anschließend das winzige Bad.

Ich verstaue die Poloschläger-Tasche hinter meiner Zimmertür. Auf der Suche nach etwas Essbarem finde ich meine Schwester in der Küche. Sie liest Zeitung. Wortlos nehme ich Marmelade aus dem Kühlschrank, aus dem Tiefkühlfach hole ich zwei gefrorene Toastscheiben hervor und stecke sie in den Toaster. Als sie aus den Schlitzen springen, sieht Linda von der Zeitung auf. »Wie war das Training?«

»Bin zu spät gekommen.«

Sie hebt die Augenbraue. »Du bist um ein Uhr losgefahren.«

»War noch bei Paps und Zhang.«

»Ah«, entgegnet sie, als würde das alles erklären.

Ich stopfe mir den Marmeladentoast in den Mund. An der Wohnungstür bewegt sich lautlos der Schlüssel im Schloss. »Kann mir mal jemand helfen?«, ruft Mutter herein.

Linda springt auf. Sie läuft ins Wohnzimmer, die beiden hantieren lautstark mit Kartons. »Bei den Geistern unserer Ahnen«, stößt Linda aus. »Was hast du alles gekauft?« Sie ächzt. »Wie konntest du das allein überhaupt tragen?«

»Es hat sich immer Hilfe gefunden.«

Ich beiße genervt in den Toast. So ist das mit Linda und meiner Mutter, sie finden immer *irgendjemanden,* der hilft.

»Wie war es in Shousa?«, fragt Linda.

Meine Mutter biegt um die Ecke, tritt zum Waschbecken und wäscht sich die Hände mit Spülmittel.

Ruth Song ist Lindas und meine gemeinsame Mutter. Sie trägt eine zu große Raulederjacke, die einmal meinem Ziehvater gehört hat. Um ihren Hals schlingt sich ein karierter Schal. Sie lächelt mir zu. Das schwarze Haar wandert in unordentlichen Wellen über ihre Schultern.

Wenn ich an meine Mutter denke, dann denke ich an die starke, ruhige und schöne Frau, die ich jetzt vor mir sehe. Wenn Großmutter

Pheng abfällig über ihre Schwiegertochter spricht, dann ist es, als sähen wir zwei verschiedene Personen.

Ruth dreht sich zu mir. »Der Markt war wie üblich zum Brechen voll. Ich musste mich bei Mister Rhee durch eine langwierige Teezeremonie quälen, bevor wir zum Geschäftlichen kommen konnten. Aber er hat uns einen guten Preis gemacht. Für diese Lieferung und auch für die nächste.«

Shousa wird von drei Drachenfamilien regiert; Familien, die ebenfalls ein magisch-interensisches Erbe wie mein Ziehvater, und in abgeschwächter Form auch meine Mutter und meine Schwester besitzen. *Interens* – die Zwischenwesen – unter diesem Namen werden alle nicht-menschlichen Wesen auf dem Planeten Mundus zusammengefasst. Wandler, die andere Formen annehmen können, gehören auf Vesper zur größten interensischen Gruppe, sind jedoch nur eine mögliche Interens-Form von vielen. Zahlreiche andere Spezies wurden im Laufe der Geschichte bereits ausgelöscht. Wandler konnten sich im Laufe der Geschichte immer gut anpassen. In menschlicher Gestalt bewegen sie sich nahezu unerkannt durch die Gesellschaft.

Andere Interens-Spezies waren nicht so glücklich dran. Bei der Besiedelung dieses Kontinents wurden viele heimische Arten ausgerottet. Interens mögen sich verwandeln können, manche von ihnen mögen Hörner und Klauen besitzen sowie seltsame magische Fähigkeiten, doch es waren immer Menschen, die die größte Zerstörung mit sich gebracht haben.

Meine Mutter, zu einem Viertel Talanidin und Abkömmling eines Roten Drachens, fährt einmal im Monat auf den Markt nach Shousa, um dort unsere Geschäftsvorräte aufzustocken. Hier gibt es die meisten talanidischen Einwanderer. Wenn man genau hinsieht, auch einige talanidische Interens, die sich im Schatten der Markthallen bewegen.

Bei Herrn Rhee kauft Mama meistens ihre Vorräte. Er mag meine Mutter und macht ihr einen vernünftigen Preis. Als wir klein waren und Mama uns häufiger mitnahm, steckte uns der bereits steinalte Mann immer Päckchen mit Süßigkeiten zu. Noch heute gibt er Mama kleine Geschenke für uns mit. Diesmal sind es kandierte Ingwerstückchen, die sie aus der Tasche zieht.

Sie stellt das Säckchen neben meinen Teller, fährt mir mit der Hand über das Haar und küsst mich auf den Scheitel. »Für euch. Herr Rhee lässt grüßen. Er fragt, ob ihr nicht einmal wieder mitkommen wollt.«

»Danke, Mum.«

»Wie geht es Papa? Ich habe es nicht mehr während der Besuchszeit geschafft.«

Ich nage an einem kandierten Ingwerstück. Es schmeckt süß und scharf zugleich. »Er ist nervös. Wegen der Entlassung.«

»Das kann ich mir vorstellen.« Mama schält sich aus der Jacke und hängt sie über meinen Sessel, der früher Vater gehört hat – und in sechs Tagen wieder der seine sein wird. Ich betrachte sie und frage mich, was sie dazu bewegt hat, bei ihm zu bleiben, und das auch nach vierzehn Jahren Gefängnisaufenthalt.

Möglicherweise ist meine Mutter einfach nicht auf die Idee gekommen, den Vater ihrer Kinder zu verlassen – denn das war er, für beide von uns, zu mir vielleicht sogar noch mehr in dem Bemühen, mich nicht zu vernachlässigen. Er wollte mir immer das Gefühl geben, dass ich seine richtige Tochter sei. Das hat uns zusammengeschweißt.

Ich hoffe, dass es wirklich die Liebe ist, die meine Mutter zu meinen Vater stehen lässt. Vielleicht ist es das Gefühl, ihm treu bleiben zu müssen, nachdem er ihr die Affäre vergeben hat.

Vielleicht aber, so drängt sich mir der ironische Gedanke auf, hat man in einer fünfundvierzig Quadratmeter großen Wohnung mit zwei Kindern auch einfach keinen Platz für einen vorübergehenden Liebhaber.

»Ich gehe duschen!«, ruft Linda. Ich sehe, wie sie an der Küchentür vorbeigeht und sich das Langarm-Shirt über den Kopf zieht. Ihr Rücken ist überzogen mit scharlachroten Flecken.

Als ihre ersten Drachenmale auftraten, wurde sie von der Schulärztin nach Hause geschickt, da sie vermutete, Linda bekäme eine ansteckende Kinderkrankheit. Es war keine Kinderkrankheit. Es waren die ersten Schuppen und sie vermehrten sich, bis sie große Teile ihres Rückens bedeckten. Wie rote Tinte sind die Male in ihre Haut eingebettet. Sie sind Zeichen ihrer talanidischen Herkunft, denn Drachenwandler gibt es nur auf dem Kontinent, von dem Großmutter Pheng, Großvater Zuko und Mamas Großvater abstammen.

Im Gegensatz zu Vater sind Lins Male nie zu einem einheitlichen Schuppenteppich zusammengewachsen. Heute ist die Hoffnung, dass Lin einmal Drachenmagie einsetzen kann, auf ein Minimum geschrumpft.

Linda duscht in unserem winzigen Badezimmer, während ich kandierte Früchte nasche und Mum mir von Herrn Rhee und dessen Familie berichtet. Dabei stockt sie unsere Privatvorräte an Lebensmitteln auf und verstaut sie in den Schränken. Ich frage mich, wie es wäre, anderen Drachen zu begegnen. Ich frage mich, wie sie sind, diese Drachenfamilien aus Shousa. Ich habe Mama einmal danach gefragt. Das Thema war schnell erledigt gewesen. Die Drachen von Shousa seien mitschuldig am Gefängnisaufenthalt meines Vaters, erzählte sie. Mehr wolle sie dazu nicht sagen.

Das Rauschen im Badezimmer verstummt. Die Tür öffnet sich, Lin balanciert ein schneckenhausförmig aufgewickeltes Handtuch auf dem Kopf. An ihr vorbei husche ich in den von Dampf erfüllten Raum. Ich verschließe sorgfältig die Tür, reiße das Fenster auf und beginne mich aus den Socken zu schälen. Meine Hose fällt zu einem Häufchen, ich fische nach dem Saum des Shirts und ziehe es mir über den Kopf. Im vom Dampf beschlagenen Spiegel erkenne ich mich selbst bloß als Schemen. Ich packe einen Waschlappen und wische eine Spur hindurch, dann drehe ich mich prüfend zur Seite.

Die blauen Schuppen sind dichter geworden. Eng reihen sie sich an den Schultern und wirken über meine Rippen gestreut wie lapislazuliblaue Konfetti. Es ist, als hätte jemand ein Stück heranbrechende Nacht eingefangen und über meinen Rücken ausgeschüttet. Es dauert nicht mehr lange und die Schuppen werden sich an der Wirbelsäule und den anderen schütteren Stellen schließen und meinen gesamten Rücken bedecken. So, wie ich ihr Erscheinen vor allen anderen verstecke, kneife ich selbst die Augen davor zusammen – vor den Konsequenzen, die sie nach sich ziehen.

Ich kenne meinen leiblichen Vater nicht. Aber die Male, die ich am Rücken trage, verraten mir eines: Er muss ein Drache sein.

Kein Roter wie mein Ziehvater.

Er ist ein Blauer Drache.

5.

KAFFEE IM STADTPARK

Ich schlafe länger als sonst. Mum übernimmt heute den Laden. Ein Blick hinauf zu Lindas Stockbett verrät mir, dass sie bereits aufgestanden ist.

Die Härchen an meinen Armen stellen sich auf, als ich ins Badezimmer schleiche. Ich habe gestern vergessen, das Fenster zu schließen. Ich stopfe die Zahnbürste in den Mund und mache mich daran, meine verschwitzte Kleidung von der Wäscheleine zu nehmen, die wir zwischen Badezimmerluke und Feuertreppe gespannt haben.

»Guten Morgen«, grüßt mich eine Stimme von links. Es ist Frau Stein, unsere Nachbarin. Sie lehnt sich aus dem Fenster ihrer Küche und raucht eine Zigarette.

Ich habe Frau Stein noch nie außerhalb ihrer Wohnung gesehen. Sie sieht immer adrett aus, trotz ihres faltendurchfurchten Gesichts. Perfekt gestylte Dauerwellen krönen ihre Stirn. Sie ist eine seltsame alte Dame, wenn auch nicht annähernd so seltsam wie Großmutter Pheng oder die schrullige Frau Vitra mit ihren Rosenwurzeln.

»Guten Morgen, Frau Stein«, grüße ich und zupfe meine Unterwäsche von der Leine. »Wie geht es Ihnen?«

»Gut, gut«, erwidert sie sanftmütig. Sie mustert mich. »Warum trägst du einen Rollkragenpullover, Liebes?«

Ich blicke an mir herab. Weil ein Rollkragenpullover während des Schlafens nicht verrutscht und meiner Schwester verrät, dass ich Drachenmale besitze. Was wiederum unangenehme Fragen aufwerfen würde – wie zum Beispiel, warum verdammt noch mal ich ihr im letzten Jahr nichts davon erzählt habe.

Meine Familie hält mich für furchtbar prüde. Ich habe es dabei belassen. Mittlerweile haben sie es aufgegeben, mich damit aufzuziehen.

Täglich ringe ich damit, ob ich nicht endlich den Mund aufmachen und es aussprechen soll. In der Realität aber wird dieses *Einfach* für mich zu einem unüberwindbaren Hindernis. Allein der Gedanke daran lässt in mir die Übelkeit emporsteigen. Am liebsten würde ich mir die Male vom Rücken kratzen und nie wieder darüber nachdenken. Ich will mich nicht damit beschäftigen, wer mein leiblicher Vater ist. Die Frage laut zu stellen, entfernt mich bloß noch weiter von meiner Familie. Großmama Pheng hasst mich bereits – nicht nur, weil ich Ruths Tochter bin, ich bin nicht einmal die leibliche Tochter ihres Sohnes.

Fröstelnd schlinge ich die Arme um mich. Es ist ein kühler Morgen, daher muss ich nicht schauspielern. »Mir ist kalt, Frau Stein.«

»Dann solltest du dich mehr bewegen, Liebes. Bewegung, Vitamine und ein, zwei Zigarettchen am Tag, dann haut dich nichts um, genau wie mich.« Sie lächelt ein rosarotes Lippenstiftlächeln. Es gelingt ihr nicht länger, die Lippenfarbe akkurat aufzutragen.

»Werde ich machen, Frau Stein.«

Sie raucht weiter, während ich das Fenster schließe und die Wäsche in die Waschmaschine stopfe. Das Sofa im Wohnzimmer, auf dem Mum immer schläft, ist zusammengeklappt, ihre Bettwäsche im Schrank verstaut. Durch die geöffnete Küchentür kann ich meine Schwester an unserem Küchentisch sitzen sehen. Als ich eintrete, sehe ich, dass sie einen Kosmetikspiegel aufgestellt hat und sich Make-up aufträgt.

Überrascht bleibe ich stehen. Lin schminkt sich nie – sie hat es nicht nötig. Befremdet leere ich mir den Rest Filterkaffee in eine Tasse und beobachte sie unauffällig. Sie trägt Mascara auf. Ihre Bewegungen wirken unbeholfen. Ein Klecks landet unter ihrer Augenbraue, sie brummt enerviert und greift nach einem Wattebausch und Creme, um sich abzuschminken. Wäre ich nicht so überrascht, würde ich lachen.

»Was ist mit dir los?«, frage ich. »Schickt Mama dich wieder los, die Miete herunterzuhandeln?«

Lin hält den Mund halb geöffnet und lässt ein Lachen aus, spricht aber nicht, ganz auf das Bürstchen in ihrer Hand konzentriert. Sie setzt ab und richtet sich gerade. »Ich gehe eine Tasse Kaffee trinken«, sagt sie.

»Kaffee?« Ich schlucke. »Mit wem?«

»Mit wem wohl?«, erwidert sie ausweichend.

»Sag es einfach.«

»Mit dem Mann, der mich gestern im Geschäft gefragt hat.«

Mein Gesicht fällt in sich zusammen. »Ist nicht dein Ernst.« Der Satz reißt in Stille ab. Lin greift in die Kosmetiktasche und zieht einen Lippenstift hervor. Fährt sie wirklich die schweren Geschütze auf? *Bei den Geistern, tu es nicht!* Ich reiße den Mund auf: »Papa sagt, du sollst nicht mit irgendwelchen dahergelaufenen Männern ausgehen!«

Sie lässt den Lippenstift sinken und schenkt mir einen flachen Blick. »Ernsthaft? Du bist zu Vati petzen gegangen?«

Abwehrend verschränke ich die Arme vor der Brust. »Ich will bloß nicht, dass du blind in diese Sache hineinläufst. Du kennst diesen Typen nicht. Er könnte irgendjemand sein. Ein Mörder oder Vergewaltiger. Möglicherweise beides!«

Lin beugt sich vor und beginnt Lippenstift aufzumalen. »Du übertreibst.«

Ich schlucke. »Irgendetwas … an ihm … riecht falsch.«

Sie hebt die Augenbrauen, sagt aber nichts, während die Farbspitze über ihre Lippen gleitet.

»Ich meine es ernst. Irgendetwas stimmt mit ihm nicht.«

»Na und? Irgendetwas stimmt auch mit mir nicht. Normale Typen glotzen mich ungläubig an, sobald sie mein T-Shirt ausziehen und die Drachenschuppen sehen. Sie glauben gleich, ich gehöre zu einem Verbrechersyndikat.«

»Wenn sie dich nicht akzeptieren, wie du bist, sind sie nicht die Richtigen«, bete ich die Worte meiner Mutter herunter. Ich kann gar nicht sagen, wie oft wir diesen Spruch gehört haben, sobald einer von uns beiden das Herz gebrochen wurde.

»Womöglich ist er der Richtige, womöglich ist er das nicht. Wenn ich nicht mit ihm ausgehe, werde ich es nie erfahren.« Der Lippenstiftverschluss schnappt entschieden zu. »Sonst noch irgendwelche Belehrungen, kleine Schwester?« Wenn Lin sich etwas in den Kopf gesetzt hat, zieht sie es auch durch. Sie war immer schon viel zielstrebiger als ich. »Wohin geht ihr?«, frage ich skeptisch.

»Ins Stadtpark-Café.«

»Das ist *Katzen-Gebiet* und gehört den Devoyes!«

»Und?«

»Du bist eine Song und lässt dich beim ersten Date in ein fremdes Territorium einladen? Was für eine großartige Idee!«

»Er hat mich dorthin eingeladen. Soll ich ihn schon beim ersten Hallo mit den Hierarchien dieser Stadt überfallen und wie wir darin verwickelt sind? Er ist gerade erst nach Poschovar gezogen.«

»Wenn er das nicht akzeptieren kann, dann ist er nicht der Rich…«

»Wir haben kein Problem mit den Devoyes«, unterbricht sie mich. »Reg dich ab.« Sie wandert mit genüsslicher Ruhe ins Wohnzimmer und sucht dort Portemonnaie, Schlüssel und Tasche zusammen. Ich kann nicht umhin zu bemerken, wie fantastisch sie aussieht. Ich habe ein schlechtes Gefühl bei der Sache, doch keine Argumente, um Lin von ihrem Date abzuhalten. Sie geht, ohne sich zu verabschieden.

Ich sitze am Küchentisch, mein Fuß trommelt auf den Boden. Lidschattenreste vermischen sich mit verschütteten Kaffeetropfen zu einer dunklen Farbe, geistesabwesend male ich damit Muster auf die Tischoberfläche.

Warum stört es mich, dass sie mit diesem Typen ausgeht? Ist es das ungute Gefühl? Oder ist es Eifersucht, die mir hartnäckig ins Ohr flüstert?

Was auch immer es ist – es treibt mich ebenfalls aus dem Haus. Ich trage einen grauen Parka mit Kapuze und eine Sonnenbrille. Wie genau es mich in den Stadtpark verschlägt, kann ich nicht sagen. Die meiste Zeit schaue ich auf meine Füße und laufe geradeaus. Plötzlich bin ich da. Das Stadtpark-Café steht einladend in der Sonne. Die Bodenplatten haben sich erhitzt und zahlreiche Menschen sitzen in Korbstühlen, um die Wärme zu genießen. Ich erkenne Lin sofort. Den Seelen unserer Vorfahren sei Dank, dreht sie mir den Rücken zu. Ich schleiche voran, meine Hand gleitet über die Brüstung, die den schillernden Parkteich abgrenzt.

Die Enten tummeln sich im Wasser und flattern mit den Flügeln. Ich tue so, als beanspruchen sie meine Aufmerksamkeit und taste mich näher an den Tisch heran, an dem Lin mit ihrer Verabredung Kaffee trinkt. Der Wind dreht sich, weswegen ich mal besser, mal schlechter höre. Manchmal weht es Gesprächsfetzen zu mir herüber. Ich wage es nicht, meinen sicheren Platz am eisernen Geländer zu verlassen und vergrabe meine kalten Hände in den Taschen. Stirnrunzelnd ertaste ich etwas und finde alte Sesamkekse, die seit dem letzten Winter die Zeit überdauert haben müssen. Ich beuge mich über die Brüstung und streue ein paar Krümel ins Wasser. Die Enten stürzen sich darauf, als wären sie am Verhungern.

Der Wind tut mir einen Gefallen, indem er sich wieder dreht. »Thomas«, sagt Lin. »An diesem Punkt müssen wir grundsätzlich etwas regeln.«

Thomas. Das ist sein Name?

Ich werfe einen flüchtigen Blick zurück.

Thomas lehnt entspannt in seinem Korbsessel und mustert meine Schwester. »Muss ich Angst haben?«

Sie zögert. »Du kennst den Namen unseres Ladens? Song?«

Thomas nickt.

»Hast du etwas darüber gehört?«

»Ich stamme nicht von hier, daher ist alles neu für mich.«

Linda holt Luft. »Ich weiß nicht, wie sehr du dich mit der Geschichte dieses Kontinents auskennst … aber der Westen stand lange Zeit im kalten Krieg mit dem Osten. Es gab Wirtschaftssanktionen. Zwischen dem Westen und dem Osten befand sich eine Grenzzone, die sich oftmals um einige Kilometer verschob. Die Landstriche, die dazwischen lagen, wurden die *Grenzlande* genannt. Poschovar – diese Stadt – lag lange Zeit in dieser Zone. Da die Grenzlande häufig den Besitzer wechselten, verwalteten sie sich selbst. Größtenteils übernahmen mächtige Familien diese Funktion.« Sie pausiert. »Heute existiert das Grenzgebiet offiziell nicht länger. Die darin gelegenen Städte wurden auf die umliegenden Staaten aufgeteilt. Aber man kann Strukturen, die über lange Zeit aufgebaut wurden, nicht einfach aufbrechen. In Shousa sind es drei Drachenfamilien, die die Macht innehalten. Hier in Poschovar sind es sechs Familien, die als Repräsentanten ihrer Gebiete gelten.« Lin legt eine Pause ein. Ich schiele über die Schulter, die Sonnenbrille als Schutz. Thomas hat die Augenbrauen gehoben, schlägt jedoch nur ein Bein über das andere und verschränkt die Hände über dem Knie. »Versteh mich nicht falsch – es gibt hier Wahlen wie überall sonst auch. Aber wenn du ein Problem hast, zum Beispiel wenn du auf der Straße angepöbelt wirst, dann rufst du nicht die Polizei, sondern gehst zur Familie, der dieses Terrain gehört. Du sprichst mit der Familie. Das Oberhaupt beschließt, ob das Anliegen wichtig ist. Wenn es sich für dich einsetzt, steht plötzlich ein Abgesandter vor der Tür und spricht ein Machtwort. Und die Menschen halten sich an die Regeln, die von den Familien aufgestellt werden.«

»Das klingt … interessant.« Etwas anderes lässt sich dazu wohl nicht sagen.

Linda fährt fort. »Der Stadtpark und die anschließenden Wohngebiete gehören der Familie Devoye. Der Speckgürtel im Südosten steht unter der Kontrolle der Wegemanns. Das Flussgebiet samt der Hafen- und Kläranlagen ist das Territorium des Flussvolks, die Industriezeile und der Privatflugplatz sind Pensing-Zone. Die älteste Familie der Stadt, die Mittermorgens, besetzen die Innenstadt und das Künstlerviertel. Und dann gibt es das Arbeiterviertel, in dem ich wohne und arbeite. Es gehört den Songs. Das ist meine Familie.«

Thomas lässt sie weiterreden.

»Man nennt die sechs Familien *die Hexade*. Meine Familie, die Familie Song, gehört seit etwa fünfundzwanzig Jahren dazu.«

»Das heißt … deine Familie besitzt Einfluss«, sagt Thomas langsam.

»Auf ihre Art, ja. Wir sind nicht reich wie die Pensings, Devoyes oder die Mittermorgens. Aber wir haben eine gewisse Machtposition inne. Als meine Großmutter hierherkam, kämpften die Familien um neue Plätze in der Hexade. Meine Großeltern setzten sich durch. Auch wenn die Position in der Hexade nicht mehr das bedeutet, was sie vor langer Zeit war, ist sie meiner Großmutter immer noch sehr wichtig. Es bedeutet ein gewisses Ansehen, ein Teil der Hexade zu sein.« Kurz verfällt sie in Stille, sucht vermutlich nach Worten. »Unsere Großmutter ist die Matriarchin unserer Familie. So nennen sich die Oberhäupter der Hexade – Matriarchin oder Patriarch. Und ob wir es wollen oder nicht, sie besitzt viel Mitspracherecht in unserem Leben. Der Laden, den wir betreiben, gehörte ursprünglich ihr. Sie mischt sich in unser Leben ein. Und …«

»Und sie wird es nicht gutheißen, wenn du mit fremden Männern ausgehst, die sie nicht ausgesucht hat? Mit Männern, die ihrem Ansehen in der Hexade schaden könnten?«

Atemlos warte ich auf ihre Antwort.

»… ja.«

Eine Zeit lang schweigen sie sich an. Vorsichtig drehe ich meinen Kopf und schiele hinüber. Thomas wirkt entspannt. »Nun …«, spricht er gedehnt, »… wie gut, dass ich dich nicht um eine Verabredung gebeten habe, sondern lediglich um ein unverbindliches Treffen, das dazu dient, die Umgebung besser kennenzulernen.« Er wirkt dabei vollkommen ernst.

Lins Mimik fällt in sich zusammen. Sie war sich sicher, dass das ein Date ist. *Ich* war mir sicher, dass das ein Date ist. Ich bin doch nicht verrückt! Ich habe gesehen, wie Thomas sie angesehen hat …!

Er spreizt die Lippen zu einem schelmischen Lächeln. »Dagegen kann deine Großmutter doch kaum etwas haben, oder?«

Unsicher schüttelt Lin den Kopf. Ihre Hände kriechen vor der Brust zusammen, sie verschränkt die Arme.

»Und würde es deiner Großmutter etwas ausmachen, wenn ich ab und zu in deinen Laden käme, um bei euch etwas zu kaufen?«

»W-wie bitte?«, stottert Lin.

»Ich darf dich in deinem Laden besuchen, wenn ich etwas kaufe, oder?«

Ich höre keine Antwort.

»Und niemand, nicht einmal deine Großmutter, kann es dir übel nehmen, wenn du zwischen dem Geschäft und zu Hause einen Kaffee trinken gehen möchtest, nehme ich an …«, fährt der Fremde fort. »Es könnte dir auch niemand übel nehmen, wenn alle Tische in selbigem Kaffeehaus besetzt wären und du dich zu einem jungen Mann setzen musst, der dir zufällig als ehrbarer, zahlender Kunde aus deinem Geschäft bekannt ist.« Ich drehe meinen Kopf. Thomas grinst. *Schlitzohr.*

Auf Lins Gesicht schimmert ein Lächeln. »Und wenn die anderen Tische nicht besetzt sind?«, fragt sie.

»Keine Sorge«, erwidert er, und ich wünsche mir, ein Mann würde das Folgende zu mir sagen: »Ich werde dafür sorgen, dass sie besetzt sind.«

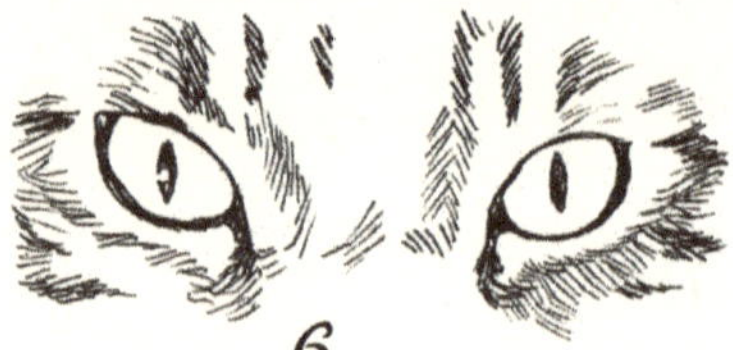

6.

TEEZEREMONIE

Ich laufe noch eine Zeit lang durch die Gegend, bis meine Füße mich wie von selbst Richtung Zuhause tragen. Selbst im Traum würde ich unser Wohnhaus an den bunten Feuerleitern erkennen, die die Fassade bedecken. Während ich die Treppe hinauflaufe, ziehe ich mir die Kapuze vom Kopf, um mich ein bisschen weniger wie ein Spion zu fühlen. Ich kann mir selbst nicht ganz erklären, warum ich so aufgewühlt bin. Thomas ist unbestreitbar attraktiv. Die Art, wie er spricht, wie er sich bewegt, finde ich anziehend. Trotzdem macht er mir Angst. Als ich dort im getrimmtesten Park stand, den Poschovar zu bieten hat, überkam mich erneut dieses seltsame Gefühl, mich in der Nähe von etwas unsäglich Altem zu befinden. Etwas, das nach nassem Stein und Erde riecht. Vielleicht waren es auch nur die Gärtner, die gerade die Gartenanlage neben dem Teich beackert haben.

Ich muss mit Mum darüber sprechen. Mit Vater. Mit *irgendjemandem*, der meine Sorgen verstehen kann, die allein von meinem Instinkt genährt zu werden scheinen.

Endlich findet der Schlüsselbart das Schloss. Ich dränge mich in die Wohnung, als wäre ich vor etwas auf der Flucht. »Mama?«, rufe ich in der schwachen Hoffnung, sie sei vielleicht zu Hause.

»Ich bin in der Küche«, ertönt die Antwort.

»Mum, ich muss mit dir sprechen! Es geht um Linda! Dieser Kerl, mit dem sie …!« Ich laufe in die Küche, bleibe mit der Jacke an der Türklinke hängen und falle fast um, als ich sehe, dass Ruth nicht allein ist. »Ph-pheng«, stoße ich aus. Aus meinem Mund klingt ihr Name wie ein Pistolenschuss.

Die Matriarchin der Familie Song sitzt in unserer winzigen Küche. Ein Bild, das ich immer für unmöglich gehalten habe. *Klick*, brennt es sich in meinen Kopf ein. Wie eine Fotoaufnahme. Großmutter Song sitzt auf Longs Stuhl und trinkt Weißen Tee aus einer Schale. Was sage ich – *trinken!* Selbst durch die Art, wie sie die Schale hält, inszeniert sie ein perfektes Ritual, das meiner Mutter und mir aufzeigen soll, wie unwürdig wir dieser Familie sind.

Pheng mustert mich aus dunklen Augen, während Ruth ihr nachschenkt. Die Art, wie meine Mutter die Kanne hält, zeigt mir, wie perfekt sie das Ritual der Teezeremonie beherrscht, doch ich bin mir sicher, Großmutter Song findet auch daran etwas auszusetzen.

»Wir haben Besuch«, erklärt Mutter schlicht. Sobald sie sich in Phengs Gegenwart befindet, lächelt sie nicht. Ihr Gesicht verliert den Großteil an Emotionen, sie wird ruhig und zurückhaltend, ganz so, als funktioniere sie nur noch auf Sparflamme.

»Wo ist Lin?«, fragt Pheng.

Mich überkommt das Gefühl, Frostbrand klettere meine Speiseröhre empor. Wie kann sie bereits wissen, dass meine Schwester mit jemandem ausgegangen ist, den sie nicht kennt? »Was tust du hier?«, krächze ich.

Großmutter Song verzieht das Gesicht und setzt an, etwas zu erwidern, doch Mutter geht dazwischen, um uns voneinander zu trennen wie raufende Katzen. »Eure Großmutter will mit euch beiden sprechen.«

Ich spüre, wie meine Mundwinkel Richtung Boden sinken. »Pheng ist nicht *unsere* Großmutter und alle hier wissen das«, knurre ich.

»Du bist ungehobelt«, bemerkt Pheng. »Setz dich hin, trinke Tee und zeige Manieren!«

Ich hätte ihr gerne Manieren gezeigt, doch Mum schießt mir einen warnenden Blick zu, also setze ich mich widerwillig und lasse mir einschenken.

»Du hältst die Kanne schief«, brummt Pheng. Mama schweigt.

Nach der Küchenuhr verstreichen sieben Minuten und dreizehn Sekunden, bis Linda heimkommt. Als sie uns in Grabesstille in der Küche entdeckt, wischt sie sich hastig mit dem Handrücken über die Lippen. Der Lippenstift ist kaum noch vorhanden. »Großmama«, bemerkt sie irritiert. »Ich habe dich nicht erwartet.«

Ich werfe ihr einen tödlichen Blick zu. Niemand von uns hat Großmutter Pheng erwartet und hätte Lin die sieben Minuten nicht damit verschwendet, mit dem Mann herumzuknutschen, den sie angeblich nicht trifft, wäre Mum und mir ein eisiger Winter in unserer Küche erspart geblieben.

»Setz dich«, fordert Pheng.

Lin setzt sich. Mum schenkt ein. Da wir nur drei Stühle besitzen, steht unsere Mutter.

Pheng sieht meine Schwester und mich ernst an. »Long kommt demnächst aus dem Gefängnis, das wisst ihr.«

Lin nickt. Ich versuche krampfhaft, meine Teetasse zu halten, ohne dass sie unter der Kraft meiner Finger zerspringt.

»Nach dem Tod eures Großvaters wird es Zeit, dass wieder ein Drache unsere Familie stützt. Solange Lin kein Zeichen für eine Verwandlung zeigt, ist Long derjenige, der die Position unserer Familie in der Hexade festigen kann.«

Skeptisch presst Lin die Lippen zusammen. »Ich dachte, Zhang wäre dein Nachfolger?«

»Das ist er, doch seine Kräfte sind noch lange nicht ausgeprägt genug, als dass er sich unter den anderen Kindern der sechs Familien durchsetzen könnte. Zhang muss üben. Zhang muss stark werden.« Sie unterstreicht ihre Worte mit einem Nicken. »Ich muss alle potenziellen Nachfolger schriftlich festhalten. Da ich plane, Zhang in der Herrschaftsfolge zu berücksichtigen, musste ich auch seinen Vater angeben.« Thien ist mein Onkel. Er ist ein zurückhaltender, nahezu passiver Mann, der ständig nach Phengs Pfeife tanzt. Kein Wunder – Thien und Zhangs Mutter Kim wohnen im Obergeschoss des Restaurants, gemeinsam mit Großmama Pheng. Ich habe weder eine Beziehung zu Onkel Thien noch zu Kim; die meiste Zeit ärgere ich mich darüber, dass sie ihren Sohn derart verhätscheln.

Abgesehen davon, dass Onkel Thien sich niemals gegen seine Mutter auflehnen würde, besitzt er auch keine magischen Kräfte. Deswegen hält sich Großmama Pheng Long warm, der nie ein Interesse gezeigt hat, ihr Nachfolger zu werden. Einen Drachen als potenziellen Nachfolger zu haben, ist natürlich beeindruckend. Pheng hat meinen Ziehvater immer als eine Art Werbeplakat verwendet: *Seht euch vor – sonst holt euch der Rote Drache!*

Pheng faltet die zerknitterten Hände. »Ich habe Longs Namen ebenfalls angegeben«, betont sie.

Ruth hebt alarmiert den Kopf an. »Damit steht offen, in welchem Teil der Familie die Erbfolge weiterläuft; ob nun über Onkel Thien in der nekromantischen Linie oder über Long bei den Drachenwandlern!«

»Bloß zur Überbrückung, bis Zhang seine Fähigkeiten gemeistert hat«, erwidert die Matriarchin.

»Long will nicht Patriarch werden. Du weißt das«, betont Ruth.

»Ich werde unsere Position in der Hexade nicht riskieren. Long steht für Stärke und Disziplin. Ich plane nicht, ihn zu ernennen. Allein die Möglichkeit, dass er meinen Rang übernehmen könnte, sichert die Familienposition innerhalb der Hexade, bis Zhang erwachsen geworden ist.«

Mama senkt den Blick, ihre dunklen Augen verschwinden unter den dichten, schwarzen Wimpern. »Du weißt, was das heißt. Wenn du Long als potenziellen Nachfolger angibst …«

»… dann ist auch Lin als seine Tochter in der Erbreihe berücksichtigt. Sie gilt als mögliche Nachfolgerin, ja.«

»Und Christie«, wirft Ruth ein.

Pheng rümpft die Nase. »Nichts da«, erwidert sie brüsk. »Christine hat mit alldem nichts zu tun.«

»Niemand weiß, dass du Christine nicht in den Familienverband aufgenommen hast, Großmutter Pheng.« Da ist er – der Grund, warum zwischen Pheng und mir ein immerwährender Winter herrscht.

Kinder der großen Familien besitzen bis zu ihrem zwölften Jahr üblicherweise eine Art Welpenschutz. Man fasst sie nicht an, zieht sie in keine Intrigen der Häuser hinein – Kinder sind tabu.

Mit ihrem zwölften Geburtstag werden die Kinder durch eine Zeremonie in den Familienverband aufgenommen. Lin wurde aufgenommen. Zhang wurde aufgenommen. Ich … *nicht.* Denn, so findet Pheng, solange wir beide – sie und ich – kein Blut teilen, könne ich auch nicht Teil ihrer Familie sein.

Offiziell weiß niemand davon, nicht einmal der Rest der Hexade. Die Aufnahmezeremonien finden im Kreis der engsten Familie statt. Die anderen Mitglieder der Hexade wissen zwar, dass Pheng und ich uns nicht sonderlich verstehen, doch sie ahnen nicht, dass sie mir die offizielle Aufnahme verwehrt hat. Bis auf Cordula wissen sie ja nicht einmal, dass ich ein außereheliches Kind bin – meine beste Freundin musste mir schwören, es niemandem zu verraten. Abgesehen von meiner Familie ist sie der einzige Mensch, dem ich traue.

Auch Long nimmt an, seine Mutter hätte mich aufgenommen. Mama hat mich gebeten, ihm nichts davon zu erzählen, seine Beziehung zu Pheng steht ohnehin auf wackligen Beinen.

»Christie gilt als mögliche Nachfolgerin«, betont meine Mutter. »Du weißt, Long wird dir niemals verzeihen, dass du sie nicht in die Familie aufgenommen hast. Ich würde mir wünschen, dass du es dir noch einmal überlegst, Großmutter Pheng. Nimm Christie auf, ich bitte dich. Noch ist Zeit, das alles zu regeln.«

»Dieses Thema steht nicht zur Diskussion«, wehrt Pheng ab. »Christine ist nicht von meinem Blut. Ich werde keine Fremde in meiner Familie aufnehmen!«

Ich kann nicht sagen, welche Gefühle diese Worte in mir auslösen. Mein Hals verknotet sich, ich habe das Bedürfnis zu schlucken, doch es gelingt mir nicht. Ich spüre, wie die Tasse in meiner Hand zittert.

Ruths Gesicht steht für einen kurzen Augenblick in Flammen. Sie stellt die Teekanne ab und möchte aufbegehren.

Keine Chance. »Habe ich euch nicht genug gegeben?«, ruft Großmutter aus und tötet damit alle Widerworte im Keim ab. »Einen Laden, der euch am Leben erhält? Deine Forderungen sind frech, Ruth!«

Ich spüre, wie meine Wangen erhitzen. Tränen drängen sich hinter meinen Augen – es sind Tränen des Zorns. Sie macht mich so wütend. Ich bringe kein einziges Wort hervor.

Und Lin? Lin sitzt nur daneben und tut nichts. Jetzt blickt sie peinlich berührt auf ihre Hände.

»Long kommt aus dem Gefängnis!«, ruft Ruth heftiger aus, als ich es von ihr gewohnt bin. »Was glaubst du, wird er sagen, sobald er herausfindet, dass du Christine nicht angenommen hast? Er wird mit dir brechen!«

Pheng presst die Lippen zusammen. »Sie ist kein Nekromant, sie ist kein Drache«, brummt sie. »Sie wäre ein Schwachpunkt unserer Familie!«

Es reicht. Ich spüre, wie etwas in mir reißt, und bin mir nicht sicher, ob es die Adern sind, die mein Herz mit Blut versorgen. Ich schnelle in die Höhe, der Stuhl hinter mir schwankt. Ruth kann ihn gerade noch halten. Ich spüre, dass Tränen meine Wangen herabrollen, es sind

Tränen des Zorns und doch schäme ich mich dafür – schäme mich, dass ich vor Großmutter Pheng, dieser grauenhaften Person, solche Schwäche zeige. »Ich brauche den Schutz von Pheng Song nicht!«, schreie ich. »Was auch immer aus dir und deinem Hexade-Platz wird, es schert mich nicht!« Ich drehe mich um und bin mit zwei stürmischen Schritten aus der Küche.

»Wo willst du hin?«, schnarrt Pheng.

»Fort von dir, du alte Hexe!« Später werde ich mich für diese unbedachten Worte in Grund und Boden schämen, doch jetzt meine ich sie genau so, wie sie meinen Mund verlassen. Ich packe meine Polo-Schläger, renne zu meinem Fahrrad und fahre zum Training.

7.

ROTER KOJOTE

Am nächsten Tag haben Lin und ich gemeinsam Ladenschicht. Mum sitzt zu Hause und macht die Steuer. Ich bin froh, dass ich mich damit nicht auseinandersetzen muss. Im Gegensatz zu mir ist Lin außergewöhnlich guter Stimmung. Sie summt ein Lied vor sich hin, das Mama uns in unserer Kindheit immer vor dem Zubettgehen vorgesungen hat. Es stammt aus dem Bereich von Talanis, von dem ihr Großvater stammt. Mamas Großvater kommt aus dem Westen Talanis', während Großmama Pheng aus dem nördlichen Teil des Kontinents nach Vesper gezogen ist. Mit Talanis hat es etwas Absonderliches auf sich: Alle paar Jahrhunderte verschwinden große Teile der Landfläche unterhalb des Meeresspiegels. Eine alte Legende besagt, dass Talanis auf dem Rücken einer Schildkröte erbaut worden ist, die alle paar Jahrhunderte ab- und wieder auftaucht. Nur noch ein Teil des Festlands und der Inselgruppen darum bleiben übrig. Auf diesen Landstrichen spielt sich der Großteil des menschlichen Lebens ab.

Die Bevölkerungsgruppe, der Pheng angehört, ist die zahlenmäßig stärkste in Talanis. Sie beherrscht den größten Teil der nördlichen Landmasse, der nicht versinkt. Mama sagt, dass die sogenannten *Guī-Ding* sich aufgrund ihrer Dominanz immer für die wahren Bewohner Talanis' gesehen haben. Es hat Pheng weder gepasst, dass Mama bloß zu einem Teil Talanidin ist, noch, dass sie nicht von den Guī-Ding abstammt.

Ich entzünde an dem Hausaltar auf dem Kassentresen Räucherkegel und lege ein paar Weintrauben dazu, um den Hausgeist gütig zu stimmen. Der talanidische Glaube, den wir im Gegensatz zu anderen Einwanderern nur noch oberflächlich leben, besagt, dass allen Dingen – egal ob belebt oder unbelebt – eine Art Seele zu eigen ist. Mit Opfergaben und magischen Zeichen kann man die Schranken zwischen den spirituellen Ebenen öffnen und den Geist eines Hauses gnädig stimmen. Die Talismane sollen übellaunige Seelen draußen halten.

Meine übellaunige Seele wurde nicht davon abgehalten, den Laden zu betreten. Gestern hat sich Lin bei Pheng nicht für mich eingesetzt. Im Gegensatz zu mir versucht sie Streit aus dem Weg zu gehen. Sie hat nie verstanden, warum ich Pheng verabscheue.

Obwohl ich erst acht Jahre alt war und Mama und ich nur als Zuschauer anwesend waren, kann ich mich noch an Lins Aufnahmezeremonie erinnern – an die alten Gewänder, an Onkel Thien und Kim, die leise gesungen haben, an Pheng, die Tee eingeschenkt und Lin gereicht hat. Mama und ich waren nur Beistehende. Mama wurde wie ich nie offiziell in die Familie aufgenommen; sie sagte immer, es wäre ihr nicht wichtig, daher habe ich beschlossen, dass es mir auch nicht wichtig ist. Wir brauchen Pheng nicht.

Ich schiele zu meiner Schwester, während ich die alte Kasse mit einem feuchten Tuch reinige. Sie wirkt unglaublich zufrieden. Ich beneide sie. Mit spitzen Fingern füllt sie grünes, gemahlenes Teepulver in Döschen.

»Du kannst heute ruhig mit dem Fahrrad nach Hause fahren. Es ist nicht nötig, dass du auf mich wartest«, sagt sie aus heiterem Himmel, ohne mich dabei anzusehen.

Meine Augenbrauen kriechen in die Höhe. Wenn ich kein Training habe, gehen wir normalerweise zusammen nach Hause. »Was meinst du damit?«, frage ich.

»Ich möchte nachher noch einen Kaffee trinken gehen und in dem Buch lesen, das du mir zum letzten Geburtstag geschenkt hast«, sagt sie.

Meine Augenbraue bewegt sich zurück an den ursprünglichen Platz. Jetzt wird mir klar, worauf das hinausläuft. *Thomas.* Ich spreize die Lippen zu einem humorlosen Lächeln. *So nicht.* Lin denkt, sie sei unglaublich gewieft. Meine Schwester ist nicht dumm, aber gerissen ist ein Wort, das einfach nicht zu ihr passt – dazu ist sie viel zu ehrlich. Von uns beiden bin ich es, die im Spionage-Outfit Leute belauscht. »Oh«, erwidere ich vermeintlich euphorisch, doch selbst in meinen Ohren klingt der Freudenlaut schal. »Das klingt nett. Ich komme mit.«

Lin hebt den Kopf und sieht mich an. Diese Möglichkeit kam ihr gar nicht in den Sinn. Ich grinse wie die Katzenfiguren, die am

Fenster stehen und mit der Pfote wackeln, als würden sie Passanten grüßen.

»Mh«, presst sie hervor und wird ein bisschen rot. »Also …« Sie fährt sich mit der Zunge über die Lippen. »Nichts für ungut, ein anderes Mal gern, aber … ich hätte gern ein bisschen Zeit für mich. Du kennst das ja – in der Wohnung kann man kaum einen Fuß vor den anderen setzen, ohne einander zu begegnen.« Sie sieht mich aus ihren großen, unschuldigen Augen an. Mich kann sie nicht täuschen. Diese Mitleidsnummer hat nicht sie erfunden, sondern ich.

»Oh«, erwidere ich und bemühe mich, die Mundwinkel in einem Anflug von Traurigkeit hängen zu lassen. Ich bin das pure Böse. Eigentlich sollte das Glockenspiel über der Ladentür wie verrückt klingeln. Ich schlage die Wimpern nieder und rubble an dem Fleck auf der Kasse, der von Jiāngguǒ-Sirup stammt, den wir hier abgefüllt haben. »Ich wusste nicht, dass ich dir auf die Nerven gehe.«

Jetzt fällt Lindas Gesicht in sich zusammen. Ich muss es nicht sehen, ich weiß es. Wenn sie mich anlügt, um sich mit Thomas zu treffen, kenne ich kein Mitleid. »Aber nein«, erwidert sie. »Das meine ich damit nicht …«

»Weißt du …«, sage ich und schrubbe weiter. Das ist die Pheng-Song-Masche. Schuldgefühle. »… nie machen wir etwas zusammen. Ich meine, klar – wir wohnen in derselben Wohnung und arbeiten im selben Laden, aber so etwas richtig *Lustiges* … ein Kaffeetratsch oder ins Kino, das machen wir irgendwie gar nicht mehr.«

Der Sirupfleck ist hartnäckig.

»Wie wäre es, wenn wir in den nächsten Tagen etwas zusammen unternehmen?«, versucht Lin mich abzuwimmeln.

Ich zucke mit den Schultern. »Da habe ich Training. Schon gut, geh nur Kaffee trinken. Wir sehen uns sowieso später … *im Bett.*« Pheng hätte es nicht besser machen können.

Ich höre, wie Lin lautstark seufzt. »Na gut«, sagt sie. »Dann komm halt mit.«

Der eigentliche gesellschaftliche Tanz bestünde darin, dass ich nun ablehne und sie mich erneut bittet, oder wir uns einen anderen Tag aussuchen. Ich denke jedoch gar nicht daran. »Wie schön!«, rufe ich und freue mich diabolisch, Lin als Gouvernante bei ihrer seltsamen

Verabredung, die ja keine Verabredung ist, auf die Finger schauen zu können.

Nachdem wir den Laden geschlossen haben, gehen wir nur wenige Straßen weit. Ich schiebe meinen alten Drahtesel an Lins Seite und plappere ausgelassen. Ein bisschen fühle ich mich schlecht, dass ich ihr so übel mitgespielt habe. Auch wenn sie sich gestern für mich hätte einsetzen können, merke ich bereits, dass ich das *Quidproquo*-Prinzip nicht ohne schlechtes Gewissen anwenden kann.

Als wir die letzten zwei Straßen überqueren, verfalle ich in Schweigen. Da Lin ihren eigenen Gedanken nachhängt, fällt es ihr nicht auf.

Ich kette mein Fahrrad an einen Laternenpfahl, während Lin durch das Glasfenster ins Innere des Cafés *Die Gelbe Katze* späht. »Was suchst du?«, frage ich, als ich an ihre Seite trete.

Zerstreut wirft sie das Haar zurück. »Ach, nichts«, murmelt sie. »Ich habe nur nachgesehen, ob noch ein Tisch frei ist.« Wir betreten das Innere. Im ersten Augenblick schlägt mir der dominante Geruch von Kaffee entgegen – sowohl die gerösteten Kaffeebohnen als auch der Geruch von frisch gemahlenem Kaffee, auf den heißes Wasser trifft. Hinter Glas stapelt sich Plundergebäck, das einen starken Buttergeruch abgibt. Ich blicke mich um. Tatsächlich sind alle Tische besetzt, auch die, die an der Theke und der Küche vorbei in den hinteren Teil des Raumes führen; genau wie Thomas es versprochen hat. Während Lin und ich zwischen den Holztischchen hindurchtreten, wird mir ein wenig schwindelig. Ich muss mich erst an die fremden Gerüche gewöhnen, das Parfum der jungen Dame, die hinter ihrem Notebook sitzt, und der strenge Hundegeruch des Herren, der an seinem kleinen, schwarzen Kaffee nippt. Benommen tappe ich Lin hinterher.

»Alles besetzt«, murmelt sie. Dann fällt ihr Blick in die Ecke. Ich folge ihr, während ich mir die Nase in den Schal grabe, um mich besser konzentrieren zu können. Und tatsächlich … dort sitzt Thomas. »Kennen wir den nicht?«, frage ich durch den Schal hindurch. »Wolltest du dich mit ihm hier treffen?«

Lin sieht über die Schulter, ihr Blick meidet meinen. »A-aber nein.« Sie ist eine schlechte Lügnerin. »Du weißt doch, ich gehe nie zweimal mit einem Mann aus.«

»Aha«, erwidere ich nasal.

Wie um sich selbst zu widersprechen, tritt sie auf Thomas zu. Dieser liest in einer Zeitung. Ich dränge mich an dem Mann vorbei, der so furchtbar nach Hund riecht, dass ich automatisch nach dem Fellbündel Ausschau halte.

Als Lin bei Thomas' Tisch ankommt, hebt er den Kopf. Zunächst spannt sich ein Lächeln zwischen seine Ohren, dann bemerkt er mich und die Freude vergeht zu Überraschung. »H-hallo«, grüßt er. »Sie beide hier zu treffen, hätte ich nicht erwartet.«

»Ich auch nicht«, erwidere ich brüsk.

»Ist bei Ihnen noch Platz?«, fragt Lin.

Thomas nickt und faltet die Zeitung zusammen. Die beiden tauschen überforderte Blicke. Ich schnaufe und beschließe, die beiden ihre Scharade spielen zu lassen. »Ich hole mir etwas zu trinken«, sage ich und bewege mich zur Theke.

Vor mir steht eine Frau an. Ihr Haar ist lang und stechend rot, es wirkt beinahe unnatürlich. Als ich sie flüchtig mit meinem Rucksack streife, um die Laptop-Lady hinter mir nicht zu erschlagen, dreht sie sich um und mustert mich. An ihren Augenbrauen und Wimpern erkenne ich, dass sie von Natur aus rothaarig sein muss.

Die Frau trägt eine cognacfarbene Lederjacke und scheint ebenfalls Hundebesitzerin zu sein. Ganz genau kann ich den Geruch jedoch nicht entschlüsseln, er wirkt anders, als ich es gewöhnt bin – beißender und irgendwie moschuslastig. Ich vergrabe wieder die Nase im Schal und warte, bis sie ihre Bestellung bekommen hat. Dann bestelle ich Linda und mir zwei Tassen schwarzen Kaffee. Der Barista stellt mir die Tässchen auf ein Tablett und ich kehre zum Tisch der beiden schauspielernden Liebenden zurück. Lin hat mittlerweile Platz genommen und beide sehen mir erwartungsvoll entgegen.

»Und, Thomas«, eröffne ich das Gespräch, indem ich die Tassen auf den Tisch knalle. »Was führt Sie hierher?«

»Ich wohne in der Nähe«, erwidert er.

»Tatsächlich? In welcher Straße? Wir kennen uns hier ziemlich gut aus, müssen Sie wissen.«

Etwas ratlos kaut er an einer Antwort herum. *Ha.* Wusste ich es doch. Er wohnt hier gar nicht!

»In der Prinz-Pel'Dagan-Straße, hat mir Thomas gerade erzählt«, beeilt sich Lin, ihm zu Hilfe zu eilen. Die Ritterin auf dem weißen Ross. »Also quasi gleich um die Ecke.«

Thomas nickt hastig. Wie zwei Schulkinder, die einen Streich ausgeheckt haben, sehen sie mich an. Ich schlürfe an meinem schwarzen Kaffee. »Und was arbeiten Sie?«, frage ich.

»Ich bin noch auf Jobsuche«, erwidert Thomas. Er hat sich rasiert, doch der Bartschatten kämpft sich bereits wieder auf seine Wangen. »Wie gesagt, ich bin erst vor Kurzem zugezogen.«

»Was haben Sie denn vorher gearbeitet?«

Sieht so aus, als hätte ich einen wunden Punkt getroffen. Sein Unterkiefer bewegt sich hin und her. »... ich reise sehr viel. Ich hatte daher auch schon ziemlich unterschiedliche Jobs. Oft arbeite ich ein paar Monate und ziehe dann weiter.«

Meine Augen verengen sich. »Das haben Sie jetzt auch vor?« Ich spüre, wie mich jemand am Handgelenk packt. Es ist Lin, die mich aus geweiteten Augen ansieht und mir zu verstehen gibt, dass ich mich gefälligst benehmen soll. Aber ich will mich nicht benehmen. Wenn ich Thomas ansehe, wenn ich ihn rieche ... wie soll ich sagen? Er riecht falsch. Selbst jetzt, hier, im Kaffeehaus, zwischen Backwaren, Kaffee, parfümierten Studentinnen und stinkenden Hundebesitzern kann ich seinen Geruch nicht eindeutig zuordnen. Er riecht wie kein Mensch, dem ich zuvor begegnet bin. Das ist seltsam. Das *macht* ihn seltsam. Und noch seltsamer finde ich, dass Lin es nicht bemerkt ... doch sie hatte nie so starke Geruchsempfindungen wie ich.

Thomas lächelt, doch es wirkt traurig. Obwohl Lin meine Hand hält, beantwortet er meine Frage. »Ich habe nicht wirklich eine Familie, wissen Sie«, sagt er. »Das war auch der Grund, warum ich Aurora verlassen habe. Es gab nichts, das mich dort gehalten hat.«

Ich mache den Mund auf, um nachzuhaken, doch Lin krallt ihre Fingernägel in mein Handgelenk, was abscheulich wehtut, also schnappt mein Mund wieder zu.

Thomas beugt sich ein Stück vor. »Und Sie?«, fragt er. Ich bin irritiert, als ich bemerke, dass er mich anspricht und nicht meine Schwester. »Sie arbeiten im Laden, in dem ich Sie kennengelernt habe. Wollen Sie das noch länger machen?«

Verständnislos sehe ich ihn an. Was meint er damit? So verdienen wir unser Geld! »Was denn sonst?«

Er zuckt mit den Schultern. »Sie sind jung. Ich habe in meinem Leben Dutzende Jobs gemacht, wenn nicht sogar Hunderte. Wenn ich einen davon für immer machen müsste, wüsste ich nicht, welchen ich wählen sollte. Gibt es nichts, das Sie anstreben?«

Anstreben? Ich strebe an, den Laden nicht schließen und am Hungertuch nagen zu müssen. Da ich Mama immer schon im Laden geholfen habe, kam mir nie in den Sinn, dass ich etwas anderes machen könnte. Es war einfach so. Deswegen habe ich nach der Grundschule auch die höhere Schule nicht weiter verfolgt. Ich arbeite mit Mama und Lin im Laden, ich spiele Fahrrad-Polo mit meinen Freunden, ich besuche meinen Vater im Gefängnis und hin und wieder helfe ich im *Großen Song* aus, wenn Not an der Frau ist. Das ist mein Leben.

Ich bemerke, dass ich eine ganze Weile nichts gesagt habe. Wer hätte gedacht, dass dieser Thomas mich mit einer einzigen, unschuldigen Frage so irritieren würde.

»Ich würde gern in einem Büro arbeiten«, teilt Lin unvermittelt mit.

Ich sehe sie an. Noch nie habe ich sie so etwas sagen hören, doch jetzt, wo sie neben mir sitzt und versonnen nickt, erkenne ich, dass es nicht gelogen ist. »Geregelte Arbeitszeiten, Sozialversicherung, Urlaubsgeld … herumreisen und von der Hand in den Mund zu leben, das will ich nicht. Das Leben bietet schon genug Unsicherheiten.«

Thomas nickt. »Das verstehe ich. Ich kann Sie mir gut in einem solchen Job vorstellen. Sie scheinen mir sehr umsichtig zu sein.«

Lin zuckt mit den Schultern. »Das interessiert leider niemanden. Wie Christie habe ich nur die Grundschule absolviert. Ich hatte mich für einige Stellen beworben, doch niemand wollte mich auch nur in Erwägung ziehen.«

Bedrückt senke ich den Blick. Lin hat mir das nie erzählt. Andererseits habe ich auch nie danach gefragt. Ob Mama davon weiß? Es fühlt sich seltsam an, zu erfahren, dass meine Schwester eine Seite hat, die sie vor mir verborgen hält. Einen Teil wie Thomas. »Ich gehe kurz aufs Klo«, murmle ich und befreie mich aus Lins Griff. Auf der Damentoilette klappe ich den Deckel herunter und sitze dort eine Weile. Einerseits denke ich darüber nach, ob es etwas gäbe, was ich machen wollen würde, hätte ich die finanzielle Möglichkeit. Andererseits fühle ich mich schuldig, mich Lin aufgedrängt zu haben, und schenke ihr ein wenig Zeit mit Thomas.

Später erzählt Thomas davon, was er alles gemacht hat. Meist hat er sich als Saisonarbeiter verdingt. Die Geographie des Kontinents Aurora ist mir nur vage bekannt, die Städte, von denen er erzählt, kenne ich kaum. Auf jeden Fall klingt es aufregend. Und es passt zu jemandem, der nach einer Landschaft riecht, die ich nie besucht habe.

Da es dunkel wird, bietet Thomas an, Lin und mich nach Hause zu bringen. Lin sieht mich fragend an. Ich zucke mit den Achseln und bejahe gleichzeitig. Während die beiden vorausgehen, schiebe ich das Fahrrad hinterher und fühle mich wie das dritte Rad am Wagen. *Selbst schuld, Christie – kein Mitleid für dich!* Ich habe mich selbst in diese Situation gebracht.

Die beiden unterhalten sich leise, doch ich höre ihnen kaum zu. Auf der Straße riecht es nach Autoabgasen und Hundepisse. Wir nehmen einige Seitengassen, die eine Abkürzung bilden. Dennoch werden wir ungefähr dreißig Minuten nach Hause brauchen. Bei dem Tempo, das wir vorlegen, dauert es wahrscheinlich länger.

Die beiden Turteltauben schlendern Seite an Seite voran, immer wieder streift Thomas' Hand unauffällig Lindas. Ich sehe, wie sie die Finger krümmt und wieder entspannt, als unterdrücke sie den Drang, seine Hand zu ergreifen.

Ein Geräusch in einer querenden Seitengasse, die T-förmig abläuft, lässt die beiden anhalten. Ich gehe noch einige Schritte, mein Fahrrad gibt das typische sachte Ticken von sich, bis ich ebenfalls stehen bleibe. Das Fahrradlicht, das durch den Dynamo ein spärliches, flackerndes Leuchten von sich gegeben hat, erlischt.

Da, wieder ein Geräusch – hinter einigen aufgereihten Mülltonnen rumpelt es. »Hallo?«, ruft Thomas hinüber. »Ist da jemand?«

Lin drängt sich unwillkürlich näher an ihn. »Vielleicht ein Obdachloser«, sagt sie leise.

Es ist dunkel, nur einige Fenster sind beleuchtet und verzerren das Straßenbild zu grotesken Schatten.

»Hallo!«, bellt Thomas lauter.

Lin greift nach seiner Hand. Versichernd drückt er sie. Ich drücke nur den Lenker meines Fahrrads. Meine Vorstellung spielt mir Streiche. Vermutlich ist es wirklich nur ein Obdachloser, der seinen Schlafsack zurechtzieht, oder eine Katze, die in den Tonnen nach Resten wühlt. In meiner Vorstellung könnte genauso ein Drache hinter den Tonnen hervorspringen.

Ein Schatten kommt in Bewegung. Es riecht penetrant nach Abfällen.

Augen blitzen auf, bernsteinfarben in der Nacht. Sie sind zu groß für eine Katze, die Pupille ist unpassend. Ein Kratzen ertönt, wie Hornkrallen auf Asphalt, als sich ein fellüberzogenes Tier ins Licht der Fenster tastet.

»Ein Streuner«, flüstert Lin.

Der Hund besitzt eine spitze Schnauze und dichtes, rotgoldenes Fell. Er ist von der Schlankheit eines wilden Kojoten, die es in der südlichen Steppe Vespers gibt. Jedoch ist er größer, fast so groß wie ein Wolf. Jetzt stemmt er einen der schlanken Läufe gegen den Boden und stößt ein dunkles Knurren aus. Seine Lefzen entblößen Fangzähne, die weiß durch die Nacht stechen. »Ahnen, steht mir bei …!«, stößt Lin aus und küsst die drei mittleren Finger, um sich anschließend mit ihnen gegen die Stirn zu tippen.

»Vorsichtig ein paar Schritte zurück«, flüstert Thomas und schiebt sie in die Mündung der Gasse, die wir eigentlich gerade entlanggegangen sind. Die beiden tasten sich lautlos zurück. Ich versuche ihnen zu folgen, doch mein Fahrrad kann nicht schleichen. *Tick-tick*, machen die Speichen. Ich versuche es schneller. *Tick-tick-tick-tick-tick* …

Der Streuner setzt einen weiteren Schritt vor und geht in Angriffshaltung über.

»Ihr Geister …!«, murmle ich. Was soll ich tun? Stehen bleiben? Rennen? Mich aufs Rad werfen und versuchen, davonzufahren? Aber was ist mit Linda und Thomas?

»Bleib stehen!«, herrscht Thomas mich unter angehaltenem Atem an. Aus dem Augenwinkel kann ich seine Armbewegung sehen. »Lin, geh weiter!« Langsam aber sicher bewegt er sich zwischen uns und den rotbraunen Streuner. Ich fühle mich zittrig. Noch nie habe ich mich in Poschovar unsicher gefühlt … jetzt geben die Beine unter mir nach. Das Fahrrad zittert, als ich mich daran festklammere.

Thomas stößt gurrende Laute aus.

Der Streuner steht immer noch in Angriffshaltung, sein Blick wandert mal zu mir, dann zu Lin. Er scheint sich nicht entscheiden zu können, was er tun soll.

Unsere Begleitung tastet sich an ihn heran und winkt mir, ich solle hinter ihm vorbeigehen. Panisch überlege ich, ob ich das Fahrrad fallen lassen oder mitnehmen soll. Plötzlich krümmt das Tier seine Hinterbeine und setzt an Thomas vorbei, direkt auf Linda zu.

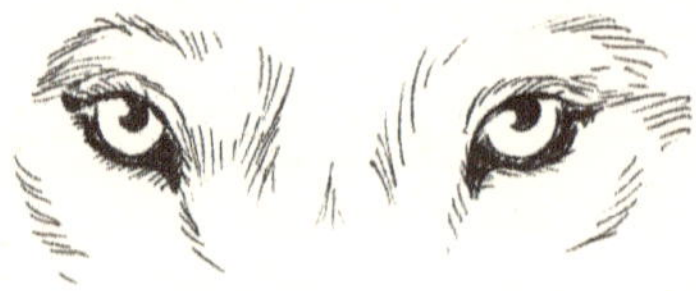

8.

Blut und Schuppen

Lin wirft gerade einen Blick über die Schulter, als der Streuner in ihre Richtung schießt. Sie geht automatisch in die Knie, birgt den Kopf zwischen den Armen und stößt einen Überraschungsschrei aus. Das Tier scheint darauf zu reagieren und beißt zu. Erschrocken stürzt sie zurück. Das Kojotengebiss zerrt an ihrem Ärmel, der lautstark reißt. Lin heult auf. Ob sie verletzt ist, kann ich aus der Distanz nicht erkennen.

»Lin!«, schreien Thomas und ich gleichzeitig. Der Streuner zuckt herum, die Ohren spitz. Der Lärm scheint ihn zu irritieren, denn er weicht zurück. Ich sehe, wie Thomas läuft und laufe auch. Thomas schreit. Ich setze ebenfalls dazu an. Wie die Affen rennen wir brüllend auf Lin und den Streuner zu. Auf dem Weg klaubt Thomas etwas vom Boden auf und wirft es nach dem Tier. Lautstark zerbricht eine Glasflasche auf dem Asphalt. Das Geräusch bringt den Mischling endgültig dazu, die Flucht zu ergreifen. Er springt davon und flieht in die Nacht.

Als ich bei Lin ankomme, kniet Thomas bereits neben ihr. »Alles in Ordnung?«, ruft er. Er hilft ihr in eine Sitzposition, sie klammert sich an ihm fest. Ihr Gesicht ist weiß, es erscheint im Dunkeln beinahe hellblau. »Wwas war das?«, piepst sie.

»Ein Streuner. Vermutlich ein Hund-Kojote-Mischling. Die Tiere sind innerlich zerrissen, tasten sich an Städte heran und bleiben dennoch wild …«

»S-so weit im Norden?«, fragt Lin, doch Thomas ist bereits dabei, ihre Schulter zu inspizieren.

»Er hat dich erwischt«, stellt er fest.

»Was?«, rufe ich panisch. »Er hat sie gebissen?«

»Es ist ein Kratzer, nur halb so schlimm.«

»Ein tollwütiger Hund hat meine Schwester gebissen, und du sagst, es ist nur halb so schlimm?!« Ich schlage die Hände über dem Kopf zusammen. »Bei den Ahnen … das ist alles meine Schuld … wäre ich nicht so gemein gewesen – das Glockenspiel! Der Schutzzauber! Ich war böse und …« Während ich vor mich hin brabble und glaube, dass die Geister unserer Ahnen oder das verteufelte Glockenspiel für dieses Unglück zuständig seien, hilft Thomas Lin in die Höhe.

»Ich bringe dich ins Krankenhaus«, sagt er.

»Nicht notwendig. Der Laden ist in der Nähe, dort finde ich alles, was ich brauche«, erwidert sie gefasst. Ist es der Schock, aus dem sie spricht? Oder stehe ich unter Schock? Ich habe keine Kontrolle über die Worte, die aus meinem Mund fließen, sie bleiben konfus und unzusammenhängend. »… Geister … Kojoten geschickt …!«

»Christine hat recht … was, wenn das Tier eine Krankheit hatte?«

»Christies beste Freundin arbeitet im Krankenhaus, sie soll morgen einen Bluttest machen. Christie. Christie!«

Ich höre auf, mir die Haare zu raufen.

»Rufe Cordula an und sag ihr, dass ich ihr morgen eine Blutampulle bringe, ja?«

»I-ich rufe sie an, dass sie sofort herkommen soll!«

»Nicht«, erwidert Lin gefasst. »Es ist nur ein Kratzer. Wir gehen in den Laden und regeln das.«

»Bist du sicher …?«, fragt Thomas, doch Lin greift nach seiner Schulter und drückt sie versichernd. »Meine Familie ist sehr krankheitsresistent«, sagt sie.

Nachdem wir im Laden angekommen sind, soll Thomas auch erfahren, warum.

Ich schneide Lin den Ärmel ab, wie sie es verlangt. Zum Vorschein kommen nicht nur der Kratzer, der aussieht, als wäre er mit Fingernägeln verursacht, sondern auch die Drachenschuppen. »Was hast du da?«, fragt Thomas.

»Das ist ein Erbe meiner Familie«, antwortet Lin. »Das sind Schuppen.«

Thomas' Augenbrauen wandern zusammen und bilden eine Falte auf seiner Stirn. »Schuppen?«

Lin sieht ihn gerade an, die Schere verursacht reißende Geräusche. Dann bin ich durch. »Mein Vater ist ein Drachenwandler«, sagt sie.

Ein Knoten bildet sich in meinem Hals. Normalerweise sprechen wir darüber nicht mit Außenstehenden. Ich werfe einen vorsichtigen

Blick zu Thomas und sehe, dass er schluckt. »Drachenwandler«, wiederholt er wie ein Papagei.

Lin nickt. »Es ist ein altes interensisches Erbe aus Talanis. Dort gibt es Drachenwandler – Menschen, die sich in Drachen verwandeln können.«

Thomas legt den Kopf schief und sagt nichts, doch ein Fragezeichen schwebt über seinem Kopf.

Lin sieht traurig aus. Ich ahne, dass sie das Gespräch schon einmal mit einem anderen Mann geführt haben muss. Es dürfte schlecht geendet haben. Welcher Mann will mit einer Frau zusammen sein, die sich vielleicht in einen Drachen verwandelt?

»Diese Drachen sehen nicht aus wie die Drachen, die es früher in Aurora gegeben hat. Wir sind nicht so groß, unser Körperbau ist anders …«

»Du sagst wir«, wendet Thomas ein. »Heißt das …?«

»Ich kann mich nicht in einen Drachen verwandeln«, gibt Lin zu. »Aber es ist möglich, dass sich das vielleicht irgendwann ändert. Die Chance ist verschwindend gering, aber existent.«

Es ist schwer, Thomas' Gedanken einzuschätzen. Er kratzt sich am Hinterkopf, während ich Lins Wunde desinfiziere.

»Es ist unwahrscheinlich, dass der Streuner eine Krankheit übertragen hat. Ich habe von meinem Vater ein äußerst potentes Immunsystem geerbt.«

Thomas' Blick wandert zu mir. »Also bist du auch …?« Er scheint die Fähigkeit verloren zu haben, Sätze zu vollenden. Ich schüttle automatisch den Kopf, wie ich es immer tue. Dann zucke ich mit den Schultern. Hilfe suchend sehe ich Lin an. Wie gesagt, unsere Familie redet nicht mit Außenstehenden über familieninterne Angelegenheiten. Unser Drachenerbe gehört dazu.

Lin greift nach meiner Schulter und drückt sie versichernd. »Christies Drachenblut ist kaum vorhanden«, sagt sie nur. »Das zu erklären, ist eine lange Geschichte.« Müde rutscht sie vom Tresenrand weg, an dem sie gelehnt hat.

»Soll ich eine Gäga-Paste anrühren?«, frage ich. »Das beschleunigt die Wundheilung.«

Sie schüttelt nur den Kopf. »Nein. Ich will nur nach Hause.«

Wir sind einen Großteil des Weges wieder zurückgegangen und befinden uns näher an der *Gelben Katze* als unserem Zuhause.

»Mein Motorrad steht um die Ecke«, sagt Thomas plötzlich. »Bitte lass mich dich nach Hause bringen.«

Lin sieht ihn zweifelnd an. Ich wünsche mir, ich wüsste, was in ihrem Kopf vorgeht – und in Thomas'.

Ein liebevolles Lächeln klettert auf sein Gesicht. »Du bekommst meine Lederjacke und meinen Helm. *Bitte.* Ich möchte nicht, dass du jetzt noch einmal durch die Dunkelheit marschierst. Und das mit einem streunenden Hund in diesem Viertel.«

»Was ist mit Christie?«

»Ich nehme das Fahrrad«, wende ich ein. Obwohl mir bei dem Gedanken nicht ganz wohl ist, dass meine Schwester auf einem Motorrad sitzt, ist es mir lieber, als sie ginge noch einmal durch die Nacht. »Ich bleibe auf den Hauptstraßen, versprochen.«

Thomas schlüpft aus seiner Lederjacke und hält sie meiner Schwester hin. Sein seltsamer Geruch verstärkt sich. Während ich versuche, ihn zu entziffern, mustert Lin sein eng anliegendes Shirt und das, was sich darunter befindet. Er lächelt ihr verheißungsvoll zu. »Lass mich dich fahren. Tust du mir den Gefallen?«

Zögerlich nimmt sie die Lederjacke entgegen und schlüpft hinein. »Und es macht dir nichts aus?«, fragt sie.

»Dich zu fahren? Natürlich nicht.«

»Das mit den Drachenschuppen, meine ich.«

Er wirkt zuerst verständnislos, dann zucken seine Augenbrauen verräterisch. Für einen Augenblick scheint er vergessen zu haben, dass ich da bin. »Um das zu wissen, müsste ich sie mir schon näher ansehen …«

Ich räuspere mich. Die beiden sehen mich peinlich berührt an. »Ich fahre jetzt«, brumme ich. »Bitte komm schnell nach.« Damit verlasse ich vor ihnen das Geschäft. Das Glockenspiel bimmelt, als die Tür hinter mir ins Schloss fällt.

9.

STREUNER IN DER NACHBARSCHAFT

Lin kommt sogar vor mir zu Hause an. Mum ist ebenfalls wach. Sie hat sich einen Kimono um die Schultern geworfen und telefoniert mit Pheng. Die Matriarchin muss von einem aggressiven Streuner in ihrem Territorium erfahren.

Natürlich glaubt Mama nicht, dass wir die Wunde richtig versorgt haben und prüft alles nach. Lin lehnt erschöpft am Sofa, während ich zum hundertsten Mal anbiete, Cordula anzurufen. Trotz des späten Abends klopft Mama bei unserer Nachbarin, die früher Krankenschwester war und offensichtlich noch immer Gerätschaften zur Blutentnahme zu Hause hat. Lin geht zu ihr und lässt sich Blut abnehmen. Als sie zurückkehrt, trägt sie ein verstöpseltes Röhrchen mit roter Flüssigkeit bei sich und riecht nach Zigarettenrauch. Das Blutentnahmeröhrchen enthält einen Gerinnungshemmer, sodass das Blut nicht verklumpt. Lin legt es im Kühlschrank ab.

Wenig später fallen wir beide erschöpft ins Bett. Ich liege wach und kann nicht schlafen. Immer wieder sehe ich den Kojoten vor mir, der hinter den Mülltonnen lauert. »Linda?«, frage ich irgendwann.

»Ja?« Sie kann genauso wenig schlafen wie ich.

»Du kannst diesen Thomas gut leiden, oder?«

Ich lausche in die Dunkelheit. »… ja.«

Ich wälze mich im Bett, bis ich einschlafe.

Lin fährt in aller Frühe des nächsten Tages ins Krankenhaus, um Cordula die Blutprobe zu bringen. Mama und ich sind allein im Geschäft. Frau Vitra kommt vorbei und quatscht uns voll, grapscht dabei immer wieder nach meiner Hand und erklärt mir etwas über meine Handlinien. Es gelingt mir, Frau Vitra abzuhängen und ich fahre zum Training. Irgendwie bin ich nicht ganz bei der Sache. Ich fühle mich mies, weil ich Lin gestern dazu gebracht habe, mich zu ihrer Verabredung mitzunehmen. Gleichzeitig bin ich froh, dass ich auf dem Heimweg dabei war. Thomas scheint ein anständiger Kerl zu sein. Warum habe ich dann ein so schlechtes Gefühl? Wären die beiden dem Streuner auch begegnet, wäre ich nicht dabei gewesen, oder hätte Thomas gleich angeboten, Lin mit seinem Motorrad zu fahren?

Dadurch, dass ich abgelenkt bin, ist es nicht weiter verwunderlich, dass ich Angela Boscos Schläger gegen die Schläfe geschlagen bekomme. Cordula, die direkt von ihrer Krankenhausschicht als Heilmagierin hierhergekommen ist, stützt mich, als ich in die niedrige Baracke wanke, in der wir uns umziehen können. Mein Polo-Schläger dient als Krücke.

Ich sitze in der Umkleide, den Kopf gegen die Spinde gelehnt, ein nasses Handtuch auf der Stirn. Die Haut an meiner Schläfe spannt. Eine Beule ist im Anmarsch und wird bald angekommen sein. Vergossene Tränen spannen die Haut auf meinen Wangen.

Cordula schiebt sich neben mir auf die Bank, ich spüre ihren Knieschützer an meinem Bein. »Hast du Schmerzen?«, fragt sie besorgt.

»Mh.«

Die Stille zieht vorbei, was für Cordula ungewöhnlich ist – Stille ist ihr unangenehm, daher füllt sie diese meist mit Worten. »Du bist doch sonst nicht der Typ, der gleich losheult, sobald er einen Kratzer abkriegt. Ist es wegen Lin?« Sie spielt mit einer Locke ihrer sorgfältig gestylten Haare. »Mach dir nicht so viele Sorgen! Als sie die Blutprobe bei mir abgegeben hat, habe ich ihr gleich eine Tollwut-Impfung verpasst. Spätestens übermorgen habt ihr das Ergebnis. Wie du selbst immer sagst – eure Familie ist ziemlich resistent gegen Infektionskrankheiten.« Cordula schlägt vorsichtig das Handtuch zurück und tastet meine Beule ab. Ihre Finger strahlen ein weiches, warmes Gefühl aus, das schwer zu beschreiben ist – für mich fühlt es sich wie die Berührung eines geliebten Menschen an. Automatisch spüre ich Erleichterung und wie der Schmerz abebbt. Unsere Mannschaftskapitänin ist nämlich eine der besten Heilerinnen der Stadt.

Cordulas Nachname ist Wegemann. Ihre Eltern gehören wie Großmutter Pheng Song der Hexade an. Während in unserer Linie Drachenblut und die magische Fähigkeit der Nekromantie fließen, sind die Wegemanns Spezialisten der Heilmagie.

Ich spüre, wie die magische Energie als Prickeln in die Prellung fährt. »Lass das«, murmle ich und schiebe ihre Hand fort. »Diese Beule habe ich verdient.«

Cordula hört nicht auf mich. Ihre Hände fahren über meine Stirn. Sie tastet meine Schläfen ab, meine Schädelknochen, mein Auge. »Ich glaube nicht, dass du eine Gehirnerschütterung hast«, sagt sie. »Aber ich kann dir die Beule wegmachen, wenn du möchtest.«

»Nö.«

Die Zeit zieht sich schweigend. Ich kippe den dröhnenden Kopf zur Seite und sehe meine Freundin müde an. Platinblondes Haar, mit flüssigem Eyeliner geschminkte Augen, zwei Wangenpiercings, tätowierte Arme, ein bauchfreies Top und Jeans-Hotpants – niemand würde denken, dass Cordula in einem Krankenhaus arbeitet. Während Lin schön wirkt, ist Cordula sexy. Die beiden sind eine Zeit lang zusammen zur Schule gegangen, bevor Cordula auf eine Schule gewechselt hat, die sich auf Heilmagie spezialisiert hat. Obwohl uns einige Jahre trennen, haben wir uns immer gut verstanden. Aus einer anfänglichen Bekanntschaft wurde über die Jahre hinweg eine tiefe Freundschaft. Cordula war so etwas wie meine zweite ältere Schwester. Alles, was Lin mir nicht beigebracht hat, habe ich von ihr. Sämtliche Aufklärungsgespräche habe ich mit Cordula geführt … wobei das mit der Verhütung bei ihr nicht sonderlich gut geklappt hat, schließlich ist sie mit achtzehn Jahren schwanger geworden. Es hat ihr nichts ausgemacht. Cordula nimmt das Leben hin, mit all seinen Licht- und Schattenseiten. Diese positive Einstellung hat sie von ihren Eltern. »Sind die Kinder eben früher aus dem Haus«, meinte sie, als wir uns das erste Ultraschallbild ansahen. »Mit vierzig fängt das Leben an.«

Weil ich ihren besorgten Heilmagier-Blick nicht länger ertrage, versuche ich sie abzulenken. »Was hast du heute noch vor?«

»Ich muss mit meinen Eltern ins Poschovarer Rathaus. Deswegen habe ich mir den ganzen Nachmittag frei genommen. Dave ist währenddessen mit den Kindern bei seinen Eltern.«

»Wieso musst du ins Rathaus?«

»Jeder Patriarch und jede Matriarchin der Hexade muss schriftlich seine Nachfolger festhalten, so ein neues Gesetz. Anderenfalls würden die Sonderregeln der Hexade nicht anerkannt werden. In unserem Fall komme sowieso nur ich als Nachfolgerin in Frage, die Kinder sind, Rvalt sei Dank, zu klein, als dass wir sie eintragen müssten.« Auf Vesper herrschen verschiedene Glaubensrichtungen, der größten unter ihnen gehören ungefähr siebzig Prozent der Bevölkerung an – der aurorische Polytheismus. Ich kenne mich dabei nicht sonderlich gut aus. Da kein talanidischer Religionsunterricht angeboten wurde, hat uns unsere Mutter freigestellt, ob wir den gängigen Religionsunterricht besuchen wollten. Lin ist gegangen, doch ich habe in meinen Freistunden lieber Unsinn getrieben.

Mein Wissen beschränkt sich auf die wichtigsten Gottheiten. *Rehlt* und *Rvalt* haben in den letzten Jahrzehnten immer größere Bedeutung gewonnen. Sie sind eine Art Zwillingsgottheit, deren Abbildung in manchen Klassenzimmern hängt – eine doppelgesichtige Gestalt. Rehlt, die eine Seite, bittet man um Dinge. Die andere Seite, Rvalt, erfüllt diese Wünsche oder lässt sie unerfüllt. In der Grundschule mussten wir jeden Morgen hinter unseren Tischen strammstehen und das sogenannte Janus-Gebet sprechen. Ich hasste es. Für jemanden, der einem Glauben angehört, der besagt, jedem Ding sei eine Seele inne, war diese doppelgesichtige Schnitzerei, die so bedrohlich über mir hing, mehr als nur unheimlich.

Wie ich lebt Cordula ihre Religion recht oberflächlich – die Tempel besucht sie ausschließlich zu besonderen Anlässen.

Nun erhebt sie sich, zieht mich mit in die Höhe. »Komm, lass uns an die frische Luft gehen – der Schweißgeruch der pubertären Korbballmannschaft, die vorher hier Training hatte, hilft deinem Kopf nur bedingt.« Ich hake mich bei ihr ein und Seite an Seite verlassen wir das Haus.

Die Mädels düsen auf ihren Bikes kreuz und quer über den Platz. Rita Morgenstern übernimmt den Ball und schießt ein Tor. Angela Bosco ärgert sich und knallt in typischer Manier den Schläger auf den Boden. Angela kauft sich ziemlich oft neue Schläger, da sie alle früher oder später Bekanntschaft mit dem Asphalt machen.

Cordula spaziert mit mir am Rand des Trainingskäfigs entlang. Ich presse das Tuch gegen meine wachsende Beule. Der Sportplatz ist eingezäunt, damit vorbeieilende Passanten nicht von Bällen getroffen werden. Eine Menschengruppe nähert sich uns. Mit meinem nächsten Atemzug streift der Duft von Hundefell meine Geruchsrezeptoren. Ich runzle die Stirn und halte nach Vierbeinern Ausschau.

»Was ist los?«, fragt Cordula, die meinen abwesenden Gesichtsausdruck bemerkt.

»Es riecht nach Hund.« Der Geruch verfolgt mich seit Tagen.

Die Handvoll Menschen, ein paar Männer und Frauen, nähern sich. Keiner von ihnen führt ein Tier bei sich, doch die Art, wie sie sich bewegen, erinnert mich an ein Rudel, das durch die Straßen zieht. Rastlos wandern sie über den Asphalt, tauschen flüchtige Worte und werfen prüfende Blicke nach links und rechts. Als sie sich dem Trainingskäfig nähern, intensiviert sich der Geruch. Meine inneren Alarmglocken schrillen. Der Duft besitzt einen scharfen Unterton, der nicht zum gemeinen Haushund passt – wild und animalisch, wie das Tier, das uns gestern angegriffen hat. Ich schlage mir die Hand vor die Nase. »Wildhund … oder … Wolf!«, platze ich hervor.

Und dann erkenne ich es – die Art, wie die Passanten sich fortbewegen. Wie sie einander flankieren: Sie schützen das Rudel. Wenn sie miteinander sprechen, ducken sie ihre Köpfe. Prüfend schieben sich ihre Blicke hin und her.

Und mitten unter ihnen der Mann von der letzten Restaurant-Auslieferung, der nach meinem Cousin Zhang gefragt hat.

»… Gestaltenwandler«, stoße ich aus. Das Wort entringt sich meinem Mund wie ein Husten.

»Hä?«, fragt Cordula verständnislos.

»Ich glaube, das sind Gestaltenwandler.« Anders kann ich es mir nicht erklären. Ich sauge die Luft ein, fast gierig, und unterdrücke einen aufwallenden Hustenanfall. »Wölfe.« Ist das möglich? Oder bilde ich mir das nur ein?

Außer den Devoyes habe ich noch nie andere Gestaltenwandler getroffen – zumindest keine, die ich erkannt hätte. Schiebe ich nach der gestrigen Nacht bloß übereilte Panik, oder kann es tatsächlich wahr sein?

Cordula reckt alarmiert das Kinn. Wenn sich eine Gruppe potenter Gestaltenwandler auf Wegemanns Gelände befindet und es bisher nicht für notwendig gehalten hat, bei der Familie Wegemann vorstellig zu werden, gleicht das einer Herausforderung.

Cordula packt ihren Schläger und tritt zum Käfigrand, an dem die Gruppe vorbeischlendert. »Wer ist euer Alpha?«, ruft sie hinaus.

Sie wird mit Ignoranz gestraft, nur ein oder zwei jüngere Männer mustern sie mit flüchtigem Interesse. Ich bewege mich automatisch hinter meine Freundin, als würde ich Schutz suchen. »Der da«, sage ich und strecke den Zeigefinger an ihr vorbei. Jetzt, da ich ihn wiedersehe, scheint es mir eindeutig: Der Mann, der mir bei der letzten Auslieferung die Tür geöffnet hat. Schlank, dichte Brauen, lockiges, hellbraunes Haar, bärtig, die ersten Falten der Dreißiger um seine Augen.

Cordulas Finger krallen sich ins Gitter. »Hey!«, bellt sie. Zahlreiche Köpfe rucken in ihre Richtung. Der vermeintliche Anführer wird langsamer, mustert Cordula und setzt einen amüsierten Blick auf, während er sich durch den lockigen Bart fährt. »Kann ich dir helfen?«

»Und wie du mir helfen kannst«, erwidert Cordula kalt. »Du kannst mir erklären, warum ein Rudel dieser Größe durch meine Straßen streift, ohne dass ich davon erfahre?«

Nervös umschlinge ich meinen Oberkörper. Irre ich mich? Der penetrante Geruch dämpft meine Zweifel ab.

Der Bärtige hebt die Augenbrauen. »Und wer bist du?«, fragt er.

»Cordula. Der Poschovarer Außengürtel gehört zu meinem Territorium.«

Ihr Gegenüber wirkt wenig überzeugt. Seine Leute scharen sich um ihn wie in einer Kriegsformation – bereit zum Angriff, dabei trennt sie eine Gitterwand von Cordula.

Der Rudelführer verschränkt entspannt die Arme vor der Brust. »Mein Name ist Geralt, sehr erfreut. Soviel ich weiß, handelt es sich hier um ein freies Land. Es gehört niemandem, außer dem Volk, das es bewohnt. Ich bin ein Teil dieses Volkes. Damit gehört dieses Land auch mir. Und da dieses Land mir gehört, gehört auch Poschovar mir.« Er spreizt die Lippen zu einem wölfischen Lächeln. Meine Zweifel schwinden. Ich bilde mir ein, dass sich der Geruch verstärkt, wie bei einem Wolf, der Hormone ausstößt, sobald er einem Rivalen begegnet. Ich ziehe den Rand meines T-Shirts hoch und verstecke die Nase dahinter. Der Geruch dämpft ab – viel besser.

Cordula positioniert den Polo-Schläger über ihrer Schulter. »Du überlegst dir besser, wie du mit mir sprichst«, erwidert sie gereizt.

»Sonst was?« Seine Augenbraue wölbt sich, während sein Blick in meine Richtung gleitet und an meiner malträtierten Stirn hängen bleibt. »Schlägst du mich wie deine Untergebenen?«

Ich erstarre. *Verdammt.* Ich hätte die Beule doch von Cordula wegmachen lassen sollen.

Die Augen meiner Freundin verfinstern sich.

Der Mann hinter dem Gitter legt den Kopf schief. »Das hier ist eine freie Stadt, ich gehe, wohin es mir passt.«

»Dann sei so frei und verpiss dich, bevor ich aus diesem Käfig komme und dir mit dem Schläger ins Gesicht dresche.«

»Ich zittere vor Angst.«

»Das solltest du«, spuckt Cordula. »Denn anstatt die Wunde danach zu heilen, wie ich es könnte, werde ich das Fleisch in deinem Gesicht wuchern lassen, bis von deinem netten Lächeln nichts anderes übrig bleibt als ein einziger Tumorbrocken!«

Irgendeiner der Wölfe kichert. Cordulas Blick ruckt hinüber. Ich sehe, wie sich der Gesichtsausdruck des Anführers ändert. »Du bist eine Wegemann?«, fragt er.

»Worauf du einen lassen kannst.«

Er nickt seinen Leuten zu. »Dann lasst uns gehen.« Sie trollen sich, wandern die Straße weiter, doch ihre schützende Kampfformation löst sich nie gänzlich auf.

Cordula sieht den Fremden hinterher, bis sie außer Sichtweite sind.

Ich fasse meine Freundin vorsichtig an der tätowierten Schulter. »Falls sie wirklich Wandler sind«, flüstere ich, »wundert es mich, dass sie bei der ersten Provokation nicht aus der Haut gefahren sind.« ›*Aus der Haut fahren*‹ bekommt bei Gestaltenwandlern eine komplett neue Bedeutung.

Cordula stößt langsam die Luft aus. »Sollte es sich um ein Rudel handeln, so hat es sich exzellent unter Kontrolle.«

Ich starre ans Ende der Straße, wo gerade das letzte Rudelmitglied aus dem Sichtfeld verschwindet.

»Kontrolle bedeutet einen starken Anführer«, fügt Cordula an.

»Ist das ein gutes oder ein schlechtes Zeichen?«, frage ich.

Cordula senkt ihren Polo-Schläger. »Ich weiß es nicht«, antwortet sie wahrheitsgemäß. »Aber wir sollten in Erwägung ziehen, dass der Streuner, der euch gestern angegriffen hat, keine Zufallsbekanntschaft war.«

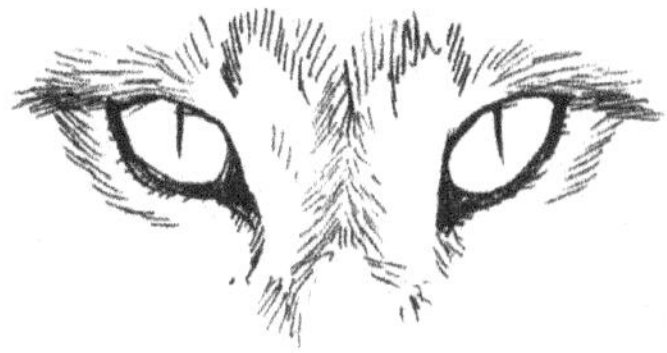

10.

DIE HEXADE

Ich rufe sofort Mama an, die mit Lin den Laden betreut. Augenblicklich schließen sie das Geschäft und fahren nach Hause, wo Mama mit Pheng telefoniert.

Als ich zu Hause ankomme, spricht Mama Talanidisch ins Telefon, weswegen ich nur wenig verstehe. Offiziell habe ich es nie gelernt. Ich schnappe nur hin und wieder ein paar Worte auf, die ich vor allem von Streitgesprächen mit Pheng aufgeschnappt habe. Als sie auflegt, lehnt sich Mama auf dem Sofa zurück und birgt die Augen hinter der Hand. Ich setze mich neben sie. »Was ist los?«, frage ich.

»Long wollte nie, dass wir in diese Hexade-Sache hineingezogen werden«, stößt sie aus. »Und jetzt passiert genau das.«

Fragend sehe ich sie an.

Sie wischt sich über das Gesicht. »Es wurde eine Sonderratssitzung der Hexade einberufen. Pheng hat verlangt, dass ihr kommt. *Ohne mich.* Das angebliche Gestaltenwandlerrudel wird thematisiert.«

Ich schürze die Lippen. »Was haben wir denn damit zu tun?«

»Die Hexade vermutet, dass es sich bei dem Streuner, dem ihr gestern begegnet seid, um einen von ihnen handelt. Das wäre eine unlautere Herausforderung.«

»Eine unlautere was?«

Mama sieht mich lange an, doch ihr Blick scheint durch mich hindurchzugehen. Sorgenfalten rahmen ihre Augen. »Christie, früher hat die Hexade nicht nur eine repräsentative Funktion ausgeübt, sondern das Amt war mit Macht und Entscheidungsfreiheiten verbunden. Damals gab es keine Wahlen im Grenzgebiet. Die mächtigen Familien haben die Gesetze gemacht. Um diese Machtpositionen wurden Duelle abgehalten. Als deine Großeltern in die Hexade kamen, gab es noch Duelle, weil andere Familien und Clans nicht zurücktreten wollten. Zuko hat sich diesen Posten erkämpft.«

Ich schlage die Hände übereinander. »Heißt das, jemand wollte Lin … zu einem Duell herausfordern?«

Mama zuckt mit den Achseln. »Ich weiß es nicht. Es könnte sein.« Sie steht auf, öffnet einen Einbauschrank und zieht einen Schemel hervor, um an das höchste Regalbrett zu gelangen, wo sie unsere traditionelle Kleidung aufbewahrt.

»Was machst du?«, frage ich.

»Pheng sagt, ihr sollt euch standesgemäß kleiden.«

Ich schlucke schwer. »Und du machst da mit?«

»Ich will, dass ihr dabei seid. Großmutter Pheng hat Long als potenziellen Nachfolger angegeben, deswegen betrifft euch das genauso wie Zhang.«

Ich beobachte sie dabei, wie sie die mit Seidenpapier ausgelegten Schachteln herauszieht. »Hat Pheng gesagt, dass ich auch kommen soll? Oder hat sie nur von Lin gesprochen?« Mamas Schweigen ist eine Antwort. »Dann gehe ich nicht hin«, sage ich. »Nicht, wenn ich nicht eingeladen wurde!« Ich höre, dass Lin aus dem Badezimmer kommt. Sie hat sich die Haare zu einem Knoten gebunden.

»Ihr steht euch gegenseitig im Weg, Großmama und du«, behauptet sie. »Vielleicht, wenn du dich ein bisschen bemühen würdest, würde sie es sich anders überlegen und dich offiziell in den Familienkreis aufnehmen.«

Ich höre, wie meine Zähne knirschen. »Ich brauche in keinen Familienkreis aufgenommen zu werden. Phengs Meinung bedeutet mir nichts.«

Linda dreht sich um. »Wenn du es nicht für dich tust, dann tu es für Mama.« Sie tritt an Mamas Seite, öffnet eine der Schachteln und holt das Gewand aus talanidischer Seide hervor. Es ist ihr roter Quipao, den sie von Pheng zu ihrem achtzehnten Geburtstag geschenkt bekommen hat. Ich besitze nur den alten meiner Mutter.

Als ich aus dem Badezimmer zurückkehre, hat Lin sich bereits hergerichtet. Sie trägt eine zeitgemäße Variante traditionsbewusster, talanidischer Kleidung und sieht fantastisch aus. Die rote Seide umschließt ihren Körper wie eine zweite Haut. Der Stehkragen verdeckt ihren Hals und gibt durch den Vorderschlitz ein Stück Haut frei. An ihren Schultern sind ein paar ihrer scharlachroten Schuppen zu sehen. Quer über die Brust rankt sich eine goldene Drachenstickerei.

Als sie mich bemerkt, hält sie darin inne, die Seide glattzustreichen. »Was … ist … das?«, fragt sie verdattert.

»Mamas Quipao war mir zu klein«, brumme ich. »Ich musste etwas anderes anziehen. Du wolltest etwas Traditionelles, schon vergessen?« Ich raffe den Stoff meiner Kleidung zusammen. Es ist eines der idiotischen, vielschichtigen Gewänder, die Großmutter Song immer trägt; quasi die älteste der antiken Versionen der traditionellen Kleidung. In der Frühlingsrolle sehe ich aus, als hätte ich vier Kleidungsgrößen zugelegt. Der Vorteil dieses exquisiten Kleidungsstücks: Man sieht die blauen Schuppen an meinen Schultern nicht.

Lins Blick ist vielsagend, doch sie ist klug genug, ihre Gedanken für sich zu behalten. Stattdessen verlassen wir die Wohnung und warten auf der Straße, bis Zhang uns abholt. Ich streiche mir eine Strähne aus dem Gesicht. »Macht dich die Geschichte mit dem Straßenhund denn gar nicht nervös?«, frage ich.

Lin zuckt mit den Schultern. Ein Auto biegt um die Ecke, Scheinwerfer blitzen auf. Unser Cousin fährt heran und öffnet die Autotür. »Der große Z. ist hier, um die Ladys mitzunehmen!«

Der große Z. trägt Hosen mit Zebrastreifenmuster, silberfarbene Turnschuhe und eine schwarze Lackjacke. Ich drehe Lin langsam den Kopf zu. »Hat Mama nicht gesagt, traditionelle Kleidung sei Pflicht?«

»Du weißt doch, Zhang ist nicht jeder«, antwortet sie und umrundet das Auto. Ich muss mich durch die Vordertür über den zurückgeklappten Sitz in den hinteren Teil des Autos zwängen und hocke dort wie eine unglückliche Braut inmitten ihrer Seidenschleifen. Nachdem ich es geschafft habe, mich anzuschnallen, fällt mein Blick nach vorne. »Verdammt, Zhang!«, stoße ich aus. »Ist das ein Vogel?«

Zhang wendet den Kopf zur Seite und grinst, während er sich mit einer Drehung des Lenkrads aus der Parklücke manövriert. Auf seiner Schulter sitzt ein Spatz. Er weilt dort ganz ruhig und verhält sich in keiner Weise, wie man es von Spatzen gewohnt ist. Weder zuckt noch ruckt noch springt er nervös von einem Fleck zum nächsten. Er harrt dort in steinerner Stille, nur hin und wieder erschaudert sein Kopf in einer überaus künstlich wirkenden Bewegung.

Ich verziehe das Gesicht. »Zhang! Der Vogel ist *tot!*«

Mein Cousin, der Totenbeschwörer, lacht. »Ein Geschenk für Lisbeth Devoye.«

Lin sitzt ruhig auf dem Beifahrersitz. »Was bei den Seelen soll Lisbeth Devoye mit einem toten Vogel anfangen?«

»Das letzte Mal behauptete sie, meine nekromantischen Kräfte wären eine einzige Farce. Ich sagte, sie solle es den Spatzen auf dem Dach erzählen, wenn sie dort oben unterwegs ist, um den Mond anzumiauen. Also dachte ich mir – wieso nicht beides miteinander verbinden und der Katze einen Snack mitbringen?«

Lisbeth ist, genau wie ihre Mutter, eine Katzenwandlerin, und aus irgendeinem unerfindlichen Grund steht Zhang auf sie, obwohl sie zwei Jahre älter ist als er und sie überhaupt nichts gemein haben. Ich schüttle den Kopf und beobachte misstrauisch den toten Vogel, bis wir beim Ratsgebäude angekommen sind.

Als wir aussteigen, begegnen wir Cordula, die gerade einparkt. Sie steigt aus ihrem roten Auto, ihre Mimik zeugt von schlechter Laune. Offensichtlich ist sie nicht die Einzige, die dazu gezwungen wurde, in offizieller Familientracht zu kommen – sie trägt ein Dirndl, allerdings mit Rosen und Totenköpfen bedruckt. Sie schließt das Auto und spaziert uns entgegen. »Dachte ich mir schon, dass ihr heute auch kommt.«

Wir nähern uns dem Ratsgebäude. Zhang tanzt einige Schritte voraus. Die ganze Wolfsrudel-Sache scheint ihn nicht im Mindesten zu behelligen. Alles, woran er denkt, ist Lisbeth und der tote Spatz auf seiner Schulter, ein makabres Brautwerbungsgeschenk.

»Die gesamte Hexade ist aus dem Häuschen«, erzählt uns Cordula. »Angeblich wollte sich bereits vor fünfundzwanzig Jahren ein Wolfsrudel einen Platz in der Hexade erkämpfen, ist jedoch den anderen Bewerbern unterlegen.« Cordula zieht eine Zigarette aus der Handtasche und klemmt sie sich in den roten Lippenstiftmund, hält kurz an und entzündet den Tabak mit einem Feuerzeug. »Scheiß Duelle«, stößt sie mit Rauch aus. »Als lebten wir noch in der Schwertzeit.«

Ich sehe sie nachdenklich an, wir gehen weiter. »Warum dieses Outfit?«, frage ich. »Was hat das mit den Wölfen zu tun?«

»Du kennst doch den Leitspruch der Hexade – *Consistam in aequo*, Ruhe liegt im Gleichgewicht. Mittermorgen ist erpicht darauf, Einigkeit zu repräsentieren. Vor wem, ist allerdings fraglich: Das geheimnisvolle Wolfsrudel ist schließlich nicht da.«

»Ich habe Pheng die Adresse gegeben, zu der ich das Essen geliefert habe. Die Wohnung liegt in eurem Gebiet.«

»Wir waren dort. Sie steht leer. Vermutlich sind sie nach der gestrigen Begegnung abgezogen.«

Nachdenklich streiche ich mir über die Unterlippe. Wir nähern uns dem Ratsgebäude, ein von außen nicht ansprechendes Gebäude aus rotem Backstein, zu dem eine breite Treppe führt, die von bauchigen Steinvasen gesäumt wird. Die Hexade erhält das Gebäude durch gemeinsame Ressourcen; den größten Teil zahlen die Pensings, Mittermorgens und Devoyes, da sie das meiste Geld besitzen.

Vor dem Haus begegnen wir der Katzenwandlerin Lisbeth Devoye. Sie stolziert auf gelben Stöckelschuhen in unsere Richtung, an ihrer Seite trippelt ihre Nacktkatze einher. Es ist wohl das hässlichste Tier, das die Welt jemals gesehen hat; dürr, hautfarben und mit Falten überzogen wie ein Nacktmull.

Lisbeth Devoye, neunzehn Jahre jung, trägt ihr nussbraunes Haar zu einer Haartolle gedreht und mit Haarspray zur steinernen Ewigkeit fixiert. Ich kenne niemanden, der einen derartigen Sinn für gleichzeitig ausgefallene wie auch sündteure Mode besitzt. Das türkisfarbene Kostüm ist ein Inbegriff der Hässlichkeit, doch an Lisbeth Devoye wirkt es beinahe adrett.

»Hey, Lis«, grüßt Zhang euphorisch. »Hunger?« Der Spatz auf seiner Schulter flattert. Ein Schauer klettert über meinen Rücken, als ich ihn dabei beobachte. Obwohl Zhang seit seinem sechsten Lebensjahr trainiert, tote Vögel und Nagetiere zu kontrollieren, ist es ihm nie gelungen, die natürlichen Bewegungen der Lebenden nachzuahmen.

»Zhang«, grüßt Lisbeth desinteressiert. Sie bewegt sich an ihm vorbei wie die Katze, die sie ist, jeder einzelne Schritt gezielt dazu gesetzt, dem Rest der Welt die eigene Überlegenheit zu signalisieren. Sie führt ihr Haustier ins Ratsgebäude. Nicht einmal die Nacktkatze interessiert sich für Zhangs Vogel.

Als ich meinen Cousin ansehe, überkommt mich Mitleid – er wirkt ernsthaft enttäuscht. Offensichtlich hat er sich das Zusammentreffen mit der guten Lisbeth anders vorgestellt.

Zhang presst zornig die Lippen zusammen. Der Vogel erschlafft, fällt von seiner Schulter und prallt wie ein Federball auf den Asphalt. Seine Achtlosigkeit bereitet mir Sorgen. Die Totenmagie hat ihn den Respekt vor dem Tod und den Toten einbüßen lassen – so auch vor diesem Vogel, der sein Leben gelassen hat und nun wie eine leere Fastfood-Tüte weggeschmissen wird.

»Zhang!«, rufe ich, doch er hat die Hände in den Hosentaschen vergraben und stapft missmutig der jungen Devoye hinterher.

Ich überlege, ob ich den Vogel aufheben soll, doch in der Nähe gibt es keine Bäume oder Büsche, wo ich ihn ablegen könnte. Schließlich bücke ich mich und versenke ihn in einer der Steinvasen, die die Treppe umgeben. Rasch folge ich den anderen.

Es fühlt sich weniger wie eine eilig einberufene Ratssitzung an als ein Debütantinnenball. Die Oberhäupter der Hexade scharen sich zu Grüppchen. Wir Debütanten flankieren dekorativ unsere Verwandten und warten, dass Schwung in die Sache kommt.

Lisbeth sitzt am lang gezogenen Ratstisch und wischt mit übereinandergeschlagenen Beinen, die Nacktkatze auf dem Schoß, auf ihrem Handydisplay herum. Ihre Mutter Anne sieht aus wie Lisbeths älteres Ebenbild und unterhält sich gerade mit Großmutter Pheng. Cordula steht bei ihren Eltern, Ulla und Johann Wegemann, und saugt gelangweilt an ihrem Wangenpiercing. Dabei hört sie dem Patriarchen der ältesten Familie der Stadt zu, Oliver Mittermorgen. Mittermorgen ist für mich der Anführer der Hexade. Zumindest ergreift er meist das Wort, wenn es etwas zu sagen gibt. Wie immer trägt er einen Anzug, seine Frau Charlêne steht in einem Kostüm neben ihm. Der Kunsthändler und die Börsenspekulantin eskortieren ihre zwölfjährige Tochter Selma in dunkelrotem Samtkleid und schwarzen Lackschühchen. Sie sind die perfekten Repräsentanten der reichen Poschovarer Oberschicht und symbolisieren in gewisser Weise das Herz der Stadt. Ihnen gehören zahlreiche alte Gebäude im Zentrum, die sie liebevoll renovieren und für viel Geld weitervermieten. Niemand aus unserer Familie könnte sich eine dieser Wohnungen leisten, selbst wenn wir unser gesamtes Leben arbeiten würden.

Ich muss husten und weiß, wer sich in meine Nähe begeben hat, ohne dass ich mich umdrehe. Paul und Peter Pensing rauchen eine ekelhafte Zigarettenmarke, von der ich Asthma bekomme. Als Kleinkind dachte ich, die beiden würden wegen ihres regen Zigarettenkonsums Feuersalamander genannt. Damals hielt ich es auch noch für normal, dass die beiden sich mit einer freischwebenden Flamme am Zeigefinger den Tabak anzündeten. Dadurch, dass das Talent der Feuermagie in ihren Adern fließt, können sie ihren wirtschaftlichen Interessen auch auf flammende Art Nachdruck verleihen.

Die Pensings gehören einer Familie mit weitreichenden Verbindungen in das gesamte Land an. Sie besitzen große Teile des Industrieviertels am Poschovarer Gürtel.

Heute haben sie einige Neffen mitgebracht, die wie Klone in der Gegend rumstehen und dumm grinsen.

Anselm Horasch ist der Letzte der Hexade, der den Ratssaal betritt. Er wirkt wie der älteste Mann, den ich jemals zu Gesicht bekommen habe. Sein weißes, langes Haar und der dichte Bart besitzen einen eigentümlichen Gelbstich wie vergilbtes Elfenbein. Er stützt sich beim Gehen auf Viktorius, seinen Nachfolger. Niemand weiß genau, wie die beiden miteinander verwandt sind – in die Affären des Flussvolkes mischt sich niemand ein.

Viktorius, ein schlanker Mann mit langem, hellem Haar und hellen Augen, ist der älteste von uns möglichen Nachfolgern. Mit seinen sechsunddreißig Jahren bewegt er sich in derselben Altersstufe wie Peter und Paul Pensing. Da die Mühlen beim Volk vom Fluss ohnehin langsam mahlen, ist es sehr wahrscheinlich, dass Anselm Horasch trotz seines fortgeschrittenen Alters noch lange nicht den Löffel abgeben wird. Viktorius scheint nie Interesse daran gehegt zu haben, die Machtposition frühzeitig zu übernehmen. Beide sprechen selten, fällen jedoch gezielte Entscheidungen. Viktorius ist derjenige von uns Nachfolgern, der aufgrund seines Alters in Hexade-Angelegenheiten bereits ein Mitspracherecht hat.

»Horasch!«, ruft Oliver Mittermorgen aus. »Gut, dass du da bist! Wie war die Anfahrt?«

Der alte Anselm nickt nur, als wäre das eine Antwort auf Olivers Frage, und lässt sich von seinem – Neffen? – auf den mit Armlehnen besetzten Stuhl helfen, den man extra für ihn hergerichtet hat.

Oliver Mittermorgen scheint mit einer derartigen Reaktion gerechnet zu haben. Er klatscht in die Hände und erringt so die Aufmerksamkeit der anderen. »Lasst uns beginnen!« Automatisch begeben sich alle zu ihren Sitzplätzen. Nach all den Jahren verhält sich die Hexade wie ein geschmiertes Uhrwerk. Ich bin die einzige Ausnahme. Da ich erst ein oder zwei Mal bei einer Ratssitzung anwesend gewesen bin, folge ich Zhang und setze mich neben ihn. Pheng sieht mich an und verzieht den Mund. Ich muss etwas falsch gemacht haben, doch Zhang sagt nichts. Mein Cousin ist allerdings auch viel zu sehr damit beschäftigt, Lisbeth Devoye düstere Blicke zuzuschießen, deren Gesicht von ihrem Display beleuchtet wird. Unsicher bleibe ich sitzen. Erst nach einer Weile bemerke ich, dass Phengs und meine traditionelle Tracht dieselbe Farbe besitzen. Als wären wir Mutter und Tochter. *Ups.*

Meine Ohren glühen und ich zupfe an meinem Kragen. Was für ein großartiger Start in den Abend.

Oliver Mittermorgen übernimmt das Wort. Die Mittermorgens kamen mit den ersten Siedlern nach Vesper, eine adelige Familie, die nach dem Fall der Monarchien den aurorischen Kontinent verlassen musste. Sie beanspruchen den Titel der ältesten Ratsfamilie – es ist allerdings fraglich, ob das Volk vom Fluss nicht schon vor den Siedlern hier ansässig war.

Oliver faltet die Hände. »Es freut mich, nicht nur die bekannten Gesichter der Patriarchen und Matriarchinnen wiederzusehen, sondern auch die frischen Gesichter der Kinder und Kindeskinder, also ihrer zukünftigen Nachfolger.« Sein Blick schweift durch die Runde und bleibt einen Moment lang an mir hängen. Mit seinen faszinierenden goldbraunen Augen bringt Oliver Mittermorgen mich dazu, ihm meine gesamte Aufmerksamkeit zu schenken. Er besitzt ein äußerst einnehmendes Wesen. Nicht umsonst werden die Mittermorgens hinter vorgehaltener Hand auch gerne *das schöne Volk* genannt. Ich frage mich seit Längerem, ob Oliver Mittermorgen das interensische Erbe irgendeines längst vergessenen Feenvolks besitzt, das andere allein durch seine Anwesenheit verzaubert.

»Nach den Regeln der Hexade gilt man mit sechzehn Jahren als erwachsen. Zhang Song hat letztes Jahr das Erwachsenenalter erreicht, Christine Song das Jahr zuvor. In vier Jahren wird unsere Tochter Selma ebenfalls diese Grenze überschritten haben – sie ist vor Kurzem zwölf geworden und wurde in unseren Familienverband aufgenommen. Die nächste Generation der Hexade ist auf dem Vormarsch.« Er reibt sich die Hände und fängt die Blicke der Anwesenden mit einer ausschweifenden Kopfdrehung ein. »Der Rat von Poschovar ist nur von Dauer, wenn jede einzelne Familie Stabilität beweist. Wir sind die Säulen, die die Hexade stützen. Bricht eine Säule, bricht die Hexade – wie vor fünfundzwanzig Jahren.«

Die Anderen schweigen. Von den alten Familien waren beim letzten Bruch nur die Mittermorgens, das Flussvolk und eine Handvoll Feuersalamander übrig geblieben. Die restlichen drei Familien hatten sich in internen Fehden zerlegt, mit wenigen Überlebenden, die aus Poschovar flohen. Großmama Pheng und ihr Mann hatten seit eineinhalb Jahrzehnten in Poschovar gelebt, als das Ringen um die offenen Hexade-Plätze begann. Die Wegemanns schafften es recht schnell in den Rat – wer will nicht jemanden als Freund haben, der dich und deine Kinder von beinahe jeder Verletzung heilen kann? Mehrere Gruppen von Gestaltenwandlern wollten in die Hexade, doch es waren letztendlich die Katzen, die sich durchgesetzt haben. Katzen sind eigen. Sie kümmern sich hauptsächlich um sich selbst und laufen nicht Gefahr, mit anderen gestaltenwandelnden Gruppierungen wie Bären oder Wölfen zu kollaborieren. Die Angst, dass es mehrere tierische Gestaltenwandler-Familien auf einmal in die Hexade schaffen könnten und somit ein dominierendes Bündnis schließen würden, war berechtigt. Zu diesem Zeitpunkt war Jorvfa von einer Triade aus Rudeln – Füchsen, Ratten und Kojoten – übernommen worden. Wandler schließen vorwiegend Zweckbündnisse mit anderen Wandlern, ein natürlicher Prozess, der nicht immer bedeutet, dass auch die restliche Bevölkerung davon profitiert.

Die Devoyes schienen das geringste Übel unter allen Wandlern zu sein. Dann gab es da noch uns, eine Fusion aus Nekromanten und Drachen. Durchaus bedrohlich in ihrer Art. Papa sagt, Zuko wäre nicht vor Gewalt zurückgeschreckt, um sich in Duellen gegen andere Anwärter durchzusetzen.

»Wir müssen präsent sein,«, spricht Oliver Mittermorgen, »präsent *vereint.* Diese Qualität muss in der Öffentlichkeit gelebt werden, um das Hineindrängen anderer Familien zu verhindern. In den letzten Jahren haben wir diese Aufgabe durch unsere Bequemlichkeit vernachlässigt. Wir können nur hoffen, dass es nicht zu unserem Schaden reicht.«

Zhang wirft Lisbeth ein schmutziges Lächeln zu. »Dann sollten wir ein bisschen Freizeit miteinander verbringen, du und ich – was sagst du, Lisbeth?«

»Das ist wirklich nicht nötig«, erwidert sie, ohne ihn anzusehen. Ihre Daumen drücken unermüdlich die virtuellen Tasten.

»Hast du nicht gehört? Wir sollen *präsent vereint* sein«, schnurrt Zhang.

Lisbeth hebt den Blick und fokussiert Viktorius Horasch, der neben ihr sitzt. »Möchtest du mit mir etwas trinken gehen?«

»Du bist zu jung«, ist die simple Antwort des stillen Viktorius.

Lisbeths Wangen leuchten auf. Fahrig widmet sie sich wieder ihrem Handy.

Oliver Mittermorgen setzt einen gereizten Gesichtsausdruck auf. »Junge Damen und Herren, ich bitte Sie! Dieses Treffen ist keine Verkupplungsaktion. Ich vermute, Sie haben bereits davon gehört, dass sich ein Wolfsrudel in Poschovar angesiedelt hat.« Er schluckt. Ich kann sehen, wie die Schluckbewegung seinen Hals herabwandert. »Der Verdacht besteht, dass es sich bei dem Rudel um einen Ableger desjenigen Rudels handelt, das vor fünfundzwanzig Jahren unter dem Alpha Jericho Heller versucht hat, einen Platz in der zersplitterten Hexade zu ergattern.«

Ich friere auf meinem Sitz fest. Diese Information ist mir neu.

Oliver Mittermorgen bewegt nervös die Hände. »Noch besteht kein unmittelbarer Anlass zur Beunruhigung. Wir wissen nicht, ob es sich bei der Attacke auf Linda Song tatsächlich um einen Angriff eines Gestaltenwandlers handelt. Vielleicht ist es ein Zufall. Fakt ist: Das Rudel wurde gesichtet und hat nach einer Konfrontation mit Cordula Wegemann seinen Aufenthaltsort gewechselt. Wir wissen momentan weder wo es sich aufhält, noch was seine Absichten sind.« Er sieht zu Lin und mir herüber. »Dennoch mahne ich zur Vorsicht. Nicht nur die Songs, sondern alle Anwesenden: Oberhäupter wie Nachfolger.«

»Was soll es bringen, Linda auf offener Straße zu attackieren?«, murrt Zhang. »Oma hat mir erklärt, dass Hexade-Duelle nicht ohne spezielle Regelung stattfinden dürfen. Man kann nicht einfach jemanden auf der Straße töten. Es gibt die Arena, hier im Ratsgebäude, und Vertreter der anderen Familien müssen anwesend sein …«

Oliver Mittermorgen nickt. »Ja. Ja, es gibt gewisse Regeln, um ein Hexade-Mitglied oder dessen Nachfolger zum Duell zu fordern. Normalerweise werden auch nicht die Nachfolger gefordert, sondern die Matriarchinnen und Patriarchen. Wenn ein Anführer im Duell unterliegt, gibt es ein sogenanntes Nachfolgerecht. Ein Nachfolger, in eurem Fall zum Beispiel Long Song, hat das Recht, die Position der Familie in einem Duell zurückzuerobern.«

Überraschenderweise ist es Lin, die die Hand hebt. »Sie sagen, das Rudel könnte schon einmal versucht haben, einen Platz in der Hexade zu bekommen. Gegen wen hat dieser Jericho Heller das Duell verloren?«

Oliver schweigt einen Moment. Der alte Anselm Horasch vom Flussvolk antwortet an seiner statt. Im Gegensatz zu Oliver Mittermorgen war er zu dieser Zeit bereits ein Mann im fortgeschrittenen Alter gewesen. »Zuko Song«, spricht er mit rauer Stimme. »Der Rote Drache Zuko Song hat den Wolf Jericho Heller während eines Duells getötet.«

Wir tauschen besorgte Blicke. Zhang vollführt eine enervierte Geste. »Was soll das heißen?«, ruft er.

Die Pensings stecken die Köpfe zusammen und flüstern. Ihre potenziellen Nachfolger, allesamt fünf junge Männer aus der näheren Familie, bleiben still sitzen.

Oliver hebt beschwichtigend die Hände. »Noch gibt es keinen Anlass, an einen Rachefeldzug zu glauben. Wir haben es allerdings nicht für klug befunden, die Nachfolger im Dunkeln zu belassen. Vielleicht war dieses Rudel, das im Wegemann-Gebiet gesichtet worden ist, bloß auf Durchreise, und das Problem hat sich bereits von selbst gelöst. Wir sollten den Zwischenfall – oder nennen wir es einen *möglichen* Zwischenfall – auf jeden Fall als Anstoß nutzen, enger zusammenzurücken.« Er spricht weiter darüber, ob man eine Art Treffen mit anderen wichtigen Familien der Stadt veranstalten solle, quasi zu Repräsentationszwecken, am besten nach Longs Entlassung aus dem Gefängnis. Ich höre ihm nicht länger zu. Meine Gedanken wandern zu dem Streuner, dem Gestaltenwandler-Rudel und der Tatsache, dass Lins Großvater angeblich einen Alphawolf getötet hat.

Als wir das Ratsgebäude verlassen, bin ich derart in Gedanken versunken, dass ich über meinen Gewandsaum stolpere. Zhang, der seine Abfuhr durch Lisbeth mittlerweile verkraftet hat, hält mich am Arm fest. Ich lege eine elegante Drehung hin, durch die ich auf die Brüstung neben eine gewaltige, steinerne Blumenvase zu sitzen komme. Seufzend befreie ich meinen Schuh aus dem Saum.

»... dein Auftreten war mehr als nur unpassend.« Ich hebe den Kopf. Pheng steht vor mir. Natürlich fand sie die Kleidung unpassend – schließlich möchte sie nicht, dass irgendjemand uns beide in Verbindung bringt. Bei dem Gedanken, wir könnten einander ähnlich sehen, wird auch mir übel.

Zhang stöhnt auf und fällt neben mir auf die Brüstung. Er rutscht ein Stück hinab, bis ihn eine Steinvase bremst. »Oma, lass sie doch mal in Frieden.«

Pheng Song fokussiert mich mit ihrem Blick. »Das nächste Mal halte dich an deine Schwester. Sie weiß, was Stil und Manieren bedeuten.«

Ich vergrabe die Hände in meinem Schoß und presse die Lippen zusammen. »Mamas Quipao hat mir nicht mehr gepasst«, murmle ich.

Das dunkle Starren will nicht aufhören. »Es ist kein Wunder, dass du ständig neue Kleidung kaufen musst, wenn du nur zu Hause herumsitzt. Achte auf deine Figur.«

Der Knoten, der sich während der Ratssitzung in meinem Hals festgesetzt hat, wird zu einem nicht länger ignorierbaren Hindernis und bringt mich beinahe zum Würgen. Ich spüre die Tränen aufsteigen, doch kämpfe sie mit der Macht meiner Gedanken zurück, als wären es Soldaten, die man zum Rückzug befehlen kann. Ich hebe den Blick und starre geradeaus, denn das ist das Einzige, zu dem ich momentan fähig bin.

Dort hinten entdecke ich das Mädchen, das alles richtig macht. Lin gleitet in ihrem roten Quipao die Stufen hinab, eine Vision in Rot. In diesem Augenblick könnte ich meine Schwester in die gewaltige Steinvase stopfen, an der ich lehne.

Zhang greift nach meiner Hand. Ich fühle es eher, als ich es sehe. Lin nähert sich. Wie war das gewesen? Pheng würde sich *mir* annähern, wenn ich mich *ihr* annähere? Dafür habe ich nur noch ein trockenes Lachen übrig. »Das waren beunruhigende Nachrichten, findet ihr nicht?«, sagt Linda, als sie neben Großmama Pheng ankommt. »Den Ahnen sei Dank, ist nichts Schlimmeres passiert. Wenn ich mir überlege, dass es sich bei dem Streuner tatsächlich um einen Gestaltenwandler handeln könnte …« Großmama tätschelt mitleidig ihren Arm.

Meine Arme schmerzen, so stark presse ich sie aufeinander. »Den Ahnen sei Dank war deine Verabredung da, um uns zu retten«, stoße ich aus.

Lindas Augen weiten sich. Großmutter Pheng dreht sich langsam zu ihr. »Welche Verabredung?«

»Niemand, Großmama«, erwidert Lin beherrscht. »Christine beliebt zu scherzen.«

Pheng ist nicht dumm. »Welche Verabredung?«, wiederholt sie. Ihre Frage gleicht einem Befehl.

Lin schluckt. Sie öffnet ihren Mund, die Unterlippe zittert. »Es ist niemand, Großmama. Wir haben bloß einen Kaffee getrunken.«

»Mit wem?« Ihre Stimme umschlingt Lin wie eine Würgeschlange.

Linda ergibt sich und schlägt die Wimpern nieder. »Er kam in unseren Laden.«

»Du solltest dich nicht mit irgendwelchen Männern treffen, von denen du kaum etwas weißt! Das könnte Gefahr bedeuten!«

Lin lässt kontrolliert den Atem aus. »Bitte, Großmama, ich bin zweiundzwanzig und volljährig und …«

»Nur weil du vor dem Gesetz volljährig bist, heißt das nicht, dass du erwachsen bist! Das entscheide noch immer ich!«

Lin hat einen leidenden Ausdruck aufgesetzt. Von mir kann sie keine Hilfe erwarten. Sie hat mir schließlich auch nicht gegen Pheng geholfen. Stattdessen setze ich noch eins drauf. »Ich stimme Pheng sonst nie zu, aber dieser Typ ist seltsam. Irgendetwas stimmt nicht mit ihm.«

Wie mich Lin nun ansieht … ihre Enttäuschung flutet mir entgegen. »Sieht so aus, als hättet ihr beide doch mehr Gemeinsamkeiten, als ihr euch eingestehen wollt, Großmama und du!« Damit dreht sie sich um und flüchtet die Stufen hinab.

Ich bin zutiefst betroffen. Als ich Pheng ansehe, erkenne ich, dass es ihr genauso geht. Einen Moment sehen wir einander schockiert an, dann eilen wir in verschiedene Richtungen davon, um so tun, als hätten wir das beide nie gehört.

11.

FREIGÄNGER

Linda kommt erst spät nachts nach Hause. Ich wälze mich voller Schuldgefühle im unteren Teil unseres gemeinsamen Stockbetts. Meine Wut hatte sich auf Pheng bezogen, aber es war viel leichter, sie an meiner Schwester auszulassen.

Rastlos wandere ich durch die verdunkelte Wohnung und rumore im Kühlschrank, bis meine Mutter vom ausgeklappten Sofa aus bittet, doch endlich Ruhe zu geben. Es ist halb fünf Uhr morgens, als ich den Schlüssel in der Wohnungstür höre. Ich kenne die Uhrzeit, da ich mit dem Kopf unter der Bettdecke auf die leuchtenden Zeiger meiner Uhr starre. Ich versuche ganz still zu liegen wie ein Hase in seinem Bau, der den Fuchs vor dem Eingang rascheln hört. Lin zieht sich leise aus und steigt über mir ins Stockbett. Erst als ich das vertraute Knarren der Bettlatten höre, kann ich einschlafen.

Das Frühstück verläuft schweigend. Ich setze mehrmals dazu an, mich bei Lin zu entschuldigen, doch sie sieht mich nicht an und ich schaffe es einfach nicht, vor Mutter damit herauszurücken. Sie merkt trotzdem, dass etwas nicht stimmt, doch nachdem wir bei der Ratssitzung waren, scheint sie sich nicht weiter zu wundern. Irgendwann faltet Linda die Zeitung zusammen und erklärt: »Ich suche mir eine Wohnung.«

Mama hält darin inne, in ihr Marmeladebrot zu beißen. »Wie bitte?«

»Ich ziehe aus.«

Das Messer fällt mir aus der Hand und prallt klirrend auf den Küchenfußboden. Ich beeile mich, es aufzuheben und die Marmelade mit Küchenkrepp aufzuwischen.

»Du weißt, dass das nicht geht«, sagt Mama.

»Warum sollte das nicht gehen?«

»Wir haben kein Geld.«

»Ich suche mir einen Job.«

»Du hast einen Job.«

»Ich kann nicht ewig mit euch in diesem Laden arbeiten, der genaugenommen nicht einmal für eine Person genügend abwirft. Abgesehen davon kommt Vater heim. Als wir Kinder waren, saßen wir zu viert in dieser Küche – und weil wir nicht genügend Stühle besaßen, saß Christie immer auf Papas Schoß. Wir sind nicht länger vier und acht Jahre alt. Ich bin zweiundzwanzig, Mama. Zweiundzwanzig! Es gibt in dieser Wohnung nichts, das mir allein gehört – nicht einmal meine Privatsphäre. Ich halte das nicht aus. Ich werde mir eine Wohnung suchen, irgendetwas – aber ich kann nicht länger hier wohnen.«

Ich stehe da, das Messer in meiner Hand. Meine Hände sind von der Marmelade klebrig. »Es tut mir leid«, piepse ich.

Lins Blick streift mich nur kurz. »Es ist nicht bloß wegen dir, Christie. Ihr müsst das doch kommen sehen haben. Hat denn niemand von euch daran gedacht, dass diese Wohngemeinschaft einmal enden muss?«

Mum und ich schweigen. Das ist Antwort genug.

Linda seufzt. »Es tut mir leid, wenn ich euch damit überrasche. Aber ich habe den Entschluss gefasst und werde es durchziehen.«

Mama sagt eine Weile lang nichts. Schließlich nickt sie. »Ich habe eine Bitte«, sagt sie. »Warte mit deinem Auszug, bis Long zurückgekehrt ist.« Damit wendet sie sich wieder der Chronik der Wochenzeitung zu. Äußerlich gibt sie sich ruhig und beherrscht, doch es ist dieselbe Art Beherrschung, mit der sie Großmama Pheng empfängt. Niemand weiß, wie es in ihrem Inneren aussieht, doch wenn es ihr so ähnlich geht wie mir, tobt in ihrem Brustkorb ein kleiner Orkan.

Später bringt Ruth den Müll hinunter und lässt Lin und mich allein. Ich versuche es ein weiteres Mal mit einer Entschuldigung, doch sie winkt ab, als wäre sie nicht böse. Wenn man allerdings achtzehn Jahre mit jemandem im selben Zimmer verbracht hat, weiß man genau, wie der andere tickt – und Lin ist stinksauer.

Mum kehrt vom Müllplatz zurück. Als sie die Wohnungstür öffnet, vernehme ich vom Korridor Frau Steins Stimme. »Endlich bin einmal nicht ich Frau Stein in die Falle gegangen«, kommentiert Mama Frau Steins schrille Stimme und möchte die Tür schließen. Ich höre die Worte *Post* und *zu freundlich* und weiß, dass unsere Nachbarin mal wieder jemanden abgefangen hat, um ihr die Post aus dem Erdgeschoss zu holen.

Ohne Vorwarnung springt Lin auf und läuft zur Tür. »Thomas! Er holt mich ab.«

Ist nicht wahr. Jetzt wird mir klar, woher die Idee mit dem Ausziehen kommt. Ich lasse beinahe ein zweites Mal das Marmeladenmesser fallen und stürze hinterher.

»Linda!«, schnarrt Frau Stein, die in ihrer Wohnungstür steht und augenscheinlich darauf bedacht ist, die Grenze zu ihrer Fußmatte nicht zu übertreten. Sie hält eine Zigarette in der Hand. Vor ihr steht Thomas in seiner von Regen besprenkelten Lederjacke, einen Stapel Post in der Hand. »Gehört der nette junge Mann zu dir?«

Lin beißt sich auf die Unterlippe. Mum schiebt nun ebenfalls interessiert den Kopf zur Tür hinaus.

»Könnte man so sagen.«

»Na, dann möchte ich ihn nicht länger in Anspruch nehmen!« Die Dame mit den weiß toupierten Haaren fasst nach den Briefen und nimmt den Schlüssel zum Postkasten entgegen. »Ich danke Ihnen ... wie war Ihr Name noch gleich?«

»Thomas. Thomas McAvoy.«

»Vielen Dank, Herr McAvoy.« Sie klemmt die Zigarette in ihren Mundwinkel und die Briefe unter ihren Arm und zwinkert Lin auffällig zu. »Ich wünsche euch beiden noch einen schönen Tag.« Damit schließt sie mit einem Klicken die Wohnungstür.

Thomas steht etwas verloren im Gang herum und wendet sich dann unsicher in unsere Richtung – drei Frauen sehen ihn an. Lin räuspert sich und geht ihm entgegen. »Hallo«, grüßt sie. Ein unsicherer Moment entsteht. Beide wissen nicht, wie sie einander begrüßen sollen. Hände berühren sich, Köpfe rücken vor und zurück. Am Ende ist es eine Mischung aus Handschlag und Wangenkuss, mit dem die beiden zueinander finden. Neben mir kippt Mamas Augenbraue. Sie weiß, dass Thomas uns gegen den Streuner geholfen hat. Jetzt scheint auch sie den Zusammenhang zu Lins übereiltem Auszug zu verstehen. »Ich hole nur rasch meine Sachen«, murmelt meine Schwester und will sich an uns vorbeidrängen.

»Thomas, möchten Sie auf eine Tasse Kaffee hereinkommen?«, erhebt Mama die Stimme. Lin sinkt in sich zusammen.

Thomas sieht überrascht herüber. Meine Mutter hat die Arme vor der Brust verschränkt. Ihre Frage lässt nur eine Option zu. »Wwieso nicht?«

So sitzt Thomas kurze Zeit später in unserer Küche. Lin trippelt nervös umher, bis Mama sie auf den nächsten Sessel verbannt, zwischen sie und Thomas einen Teller mit BohnenmousseLeckereien stellt und Kaffee aufsetzt. Ich habe Thomas' Jacke entgegengenommen und bringe sie ins Wohnzimmer, um sie neben der Haustür aufzuhängen. Ich versichere mich, dass ich mich außer Sichtweite befinde, und drücke meine Nase in das feuchte Leder. Eine Mischung verschiedener Straßengerüche schlägt mir entgegen. Vorsichtig ziehe ich den Reißverschluss auf und komme mir dabei ziemlich dämlich vor, als ich mein Gesicht in das Innenfutter presse und inhaliere.

Das Flanellinnenfutter besitzt einen ungewöhnlichen Duft, von dem ich nicht entscheiden kann, ob ich ihn abstoßend oder anziehend finden soll. Er bildet einen krassen Gegensatz zu der Stadt, die wir bewohnen. Unvermittelt muss ich an Berge und Wälder, reißende Flüsse, dichte Nebeldecken, herabwandernde Schlammmuren und den ersten Schnee denken. So stelle ich mir den Geruch eines Wanderers vor, der seit ewigen Zeiten keine Zivilisation gesehen hat.

Ich öffne die Augen und bemerke meine Mutter, die im Türrahmen steht, die Kaffeekanne in der Hand, und mir einen verstörten Blick zuwirft. Ich räuspere mich und klopfe die Jacke ab. *Was soll das?*, fragt Mamas Gesicht, doch sie kehrt in die Küche zurück und schenkt unserem Gast Kaffee ein. »Wir haben leider keine Kuhmilch«, sagt sie. »Lin und Christie vertragen sie nicht.« Ich schiebe mich in die enge Küche, lehne mich an die Küchentheke und verschränke die Arme vor der Brust.

Thomas nippt an seinem Kaffee. Er häuft unglaublich viel Zucker auf seinen Löffel, vermutlich ist er kein großer Kaffeetrinker, wollte vor Mama jedoch nicht unhöflich erscheinen.

»Sie haben meine Töchter also vor diesem Streuner beschützt«, sagt meine Mutter. Während Lin und Thomas sitzen müssen, bleibt sie stehen. Mama ist nicht sonderlich groß und zart gebaut, doch im Stehen sieht sie auf beide herab. »Ich danke Ihnen dafür.«

»Das ist doch selbstverständlich«, brummt Thomas und versucht es mit einem Lächeln, das abstirbt, als meine Mutter es nicht erwidert.

»Meine Töchter sind mir sehr wichtig. Familie steht in Talanis über allem. Haben Sie Geschwister, Thomas?« Sie lehnt sich neben mich an die Küchenzeile und rührt mit dem Löffel in ihrer Tasse, ohne den Gast aus den Augen zu lassen.

Er setzt zu einem Kopfschütteln an, dann zuckt er mit den Schultern. »Ich habe ein paar Geschwister, doch ich kenne sie kaum.«

Mutter hebt die Augenbrauen. »Sie kennen Ihre Geschwister nicht?«

Thomas scheint zu überlegen. »In unserer Familie steht man sich nicht sehr nah. Wir sind nur Halbgeschwister.«

Überraschenderweise ist es Lin, die sich empört. »Christie ist auch ›nur‹ meine Halbschwester! Das ändert nichts daran, wie nah wir uns stehen.«

»Linda!«, raunt Mama.

Thomas sieht verwundert zwischen Lin und mir hin und her. Ich bemerke, wie er versucht, unsere Gesichter zu entschlüsseln, die Unterschiede herauszufiltern. »Ich wusste nicht, dass ihr Halbschwestern seid«, sagt er. »Bitte verzeiht.«

»Wir sprechen nicht darüber«, werfe ich ein.

Meine Mutter hebt die Hand. »Die beiden sind Schwestern, Punkt und aus.«

Thomas wirkt nachdenklich. Er fährt sich mit den Fingern über das Kinn. »Es ist eine schöne Vorstellung, dass die Familie einem Halt und Geborgenheit gibt. In meiner Familie war das … von untergeordneter Bedeutung.« Ein zögerliches Lächeln sprießt auf seinen Lippen. »Deswegen ist es mir auch nicht schwergefallen, den alten Kontinent zu verlassen und hierherzukommen. Es hat mich wenig dort gehalten.«

»Und wie gefällt es Ihnen hier?«

»Anfangs hatte ich mit einigen Startschwierigkeiten zu kämpfen … doch mittlerweile gewinnt Poschovar zusehends an Attraktivität.« Er bemüht sich, dabei nicht Linda anzusehen. Für mich ist es irritierend, Thomas hier in unserer kleinen Küche zu erleben. Vor allem, weil er sich entspannt, als gehöre er hierher.

Lin und ich beäugen Mutter und warten auf ihre Entscheidung. Pheng mag sich als Matriarchin der Familie aufspielen, doch tatsächlich hängt die Entscheidung von Mama ab – ob Lin sich weiter mit Thomas treffen darf. Und ich weiß, dass Lin sich dieser Entscheidung beugen wird.

Mutter hält das Kinn angehoben, das Gesicht glatt. Dann deutet sie ein Nicken an. »Nun gut. Ich möchte euch nicht weiter aufhalten. Doch bitte passen Sie auf Linda auf und bringen Sie sie zu einer vernünftigen Uhrzeit wieder nach Hause.«

Erleichtert atmet Lin auf. Als sie mit Thomas die Wohnung verlässt, greift sie nach seiner Hand und umschlingt seine Finger mit den ihren.

12.

DER TAG DER FREIHEIT

Heute ist der Tag, an dem wir Long vom Gefängnis abholen. Gemeinsam warten wir beim ausladenden Außentor der Anlage. Mum hat Orchideen gekauft, weil sie weiß, dass Vater sie besonders mag. Lin und ich haben uns hübsch angezogen. Nicht wie bei der Ratssitzung – wir tragen ein schwarzes und ein blaues Kleid, über meinen Schultern hängt ein Trenchcoat, über Lindas Haupt ist ein orangefarbener Regenschirm aufgespannt wie die Sonne, die wir seit Tagen nicht mehr zu Gesicht bekommen haben.

Es dauert zwanzig Minuten, bis Long endlich auftaucht. Er verliert sich vor dem weiten Tor, einen Stoffbeutel in der Hand.

Mum tritt ihm entgegen. Die beiden umarmen und küssen sich. Ich dachte, ich hätte vergessen, wie dieses Bild aussieht – sie beide auf offener Straße, wie sie ihre Lippen aneinanderpressen. »Du hättest mir keine Blumen mitbringen müssen«, höre ich Long sagen. »Ich bin derjenige, der dir Blumen bringen sollte.« Ruth lächelt auf ihre ruhige Art. Hand in Hand kommen sie herbei. Vater umarmt Lin und mich und ich spüre, wie er zittert. Als wir zum Auto gehen, das wir von Onkel Thien geliehen haben, fragt Mum ihn leise: »Ist alles in Ordnung?«

Er lehnt sich zu ihr, glaubt, dass Lin und ich die Antwort nicht zu hören bekommen. »Ich fühle mich ein wenig verloren«, gesteht er.

Sie küsst ihn stumm auf die Wange, lässt ihn nicht los, bis er sich auf dem Beifahrersitz niedergelassen hat. Vorsichtig schließt sie die Tür hinter ihm. Im Auto scheint Long ruhiger zu werden. Ganz so, als wäre er in seine Zelle zurückgekehrt, in die Vertrautheit beengender Wände.

Als Vater die Wohnung betritt, fällt die restliche Anspannung von seinen Schultern. Er steuert auf die Küche zu, setzt sich auf den Platz, der früher ihm gehört hat und es nun wieder tut, und zieht den Tabak aus seiner Hosentasche, um sich eine Zigarette zu rollen. Abwesend blickt er aus dem Fenster, an dem sich die Wassertropfen sammeln und daran herabrinnen. Mama nimmt Weißen Tee aus dem Schrank und setzt ihn auf.

Ich wasche mir die Hände. Als ich aus dem Bad zurückkomme, sehe ich, dass mein Vater weint. Mama steht bei ihm und streicht ihm zärtlich über das Haar. Als sie sich wieder dem Tee zuwendet, den ihr Mann so schätzt, schlinge ich von hinten die Arme um ihn, auch wenn ich weiß, dass er es lieber hätte, ich sähe seine Tränen nicht. Er raucht seine Zigarette, die Tränen versiegen. Zusammen sehen wir aus dem Fenster, wie die Krähen vorbeifliegen und auf dem gegenüberliegenden Hausdach landen. Unsere Hoffnung auf einen späten Sommer können wir vergessen, die Krähen verkünden krächzend den Herbst.

Lin kommt aus unserem Zimmer, setzt sich zu uns und Ruth schenkt uns Tee ein. Es fühlt sich genauso fremd wie vertraut an. *Ein surreales Gefühl*, denke ich, während ich auf einer umgedrehten Flaschenkiste sitze und an meinem Tee schlürfe. Eigentlich wollten wir einen vierten Stuhl kaufen, doch nun, da Linda weggehen will, ist es fraglich, ob wir überhaupt einen brauchen werden. Als meine Mutter nachschenkt, bemerkt sie beiläufig: »Han hat angerufen.«

Ich merke, wie sich mein Ziehvater versteift.

»Wer ist Han?«, frage ich.

»Mein ehemaliger Geschäftspartner«, antwortet Papa an Mamas Stelle, die vermeidet, ihn anzusehen. »… was wollte er?«

»Er hat gehört, dass du entlassen wirst. Er möchte sich mit dir treffen.« Schweigen. »Ich möchte nicht, dass du dich mit ihm triffst.«

»Warum hast du mir dann überhaupt verraten, dass er sich gemeldet hat?«

»Weil ich dich nicht anlüge.«

Ich spüre die Anspannung zwischen den beiden und frage mich zum ersten Mal, was die Zukunft bringen wird, nun da Vater zurückgekehrt ist. Um ihnen und ihrer Beziehung Raum zu geben, ziehe ich mich in mein Zimmer zurück.

Als ich später wieder ins Wohnzimmer komme, sitzt Linda in ihrem BH auf der Couch und lässt ihren Rücken von Long inspizieren. Er hat die Stirn in Falten gelegt, seine Finger fahren vorsichtig über die roten Flecken. »Und du hast niemals Verhärtungen gespürt? Quasi, als wären die Schuppen nicht länger ein Teil deiner Haut, sondern würden wie Schilde darauf sitzen?« Das interessiert mich natürlich brennend. Ich positioniere mich unauffällig im Couchsessel nebenan und beobachte die beiden.

Es ist nicht so, als hätte ich niemals darüber nachgedacht, meiner Familie zu verraten, dass die blauen Drachenschuppen auf meinem Rücken aufgetaucht sind. In meiner Kindheit untersuchten sie mich ebenfalls nach Schuppen, wie sie es bei Lin getan haben. Nachdem ich nie Anzeichen zeigte, haben sie irgendwann damit aufgehört.

Mama ist nur zu einem Viertel Talanidin. Von dieser Seite besitzt sie die wenigen Drachenschuppen, die ihre Schultern sprenkeln. Sie wird sich niemals in einen Roten Drachen verwandeln können, dazu ist ihr Erbe zu schwach. Bei Linda waren sie sich nicht sicher, da Long ein Halbdrache ist. Bei mir war die Möglichkeit verschwindend.

Mama und Papa haben beide rotes Drachenblut.

Weder Mama noch Lin haben sich gewundert, als ich es plötzlich unglaublich peinlich fand, vor ihnen nackt zu sein. Ich schätze, ich war schon immer ein wenig prüde. Die erste Schuppe fand ich nach einem PoloTraining, als ich sechzehn Jahre alt war. Angela Bosco sprach mich in der Dusche an und meinte, ich solle mir dieses bläuliche Muttermal am Schulterblatt besser vom Arzt ansehen lassen. Aus dem blauschwarzen Punkt wurde meine erste Schuppe. Danach duschte ich nach dem Training nur noch zu Hause.

Ich habe überlegt, es meiner Mutter zu verraten. Sie muss schließlich wissen, dass mein leiblicher Vater ein Drache ist. Ich habe überlegt, mit Long darüber zu sprechen. Wenn Mama wirklich so ehrlich zu ihm war, wie sie es vorgibt, dann weiß er auch, um wen es sich handelt. Ich habe darüber nachgedacht, es Lin zu sagen – letztendlich ist sie die Einzige, die sich annähernd in meiner Situation befindet.

Doch ich habe nie den Mund aufgemacht.

Zuerst redete ich mir selbst ein, dass, wenn ich die Schuppen nicht ansähe, sie auch nicht existieren würden. Ich habe Angst davor. Nicht vor dem Drachenblut in meinen Venen – sondern vor dem Zeichen des Fremden, das ich auf meinem Rücken trage. Für Pheng wäre es der unerschütterliche Beweis, dass ich nicht Longs Tochter bin, sondern die eines anderen … und dass ich kein Anrecht habe, zu dieser Familie zu gehören.

Ich will nicht die Tochter eines anderen sein. Das wollte ich nie. Manchmal hasse ich Mama ein wenig, dass sie mit diesem Unbekannten geschlafen hat – dann weine ich. Im tiefsten Inneren weiß ich, wäre nicht passiert, was passiert ist, gäbe es mich nicht.

Long liebt mich. Doch wird er mich noch ansehen können, wenn ich die Drachenhaut eines anderen trage?

Also sitze und schweige ich, während Long Lindas Rücken untersucht.

»Wenn du bis jetzt keine Anzeichen der Verwandlung gezeigt hast«, sagt Vater, »ist es sehr unwahrscheinlich, dass es noch passieren wird, Linda.«

Sie zuckt mit den Schultern. »Ob du es glaubst oder nicht, das stört mich nicht. Die Einzige, die wirklich scharf darauf ist, ist Großmutter.«

Papa lacht leise. Linda zieht sich wieder das TShirt an.

Ich kratzte meine Schulter, die verdammten Schuppen jucken, es ist zum Aus-der-Haut-Fahren. »Paps«, frage ich zögerlich. »Bist du sicher, dass ich nicht mit dir verwandt bin?«

Er wirft mir einen verwunderten Blick zu. Das letzte Mal habe ich ihn das gefragt, als ich im Kindergarten war. »Ich bin mir sicher. Wir haben damals einen Vaterschaftstest machen lassen, das weißt du. Aber das ändert nichts, Christie – das haben wir dir immer wieder gesagt.«

Lin sieht mich seltsam an. Ich bringe ein Lächeln zustande, das vermutlich unsicher wirkt, und zucke mit den Schultern. »Ich dachte nur …« Rasch stehe ich auf und flüchte in unser Zimmer, um meine Sachen zusammenzupacken.

»Wohin gehst du?«, ruft Lin mir hinterher. Sie klingt besorgt.

»Training.«

»Es regnet!«

»Egal.« Ich flüchte aus der Wohnung, die Schläger auf dem Rücken, ein Regencape über den Schultern.

Kurze Zeit später bereue ich meinen Ausriss. Es schüttet aus Eimern und die Ampel schaltet auf Rot, als ich bei ihr ankomme. Beim Bremsen schlittere ich über die Sperrlinie und trete in eine knöcheltiefe Pfütze.

Neben mir hält ein schwarzes, kastenförmiges Auto. Die Scheibenwischer werden der Regenmassen kaum Herr.

Die Ampel schaltet auf Gelb. Ich hebe den Fuß, um mein Fahrrad aus der Pfütze zu zwingen, als die Autotür aufklappt. Plötzlich wird mein Fahrrad ein Stück zurückgezogen, ich strauchle und falle nieder. Mein Schrei vergeht in einem Gurgeln, dreckiges Wasser brennt in meinen Augen und rinnt in meine Nase. Mit einem Ruck werde ich aus der Pfütze gerissen. Bevor ich etwas erkennen kann, stülpt mir jemand einen Sack über den Kopf. Grobes Gewebe erstickt meinen Hilferuf. Das schnalzende Geräusch von abgezogenem Klebeband treibt mir die Nackenhaare in die Höhe. Einen Augenblick lang würge ich, als es jemand um meinen Hals schlingt und so den Sack fixiert. Ich strample, verfange mich in den Speichen meines Fahrrads und stürze erneut. »Passt doch auf, bevor sie ersäuft!«, ruft jemand. An den Armen werde ich in die Höhe gezogen. Ich schlage um mich, treffe, doch nicht hart genug, um mich zu befreien. Klebeband schneidet in meine Handgelenke. Ich schreie, so laut ich kann. Als wöge ich nichts, heben mich kräftige Arme auf und tragen mich fort. Meine Füße strampeln vergebens.

Dann werde ich in den Kastenwagen geworfen, pralle hart auf Metall auf und kann mich vor Schmerz einen Augenblick lang nicht rühren. Der Jutesack auf meinem Kopf riecht nach nassem Hund.

13.

IN FREMDER GEWALT

Nach dem Sturz bewegt sich mein Handy in Kleinteilen in meiner Hosentasche. Ich bekomme kaum Luft. Der nasse Stoff klebt über meinem Gesicht.

Der Wagen hält. Jemand zieht mich an den Beinen von der Ladefläche, ich schramme über die Kante und ramme sie mir in den Magen, sodass ich mich beinahe übergeben muss. Über den Jutesack drückt sich eine Hand in mein Gesicht. Unsanft werde ich weitergezogen. Der nasskalte Stoff macht mir bewusst, dass auf meinen Wangen Tränen brennen. Jemand tritt mir gegen die Fersen, ich stolpere voran. Der Asphalt unter meinen Füßen verschwindet und macht glattem Boden Platz. Unsere Schritte hallen blechern durch ein Treppenhaus. Der Gestank von Hund raubt mir den Atem, was mich einen Augenblick lang glauben lässt, ich befände mich wieder auf der Poschovarer Heide, wo ich vor Tagen das Essen ausgeliefert habe. Statt die Treppe hinauf-, werde ich allerdings Stufen hinabgestoßen. Meine Füße folgen einander in knappen Abständen, sodass ich fast hinunterrasple. Jemand hält mich am Arm fest. Ich hänge dort wie eine Marionette und stöhne, meine Sehnen sind die Fäden, an denen mein gesamtes Gewicht hängt. Ein weiteres Mal versuche ich zu schreien, doch irgendwie scheint mein Hintermann das zu ahnen und klatscht mir erneut die Hand auf den Mund.

Irgendwo tief unter der Erde – wir sind zu lange hinabgestiegen, als dass wir uns woanders befinden könnten – werde ich durch einige Räumlichkeiten gedrängt. Die Decke muss niedrig sein, denn der Schall dämpft ab und hin und wieder streife ich einen Türrahmen. Meine Füße tun automatisch, was man von ihnen verlangt. Unsanft werde ich auf einen Sessel gedrückt, der gefährlich unter meinem Gewicht ächzt. Sie fesseln mich an die Lehne. Noch mehr Isolierband – quasi unzerstörbar. Damit schwindet meine Aussicht auf eine Flucht.

Ich unterdrücke einen weiteren Schwall Tränen und versuche den Sack von Nase und Mund fortzupusten, um mehr Luft zu bekommen. Über mir erahne ich einen hellen Fleck, vermutlich eine Deckenlampe. Ich überlege fahrig, was ich mit der Information anfangen soll, als etwas Kaltes meinen Hals berührt. »Nicht rühren, sonst schlitz' ich deine Kehle auf«, sagt eine Frau. Die Klinge schiebt sich unter das Klebeband, kippt und schneidet es mit einem reißenden Geräusch auf. Der Sack wird von meinem Gesicht gezogen.

Ich keuche und blinzle hastig. Das Schmutzwasser und die Gewebefasern brennen in meinen Augen. Irritiert sehe ich mich um.

Ich befinde mich in einem niedrigen Raum mit uralter Einbauküche, auf deren Arbeitsplatte ein paar benutzte Kaffeebecher und eine geöffnete Dosensuppe stehen. Man hat mich auf einem Sessel von kotzgelber Farbe festgebunden. Davor steht ein mit Kaffeeringen übersäter Tisch. Verzweifelt wende ich den Kopf und versuche, die Frau hinter mir zu erkennen, doch außer einem Schwall dunkelrotes Haar, das mein Sichtfeld berührt, sehe ich nichts. »Wwer seid ihr?«, rufe ich aus. »Was wollt ihr von mir?« Natürlich bekomme ich keine Antwort. Warum sollte ich auch? »Hhallo?«

Die Frau verlässt den Raum und betritt ihn nach ein paar Sekunden wieder. Sie tritt mit schweren Schritten an mich heran und umrundet den Tisch. Nein, nicht die Frau – ein Mann. Nicht irgendein Mann, wie ich mit wachsender Beunruhigung feststelle.

»Kennst du mich noch?«, fragt er, schiebt einen anderen Sessel zurück und lässt sich darauf nieder.

Ich versuche mich an seinen Namen zu erinnern. »Ggeralt.«

Der Mann verschränkt die Hände auf dem Tisch und sieht mich freundlich an, als wäre er mein Beratungslehrer. Er lächelt sogar ein wenig unter seinem dichten Bart. »Braves Mädchen.«

Ich schlucke erneut und presse das heraus, was ich ihm schon bei unserem ersten Zusammentreffen hatte sagen wollen. »... Sie stinken nach nassem Köter!«

Sein Lächeln verbreitert sich. »Das liegt daran, dass ich ein nasser Köter bin. Beeindruckend, dass du mich riechen kannst. Man könnte meinen, du wärst ebenfalls ein Wandler.«

Ich schlucke. Wenn er meine Familie kennt, müsste er diese Möglichkeit in Betracht ziehen – warum tut er es dann nicht?

»Sie sind ein Wolf«, stelle ich fest.

Geralt nickt.

»Was wollen Sie von mir?«

Seine Fingerspitzen berühren die der anderen Hand. Er tippt mit den Fingernägeln aneinander. »Du bist Christine Song.«

Ich presse die Lippen zusammen.

»Du bist eine mögliche Nachfolgerin der Matriarchin Pheng Song, die das Arbeiterviertel besetzt. Ich bin der Alpha des Wolfsrudels, das sich zuletzt hier in Poschovar angesiedelt hat. Und ich fordere dich heraus.«

Meine Kehle ist trocken. »Herausfordern? Wozu?«

»Zu einem Duell.«

Ich starre ihn fassungslos an. »Sie sind durchgeknallt!«

Geralt lächelt in seinen lockigen Bart. »Nein, meine Liebe. Pheng Song ist alt, sie hätte bereits vor längerer Zeit ihre Machtambitionen in die Hände ihrer Kinder legen sollen. Stattdessen hat sie gewartet – und nun sind die Enkelkinder am Zug. *Du* bist am Zug. Da ich dich bei dem Duell besiegen werde, wird auch deine mögliche Herrschaft im Keim erstickt.«

Ich öffne den Mund, meine Unterlippe zittert. »Ich bin nicht Phengs einziges Enkelkind. Sich mit mir zu duellieren bringt Sie nicht weiter. Ich habe eine große Familie. Mich zu entführen – mich auf diese absurde Weise herauszufordern – führt nur dazu, meine ganze Familie gegen Sie aufzubringen.«

Geralt lehnt sich zurück und lächelt. »Warum nicht?«, erwidert er leichthin. Er nickt hinter mich. Die Frau, die mich aus dem Kastenwagen in den Keller geschleppt hat – ich erkenne sie an ihrem Geruch – rückt heran. Sie besitzt dunkelrotes Haar, das leuchtet wie Lava. Ich glaube sie bereits einmal gesehen zu haben. Wo bin ich ihr begegnet? Sie ist schön, doch an ihrem Geruch kann ich erkennen, dass sie ein Wandler ist. Je länger ich hier bin, desto klarer filtere ich die Nuancen heraus, die diese Wölfe vom gemeinen Haushund unterscheiden.

Geralt nickt der Rothaarigen zu. »Und?«

»Wir haben die alte Song erreicht«, sagt sie. »Sie trommelt ihre Familie zusammen. Wir treffen uns im Ratsgebäude.«

Geralt verzieht den Mund zu einem zähneblitzenden Lächeln. »Es gibt ein Duell!«

Ich spüre, wie mir das Blut aus dem Gesicht weicht. Ich rüttle an meinen Fesseln. »Wwas? Das geht nicht! Sie haben mich entführt!«

Geralt grinst. »Ich nenne es eine Sicherheitsmaßnahme, dass du mir vor der Arena nicht abhandenkommst, Christine Song.«

Als mich die Wölfe aus dem Keller in ein Auto drängen, hat sich mein Rang in der Hierarchie offenbar gebessert, denn ich darf auf dem Beifahrersitz sitzen. Die Hände am Rücken gefesselt, schnallt mich die rothaarige Wandlerin an und drückt mir dabei ihren stattlichen Busen ins Gesicht. Wäre ich ein Mann, hätte das meinen Tag sicherlich besser gemacht.

Geralt steigt auf den Fahrersitz, gurtet sich artig an und startet den Motor. Das Radio plärrt los, irgendein Rockmusiker, den ich nicht kenne. Er dreht leiser, schaltet die Autoscheinwerfer an und beginnt auszuparken. »Das hier ist Wegemann-Gebiet«, sage ich. Ich zittere, doch meine Gedanken sind klar, vermutlich durch das Adrenalin, das durch meine Adern schießt.

»Kluges Mädchen.«

»Wozu mir vorhin einen Sack über den Kopf stülpen und jetzt alle Vorsicht über Bord werfen?«

»Der Sack war nicht meine Idee. Ich hätte dich auch ohne mitgenommen.«

Ich versuche, unauffällig am Isolierband zu zerren. Es zieht sich enger wie eine Henkersschlinge. »Ich muss zugeben, ich bin mit der offiziellen Duellier-Etikette nicht sonderlich vertraut – und ich bestehe weder auf den geworfenen Handschuh noch auf den Degen –, aber davon, dass man seinen Duellpartner entführt, habe ich noch nie gehört.«

»Wärst du freiwillig mitgekommen, hätte ich höflich darum gebeten?«

»Vermutlich nicht. Aber ich hätte Sie mit Freude an meine Großmutter weiterverwiesen.«

»Keine Sorge. Pheng wird folgen. Ganz zum Schluss.«

Ich halte ein, an meinen Fesseln zu zerren. Der Schweiß rinnt mir den Rücken und zwischen den Brüsten herab, obwohl es in der Fahrerkabine empfindlich kühl ist. »Sowohl das Talent der Nekromantie als auch das Erbe der Drachenwandler fließen in unserem Blut. Ich kann beide Eigenschaften geerbt haben!«

Er wendet mir kurz das Gesicht zu. »Hast du nicht.« Aus seinem Mund klingt es wie eine Tatsache.

»Das können Sie nicht wissen«, wiederhole ich hastig. Meine Hände kribbeln, das Klebeband schnürt mein Blut ab. Meine Finger werden taub. Angstschweiß rinnt über meine Stirn. »Wenn wir in der Arena stehen, Sie und ich, kann alles passieren. Noch ist Zeit, es sich anders zu überlegen. Wenn Sie mich jetzt gehen lassen, verspreche ich, dass meine Familie Sie in Frieden ziehen lässt. Sie und Ihre Wölfe können die Stadt verlassen, ohne dass Ihnen jemand folgen wird! Kein Nekromant, kein Drache.«

»Du bist weder Nekromantin noch ein Drache«, erwidert er, blinkt und biegt ab. Er nimmt tatsächlich eine Route zum Ratsgebäude. Ein Blick in den Seitenspiegel verrät mir, dass uns andere Autos folgen – seine Wölfe.

Ich presse die Zähne aufeinander. Irgendwie muss ich den Unsinn beenden. »Ich …«, stoße ich aus, als meine Augen den Rückspiegel fixieren, in dem das Auto zu sehen ist, das hinter uns fährt. Die Fensterwischer ziehen einen Halbkreis. Die Rothaarige sitzt dahinter und stiert finster über das Lenkrad. Ich erinnere mich an diesen Blick. Sie war in dem Café, in dem wir Thomas getroffen haben.

Ich rümpfe die Nase, schnuppere, sauge den Wolfsgeruch ein. Ich dachte, sie riecht nach Hund. Ich dachte, der Mann am Tisch nebenan röche nach Hund. Es war kein Hund. Sie waren beide Wandler.

Ich lecke mir über die trockenen Lippen. »Ich werde mich in einen Drachen verwandeln und Ihnen den Kopf abbeißen«, versuche ich es ein weiteres Mal.

»Das wirst du nicht.«

Mein Mund öffnet sich in einem letzten Versuch, zu widersprechen, doch ich war noch nie gut darin, mich durchzusetzen – noch nie gut darin, Drohungen auszustoßen. Es ist, als würde Geralt mich durchschauen, einfach *wissen*, dass ich weder den nächsten Friedhof zu meiner Unterstützung herbeirufen kann, noch dass ich ein richtiger Drache bin. Vielleicht spüren manche Gestaltenwandler intuitiv, wenn andere Wandler unvollständig sind.

Ich hole tief Luft und werfe wieder einen Blick in den Rückspiegel. Und plötzlich dämmert ein beunruhigender Gedanke in meinem

Hinterkopf. Wie sagte Thomas bei seinem ersten Treffen mit Linda? *Ich werde dafür sorgen, dass die Tische besetzt sind.*

Ich schlucke schwer. Ist es Zufall gewesen, dass sich die Wandler dort aufgehalten haben? Waren sie uns bereits auf den Fersen?

Thomas ist kein Wandler. Wäre er einer, hätte ich das Tier in ihm an seinem Geruch erkannt. Ich muss mich irren.

… irre ich mich?

14.

DUELL

Auf der Fahrt zum Ratsgebäude streifen wir Song-Gebiet und ich entdecke einige Zeichen, die auf die Wände und Fenster diverser Gebäude gesprayt worden sind. Im ersten Augenblick sehen sie abstrakt aus, doch bei näherer Betrachtung begreife ich, was sie bedeuten.

Wolfsköpfe. Das sind Markierungen der Wölfe. Das Rudel hat quasi in unser Territorium gepisst.

Ich hätte mir nie gedacht, dass es so schnell gehen könnte. Die Hexade erschien mir immer stabil, jede Familie mit der anderen verbunden. Nie ist es während meiner Lebenszeit vorgekommen, dass einer der Patriarchen oder Matriarchinnen herausgefordert worden wäre. Auch keine der Nachfolger, die sich in einem entsprechenden Alter befanden, hatten jemals ein Duell ausgestanden.

Ich werfe einen verzweifelten Blick hinüber zu Geralt und überlege, ob es Sinn macht, ihn anzuflehen, sich die Sache noch einmal zu überlegen. *Warum ich?*, will ich ihm ins Gesicht schreien, doch ich resigniere bei der steinernen Miene, mit der er durch die Windschutzscheibe stiert. Die Erkenntnis dämmert, dass es hierbei nicht um mich geht – nicht um mich *persönlich.* Ich bin nur ein Mittel zum Zweck. Das schwächste Glied der Familie, das den Rest aus der Reserve locken soll. Der Gedanke knickt mich vollkommen, wie eine zertretene Blume lasse ich den Kopf hängen. Er baumelt vor dem Gurt hin und her.

Ich hebe ihn erst wieder, als das Auto mit einem Ruck stehen bleibt. Bevor ich mich orientieren kann, umringen Gestalten den Wagen. Die Rothaarige erscheint, öffnet die Tür und schiebt sich in die Fahrerkabine, um mich abzuschnallen und aus dem Auto zu zerren. Von den Wölfen abgeschirmt, werde ich von der Straße auf den Gehsteig gedrängt. Meine Füße ertasten die weißen Stufen des Ratsgebäudes. Jemand hat leuchtend orangefarbene Chrysanthemen in die steinernen Vasen gestellt, Blumen, die in Talanis heilig sind und schlechte Geister abwehren sollen. Meine schlechten Geister haften an meiner Seite.

Die wölfischen Wächter drängen mich durch das Tor.

Das Rudel scheint zu wissen, wohin es will. Mich überkommt das Gefühl, dass sie sich primär anderer Sinne bedienen als ich. Manchmal rucken mehrere Köpfe zeitgleich herum. Da ich nichts rieche außer dem alten, steinernen Gebäude, das von dicken Balken gehalten wird, nehme ich an, dass sie etwas hören, das meinen Ohren verborgen bleibt.

Wir winden uns durch das Gewirr an Gängen. Meine Nase schnappt einen Geruch auf, den ich nicht ganz zuordnen kann, aber der mir bekannt – und nicht wölfisch – vorkommt. Ich überlege, ob ich schreien soll, doch mit einem Haufen Wölfen im Nacken scheint mir das vergeudete Mühe zu sein. Vermutlich würde mich das Rudel bloß in Stücke reißen.

Ich habe nie einen gestaltenwandelnden Wolf gesehen. Ehrlich gesagt dachte ich, das wäre eine Sache, die mir in meinem Leben erspart bleiben würde. Jetzt bin ich mir nicht mehr sicher.

Die Wölfe teilen sich wortlos auf. Vier von ihnen drängen mich um die nächste Ecke, angeführt von der Rothaarigen. Die anderen streunen den Gang entlang.

Erst als ich davorstehe, erkenne ich, wo wir uns befinden. Es handelt sich um die Arena des Ratsgebäudes. Als wir noch Kinder gewesen waren, damals, als Vater noch nicht im Gefängnis saß, hatten wir Nachfolger uns hier heimlich die Zeit vertrieben, während der Rat tagte.

Die Arena ist nicht besonders groß, da sie auf zwei Einzelkämpfer ausgerichtet ist. Eine ovale, halbhohe Mauer begrenzt das Kampffeld, das an den Scheitelpunkten in Stufen ausläuft. Die steinernen Stufen führen zu einem erhöhten Bereich, der in die Tribünen übergeht, die die Arena in drei Reihen umgeben. Die Architekten der Arena haben sich an antiker Architektur orientiert, doch der gut erhaltene Zustand der Reliefs zeigt, dass es sich um eine Imitation handelt. Auf Vesper gibt es keine Bauwerke aus dieser Zeit. Durch die schier unüberwindbare See wurde der Kontinent erst spät von Menschen besiedelt.

Das reine Weiß des Steins wirkt verfehlt für den grausamen Zweck, den die Arena erfüllt. Hier sollen blutige Kämpfe stattfinden, keine Wettbewerbe im Bodenturnen.

Die rote Wölfin packt mich an der Schulter und zieht mich über die steinernen Sitzreihen hinunter zur Treppe, die in die Arena führt. Ich stolpere und habe es allein ihrer Kraft zu verdanken, dass ich nicht mit der Nase auf dem Boden aufschlage. Ich spüre meine Hände dank des Klebebands kaum noch.

»Hand drauf!«, fordert sie barsch.

Ich blicke unsicher auf.

»Da.« Sie weist mit dem Zeigefinger auf einen Steinblock. Ich hätte ihn rein als dekoratives Element angesehen, doch bei näherer Betrachtung erkenne ich, dass seine Oberfläche eine kreisrunde Einkerbung aufweist, von zahlreichen Händen glattpoliert, sodass der rote Rand verblasst.

»Was ist das?«, frage ich unsicher.

»Mach schon!«

Als ich keine Anstalten mache, ihrem Befehl Folge zu leisten, packt sie meine Hände und presst sie mit dumpfer Gewalt gegen den Felsen. Zuerst geschieht nichts. Dann hält sie ein Taschenmesser in der Hand. Mit einer raschen Bewegung ritzt sie mir über den Handrücken. Ich registriere nicht einmal, dass ich schreie.

Sie hat eine Ader erwischt, die direkt unter der Haut verläuft. Blut quillt hervor und tropft auf den Stein, sammelt sich unter meiner Handfläche. Ich versuche die Hand wegzuziehen, die brennt, als hätte ein Roter Drache sein Feuer daraufgespien, doch die Wandlerin ist erbarmungslos.

Es zischt.

Die Härchen an meinen Armen recken sich in die Höhe. Es klingt, als würde Wasser auf eine heiße Herdplatte tropfen. Ich spüre, wie sich unter meiner Handfläche ein Schwall aus Magie ausbreitet und an meinem Körper vorbeischießt.

Ich schreie und reiße die Hand zurück, diesmal kann die Wölfin mich nicht hindern. Doch was immer hier auch in Gang gesetzt wurde – es ist zu spät.

Die Wandlerin knurrt. Sie knurrt wirklich – fletscht dabei die Zähne und entblößt ein strahlend weißes Gebiss. Etwas in ihren Augen verändert sich – es scheint, als besäße sie Augen hinter ihren Augen, wie verspiegeltes Glas, durch das es mir gelingt, einen Blick zu erhaschen. Dann holt sie aus und stößt mich ohne Rücksicht die Treppe hinab.

Ich krache über die Stufen. Es gelingt mir einigermaßen, mich über die Schulter abzurollen, doch ich stoße mir die Ellenbogen, was mir heiße Blitze durch die Nerven treibt. Ich komme auf dem Grund der Arena zu liegen. Meine Wange ruht auf kühlem Stein.

Dann höre ich einen Schrei. Es ist Long, der meinen Namen ruft. »*Christine!*« Ich hebe benommen den Kopf und sehe seine verschwommene Gestalt, die über die Steinbänke herabläuft, direkt auf die Treppe zu. Ich zwinge ein Lächeln auf meine Lippen. Da kommt meine Rettung – mein Vater, der Rote Drache.

Long knallt gegen eine unsichtbare Wand und stolpert zurück.

Einen Moment lang reibt sich mein Ziehvater verdattert die Nase, dann wandert sein Blick zu mir herab. In sein Gesicht tritt ein Ausdruck von Furcht, den ich nie zuvor bei ihm gesehen habe.

»Niemand kann diese Arena betreten«, höre ich eine Stimme von der anderen Seite sprechen. Ich rapple mich auf die Knie, muss mit gefesselten Händen meine Schulter zu Hilfe nehmen. Geralt steht auf der anderen Arenaseite, ritzt sich mit einem Messer in die Hand und presst diese auf den Steinblock, der das Äquivalent zu dem meinigen bildet. Ich kann weder eine magische Reaktion sehen noch hören, doch sein Blut muss dieselbe Wirkung auslösen. Der Alpha durchschreitet das unsichtbare Tor ohne Probleme. Hinter ihm scharen sich seine Wölfe. Die Rothaarige legt ihre Hand gegen den unsichtbaren Schild, den niemand mehr durchtreten kann. Wie ein Oval hüllt er die gesamte Arena ein. »Das ist ein Duell zwischen Christine Song und mir, Geralt Heller.«

»Wie kannst du es wagen …!«, zischt mein Vater. Ein wütendes Feuer brennt in seinen Augen. »Wenn du ein Duell willst, wende dich an mich!«

Geralt bringt ein müdes Lachen zustande.

Andere Personen strömen in den Raum. Großmutter Pheng gleitet in eiserner Ruhe über die Stufen, gefolgt von Onkel Thien, seiner Frau und Zhang, der besorgte Blicke über die Schulter seiner Mutter wirft. Dahinter eilen Mama und Linda herbei. Beide tragen ihr Nachtgewand. Außerdem erkenne ich Cordula und Peter Pensing, die mit hastigen, abgehackten Schritten erscheinen. Von den restlichen Familien waren sie offensichtlich am schnellsten zu erreichen gewesen.

Cordula stapft mit der Grazie eines Bergarbeiters über die steinernen Bänke und überholt dabei Großmama Pheng. »Du willst jemanden herausfordern, Hundearsch?«, brüllt sie. »Ich stehe dir gern zur Verfügung!« Sie greift nach einem der Polo-Schläger in ihrer Tasche. Ihr verschwitztes Outfit zeigt, dass man sie aus dem Training geholt hat.

Geralt lächelt unbeeindruckt. »Ich ziehe es vor, mein Gesicht zu behalten, vielen Dank.« Wie zweideutig. Er erinnert sich an Cordulas letzte Drohung.

Die Augen der jungen Wegemann sprühen Funken. Sie tritt neben meinen Vater an die Barriere und legt die Handflächen daran. Ich kann sehen, wie sich auf ihrem Handballen Druckstellen bilden. »Du hast dich mit den Falschen angelegt!«

»Ich habe keinen Streit mit den Wegemanns. Ich fordere meinen Platz, wie es mein Recht ist. Wie es das Recht jeden Mannes und jeder Frau ist. Christine Song ist die Enkeltochter Pheng Songs, der Matriarchin einer der sechs Familien, aus denen die Poschovarer Hexade besteht.«

»Sie zu duellieren macht dich nicht zum neuen Oberhaupt!«, merkt Pheng ruhig an, die an der unsichtbaren Wand zu halten gekommen ist. »Du willst einen Rang in der Hexade erkämpfen? Ich bin die Matriarchin der Familie Song!«

Geralt trägt sein stilles Lächeln. »Ich weiß.« Er macht einen Schritt nach vorne. »Und seien Sie unbesorgt – Sie werden folgen. Das Beste kommt zum Schluss.« Er deutet eine Verbeugung an.

Pheng beäugt ihn skeptisch, ihr Unterkiefer ruckt hin und her. »Das klingt, als hegen Sie einen Groll gegen mich. Dabei kenne ich Sie nicht.«

Geralt hebt das bärtige Kinn. »Sie werden mich schon noch kennenlernen, Matriarchin.«

»Sie sagen, Sie heißen Heller? Also stammen Sie aus Jericho Hellers Familie?«

Geralt lächelt. Es wirkt so echt, fast warm – es macht mir Angst. »Wie es scheint, kennen Sie mich ja doch, Matriarchin. Welch eine Ehre!«

Pheng schmiegt die faltigen Lippen aneinander und schweigt.

Meine Familie tauscht besorgte Blicke, nur meine Mutter steht starr an der Barrikade und blickt zu mir herab. Ich kämpfe mich schwerfällig auf und setze ein paar taumelnde Schritte auf sie zu. Die Barrikade gilt für andere, aber ich konnte sie passieren. Vielleicht kann ich die Arena einfach wieder verlassen. Vielleicht …

Ich lege die Stirn an den Schild aus Magie, den niemand durchdringen kann – auch ich nicht. Ich scheine gefangen zu sein. Ich sehe in die Augen meiner Mutter, in denen sich Tränen spiegeln. Vater kommt herbei, sein Atem geht schwer. »… ich werde ihn in Stücke zerlegen, das verspreche ich«, erklärt er mit harscher Stimme. »Ich werde ihn auseinanderreißen und jede Faser seines Körpers in einem Feuersturm verbrennen, bis nichts von ihm übrig bleibt als schwelende Asche.«

»Papa«, flüstere ich. »Das darfst du nicht. Nicht außerhalb eines Duells. Sonst kommst du wieder ins Gefängnis.«

Er stößt die Luft aus.

Meine Mutter löst sich von der unsichtbaren Barrikade, überwindet den Abstand zu Pheng. Ich höre, wie sie auf die Matriarchin einredet »… du musst etwas tun, Großmama – du musst etwas tun, ich flehe dich an …!«

»Hey, du!«, ruft Geralt.

Zhang blinzelt irritiert und zeigt fragend auf sich.

»Schieb ihr das Messer durch die Barrikade. Sie soll sich entfesseln.«

Ich hätte niemals gedacht, dass der Einzige, der sich in einer solchen Situation geistesgegenwärtig verhalten würde, mein Cousin Zhang ist. Das Messer der rothaarigen Wölfin liegt noch immer auf dem steinernen Block. Er schiebt es über den Rand hinweg, bis es die Barrikade berührt – die Klinge rutscht hindurch. »Christie!«, zischt er. »Schnell!«

Ich stolpere zu der Klinge, ziehe sie zu mir und mache mich daran, das Klebeband zu durchtrennen. Es dauert eine gefühlte Ewigkeit. Der Schweiß lässt mein Haar in der Stirn kleben. Endlich ist das Tape durch und ich befreie die tauben Finger. Schmerzhaft prickelnd kehrt das Blut zurück.

»Ihr Polo-Schläger lehnt am Identifikationsblock«, erklärt Geralt, der auf der anderen Seite seine Runden zieht, die Hände hinter dem Rücken verschränkt.

Zhang blinzelt, bückt sich und ergreift den Sack mit den Schlägern, den ich während der Entführung bei mir hatte. Mein Cousin schiebt ihn wie das Messer durch den magischen Schild. Ich ziehe einen davon heraus und halte ihn so fest ich kann. Meine Finger sind klamm und fühlen sich seltsam an, ihre Spitzen prickeln. Das vertraute Gewicht erfüllt mich mit einem Funken Selbstbewusstsein. Schleppend drehe ich mich um. Geralt wartet auf der anderen Arenaseite und nickt mir zu. »Bist du bereit?«

Ich hebe den Schläger und schüttle den Kopf.

»Es tut mir leid, dass es so kommen musste. Ich würde gerne sagen, es ist nichts Persönliches, doch ich fürchte, das ist es.« Er zieht das T-Shirt über den Kopf und schiebt die Hose herunter, was mir einen schockierten Blick entringt.

Dann explodiert er in ein Wesen halb Mensch, halb Wolf.

Das Rudel hinter ihm heult.

Ich kann sehen, wie sich die Muskeln an den Armen der Wandler verdicken, wie ihre Gesichter unförmig aufbrechen, sie aber mit aller Macht versuchen, den instinktiven Verwandlungsprozess zu unterdrücken.

Nicht so Geralt. Seine Beine krachen und strecken sich, scheinen zu brechen und knicken zu den Hinterläufen eines Wolfes, sehnig, knochig, aber von einer gewaltigen Sprungkraft, die ihn mehrere Meter durch die Luft schnellen lassen kann. Die Muskeln an seinen Oberschenkeln schwellen an, Fell birst aus seiner Haut und überwuchert das rosige Fleisch. Sein Oberkörper krümmt sich, die Wirbel knirschen und formen einen Bogen, an dem die Rippen grotesk abstehen und in einer breiten Brust zusammenfinden. Die Rippen stehen in asymmetrischen Abständen zueinander, die Arme strecken sich knotig wie die eines Gorillas nach vorne, mit wölfischen Krallen daran, die sich nicht einziehen lassen. Der Schädel, der aus der gekrümmten Wirbelsäule ragt, ist breitnackig und geht in das Gesicht eines kurzschnäuzigen Wolfes über, was vermutlich daran liegt, dass Geralt sich in Halbform befindet. Seine Augen sind gedrungen und gelblich. Er betrachtet mich aus verengten Schlitzen, die zugespitzten Ohren zurückgelegt. Dann hebt er die Lefzen, nur ein wenig, sodass die vordersten Reißzähne seines semiwölfischen Gebisses zum Vorschein kommen. Er knurrt leise, die Arme angehoben. Noch immer steht er auf zwei Beinen, sein Körper annähernd hominid, aber mit dichtem Fell überzogen.

Hinter mir knurrt Long und sein Knurren klingt vollkommen anders als das des Wolfes. Es ist ein kehliges, finsteres Grollen. Obwohl ich mich hinter der Barriere befinde, kann ich die Magie spüren, die in dicken Wolken rund um meinen Vater aufsteigt. Ich werfe einen knappen Blick zurück. Er trägt ein Unterhemd, daher kann ich die roten Schuppen an Hals und Schultern sehen. Sie bewegen sich, treten aus der Haut wie fingernagelgroße Schilde aus rotem Metall und versinken anschließend wieder darin.

Als ich das Geräusch von Krallen auf Stein vernehme, verlagere ich meine Aufmerksamkeit rasch auf Geralt – gerade noch rechtzeitig, denn die Bestie, halb Mensch, halb Wolf, hält direkt auf mich zu.

Irgendwo ertönt ein Gong und ich bin mir sicher, er wurde nicht von menschlicher Hand geschlagen.

15.

EIN RÄUDIGER HUND

Ich brülle.

Es ist Angst, die aus mir bricht, aber auch unbändiger Zorn. Mit aller Kraft ramme ich der Bestie den Schläger ins Gesicht.

Mein Körper wird von der Wucht meiner eigenen Bewegung herumgerissen. Ich höre Geralt jaulen. Aus dem Augenwinkel bekomme ich mit, wie er zu Boden geht und den Kopf zwischen den unförmigen Armen birgt. Dann geht der helle Laut in ein markerschütterndes Grollen über.

Ich nehme die Beine in die Hand und renne so schnell ich kann zur anderen Seite der Arena.

Das Knurren folgt mir im Nacken. Es dauert etwa drei Sekunden, bis der Wolf mich eingeholt hat und ich zurückgerissen werde. Es fühlt sich an wie der überraschende Stopp mit einem Auto, der einen in die Gurte wirft und die Luft aus den Lungen presst. Zeitversetzt breitet sich der Schmerz aus.

»… Pheng!«, höre ich irgendwo meine Mutter flehen. »Pheng, du musst etwas tun!«

Ich klatsche meine Hände auf den weißen Steinboden und versuche mich festzuhalten. Ein überraschender Schmerz durchflutet mich in dem Augenblick, als Geralt sich auf mich wirft, diesmal in vollkommener, braunzotteliger Wolfsform, das gewellte Nackenfell imposant gesträubt. Er hat seine Zähne in mein Bein gerammt und zerrt mich daran zurück. Ich schreie und reiße den Kopf herum. Unter den gehobenen Lefzen kann ich seine Fangzähne sehen, die in meinem Fleisch versinken, das Blut, das in den Löchern meines Beins aufsteigt. Aus Geralts Maul dringt ein Knurren, das tief aus seinem Körper zu stammen scheint. Er fokussiert mich mit seinem Blick – gelbe Wolfsaugen, die mir sagen: *Hast du wirklich geglaubt, du kannst vor mir fliehen?*

Der Schmerz breitet sich weiter aus. Ich möchte Geralt den Schläger über den Wolfsschädel braten, damit er endlich loslässt, doch ich bemerke, dass ich meine Waffe fallen lassen habe. Verzweifelt greife ich danach. Geralt zieht mich am Bein zurück. In einem Anfall von Verzweiflung werfe ich mich nach vorne. Ich habe das Gefühl, als wären Geralts Zähne Stahlschrauben, die sich in mein Fleisch bohren. Meine Finger bekommen den Schlägergriff zu fassen, ich wirble herum.

Der Schläger trifft meinen Gegner, doch er lässt nicht los. Die Zähne greifen fester zu, ich schreie, glaube etwas knacken zu hören und hoffe, dass es nicht mein Schienbein ist, das unter der Macht seines Gebisses birst.

Ich schlage erneut zu, diesmal fester – als das nichts hilft, noch mal und noch mal. Unverhofft lässt Geralt los. Wie ein zotteliger Schatten schnellt er vor und schnappt nach meinem Arm. Ich lasse den Schläger fallen. Ob ich in diesem Moment schreie, kann ich nicht sagen, doch mein Arm befindet sich in seinem Maul.

»… sie ist nicht Longs Tochter!«, höre ich eine Stimme und registriere erst viel später, dass sie meiner Mutter gehört. »Sie ist kein Teil der Familie Song! Sie ist kein Teil der Hexade! Pheng hat sie niemals in den Kreis der Familie aufgenommen!«

Ihre Stimme geht beinahe im Heulen des Rudels unter. Dann lässt Geralt los. Seine Zähne gleiten aus meinem Fleisch. Die Erleichterung dauert nur kurz an, denn die Schmerzen finden dadurch kein Ende.

Ich sehe, wie sich der Wolf neben mir verändert. Seine Gestalt streckt sich, das Fell schmilzt und zieht sich in die Poren zurück. Rohe Muskeln umschlingen einander, Sehnen schlängeln und Wirbel und Rippen glätten sich. Geralt erhebt sich neben mir in vollkommen menschlicher Pracht. Ich bringe ein Schluchzen zusammen und berge den Arm an meiner Brust. Erst jetzt bemerke ich, dass es still geworden ist.

Ächzend wälze ich mich auf die heile Schulter und stoße mit dem gesunden Bein nach, um meine Mutter sehen zu können. Wie ein verletztes Robbenbaby rutsche ich vorwärts. Mama steht an der unsichtbaren Barrikade und sieht verweint zu mir. Ich mag mir nicht vorstellen, was sie sehen muss, mich verkrüppeltes Etwas, das eine rote Spur auf dem weißen Boden hinterlässt.

Neben ihr steht mein Vater. Langsam dreht er sich um. Zu Großmama Pheng, nicht zu Ruth. »… was?«, spricht er.

Pheng sieht ihn nicht an. »Du hättest wissen müssen, dass das niemals passieren wird.«

»Ich habe nicht viel von dir erwartet, Mutter, und das weißt du«, erwidert er gefasst. »Nicht als Kind, nicht als Erwachsener. Doch was ich von dir erwartet habe, ist, dass du meine Frau und meine Töchter versorgst, während ich nicht da bin. Dass du sie in deine Familie aufnimmst, weil sie meine Familie sind. Nicht mehr – und nicht weniger.«

Pheng wendet sich ihrem Sohn zu. Obwohl sie kleiner ist, gelingt es ihr, erhaben zu wirken. Sie sieht ihm in die Augen. »Christine ist nicht von deinem Blut. Damit ist sie auch nicht von meinem Blut. Du magst ihr in deiner Familie Platz schaffen, doch erwarte das nicht von mir.«

Einen Moment lang wirkt Long verloren, er sieht Großmutter Pheng verträumt an. Dann sehe ich, wie die Drachenschuppen an seinen Schultern erblühen wie rote Rosen, wie sie über seine Oberarme gleiten, hinab zu seinen Fingern. »Ich breche mit dir, Pheng Song«, ruft er, laut genug, sodass ihn jeder hören kann.

»Sei kein Dummkopf!«, stößt Pheng aus. »Siehst du nicht, dass die Tatsache, dass sie nicht zum Familienkreis gehört, Christine das Leben rettet? Der Wolf hätte sie in Stücke reißen können! Jetzt interessiert sie ihn nicht länger.« Sie deutet zu Geralt, der in nackter Pracht neben mir steht und ein stilles Lächeln auf den Lippen trägt. Als hätte er all das kommen sehen.

»Ich breche mit dir, Pheng«, wiederholt mein Vater nun leiser. Die wandernden, glänzenden Schuppen an seinen Armen untermauern seine Worte.

»Damit diese Familie hält, muss jedes Mitglied Kräfte und Fähigkeiten mitbringen, mit denen es sich und die seinigen schützen kann! Christine besitzt keine dieser Fähigkeiten – weder die der Nekromanten noch die der Drachen! Sie ist immer ein Schwachpunkt gewesen. Verstehst du das nicht?«

»*Ich breche mit dir, Pheng Song!*«, brüllt mein Vater. Sein Drache erwacht.

Die Wandlung eines Drachen gestaltet sich anders als die der tierischen Gestaltenwandler. Während bei tierischen Wandlern eine körperliche Veränderung stattfindet, Fleisch, Knochen und Sehnen sich verändern, geschieht der Wandel zum Drachen auf einer spirituellen Ebene. Es ist Magie, die den Drachen umgibt, ihn einkleidet und sich wie eine zweite Gestalt über ihn legt.

Für einen Augenblick kann ich ihn sehen, den Roten Drachen. Seine sich windende Form, mit handtellergroßen, glänzenden Schuppen wie Rubine. Ein Kamm aus Haaren bedeckt seinen Rücken und läuft hinaus bis auf seinen Schwanz. Sechs Beine halten den länglichen Körper, der sich hin und her wiegt, als würde er in Wasser schweben.

Es ist nur ein Augenblick, kaum mehr als ein Eindruck, wie ein Traum, der noch in meinen Gedanken hängt, bevor ich ihn vergesse. Dann steht Papa wieder als Mensch zwischen den anderen. Nur das Gefühl bleibt zurück. »Die Familie Long Song ist nicht länger ein Teil der deinigen. Sie ist nicht länger ein Teil der Hexade«, spricht er. Er dreht sich um und fixiert Geralt. »Das ist es doch, was du wolltest, nicht? Also öffne die verdammte magische Barrikade!«

Geralt tritt an mich heran. Ich versuche davonzurobben. Er fasst nach mir, ich schlage mit der gesunden Hand zu, doch es scheint ihn nicht zu stören.

»Wenn du aus der Arena willst, benimm dich«, fordert er entnervt.

Er ist nackt. Ich balle die Faust und schlage ihn dorthin, wo es einem Mann wehtut. Er krümmt sich. Irgendwo keckert ein Wolf, vielleicht auch ein Fuchs. »Ich wollte dich tragen«, stöhnt er. »Aber so musst du selbst sehen, wie du zurückkommst.« Er wirft mir einen finsteren Blick zu und begibt sich auf die seinige Arenaseite. Ich fauche wie eine verletzte Katze.

Mühsam ziehe ich mich über den Fußboden. Es verlangt mir Unmenschliches ab, die Treppe zu erreichen und mich an ihr emporzuziehen. Mein Vater kauert vor der Barrikade, er hält die Hände nach mir ausgestreckt. Als ich davor ankomme und mich umwende, sehe ich, wie Geralt den magischen Schild an seinem Scheitelpunkt der Arena berührt. Ich berühre den meinigen. Meine Finger sind blutig und hinterlassen einen schmierigen Abdruck. Unsere zeitgleiche Berührung scheint etwas auszulösen. Die Magie unter meinen Fingern schmilzt und meine Hand taucht gegen die meines Vaters; Blut tropft zu Boden.

Long greift mir unter den Arm und hebt mich in die Höhe. Cordula ist rasch an meiner Seite, ich erkenne sie am Geruch ihrer verschwitzten Trainingskleidung. Ich bekomme nicht mehr ganz mit, wie ich rausgetragen werde, berge meinen Kopf an der Brust meines Vaters und gebe mich dem Gefühl hin. Aus meinem Mund dringen Schmerzenslaute, die ich von mir selbst nicht kannte.

Linda

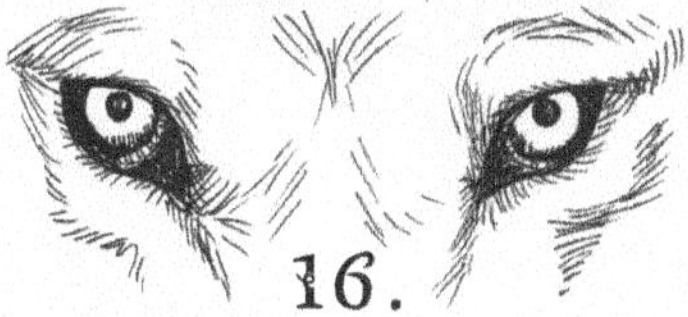

16.

ZERSCHMETTERIN DER WÖLFE

Cordula will mich ins Krankenhaus bringen, doch mein Vater schnauzt Zhang an, das Auto vorzufahren. Peter Pensing ruft uns gelassen – ja, beinahe heiter – hinterher, dass er den Rest der Hexade über den Ausgang des Duells informieren wird. Hinter mir knallt die Autotür zu.

Meine Familie platziert mich auf der Rückbank über den Beinen dreier Leute – Cordula, Linda und mein Vater. Meine Mutter quetscht sich neben Zhang auf den Beifahrersitz und befiehlt ihm, loszufahren. Meine Augen fallen zu. Ich habe noch nie in meinem Leben eine solche Müdigkeit verspürt. Sie überwältigt mich von einem Moment auf den anderen und betäubt die Schmerzen in meinem Arm und Bein. Kaum spüre ich, dass jemand seine Hand auf meinen Schenkel presst, Beschwörungsformeln murmelt und jemand anderer mir einen improvisierten Druckverband anlegt. Meine Kleidung ist feucht und ich glaube, die Nässe stammt von meinem Schweißausbruch, bis ich mir irgendwann übers Gesicht fahre und das viele Blut bemerke. Long fasst nach meiner Hand und drückt sie. »Es wird alles gut, Christie«, flüstert er. »Ich verspreche dir, es wird alles gut.«

Ich habe gar nicht bezweifelt, dass alles gut wird. Erst mit diesen Worten durchschießt mich heiß und kalt die Furcht. Nicht dieselbe Art Furcht wie während meiner Entführung oder des anschließenden Duells – eher die Art Angst, zu wissen, dein Schicksal liegt nicht länger in deinen Händen. Als Geralt mich angegriffen hat, hatte ich den Poloschläger, um mich zu verteidigen. Jetzt entgleitet mir die Kontrolle. »Mama …?« Ich sehe, wie sich meine Mutter umdreht, die Hand durch die Vordersitze fädelt und nach meinen Fingern greift. Ihre Hand ist so klein im Vergleich zu der meines Vaters, doch sie gibt mir Kraft.

»Scheiß Wolf«, stößt Cordula aus. »Ich glaube, einer seiner Zähne ist abgebrochen und steckt noch dort drinnen …«

»Was?«, krächze ich.

»Dein Oberschenkelknochen ist scheißhart, Christie. Er hat reingebissen und der Scheißzahn ist abgebrochen..« Cordula beginnt zu schimpfen, wenn sie sich fürchtet. Sie schimpft auch, wenn eines ihrer Kinder gegen einen Laternenpfahl läuft oder mit dem Laufrad in den Rosenbusch rollt. Das ist ihre Art, Angst zu überspielen.

»H-hört auf.«

Ich sehe das Gesicht meines Vaters, der besorgt zu mir herabblickt. Die Falten um seinen Mund sind tief wie nie.

»Hört auf, euch solche Sorgen zu machen. Das macht mir Angst.«

Kurze Zeit herrscht Stille. Es ist Zhang, der den Moment mit seinem Witz rettet. »Wer sagt denn, dass wir uns *um* dich fürchten? Wir fürchten uns *vor* dir! Schon mal jemanden gesehen, der einem Werwolf derart eine poliert hat? Bei den Geistern, mein Herz hat für einen Augenblick ausgesetzt!«

»Ehrlich«, stimmt Linda ein, die mir die Schuhe auszieht und den tauben Fuß massiert, durch den das Blut mehr schlecht als recht zirkuliert. »Ich dachte schon, du würdest mit deinem Schläger als Nächstes zu uns heraufkommen. War richtig froh, als du nicht mehr gehen konntest. Dachte, da kann ich wenigstens fortlaufen.«

Zhang nickt hastig. Durch die Frontscheibe rast die Stadtansicht an uns vorbei. »Mann, ich wollte auch schon laufen, hätte ich nicht zu viel Angst vor dir gehabt. Meine Beine waren wie festgefroren.«

Ich lache schwach. Vorne lacht meine Mutter, es geht in ein weinendes Geräusch über, sie birgt das Gesicht in den Händen und versucht die Gefühlswallung zu unterdrücken.

Mein Vater beugt sich zu mir herab, streicht mir das Haar aus der Stirn, das sich aus meinem Zopf gelöst hat, und verpasst mir einen sanften Kuss auf die Schläfe. »Das ist unsere Christie«, flüstert er. »*Zerschmetterin der Wölfe.*«

Long trägt mich die Treppe empor. Frau Stein steht gerade an der Tür und gießt die beiden Blumentöpfe, die neben ihrem Wohnungseingang stehen, ohne auch nur ihre Türmatte zu betreten. »Was ist denn passiert?«, fragt sie und klingt dabei besorgt. »Soll ich die Rettung rufen?«

»Nicht notwendig«, würgt Cordula ab.

In der Wohnung legt Vater mich auf dem Sofa ab. Es ist bereits zum Schlafen ausgeklappt und mit einem weißen Leintuch bezogen. »... Mum, ich blute euer Bett voll!«

»Schschsch!«, zischt Mama und bringt Cordula eine Schere, mit der sie meine zerfetzte Jeans aufschneidet.

Als ich mein zerfleischtes Bein sehe, beginne ich zu würgen. Geralts Zahnabdrücke sind dunkle Löcher, die Haut darum mit Blut verschmiert. »Wie eklig!«, rufe ich aus. »Macht es ab!«

Cordula hört mir nicht zu. Sie ist viel zu sehr damit beschäftigt, ihre Hand über das zerschundene Fleisch zu pressen und mit geschlossenen Augen Beschwörungen zu murmeln. »Ich koche Tücher aus!«, ruft Mutter aus der Küche. Linda kommt mit einem Desinfektionsspray aus dem Badezimmer. Sie schüttelt es und setzt ein enttäuschtes Gesicht auf. »Fast nichts mehr da.«

»Wo ist Zhang?«, frage ich.

»Nach Hause gefahren.«

»Wwas?«

»Er wird ohnehin Ärger bekommen, uns gefahren zu haben.«

»Wieso?«

»Weil wir nicht länger ein Teil seiner Familie sind.«

Ich schlucke. Und stoße einen Schrei aus, als Cordula mir mit die Hand auf die Wunde drückt. »Hör auf!«

»Ich muss den Zahn rauskriegen. Ich wollte deine Muskeln dazu animieren, ihn herauszupressen, doch der Splitter sitzt an einer schlechten Stelle.«

»Was soll das heißen?«

»Ich brauche eine Pinzette, eine Zange ... etwas in der Art.«

»Kommt überhaupt nicht infrage!«

»Willst du Geralts Zahn in deinem Bein behalten?«

Ich klatsche die Hand auf mein Bein. Verdammt, tut das weh! »Erinnerst du dich, als Angela Bosco mit ihrem Fahrrad auf einen Bretterhaufen gestürzt ist und sich den Nagel in den Fuß geschlagen hat? Ich habe gesehen, wie du den Nagel ›herausoperiert‹

hast – das war reinste Fleischerarbeit!« Angela hatte geschrien wie am Spieß.

Mama kommt mit einem Topf dampfendem Wasser herbei, der frisch ausgekochte Tücher beinhaltet, und stellt beides neben meiner Lagerstätte ab. »Ich hole Frau Stein.«

»Ich mach das!«, ruft Cordula ruppig.

»Du konzentrierst dich darauf, die Blutung zu stoppen. Frau Stein war Kriegskrankenschwester. Sie hat in ihrer Lebenszeit genügend Projektile aus Wunden gezogen.«

Cordula stößt enerviert die Luft aus und lehnt sich zurück, die Arme vor der Brust verschränkt. »Wie ihr glaubt.« Sie ist beleidigt, doch das ändert nichts daran, dass ich erleichtert bin.

Der Anblick von Frau Stein ist eigentlich zum Schreien komisch. In ihren Gesundheitspantoffeln trippelt sie herein und wirft dabei gehetzte Blicke nach links und rechts, als würde sie hinter jeder Ecke einen Schwerverbrecher erwarten. Sie umklammert ein Täschchen, das an ein Maniküre-Set erinnert. Den Couchtisch schiebt sie als Sitzgelegenheit heran. Sie zieht die Brille an der Kette aus dem Ausschnitt und setzt sie auf. »Mh-mh«, sagt sie. »Das sieht nicht gut aus.«

Ich stöhne auf und lege mir den Unterarm über die Augen. »Darauf wäre ich niemals gekommen, Frau Stein!«

Ich spüre, wie ihre faltigen Finger sanft über mein Knie streichen. Es ist ein seltsames Gefühl, ein bisschen wie Pergament, das sich raschelnd über meine Haut bewegt. »Ich werde so sanft sein wie möglich. Aber schmerzen wird es dennoch.«

Die Pinzette fährt in das Loch, in dem Geralts Zahnsplitter sitzt. Ich schmecke Galle, als ich sehe, wie das kalte Eisen die Haut wie einen zerfetzten Plastiksack hin und her schiebt. Ich würge, lehnte den Kopf zurück, hänge ihn über die Armlehne. Lindas Gesicht ist über mir, sie streichelt meine Schläfen, ihre Augen blicken starr auf Frau Steins Tun. Ihre Mimik zuckt vielsagend. Ihre Unterlippe zittert, als ich einen stechenden Schmerz spüre. »Pfff …«, stoße ich aus und Lindas Hände pressen sich enger an meine Schläfen, damit ich den Kopf nicht bewege. Ich bewege ihn trotzdem – und sehe, wie Frau Stein den Zahn aus dem Loch zieht.

»Da ist er ja«, bemerkt sie erfreut. Sie lässt ihn in eine Dose fallen, die meine Mutter bereithält. »Du solltest ihn waschen und als Halskette tragen.«

Damit erntet sie Verwunderung, worüber ich froh bin. Cordula reinigt meine Wunde mit den ausgekochten Lappen und beginnt mit dem Heilungsprozess. Eine Bisswunde lässt sich nicht so einfach behandeln wie eine simple Beule. Gewebe wurde zerrissen, Hautschichten, Blutgefäße zerfetzt. Sie auf richtige Weise zusammenzufügen, ist keine Arbeit von Minuten.

Den Gefäßen widmet Cordula die größte Priorität. Zuerst die dicken, die mein Bein mit Blut versorgen, danach die kleineren, bis hin zu den winzigen Kapillaren. Frau Stein wischt sich die Hände ab. »Sie müssen auf Entzündungen achten«, weist sie Cordula an.

»Ich achte immer auf alles«, entgegnet meine Freundin.

»Es geht nicht einfach nur um die Infektionsgefahr der Wunde. Christine wurde von einem Gestaltenwandler gebissen.« Mum hat ihr also davon erzählt. Frau Stein wirkt dennoch keineswegs verwundert. »Sein Maul ist voller Bakterien«, setzt sie fort, »geschweige denn, dass der Wandler eine übertragbare Krankheit haben könnte. Hepatitis oder die coltairische Wolfskrankheit können über einen Biss übertragen werden.«

»Ich habe alles unter Kontrolle«, behauptet Cordula.

»Ich wollte es nur angemerkt haben.«

Long wickelt den Verband von meinem Unterarm. Die Wunde ist nicht so tief wie die an meinem Bein, sie wird wesentlich rascher heilen. »Setz dich auf. Lin, hilf ihr dabei, das TShirt auszuziehen. Wir müssen sie nach anderen Wunden untersuchen.«

Meine Schuppen. »Nein!«, schnappe ich und ziehe das T-Shirt runter.

»Sei nicht so prüde!«, murrt Lin über mir. »Alles hat seine Grenzen!«

»Es geht mir gut!«, rufe ich. »Sonst hat er mich nirgends erwischt!«

Lin seufzt, kniet sich hinter mich und lehnt ihre Wange an meine. »Man könnte meinen, du wärst noch immer dreizehn Jahre alt. Ich kann mich nicht erinnern, wann ich dich das letzte Mal nackt gesehen habe.«

Ich kneife die Lippen zusammen. »Ich bin nicht gerne nackt«, sage ich und kralle die Finger in den Rand des Shirts. Es ist vermutlich allein meinem zerfleischten Zustand zu verdanken, dass mich niemand drängt.

Frau Stein bringt frische Mullbinden und eine Literflasche Desinfektionsmittel. Offensichtlich ist sie auf das Schlimmste vorbereitet. Anschließend wünscht sie mir gute Besserung und zieht sich in ihre Wohnung zurück. Sie fragt nicht, was passiert ist. Stattdessen nimmt sie den Wolfszahn mit.

Meine Wunden werden mit nassen Tüchern gewaschen, desinfiziert und verbunden. Cordula behandelt noch eine Weile die Blutung, muss jedoch bald eine Pause einlegen. Abgesehen davon, dass Heilungsmagie geistige wie magische Schwerstarbeit ist, bei der sie winzigste Zellunterschiede mit der Hilfe ihrer Fähigkeit aufspüren muss, braucht mein Körper eine Pause, um die magische Stimulation in den Selbstheilungsprozess zu integrieren. Wenn man eine künstliche Heilung zu rasch und unbedacht herbeiführt, kann es zu Wildwucherungen kommen. Hat man erst damit angefangen, Körperzellen an falschen Stellen zu bilden, wachsen sie ungefragt weiter.

Cordula verspricht, bald wieder nach mir zu sehen. Mutter drängt mich, mein blutiges TShirt auszuziehen, doch ich schließe die Augen und tue so, als wäre ich bereits eingeschlafen. Meine Familie respektiert dies, deckt mich zu und verlässt das Wohnzimmer, um mir die Ruhe zu geben, die ich brauche.

17.

JAGDFIEBER

Ich träume von Wölfen.

Mit hechelnden Zungen graben sie die Nasen in die Erde und suchen den Boden nach mir ab. Schwarze Schatten gleiten durch die Nacht, gelbe Augen leuchten wie die Verdoppelung des Himmelsgestirns auf. Egal wohin ich gehe, Augen. Sie schließen sich, ich stehe in der Finsternis. Ich rieche Wölfe, doch höre sie nicht. Dann keilt sich von hinten etwas in meinen Schenkel mit Zähnen wie eine Bärenfalle und reißt mir den Muskel heraus.

Ich krieche weiter, mein Bein bloß noch ein Stück Knochen, an dem Hautfetzen hängen. Die Wölfe hinter mir lecken sich die Lefzen. Ich kann ein Tropfen hören, ein ekelhaftes Geräusch, das mir verrät, wie der Speichel herabrinnt. Auf allen vieren rutsche ich voran – oder besser gesagt auf dreien und dem, was von meinem Bein noch übrig ist. Ich blicke in den Nachthimmel. Schwärze.

Speichel tropft in mein Gesicht. Ein tiefes Knurren schwillt an wie ein Automotor, dann schnappt jemand zu.

Ich bin nur noch ein Haufen Knochen, von Wölfen abgenagt, als ich an den Rand des Traumes gelange. Ich erwache und glaube noch einen Augenblick lang, das Skelett zu sein, das Geralt und sein Rudel von mir übrig gelassen haben. Dann fühle ich Haut unter meinen Fingern, Haut und Fleisch und Schmerzen und drehe mich stöhnend um.

»Bist du wach?«, fragt Mama aus der Küche.

Ich brumme.

»Sag mir, wenn du so weit bist – dann helfe ich dir in die Dusche.«

Seit Jahren habe ich mich nicht mehr so abhängig gefühlt. Ich würde Mamas Hilfe gern annehmen. Ich habe nicht das Gefühl, mein Bein bewegen zu können. Dennoch schleppe ich mich vom Sofa ins Badezimmer. Einmal hat es einen Vorteil, dass unsere Wohnung so verdammt klein ist.

»Christie!«, höre ich meine Mutter rufen. »Was soll das? Du sollst doch nicht allein …!« Bevor sie die wenigen Meter zurücklegen kann, habe ich die Tür zugeschlagen.

»Es geht schon!«, rufe ich leichthin. »Tut gar nicht mehr weh!« Ich humple zur Badewanne und setzte mich auf ihren Rand. Mein Bein ist so steif, dass ich es nicht abwinkeln kann. Es fühlt sich an wie ein Bündel aus pulsierendem Schmerz. Ich weine, als ich mich in die Wanne setze. Meine Mutter hämmert gegen die Tür. »Christie!«, ruft sie. »Was ist nur los mit dir? Frau Stein meinte, es soll kein Wasser an die Wunden kommen, es könnten nur noch mehr Keime eindringen! Dazu brauchst du Unterstützung!«

»Geht schon!«, stoße ich zwischen zusammengebissenen Zähnen hervor. Ich entledige mich meiner Kleidung – wie genau ich das schaffe, kann ich nicht sagen – und beginne, mir das Blut vom Körper zu duschen.

Ich kämpfe mich aus der Badewanne und über den rutschigen Rand. Die Mullbinden sind trotz meiner Mühe wasserdurchtränkt. Von der Wäscheleine vor dem Fenster schnappe ich mir Kleider. Als ich angezogen aus dem Bad komme, erschöpft, als hätte ich einen Marathon hinter mir, wartet Mutter auf mich. Sie hält mir eine mordsmäßige Standpredigt. Trotzdem führt sie mich in die Küche und hilft mir dabei, mich hinzusetzen. Dicke Nudeln schwimmen in einer Suppenschale. Ich esse sie schweigend.

Irgendwann frage ich: »Was bedeutet das jetzt? Dass Vater mit Pheng gebrochen hat?«

Mama trocknet neben mir Geschirr ab. »Das wird die Zeit zeigen. Für jetzt … euer Vater überlegt, ob unsere Familie meinen Mädchennamen annehmen soll.«

»Basotei?«

Sie nickt.

Ich koste den Namen. Long Basotei. Linda Basotei. Ruth Basotei. *Christine Basotei.* Irgendwie überkommt mich das Gefühl, dass ich die Einzige bin, zu der dieser Nachname auch wirklich passt. »Was ist mit Pheng und Zhang und Onkel Thien?«

Das Geschirrtuch gleitet über den Teller. »Sie sind auf sich allein gestellt.« Mutter dreht sich zu mir um, ihre Hand kreist über das Porzellanrund, immer und immer wieder. »Long möchte eine kleine

Zeremonie abhalten. Um dich in der Familie aufzunehmen. In *unserer* Familie.«

Die glitschigen Nudeln rutschen mir aus dem Mund. »Das ist wirklich nicht nötig.«

Sie sieht mich lange an, in all ihrer Ruhe und Gefasstheit. »Selbst wenn es dir nicht wichtig ist, deinem Vater ist es wichtig ...« *Mir* ist es wichtig, sagen ihre Augen. »... also sag bitte nicht Nein.«

Als ich mit meiner Suppe fertig bin, hilft sie mir zurück auf das Sofa. Ich erfahre, dass Long und sie heute Nacht in meinem Bett genächtigt haben. Wie das möglich sein soll, ist mir ein Rätsel. Ich habe meist das Gefühl, selbst aus der kleinen Schlafnische zu fallen, sobald ich mich umdrehe. »Wo sind Paps und Lin?«

»Sie reden.«

»Reden?«

Mum nickt nur und sieht mich nicht an, während sie das Geschirr in den Schrank stellt. Wenn Lin und Paps zum Reden außer Haus gegangen sind, bedeutet das Ärger.

Frau Stein hat uns ihren winzigen Fernseher geborgt, das Kabel dazu läuft quer durch unsere Wohnung aus dem Badezimmerfenster und ist dort mit ihrer Satellitenschüssel verbunden. Es läuft nur Unsinn, doch ich habe keine Fernbedienung und aufzustehen ist die Mühe nicht wert. Das Telefon läutet. Da es auf dem Couchtisch steht, überwinde ich die Angst vor den Schmerzen, zwinge mich auf und gehe ran.

»Christie?« Es ist Zhang.

»Ja?«

»Wie geht es dir?«

»Wie es einem eben so geht, wenn man von einem Wolf gebissen wurde. Wie steht's bei euch?«

Zhangs Stimme zittert. »Alles geht drunter und drüber. Die Hexade weiß, dass Long sich abgespalten hat. Sie ist nervös. Meine Eltern sind es auch. Und Großmama Pheng ist knapp davor, vor Wut den nächsten Friedhof auferstehen zu lassen. Sie will, dass Long seine Worte rückgängig macht, doch er weigert sich, mit ihr zu sprechen. Kannst du nicht mit ihm reden?«

»*Ich?*«

Ich höre, wie Zhang am anderen Ende der Leitung schluckt. »Christie, ich kann das Haus nicht verlassen.«

»Das Große Song? Wieso?«

»Die Wölfe umschleichen das Gebäude. Einer hätte mich beinahe abgefangen, als ich einen Schritt vor die Tür gesetzt habe. Sie sollen mich in Geralt Hellers Namen herausfordern. Dann muss ich mich ihm stellen. Warum *ich?* Warum haben sie nicht die Katzen angegriffen? Lisbeth Devoye ist doch das ideale Opfer – sind Katzen nicht ihre natürlichen Feinde?«

»Zhang!«, rufe ich aus. »Du kannst die Toten kontrollieren!«

»Ich kann einen toten Steinmarder kontrollieren!«, schreit Zhang mir ins Ohr. »Was bringt mir ein verdammter Marder, sobald ich von einem Rudel Wölfe angefallen werde?«

»… ziele auf die Halsschlagader.«

»Ich kann das nicht, Christine! Ich kann das einfach nicht!«

Als ich Geralt gegenüberstand, hätte ich ihm den Schädel eingeschlagen, komme was da wolle – wäre sein Schädel nicht so verdammt hart gewesen. Ich hätte ihn ohne mit der Wimper zu zucken getötet, denn in diesem Augenblick hieß es er oder ich. Doch der Wille allein reicht nicht.

Zhang schluchzt. »Ein Steinmarder gegen einen Wolf! Eine Straßenkatze gegen einen Wolf! Ein toter Spatz … gegen einen Wolf!«

»Ich verstehe deine Angst«, versuche ich ihn zu beschwichtigen. »Aber das ist nicht dein Krieg, hörst du? Großmama Pheng und Großvater Zuko haben diesen Streit mit Geralts Rudel vor fünfundzwanzig Jahren vom Zaun gerissen! Es liegt an ihr, das zu richten!«

»Du begreifst nicht, worum es hier geht!«, fährt mich Zhang an. »Die Existenz deines Vaters war der Schutz dieser Familie! Wenn Geralt noch einmal Hand an dich legt, wird Long ihn in Stücke reißen! Was mit mir ist, interessiert ihn doch nicht!«

»Wir sind kein Teil der Hexade mehr! Keine Duelle für uns! Keine Sonderregelungen! Keine Schlupflöcher! Für meinen Vater gelten nun die Gesetze dieses Staates wie für jeden anderen! Wenn er jemanden tötet, kommt er wieder ins Gefängnis!«

Zhang ignoriert meine Einwände. »Weißt du, was die Leute hinter vorgehaltener Hand tuscheln?«, flüstert er ins Telefon. »Dass eure Straße den Drachen gehört und man sich hüten soll, sie in schlechter Absicht zu betreten!«

»Was willst du damit sagen?«

Zhang stößt die Luft aus. »Vielleicht ist Großmama Phengs Herrschaft wirklich an ein Ende gelangt, Christie. Sie hat bloß auf das falsche Pferd gesetzt – nämlich auf *mich* –, weil meine Kräfte ihr vertrauter sind als das Drachenerbe. Sobald Pheng fällt, würde mir auf Anhieb ein Kandidat einfallen, dem die Hexade mit Freude den Platz überschreiben würde …«

»Mein Vater hat sich nie für die Hexade und ihren Rat interessiert.«

»Aber sie interessiert sich für *ihn*. Und Linda. Nimm andere Städte, in denen Drachenfamilien das Sagen haben – nimm Shousa, die Drachenstadt! Drei Familien, drei Drachen. Poschovar kann mit dieser Form geballter Macht nicht mithalten. Ein Drache in den eigenen Reihen ist für die Poschovarer Hexade erstrebenswert.«

»Zhang, du spinnst! Nur weil der Hexade etwas gefallen würde, heißt das nicht, dass alle nach ihrer Pfeife tanzen. Glaubst du tatsächlich, Long würde Pheng den Platz streitig machen? Damit setzt er Linda und mich doch nur erneut der Gefahr aus, von Aufsteigern wie Geralt herausgefordert zu werden!«

Am anderen Ende der Leitung rührt sich nichts.

»Wir werden niemals den Platz von Großmama Pheng einnehmen. Wir werden niemals *deinen* Platz einnehmen. Und wenn Geralt dir an die Gurgel will, kriegt er es mit mir zu tun. Ich besitze Durchschlagskraft, schon vergessen?« Ich merke, dass der Scherz schiefläuft. »Zhang?«

»Oh, Mann«, stößt er aus. »Christie, ich muss Schluss machen. Ich sitze mit dem Fernglas am Fenster und sehe eine Frau, die an der Straßenecke herumlungert. Ich glaube, sie ist eine Wölfin. Sie ist heiß, aber sie hat diese bestimmte Art zu gehen … Ich muss … Ich muss …« Er legt einfach auf.

Ich halte noch eine Weile den Telefonhörer in der Hand, bis ich ihn auf der dafür vorgesehenen Apparatur ablege. Die Besorgnis in meiner Magengegend wächst, und sie gilt längst nicht mehr meinem eigenen Wohlergehen.

Als Long und Linda nach Hause kommen, möchte ich unseren Vater auf Zhangs Situation ansprechen, doch ich sehe Lins Gesicht und spüre, dass etwas nicht stimmt. Sie versucht, all ihre Gefühle zu verstecken, sie hinter ihrer Mimik einzupacken wie in ein fein säuberlich verpacktes Geschenk. Doch ich kenne sie zu lange, als dass ich ihren Kummer nicht bemerken würde. Auch Long wirkt müde und abgekämpft, er reibt sich die Augen. Der Schatten in der Wohnung erschafft ein Nest aus dunklen Falten um seine Augenhöhlen. Es war wohl eine lange Nacht für ihn.

»Was ist passiert?«, frage ich.

Linda versucht mir aufmunternd zuzulächeln, doch es misslingt. Dann klopft es an der Tür. *Zhang?*, durchzuckt es mich. Hat er es geschafft, das Haus zu verlassen, und sucht bei uns Schutz?

»Öffne die Tür!«, bitte ich Linda und versuche mich auf dem Sofa aufzusetzen.

Linda stapft zur Wohnungstür und öffnet sie.

Dann knallt sie diese wieder zu.

»Lin?«

Linda dreht sich um. Ihr Gesicht ist kalkweiß.

Mein Vater hat sich aufgerichtet wie ein alarmiertes Erdhörnchen. Dann hebt er den Kopf, besser gesagt die Nase und saugt die Luft ein. Dabei schließt er die Augen, wie ich es immer tue – er analysiert den Geruch. »Der … *er* …!«

»Vati!«, stößt Linda starr aus. »Nein!«

»Wie kann dieser verräterische Köter es wagen, einen Fuß in unsere Straße zu setzen?« Longs Stimme ähnelt einem Gewittergrollen. Dann sehe ich ihn wieder, den Roten Drachen, wie er in einem Magieschwall aus dem Körper dieses Mannes steigt – der Drache hinter dem Menschen. Angst und Ehrfurcht kämpfen in mir, als der rote Nebel meinen Vater einhüllt, während er mit wenigen Schritten zur Eingangstür setzt. Lin wird wie ein Accessoire zur Seite geschoben, die Tür öffnet sich mit einem Knall, sodass die Handklinke ein Loch in den Holzschrank nebenan schlägt. Ich kann Thomas sehen, der sich anspannt wie eine verängstigte Katze. Das Einzige, das er noch hervorbringt, ist ein knappes: »Es tut mir leid!«

Dann verwandelt sich mein Vater endgültig zum Roten Drachen und stürzt sich auf ihn.

18.

SKINNER

Ich springe auf und humple trotz Schmerzen zur Haustür. Wie eine rote Schlange windet sich der geschuppte Körper meines Vaters durch den Gang und stößt dabei lärmend gegen die Wände. Putz rieselt zu Boden, ein Bild, das jemand vor Urzeiten aufgehängt hat, fällt herunter und zerbricht.

Ich sehe Thomas nicht länger. Der Drache gleitet das Treppenhaus hinab, der Schwanz mit dem Haarkamm peitscht. Long stößt ein Grollen aus. Dann wird es still.

Der Nachbar von quer gegenüber öffnet verwirrt die Tür. Lin läuft über den abgeschlagenen Putz an ihm vorbei und folgt Vater ins Treppenhaus.

Mithilfe des Besens, der in der Ecke steht, bewege ich mich Richtung Badezimmer, stütze mich am Stiel ab und recke mich aus dem Fenster.

Unten sehe ich Thomas die Straße entlanglaufen. Aus dem Hauseingang explodiert mein Vater, eine Inkarnation seiner Wut. Er stößt ein ohrenbetäubendes Brüllen aus, buckelt und stellt den Rückenkamm auf wie eine Nadelreihe. Sein Schädel, der so anders wirkt als die aurorische Vorstellung von Drachen – eine Mischung aus Katze, Hund und Echse, aus deren spitzem Haupt zwei lange, schwebende Barteln sprießen – ruckt zurück. Als das Maul auseinanderklappt, schnalzt ein Feuerball hervor, der quer durch unsere Straße schnellt und die Müllstation trifft, an der Thomas vorbeieilt.

Die Müllcontainer explodieren in einem Feuerschwall. Thomas wirft sich zur Seite und wälzt sich auf dem Boden. Mein Vater windet sich über die Straße. Linda rennt aus dem Haus und schreit etwas, das ich durch den Lärm nicht verstehen kann. Überall öffnen sich Fenster und Türen, Leute spähen hervor, ein Mann, der gerade die Haustür aufschließt, lässt seine Einkaufstasche fallen.

Ein weiterer Feuerball schnellt über die Straße.

Linda schreit.

Wie eine Rakete zischen die lodernden Flammen auf Thomas zu und explodieren in einem gleißenden Licht. Einen Augenblick lang sehe ich noch Thomas' Leib, der sich auf dem Asphalt wälzt, dann ist dort nichts mehr als orange-weißes Feuer.

Linda kreischt.

Der Drache ist am Schauplatz seiner Zerstörung angekommen. Er bäumt sich auf und zischt.

»Das bedeutet Ärger«, sagt jemand neben mir. Frau Stein lehnt aus ihrem Küchenfenster, eine Zigarette in der Hand. »Dein Vater ist ein paar Tage draußen und schon tötet er irgendeinen dahergelaufenen Kerl.« Sie steckt den Filter in den Mund und zieht daran. »Diesmal kommt er nicht nach fünfzehn Jahren raus.«

Ich starre zuerst Frau Stein an und dann den Roten Drachen, der über dem Feuer aufragt. Das Spektakel ist schön und schrecklich zugleich.

Ohne Vorwarnung schießt auf einmal etwas Schwarzes aus den Flammen, verkeilt sich in der Gestalt meines Vaters und reißt ihn zu Boden.

Es ist Thomas.

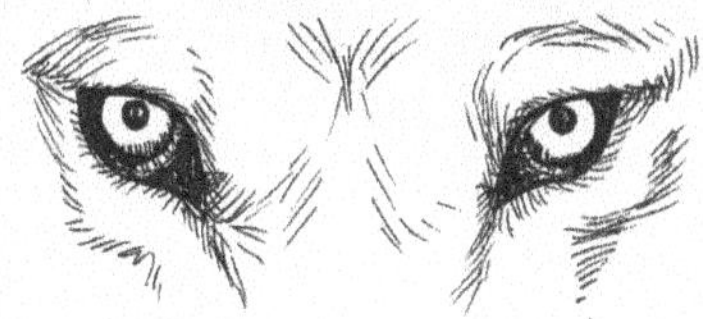

19.

DER SCHWARZE ALBTRAUM

Zuerst glaube ich, er sei ein Werwolf – ein Wolf in Halbform, halb Mensch, halb Tier, mit verbranntem Fell, das verkohlt an seiner Haut klebt. Er stößt spitze, weiße Zähne und längliche Klauen in das Fleisch meines Vaters. Ich höre mich selbst aufschreien.

Verzögert erkenne ich, dass ich mich irre. Die Schwärze, die Thomas' Gestalt einhüllt, besteht nicht aus verbrannter Haut und Haar, sondern aus einem Geflecht asymmetrischer Schuppen. Sein Körper wirkt nicht unregelmäßig und verzerrt wie Geralts, sondern ist nach einer ungewöhnlichen Ästhetik gestaltet – ein schwarz geschupptes Wesen von annähernd hominider Struktur, das ausschließlich aus Muskeln, Sehnen und Schuppen zu bestehen scheint.

Mein Vater schnappt nach dem Wandler. Dieser schnellt in die Höhe und stößt auf ihn nieder. Seine Arme schlingen sich um den Drachenhals und ringen ihn zu Boden. Der schwarze Schädel scheint in der Mitte aufzuklappen und entblößt einen Wald aus Zähnen, die sich in die Schuppen meines Vaters graben. Die Zähne sind unglaublich lang und dünn wie Stricknadeln und ähneln in keiner Weise dem Zahn, den mir Frau Stein aus dem Bein gezogen hat. Aus der Entfernung kann ich keine Ohren, keine Nase ausmachen, nur zwei Schlitze, die die Augen des Wandlers bilden.

Mein Vater stößt einen tierischen Schmerzensschrei aus und spuckt Feuer, das gegen die nächste Hauswand knallt und die umliegenden Fenster zerbersten lässt. Er windet sich wie ein Fisch auf dem Trockenen, gehalten von dieser Nachtgestalt, die so viel kleiner ist als er selbst. Thomas muss unglaubliche Kräfte besitzen.

Der Schwanz meines Vaters schnalzt vor, umschlingt den fleischgewordenen Albtraum an der Taille und reißt ihn von sich. Ich sehe, wie Thomas' Zähne Stücke aus der glänzenden Haut reißen.

Sein Körper wird einige Meter davongeschleudert und knallt gegen die brennende Müllstation. Das Feuer scheint ihm wenig auszumachen, er rappelt sich auf, diesmal auf alle viere, und möchte über die Straße davonschnellen. Long setzt ihm nach.

»Wwas ist das?«, stoße ich hervor.

Der Zigarettenrauch von Frau Stein zieht an meiner Nase vorbei. »Ein weiterer Wandler wohl.«

»Was für ein Tier soll das sein?«

Frau Stein zuckt mit den Schultern. »Es gibt eine Menge seltsame Kreaturen auf dieser Welt.«

Mein Vater holt seinen Gegner ein, schnappt Thomas am Bein und reißt ihn zurück. Die Nachtgestalt stößt ein Fauchen aus, klatscht zu Boden, rollt sich zur Seite und startet einen erneuten Angriff.

Ich beuge mich über die Fensterbank. Ich sehe Linda dort unten stehen, wie sie fassungslos das Geschehen beobachtet. Ihr Mund steht offen, aber sie hat aufgehört zu schreien.

Long greift nach Thomas, dieser weicht aus, springt mit einem gewaltigen Satz die Hauswand empor und krallt sich an einer Fensterbank fest. Der Drachenschwanz zerschlägt die Fensterscheibe, doch Thomas ist schon weiter und erklimmt das Haus. Drei Etagen höher versucht eine Frau panisch ihre Wäsche hereinzuholen. Sie zieht den Kopf ein, als ein Feuerball an ihrer Unterwäsche vorbeischießt.

Aus dem Wohnhaus kommt ein Mann mit einem Besen gelaufen. »Sofort aufhören!«, brüllt er. »Bereinigt eure Zwistigkeiten woanders! Ihr zerstört unsere schöne Straße!«

Long hält inne. Er hat den Hals gestreckt und die Aufmerksamkeit auf Thomas gerichtet, der dort oben am Fenster des dritten Stocks baumelt. Thomas hat den Kopf mit der Reihe aus weißen Nadelzähnen zu ihm herabgedreht und scheint zurückzustarren. Dann verändert sich sein Körper, der Schuppenteppich schmilzt von seiner Haut und die Zähne ziehen sich zurück. Er wirft den Kopf in den Nacken. Aus dem blanken Schädel formen sich Gesichtszüge, die schwarzen Schlitze wachsen zu Augen, eine Nase reckt sich empor, Ohren scheinen sich aufzuklappen. Im Vergleich zu Geralt wirkt der Verwandlungsprozess bei Thomas natürlich. Als wären die Nachtgestalt und Thomas nur zwei Seiten einer Medaille – ein helles und ein dunkles Spiegelbild. Nun hängt er nackt dort oben und zieht sich hinauf in eine Fensternische. »Es tut mir leid!«, ruft er. »Geralt hat mir einen Anwalt verschafft! Er hat mich aus dem Gefängnis geholt! Er hat mir einen Job gegeben, eine Gemeinschaft – ein Rudel!«

Der Rote Drache verblasst, die Magie verraucht. Ich sehe, dass Long an der Schulter blutet. »Du hättest dir eine andere Gemeinschaft suchen sollen, du räudiges Vieh!«

Thomas blinzelt. Sein Gesicht wirkt freudlos, sein Blick gebrochen. »Für Wesen wie mich gibt es keine Gemeinschaft«, sagt er. Das Fenster hinter ihm öffnet sich. Ein Mädchen sieht ihn angsterfüllt an. Dass er nackt ist, macht es vermutlich nicht besser.

Thomas schlüpft hinein und weg ist er.

Der Mann mit dem Besen kommt auf Long zu und redet auf ihn ein. Mein Bein hält mich nicht länger aufrecht und mein verletzter Arm protestiert. Ich sinke auf den Rand der Waschmaschine.

Also hatte mich mein Instinkt nicht fehlgeleitet. Etwas *war* mit Thomas faul. War für ihn alles nur ein Spiel gewesen? Schien ihm die Einladung meiner Schwester als ein Weg, sich in unsere Familie einzuschleichen?

Ich schlucke.

Daher wusste Geralt also auch, dass ich keine aktiven Kräfte besitzen konnte. Thomas hat ihm verraten, dass ich Lindas Halbschwester bin … *nur* Lindas Halbschwester.

Wir dachten, wir müssten ihm dafür dankbar sein, dass er uns vor dem Streuner gerettet hat. Dabei war er es, der uns in die Gefahr gebracht hat. Der *Lin* in Gefahr gebracht hat.

Ich atme tief ein und aus. Er hat alles bekommen, was er wollte. Warum ist er dann in unsere Straße zurückgekehrt?

Long und Linda treten durch die Wohnungstür.

»Was war das?«, frage ich. »Was war *er*?«

»Ein Skinner«, antwortet mein Vater düster.

»Ein was?«, schluchzt Lin und fällt neben mir aufs Sofa.

»Ein Gestaltenwandlerart aus Aurora. Sie werden seit Anbeginn der Aufzeichnungen verfolgt und getötet.« Long greift nach der Literflasche Desinfektionsmittel, die auf dem Tisch steht, und behandelt damit seine Bisswunde. »Von jeglicher Gesellschaft geächtet, ziehen sie als Einzelgänger durch die Wälder und besitzen untereinander kaum familiäre

Bindungen. Eltern verlassen ihre Kinder früh, die Nachkommen sind oftmals bereits im Kinderalter auf sich selbst gestellt.«

Ich rücke an Linda heran und lege meinen gesunden Arm um ihre Schulter. »Warum werden sie geächtet?«

Long patscht sich eine Mullbinde auf die Bissspuren. »Während zahlreicher Kriege hat man sie dazu missbraucht, im Feindesgebiet Angst und Schrecken zu verbreiten.« Er zögert, weiterzusprechen, sein Blick ruckt zu Linda. »… man sagt, sie aßen die Toten, die in der Schlacht gefallen waren.«

Aus dem Augenwinkel versuche ich Lins Reaktion zu erkennen. Ihre Hände krallen sich in das Polster. »Ich mochte ihn wirklich«, sagt sie dumpf.

Ich küsse ihre Schläfe und sie birgt ihren Kopf in meiner Halsbeuge. Obwohl ich erwarte, dass sie zu weinen beginnt, bleiben ihre Wangen trocken. Ich wünschte, sie würde ihrem Schmerz freien Lauf lassen.

Eine Stunde später steht die Polizei vor unserer Wohnungstür. Der Beamte ist jung und unerfahren. Mein Vater tigert durch die Wohnung und schnauzt ihn an, was er von ihm wolle, er habe einen Skinner-Biss zu versorgen. Der poschovarer Polizei-Aspirant stottert, als er meinem Vater eine Anzeige in die Hand drückt. Nachbarn hätten sich wegen der brennenden Müllstation beschwert: Beschädigung öffentlichen Gutes, prangert das Schreiben an.

Das ist nicht der schlimmste Moment an diesem Tag. Abends kommt Mum nach Hause. Einer der Nachbarn hat ihr von dem Zwischenfall erzählt. Sie ist stinksauer. So zornig habe ich sie noch nie erlebt. Unsere Eltern streiten sich, während Lin und ich im Wohnzimmer sitzen und den Fernseher lauter schalten, doch sie sind zu sehr in Rage, als dass man sie überhören könnte.

»Er war es, der den Wölfen verraten hat, dass Christine nicht meine leibliche Tochter ist!«, schreit mein Vater. »Ihre Verletzungen fußen auf seinem Verrat! Er hat Linda von dem Wandler anfallen lassen, sich als Held stilisiert, sie ausgenutzt und ihr Herz gebrochen!«

»Geralt Heller hat dich genauso ausgespielt, Long! Du hast nach seiner Pfeife getanzt, genau wie der Junge! Er hat Christine involviert, damit du dich von Pheng abspaltest! Jetzt hat er, was er will – die

Drachenhälfte hat mit der Familie Song gebrochen. Nur noch die Nekromanten stehen ihm im Weg! Glaubst du, er wird als Nächstes deine Mutter angreifen? Nein! Er ist nicht nur hier, um einen Platz in der Hexade zu ergattern! Er will Rache für diese Uralt-Geschichte, die einen Alpha seiner Familie das Leben gekostet hat!«

»Ich werde ihn umbringen, Ruth, ich schwöre dir, wenn ich ihn zwischen meine Finger kriege …!«

»Nichts wirst du tun!«, schreit Mama. »Dass du diesen Jungen angegriffen hast, wäre dir heute beinahe zum Verhängnis geworden! Du konntest nicht wissen, dass er ein Skinner ist! Dass er dein Feuer überlebt! Wenn du dich wegen Mordes ins Gefängnis bringst – ich schwöre dir, Long, *diesmal warte ich nicht auf dich!* Ich nehme meine Töchter und verlasse diese Stadt, denn diesmal gibt es nichts, das mich hier hält!«

»Ruth …!«

»Du bist nicht länger ein Teil der Hexade! Dann fang an, dich entsprechend zu verhalten! Du kannst nicht auf die Straße walzen und die Nachbarschaft in Schutt und Asche legen! Dieses Viertel gehört nicht dir!«

»Ich kann nicht …!«

»Erzähle mir nicht, was du *nicht* kannst! Es gibt Dinge, die ich von dir erwarte, nachdem du mich so lange Zeit mit den Kindern allein gelassen hast! Du machst dich besser daran, diese Erwartungen zu erfüllen!«

Ich höre meinen Vater ausatmen. »Es tut mir leid«, sagt er schließlich leiser. »Es tut mir unendlich leid.«

»Worte sind leere Versprechungen«, erwidert Mutter. »Lass ihnen Taten folgen.« Der Schlüsselbund klirrt lautstark, als sie ihn ergreift. »Ich gehe mich bei den Nachbarn entschuldigen. Der Flur sieht aus, als hätte hier ein Orkan getobt. Erwarte kein Mitleid von mir für deine Bisswunde, sondern beseitige das Chaos, das du angerichtet hast.«

Long schweigt, doch nachdem Mama die Wohnung verlassen hat, schnappt er sich den Besen und kehrt den Korridor auf. Linda folgt ihm und hilft.

Den restlichen Abend verbringen wir auf dem Sofa und schauen mehrere Folgen einer abgedroschenen Krimiserie namens *Doktor*

Salamander. Der unglaublich gut aussehende interensische Schauspieler hat vor zwei Jahrzehnten auf Vesper einen Hype ausgelöst. Es war in Mode gekommen, Interens zu daten. Auch heute noch ist Doktor Salamander eine Augenweide – und die Art, wie er sich zur Kamera wendet und mit seinen unnatürlich blauen Augen direkt in deine Seele zu blicken scheint, lässt sogar mich kurze Zeit die Ereignisse verdrängen.

Irgendwann greift Long nach der Zeitung. Doktor Salamanders Charme hat bei ihm noch nie gefruchtet. »Was machst du?«, fragte ich. Er dreht mir das Blatt zu. Es handelt sich um die Stellenanzeigen. Lin hat eine Haarsträhne um ihren Finger gewickelt. Die Geschehnisse auf dem Bildschirm spiegeln sich in ihren Augen. »Vielleicht dauert es noch ein bisschen, bis ich ausziehe«, sagt sie irgendwann. Ich umarme sie.

20. DER FREMDE GAST

Etwas stimmt nicht.

Zuerst glaube ich, es ist ein Fieberschub und rufe Cordula an, die mit den Kindern im Schlepptau vorbeikommt, um nach mir zu sehen. Meine Körpertemperatur steigt. Cordula glaubt, meine Wunde habe sich infiziert, doch sie findet keinen Entzündungsherd – die Heilung verläuft, wie sie soll. Meine Freundin dämpft meine Panik, als ich glaube, Geralt hätte mich mit der Wolfskrankheit angesteckt. Die Heilungsschübe, die sie auf magische Art und Weise initiiert, würden oftmals Temperaturerhöhungen auslösen. Die Stimulation führe zu einer Aktivierung des Immunsystems, Fieber sei nicht unbedingt ein schlechtes Zeichen. Meine Blutprobe sei wie Lins negativ auf übertragbare Krankheiten ausgefallen.

Cordula fährt die Kinder in den Kindergarten, ich bleibe allein zu Hause. Trotz der heruntergedrehten Heizung schwitze ich. Mein verwundeter Arm und mein Bein prickeln, die Nervenenden senden heiße Impulse aus. Mein Rücken juckt wie verrückt. Ich versuche mich zu kratzen, gelange jedoch nicht an die Stelle. Als ich es nicht länger aushalte, nehme ich einen Handbesen zu Hilfe, was mir kurzfristig Erleichterung verschafft.

Später ruft Frau Stein an, ich solle zu meiner Massage hinüberkommen. Seit der Zahn-OP hat sie die Wohnung kein zweites Mal verlassen. Cordula hat ihr gezeigt, wie sie mithilfe einer angerührten Paste, die Mum aus unserem Laden mitgebracht hat, das Gewebe rund um die Bisswunden massieren kann, um die Heilung voranzutreiben. Frau Stein muss in ihrer Zeit als Krankenschwester mit Heilern zusammengearbeitet haben. Sie versteht die Fachbegriffe, ohne nachzufragen. Als sie die Massage beendet hat, legt sie glatt polierte Kiesel um die Wunden, die eine seltsame Wärme ausstrahlen, welche sich ähnlich anfühlt wie Cordulas Magie.

Da ich mit Kieseln auf dem Knie auf Frau Steins gestreiftem Sofa festsitze, dreht sie mir auch eine selbst gemachte Gesichtsmaske an. Ich möchte nicht unhöflich erscheinen und lasse es über mich ergehen.

Nach einer zweiten Massagerunde darf ich mich zurückziehen, allerdings unter zahlreichen Versprechungen, dass ich die Gesichtsmaske erst in fünfzehn Minuten abnehmen werde. Ich humple aus Frau Steins Wohnung hin zu der unsrigen – und stoppe.

Vor unserer Wohnungstür wartet jemand.

Im ersten Moment durchfährt mich das Wort: *Drache!* – doch ich revidiere das Gefühl. Der Mann ist eindeutig nicht talanidischer Herkunft. Er besitzt kurz geschnittenes, haselnussbraunes Haar, helle Augen und eine schmale, lange Nase. Seine Haut scheint von Natur aus hell zu sein, doch sein Gesicht ist von der Sonne gebräunt. Er hat sich so vor unserer Tür positioniert, dass er die Klinke mit seinem Körper verdeckt. Aufrecht steht er da, die Hände vor sich überschlagen und starrt bewegungslos auf die gegenüberliegende Wand, an der an manchen Stellen der Putz fehlt. Seine Haltung erinnert mich an Polizeibeamte, denen ich in der Strafanstalt Poschovar begegnet bin. Seltsamerweise trägt er einen schwarzen Anzug.

Vorsichtig bewege ich mich auf ihn zu.

Erst als ich vor ihm ankomme, sieht er mich an. Er wäre attraktiv, wenn seine Mimik nicht so reglos wäre wie die einer Wachspuppe. Seine Oberlippe scheint irgendwann genäht worden zu sein, auch an seinem Haaransatz erkenne ich mehrere furchenförmige Narben.

Ich hebe den Zeigefinger. »Ähm … Entschuldigung. Sie stehen vor meiner Haustür.«

Einen Augenblick lang glaube ich, er ignoriert mich. Dann klappt sein Mund auf. »Niemand kann hier rein«, sagt er.

Mein Unterkiefer hängt sich vor Empörung beinahe aus. »Was soll das heißen?«, rufe ich. »Sie stehen hier vor meiner Wohnung!«

Er erbarmt sich, mich erneut anzusehen, sein Blick aus hellen Augen gleitet für einen Augenblick zu Frau Steins Wohnung, aus der ich gekommen bin.

»Niemand kann hier rein«, wiederholt er. Wow, wie eine Aufziehpuppe. Er reckt seine Nase geradeaus, als wäre ich gar nicht hier.

»Ich habe keine Ahnung, wer Sie sind, Sie Vollpfosten ...«, sage ich, die Hände zu Fäusten geballt. »... aber ich werde jetzt in meine Wohnung gehen ...!« Damit greife ich an ihm vorbei nach der Türklinke.

Ungefähr eine halbe Sekunde später werde ich mit der Wange gegen die Flurwand gepresst. Der Fremde hat meine Hand gepackt, mit mir eine elegante Pirouette hingelegt und mich mit der Nase voraus gegen die Mauer geklatscht. Da stehe ich, mein rechtes Handgelenk gegen den Verputz genagelt, während er mit der anderen Hand meinen Nacken festhält. »Niemand kann hier rein«, wiederholt er stumpf.

Meine Wange samt Gesichtsmaske schmiert den Verputz entlang. »Mann, sehen Sie nicht, dass ich verletzt bin?«

Eine Sekunde vergeht, in der ich nicht weiß, wie er reagiert, dann lässt er los. Zwei Schritte und er befindet sich wieder an derselben Position wie zuvor.

Verdattert stoße ich mich von der Wand ab, ein Cremefleck prangt auf der Wandfarbe. Ich torkle zurück und bringe Abstand zwischen uns. Mein Bein tut höllisch weh, aus weglaufen wird wohl heute nichts mehr. »Kommen Sie von Geralt?«, frage ich.

Seine Augen bewegen sich in meine Richtung, doch er sagt nichts.

Ich sauge die Luft ein und versuche Geralts Spuren zu erschnüffeln. Es riecht nach dem Mittagessen des Nachbarn, nach Wandfarbe, nach den Ölen meiner Gesichtsmaske. Von Mister Einsilbig geht der sachte Duft von Seife aus. Seine Kleidung muss frisch gewaschen sein und enthält keine Körpergerüche außer seinem eigenen. Eine Spur von Neuwagen und Lederpolitur haftet ihm an. *Kein Geralt. Kein Thomas.*

»Weswegen sind Sie hier?«, versuche ich es ein weiteres Mal.

Hoffnungslos. Wie eine Statue steht er da.

Ich löse mich von der Wand und schleiche zurück zu Frau Steins Tür. Vorsichtig klopfe ich und trete ein. Frau Stein ist im Badezimmer und macht sich die Haare. Ich kratze an meinen juckenden Schulter, überlege, was ich tun soll und humple zu dem Zimmer, das ich für Frau Steins Schlafzimmer halte. Alle Wohnungen in diesem Haus sind ähnlich aufgebaut. Aus Frau Steins Schlafzimmerfenster schwinge ich mich auf die Feuertreppe, steige hinab auf die Straße – und klettere auf der unsrigen Feuertreppe wieder empor. Mein Bein brennt höllisch und versteift sich. Als ich bei meinem Fenster ankomme, heule ich. Durch das offene Fenster kippe ich in mein Bett und bleibe erst mal erschöpft liegen, bis ich mich irgendwann aufrappeln kann und zur Zimmertür hinke.

Ich öffne sie einen Spalt. Niemand ist zu sehen. Was geht hier vor sich? Als die Stimme meines Vaters ertönt, zucke ich zusammen. »Ich dachte, es wäre klar gewesen, dass ich Sie nicht sehen will, nachdem ich nicht auf Ihren Anruf reagiert habe.« Ich lausche in die Stille der Wohnung und halte dabei den Atem an.

»Sie sind ungewöhnlich direkt geworden, Long«, erwidert eine andere Stimme. Ein Mann, wohl im Alter meines Vaters, vielleicht ein wenig älter. Rau und tief ist diese Stimme, ich kann mich nicht entscheiden, ob ich sie angenehm finde. Sein Ausdruck ist kultiviert, der Duktus bedacht.

»Das haben die Jahre im Gefängnis aus mir gemacht«, erwidert mein Vater. »Tee?«

»Ich bitte darum.«

Ich höre, wie Flüssigkeit in Porzellanschalen plätschert.

»Wir waren nie Freunde, Han. Aber als wir damals unsere geschäftlichen Verbindungen abbrachen, hätte ich niemals gedacht, dass Sie Informationen über mich zurückhalten würden, die mich sechs Jahre später ins Gefängnis gebracht haben.«

»Ins Gefängnis haben Sie sich ganz allein gebracht, Long. Sie wussten, worauf Sie sich einlassen, als Sie nach Shousa kamen.«

»Bei aller Liebe, mein guter Han – Sie selbst haben mehr Dreck am Stecken als jede andere Person, die ich kenne. Aber ich hätte daran denken sollen, dass es nie der Kopf einer Organisation ist, der fällt, sondern immer seine Untergebenen.«

Han lacht leise. Der Laut ist überraschend angenehm. »Im Unterschied zu Ihnen, guter Long, weiß ich meinen Dreck hinter mir aufzuräumen.«

Die beiden schweigen. Nervös kratze ich mich an der Nase. Ist das der alte Geschäftspartner, von dem meine Mutter gesprochen hat? Derjenige, der meinen Vater an die illegalen Geschäfte herangeführt hat, die ihm später zum Verhängnis wurden? Allzu gern wüsste ich, wie dieser Han aussieht, doch ich traue mich nicht, mich zu bewegen – nicht, nachdem ich weiß, dass er vor unserer Tür einen Leibwächter positioniert hat.

»Was wollen Sie von mir?«, fragt mein Vater plötzlich.

»Ich möchte Ihnen Frieden anbieten. Unser Zwist liegt mittlerweile fast zwanzig Jahre zurück.«

»Hier haben Sie Ihren Frieden. Nun gehen Sie.«

Han schweigt. »Es gibt neue Geschäfte in Shousa, die auf Ihren Einsatz warten.« Als ich das höre, erstarre ich. Meine Finger krallen sich um die Türklinke, die Hitze steigt in mir auf wie ein Fieberschub.

Zu meiner Erleichterung lacht mein Vater. »Sie scherzen, Han!«

Han seufzt. »Ich hätte mir wohl nicht die Mühe gemacht, persönlich hierherzukommen, um einen Scherz zu machen.«

»Ich muss Sie wirklich bitten, zu gehen.«

»Long, Sie saßen mehr als ein Jahrzehnt im Gefängnis. Wo wollen Sie Arbeit finden? Wer nimmt Sie mit Ihrer Vergangenheit? Sehen Sie sich diese Wohnung an, Long – Ihre Familie kommt ohne Sie kaum zurecht, nun gilt es, ein weiteres Maul zu stopfen. Wollen Sie Ihrer Familie nichts als eine Belastung sein?«

»Bitte gehen Sie«, wiederholt mein Vater. »Zwischen Ihnen und mir gibt es nichts weiter zu besprechen.«

»Wie Sie wünschen, Long. Aber Sie wissen, dass ich recht habe. Und dass Ruth und Ihre Töchter etwas Besseres verdient haben als das Leben, das Sie Ihnen in den letzten fünfzehn Jahren bieten konnten.«

Ich höre, wie mein Vater scharf die Luft einzieht und etwas erwidern will, doch Han spricht ungerührt weiter: »Sie wissen ja, wie Sie mich erreichen. Ich erinnere mich daran, dass Sie nie etwas vergessen – auch nicht meine Privatnummer, als Sie mich vor Gericht zerrten. Zu dumm, dass mir die Behörden keine Verfehlungen nachweisen konnten.« Ich höre, wie ein Stuhl zurückgeschoben wird und verkleinere den Türspalt. Schritte nähern sich. Ich kann den Rücken eines Mannes sehen, der sich Richtung Wohnungstür bewegt. Sein dichtes schwarzes Haar ist von grauen Strähnen durchzogen, über sein Hemd zieht er sich ein beigefarbenes Jackett. Er trägt Jeans, was ihn weniger geschäftlich aussehen lässt, als ich erwartet habe. Bei der Tür angelangt, dreht er sich um. Er ist kleiner als Long, dennoch besitzt er eine Respekt einflößende Ausstrahlung. Sein legeres Auftreten und das sachte Lächeln auf seinen Lippen tun dem keinen Abbruch. Er nickt meinem Vater zu und öffnet die Tür.

Draußen wendet sich meine neue Bekanntschaft um. Der Leibwächter überragt Han um eine Haupteslänge, doch tritt folgsam zur Seite und festigt damit die zwischen ihnen herrschende Hierarchie. Die Wohnungstür schließt sich hinter ihnen.

Ich stoße vorsichtig den Atem aus und verspüre einen Schwall Erleichterung. Dann kehrt die Angst zurück. Ich humple Richtung Küche. »Du darfst nicht wieder in diese Geschäfte einsteigen!«, rufe ich aus.

Mein Vater, der gerade Teeschalen in die Spüle stellt, fährt erschrocken herum. »Christie!«, stößt er aus. »Ich dachte, du bist bei Frau Stein?« Seine Augenbrauen wölben sich, als er mein Gesicht bemerkt. »Warum hast du Zahnpasta im Gesicht?«

Ich grapsche nach einem Küchenpapier und wische mir die Gesichtsmaske von der Nase. »Lenk nicht vom Thema ab!« Die Creme brennt in meinen Augen. »Du warst fünfzehn Jahre wegen dieses Mannes verschwunden und bist gerade erst zurückgekehrt! Das kannst du mir nicht antun! Das kannst du Mama und Linda nicht antun!«

Long stellt die Tasse neben die Spüle. »Keine Sorge, Christine. Ich werde nicht bei Han einsteigen. Aber … du solltest wirklich nicht lauschen.« Einen Augenblick lang schweigt er. »Solche Dinge haben mir die Haftstrafe erst eingebrockt.«

Ich trete vor. Meine Unterlippe zittert, ich kann nichts dagegen tun. Ich sehe ihn von hinten an, sehe den Rücken meines Vaters in einem alten T-Shirt, das ich seit mindestens fünfzehn Jahren nicht mehr an seinem Körper gesehen habe. Der Knoten in meinem Hals vergrößert sich. »Versprich es mir«, schluchze ich. »Versprich mir, dass du nicht wieder bei Han einsteigen wirst.«

Er umarmt mich mit nassen Händen, an denen Seifenreste kleben. Ich halte ihn so fest ich kann und hoffe, dass er nie wieder aus unserem Leben verschwindet. Als er spricht, spüre ich seine Stimme durch seinen Körper bis zu mir. »Dieser Mann soll nie wieder etwas mit unserem Leben zu tun haben, Christie. Ich verspreche es dir.«

21.

SCHATTEN-NETZWERK

Im Laufe des Tages kommt Bob bei uns vorbei. Er hat von dem Zusammenstoß zwischen Thomas und unserem Vater erfahren. In Zivil sitzt er in unserer Küche, während Long Kaffee kocht. Bob erklärt ihm in all seiner Ruhe, dass mein Vater weder wildfremde Leute auf offener Straße attackieren darf – selbst dann nicht, wenn jene seiner Tochter das Herz gebrochen haben –, noch mache es einen guten Eindruck, wenn Long öffentliches Gut in Brand stecke. Bob würde zusehen, dass die Anzeige zurückgezogen würde, vorausgesetzt, mein Vater käme für die Schäden auf.

Long grummelt vor sich hin, doch er schätzt Bob und seinen Rat. Die beiden verabschieden sich mit einem Handschlag. Papa bringt ihn zur Haustür und kehrt mit der Post unterm Arm zurück. Er wirft den Papierkram aufs Sofa, auf dem ich sitze. Selten finde ich darunter etwas, das an mich adressiert ist, doch heute liegt eine Gute-Besserung Grußkarte meines Fahrrad Polo Teams darunter.

Ein weiterer Brief fällt mir in die Hände, der durch seine ungewöhnliche Hülle heraussticht. Er ist in dunkelrotes Papier gehüllt und mit einem silbrigen Siegel verschlossen. Ich kenne das Symbol – die sechs Spitzen innerhalb des Kreises stehen für die sechs Familien der Hexade. Das Rad im Zentrum ist das Wappen von Poschovar.

›Consistam in aequo‹ steht zwischen den Zacken geschrieben. ›Ruhe im Gleichgewicht‹. Neugierig reiße ich den Umschlag auf und ziehe feines Seidenpapier hervor.

An die Familie Long Song/Ruth Basotei *4.September*

Die Hexade, bestehend aus den Familien Oliver & Charlêne Mittermorgen, Anselm Horasch, Peter & Paul Pensing, Ulla & Johann Wegemann, Pheng Song und Anne Devoye, lädt zu einem gemeinsamen Umtrunk in den Wintersteiner Palast und würde sich geehrt fühlen, Long Song und Ruth Basotei sowie ihre Töchter als Gäste begrüßen zu dürfen.

12.September, Wintersteiner Palast, Stadtpark 7–11, 19 Uhr
Keine Duelle und Herausforderungen gestattet.

Das kann sich nur um einen schlechten Witz handeln! Diese Einladung stinkt gewaltig nach Großmama Pheng – diese eigennützige Verschlagenheit trägt ihre Züge. Long zu diesem Umtrunk zu bitten, ist nur ein Versuch, ihn wieder in den eigenen Familienbund zu locken. Abgesehen davon hat jemand Ruths Mädchenname verwendet, obwohl sie seit zweiundzwanzig Jahren mit Long verheiratet ist und seinen Namen angenommen hat.

Am liebsten würde ich den Brief zerknüllen und in der Mülltonne versenken. Stattdessen lege ich ihn wortlos neben das Telefon. Nicht ich habe auf diese Dreistigkeit zu reagieren. Fassungslos schüttle ich den Kopf, als mein Blick noch einmal die letzte Zeile überfliegt. Der Stadtpark gehört den Devoyes – das formelle Duellverbot ist eine schöne Sache, doch ich stelle mir die Frage, ob jemand wie Geralt sich tatsächlich daran hält.

Nachmittags besucht mein Vater das Arbeitsamt. Linda bleibt bei mir. Sie hat seit dem ›Vorfall‹ nicht mehr über einen Umzug gesprochen. Anfangs bin ich glücklich darüber. Manchmal höre ich sie in der Nacht erstickt weinen und gräme mich über meine Selbstsucht.

Es dauert eine Weile, bis ich mich dazu durchringen kann, mit Mum darüber zu sprechen. Sie sagt, ich hätte Verlustängste. Sie verstünde das, denn sie besäße sie ebenfalls – aber ich müsse mich mit der Tatsache abfinden: Das Leben ist wandelbar und Veränderungen lassen sich nicht abwenden. »Alles befindet sich im Fluss, nichts steht still«, sagt sie. »Du musst das akzeptieren.«

Ich will sie nicht akzeptieren, diese Wendungen. Ich kralle mich an dem Gedanken fest, dass Lin, Mum, Long und ich endlich eine vereinte, glückliche Familie sein können. Als ich in der darauffolgenden Nacht Lin wieder weinen höre, erkenne ich, wie naiv ich bin. Endlich traue ich mich, zu ihr emporzuklettern und nehme sie in den Arm.

Durch Cordulas und Frau Steins Behandlungen heilen meine Wunden überraschend gut. Die Bissspuren glätten sich zu neuer, rosaroter Haut. Als ich an einem stillen Morgen, an dem alle außer Haus sind, am Küchentisch lehne, komme ich dazu, meinen Arm zu betrachten, dessen Heilung weiter vorangeschritten ist. Ich bin zufrieden.

Ich kratze mich geistesabwesend an der Schulter. Die Drachenschuppen bringen mich noch um den Verstand. Die letzten Nächte fand ich kaum Schlaf. In den nächtlichen Stunden kann ich an nichts anderes denken als an den Juckreiz. Linda hat mich vor wenigen Tagen spaßhalber gefragt, ob ich die Krätze hätte. Tatsächlich bemerke ich es kaum noch, wenn ich mich kratze – wie jetzt. Unbewusst fahre ich mir unter den Saum des Pullovers. Meine Fingernägel schaben über die Haut, es scheint mir, als könnte ich die Farbe unter meinen Fingern spüren. Es ist zum Aus-der-Haut-Fahren.

Je fester ich kratze, desto schlimmer wird es. Irgendwann stoße ich einen enervierten Schrei aus, hinke in Richtung Badezimmer und ziehe mir dabei den Pullover vom Kopf. Angesichts des Juckreizes verblassen meine Schmerzen zur Unwichtigkeit. Vielleicht bringt eine kalte Dusche Abhilfe.

Im Badezimmer angekommen, lasse ich den Unterbund des BHs zurückschnalzen – und erstarre. Verdammte Scheiße! Verdammte, dampfende Kacke, das kann doch nicht wahr sein! Punkte beflecken die Rippenbögen. Noch sind sie hell und unscheinbar wie der erste Fleck, der diesen unglückseligen Schuppen vorangegangen ist. Schuppen sprenkeln meine Brust. »Nein!«, stoße ich aus.

Einen Augenblick lang ringe ich mit dem Gedanken, zum Telefon zu greifen und Mum anzurufen oder Linda oder vielleicht sogar beim Arbeitsamt, um nach meinem Vater zu verlangen. Stattdessen krame ich eine Feuchtigkeitscreme hervor und creme mich ein. Die kühle Erleichterung hält nur kurz an.

Vier Tage später sind aus den Punkten Schuppen geworden, dunkel wie blaue Tinte, tief in meine Haut gestochen. Ich würde sie am liebsten herausbrennen.

Ich fühle mich entsetzlich hilflos – alles entgleitet meiner Kontrolle. Zuerst bin ich frustriert und heule, dann werde ich wütend. Andere Menschen treffen Entscheidungen, für die ich nun herhalten muss. Meine Mutter, die sich auf eine Affäre eingelassen hat, Geralt, der mich als Waffe gegen Pheng benutzt hat …

Mein Zorn konzentriert sich auf Geralt Heller und sein verdammtes Rudel. Gegen meine Schuppen kann ich nichts tun – gegen Geralt schon. Auf dem Weg zu Großmama Pheng wird er jeden aus dem Weg räumen, der ihm diesen verstellt: Zuerst mich, nun ist Zhang an der Reihe. All das tut er nur, um ihr wehzutun. Er ahnt nicht, dass er gegen eine Gegnerin ohne Gefühle spielt.

Zwei Wochen nach dem Duell setze ich das erste Mal den Fuß aus dem Haus. Sicherheitshalber habe ich ein Taschenmesser und einen Pfefferspray eingesteckt. Frau Stein hat mir ihren Gehstock geborgt. Er gefällt mir, er ist überraschend modisch und über und über mit Mustern aus blauem Glas bedeckt.

Das Wegstück von unserer Wohnung zum ›Großen Song‹ stellt sich als Qual heraus. Ohne Fahrrad zieht sich die Distanz in die Länge. Mein Bein und mein Arm schmerzen. Als ich ankomme, bin ich durchgeschwitzt. Ich ziehe die Kapuze über mein Gesicht, wickle den Schal bis zum Kinn und fühle mich ein bisschen wie an dem Tag, als ich Thomas und Linda im Stadtpark belauscht habe.

Vorsichtig wandere ich zur Eingangstür des talanidischen Restaurants. Hinter einem grünen Auto, das vor dem Eingang parkt, sitzt eine Frau auf einer Bank. Sie liest Zeitung. Ich erkenne sie an ihrem glühendroten Haar, das unter einer Strickmütze hervorquillt. Es handelt sich um Geralts Wölfin.

Unauffällig schleiche ich weiter, da hebt sie den Kopf. Mein Herz macht einen Satz, doch irgendwie gelingt es mir, meine stolpernden Füße vorwärtszutreiben. Rasch peile ich den Restauranteingang an. Die Wölfin macht keine Anstalten, mir zu folgen.

Verblüfft halte ich davor an.

BETRIEBSFERIEN. GESCHLOSSEN.

steht dort geschrieben. In meinem gesamten Leben hat es im ›Großen Song‹ niemals Betriebsferien gegeben – nicht einmal, als mein Vater verurteilt worden war.

Ich stehe einen Moment lang entgeistert vor der Tür und stelle fest, dass ich die Wölfin vergessen habe. Ich drehe mich in ihre Richtung. Sie sieht herüber. Einen Augenblick lang glotzen wir einander an.

Ich hebe die Hand und zeige ihr den Mittelfinger.

Anstatt über die Straße zu hetzen und mich das zweite Mal in ihren stinkenden Hundezwinger zu entführen, hebt sie die Augenbraue.

Hastig wende ich mich ab, krame dabei in meiner Jackentasche und ziehe einen Schlüsselbund hervor. Als ich den Schlüssel ins Schloss stecken will, halte ich nach der wölfischen Wächterin Ausschau und erkenne, dass die Bank leer ist.

Ich wirble herum. Sie steht plötzlich hinter mir. »Hey.«

Der Pfefferspray ist schlagartig in meiner Hand. »Keinen Schritt näher!«

Die Rothaarige hebt die Hände. »Entspann dich«, brummt sie. »Ich will dir nichts tun.«

»Du hast mir einen Sack über den Kopf gestülpt und mich zu einem Duell entführt!«

Sie zuckt mit den Schultern und wirkt unberührt. »Sorry, es war notwendig.«

»Der Sack war *nicht* notwendig!«, schreie ich.

Sie ignoriert mich. Jeder ignoriert mich und das, was ich zu sagen habe. Allein dafür hätte ich dieser Wölfin gern Pfeffer in die Augen gesprüht.

»Bist du hier, um deinen Cousin zu sehen?«, fragt sie.

»Nein.«

Sie seufzt, die Hände in den Jackentaschen ihrer cognacfarbenen Lederjacke vergraben. »Ich weiß, es ist zu viel von einem Kind verlangt, sich nicht kindisch aufzuführen – aber erspare uns doch die Lügen. Sag deinem Cousin, er kann sich dort drinnen verstecken, solange er will … aber irgendwann muss er das Haus verlassen. Und Geralt wartet auf ihn.«

»Ich richte Zhang weder Drohungen noch Duellaufforderungen aus. Du wirst schön brav auf deiner Bank sitzen bleiben und darauf warten, es ihm selbst zu sagen. Du willst einen Aussitz-Wettbewerb gegen meinen Cousin veranstalten? Viel Spaß dabei, gegen einen siebzehnjährigen Teenager anzutreten!«

»Bei den Göttern«, stößt die Rothaarige aus und rollt mit den Augen. »Und du wunderst dich, warum Leute dich nicht höflich zum Duell laden, sondern dir einen Sack über den Kopf stülpen?« Damit dreht sie sich um und schlendert zu ihrem Platz zurück. *Blöde Kuh.*

Ich drehe meinen Generalschlüssel und betrete das Haus. Von innen sichere ich die Tür doppelt und dreifach.

Im Erdgeschoss ist niemand zu sehen. Die Küche ist verwaist, alles blank geputzt, die Lebensmittel fein säuberlich verstaut. Ich trete zwischen den Tischen hindurch, es riecht nach Desinfektionsmittel und Zitrus-Raumspray, aber auch nach dem Räucherwerk, das von dem Altar stammt, den Großmutter Song über der Bar errichtet hat. Der Altar ist ein Kommunikationsinstrument zu den Geistern unserer Ahnen sowie den Seelen, die den Dingen inne sind. Ein menschlicher Geist offenbart sich anders als der einer Pflanze oder eines Gegenstandes. Da wir die Sprache der Pflanzen und Dinge nicht sprechen, brauchen wir einen Übersetzer. Altäre und kleine Opfergaben sollen unsere Bitten und Gedanken zu ihnen tragen.

Ich trete an dem Ausschank vorbei und nehme die Treppe in den ersten Stock, wo sich die Wohnräume befinden. »Thien?«, rufe ich. »Zhang?« Stille schlägt mir entgegen. »Pheng?« Gedämpft dringt ein Geräusch die Treppe herab. Es stammt aus Zhangs Zimmer, ein unterschwelliger Beat; vermutlich hört er Musik. Unruhig durchquere ich die verwaiste Wohnung, fasse die Türklinke zu Zhangs Zimmer und drücke sie auf.

Zhang liegt regungslos auf dem Fußboden. Oh, nein. Das ist nicht Zhang, sondern die Wäsche der letzten drei Wochen. In einem hauptsächlich schwarzen Haufen, getoppt von weißen Tennissocken wie einem Häubchen Schlagsahne, hat mein Cousin hier sein stickiges Chaos ausgebreitet. Ich huste und stoße die Tür auf.

Zu meinem Glück habe ich keinen Schritt vorwärts gemacht, denn mein Cousin springt mit einem kreisenden Nunchaku – eine Waffe aus zwei Stöcken, die mit einer Kette zusammengehalten werden – auf mich zu. Er hat es sich irgendwann aus Coolnessgründen zugelegt, beherrscht es jedoch nicht im Geringsten. Ich weiche zurück.

Das Nunchaku landet in seinem eigenen Gesicht. Er hält sich die Nase. »Christie?«, stößt er aus. »Was machst du hier?«

»Du gehst nicht ans Telefon.«

Zhang dreht die Musik leiser. Jetzt weiß ich zumindest, woher sein grauenhafter Stylinggeschmack stammt. Der Typ, der über die Bildfläche seines Computers tanzt, trägt schwarze Krokodillederhosen und mehr Schminke als Linda bei ihrem letzten Date. »Sorry«, sagt Zhang. »War beschäftigt.«

»Beschäftigt – womit?« Ich trete in den Raum, stoße den Wäschehaufen mit dem Fuß an, als ob ich erwarten würde, etwas Totes darunter zu finden, und rümpfe die Nase. »Es riecht, als wäre hier etwas gestorben.«

Zhang weist auf sein Bett. »Damit liegst du nicht so falsch.«

Als ich die Tür zuwerfe, sehe ich, dass Zhang auf seinem Bett Plastikfolie ausgerollt hat. Darauf liegen reglose Vögel.

Verstört ziehe ich den Kopf zurück. Ich erkenne eine Krähe, eine Taube … und ist das ein ausgenommenes Suppenhuhn?

»Was … soll … das?«

Er kratzt sich am Hinterkopf. »Ich übe.«

»Du übst?«

»Du weißt schon … *Totenmagie.*«

Ich werfe ihm einen brüskierten Blick zu. »Und dazu brauchst du ein ausgenommenes Huhn?«

Zhang zuckt mit den Schultern. »Ich dachte, ich versuch's mal. Es ist ein Tier, oder? Aber es klappt ohnehin nicht.« Er lässt sich in seinen Computersessel fallen und schwingt hin und her. »Ich habe es im Internet nachgelesen. Man kann keine Suppenhühner kontrollieren.«

»Im Internet«, wiederhole ich lahm. »Wo kann man sowas nachlesen? Unter www.nekromantie-für-dumme.mg?«

Zhang stößt sich auf seinem Sessel im Kreis. »Es gibt Foren, in denen sich Leute austauschen. *Leute wie ich.* Oma hält nichts davon, doch ich finde es informativ. Du kennst Oma. Sie ist der Meinung, ich müsse meine Begabung instinktiv beherrschen lernen, wie sie es in Talanis getan hat.«

Ich lasse meinen Blick schweifen, finde Zhangs Sitzsack unter einem Haufen Wäsche und ziehe ihn neben seinen Computertisch. Als ich mich hineinfallen lasse, stößt er eine Wolke Staub und den Geruch der letzten fünfzehn Jahre aus. Ich huste, blinzle und wünsche mir, mein Geruchssinn wäre schlechter. »Zeig her«, fordere ich belegt. Als ich den Gehstock über meine Knie lege, fühle ich mich endgültig wie eine alte Dame.

Zhang ist anzusehen, dass er zögert. Ich bin keine Nekromantin und kann unmöglich verstehen, was es bedeutet, eine zu sein. Auch wenn er meist angibt, kann ich an seinem Fortschritt erkennen, wie sehr er mit diesem Talent zu kämpfen hat. Ich weiß, dass Totenmagie keine ungefährliche Gabe ist. Vorsichtig tippt mein Cousin in die Tasten.

morituri.org

Die Webseite öffnet sich. Ornamente fassen die Überschrift ein. Darunter befindet sich das Bild einer volltätowierten, schwarzhaarigen Frau mit Nasen- und Lippenpiercings, welche sich als *Lacrimosa* vorstellt. Lacrimosa hat diese Seite als Selbsthilfegruppe für junge Menschen mit ›todesnahen Talenten‹ gegründet. Die junge Frau selbst wird von Todesahnungen heimgesucht, so steht in der Beschreibung geschrieben.. Niemand hat ihr mit ihren Visionen helfen können. Dann traf sie jemanden mit ähnlichen Fähigkeiten, der ihr half, diese nicht als Bürde, sondern als Gabe zu sehen.

Mein Cousin scrollt zum Forum hinab. Es ist in verschiedene ungewöhnliche Kategorien unterteilt.

Forum für Leute mit jenseitigen Fähigkeiten			
Kategorien	Unter-themen	Beiträge	Letzter Beitrag
Ich sehe tote Menschen! Für Leute, die mehr sehen als nur das Diesseits.	134	1072	Meine Großmutter will mir nicht aus dem Kopf von Elfey am 08.Sept., 18:14
Ich rede mit toten Menschen! Interaktion zwischen hier und dort.	76	502	Ich habe mich mit berühmten Persönlichkeiten unterhalten ... von Flex am 11.Sept., 12:12
Ich weiß, wann Menschen sterben! Visionen aus dem Jenseits.	228	1998	Traum oder Fähigkeit? von Rosi_16 am 10.Sept., 20:32
Ich bewege tote Menschen! Im Körper eines anderen.	44	312	Experiment Suppenhuhn von Z. am 11.Sept., 12:03
Ich liebe tote Menschen! Sorry, da bist du bei uns ganz falsch.	1	1	Kein Scheiß hier von Lacrimosa, Moderatorin, am 03.März, 21:23

Ich lege den Kopf schief, sage jedoch nichts und warte, bis Zhang auf die ›Ich bewege tote Menschen!‹-Unterkategorie geklickt hat. Im Thema ›Experiment Suppenhuhn‹ hat ihm vor einer halben Stunde jemand geantwortet.

Experiment Suppenhuhn!
Forumsregeln klicke hier
Von *Opal* am 11.Sept., 11:48

Lieber Z.!
Es hat mehrere Gründe, warum das Experiment mit dem Suppenhuhn nicht erfolgreich durchgeführt werden kann. Jeder Nekromant erlebt das Ergreifen

eines verstorbenen Organismus unterschiedlich, doch von gewissen Gemeinsamkeiten berichten alle Nekromanten. Ich werde versuchen, dir diese zu erklären und sie anhand meiner eigenen Erlebnisse für dich fassbar zu machen.

Meine Augenbraue ruckt empor. Das ist ein Thema, mit dem ich mich definitiv noch nicht auseinandergesetzt habe – und zugegebenermaßen habe ich Zhang auch nie danach gefragt. Ich schürze die Lippen, wie ich es immer tue, wenn ich konzentriert lese, und setze fort.

Vielleicht ist es dir schon aufgefallen, aber je länger der Tod eines Lebewesens zurückliegt, desto schwächer fühlen wir die Präsenz des Totengeistes (in der Fachsprache werden sie Umbrae genannt, Singular Umbra). Das liegt daran, dass jede Seele (ich nenne die verstorbenen Seelen von nun an Totengeist, um Verwirrung zu vermeiden) intuitiv in ihrem Körper bleiben will. Da der tote Wirtskörper die Seele nicht länger halten kann, entflieht sie nach und nach der Materie. Totengeister können die Lebenden nicht spüren, genauso wenig umgekehrt. Zwischen uns Nekromanten und den Totengeistern befindet sich allerdings eine Verbindung, die von Lehrenden oftmals als Pfad betitelt wird. Du kannst ihn dir wie eine zweispurige Straße vorstellen, die zwischen dir und dem Totengeist besteht. So wie du seine Präsenz fühlst, fühlt er auch die deine. (Ich erzähle dir vermutlich nichts Neues, da du bereits seit deiner Kindheit trainierst, ich möchte nur einige Termini wiederholen, damit wir uns auch sicher auf demselben Wissensstand befinden.) Der Totengeist ist begierig, nicht dorthin zu vergehen, wo die verstorbenen Seelen je nach kulturellem Hintergrund vergehen. Er giert nach einem Heim, in dem er sich einnisten kann. Bevor er vergeht, ist er sehr stark, und du musst achtgeben, dass dein Versuch, die Kontrolle über seinen Körper zu erlangen, nicht damit endet, dass er dir Schaden zufügt (aber das muss ich dir, glaube ich, nicht sagen, oder? ;-))

Ich werfe Zhang einen Seitenblick zu. »Die spürst die toten Geister?«, rufe ich. »Das ist total eklig!«

Zhang verschränkt die Arme und wippt auf dem Sessel hin und her. »Was hast du gedacht? Dass ich die toten Vögel mit Bonbons und Lollys dazu bekomme, das zu tun, was ich will?«

»Das ist makaber«, brumme ich und lese weiter.

Wie dem auch sei – je frischer die Leiche, desto größer die Gefahr, dass sich der Nekromant dem Totengeist nicht erwehren kann. Über die Gefahren dazu empfehle ich jedem dringlich, Folgendes nachzulesen: morituri.org/ich-bewegetotemenschen/thema#kannichvoneinemtotengeistübernommenwerden

Auch wenn ihr trainiert – beherzigt meine Ratschläge, die ich hier gebe! Es ist zu euer aller Sicherheit.

Ich fasse also das Bisherige zusammen – frische Leiche, größere Gefahr. Je weiter der Verwesungsprozess fortschreitet und den Originalleib zerstört, desto schwieriger ist es für einen Totenbeschwörer, den Verbindungspfad zu finden und somit selbst die Kontrolle über den Wirtskörper zu erlangen. Je länger man wartet, desto geringer wird die damit verbundene Gefahr, aber desto geringer ist auch die Wahrscheinlichkeit für eine erfolgreiche Übernahme.

Das Suppenhuhn mag vielleicht frisch sein, doch es wurde ausgenommen, ihm wurden Beine und Kopf abgeschnitten. Damit bleibt wenig übrig, an dem sich der Totengeist festklammern könnte. Je größer die Verstümmelung, desto rascher taucht die Umbra ins Jenseits. Man kann schließlich auch nicht eine Tasse voller Hühnerteile kontrollieren oder eine Packung Hackfleisch. Wichtig ist vor allem ein intakter Schädel. Nach der Theorie über Neuaurorische Nekromantie ist der Kopf der Sitz der Seele, nicht das Herz. Daher verlieren wir zumeist die Kontrolle, sobald das Haupt einer Leiche zerschmettert wird.

Ich hoffe, ich konnte dir weiterhelfen! Solltest du Fragen haben, kannst du mir auch eine Privatnachricht schicken. Wie immer kann ich nur wiederholen – sei vorsichtig, mit Totenbeschwörung ist nicht zu spaßen. Ich gebe dir auch gern meine Telefonnummer und wir telefonieren, wenn es dir über das Internet zu umständlich ist.

Grüße aus Badhre,
Opal

Ich spüre, dass mein Mund offen steht. »Wo findet man solche Webseiten?«

»Im Schatten-Netzwerk«, sagt Zhang und wippt auf seinem Computersessel hin und her.

»Was zur Hölle ist das?«

Er dreht sich zu mir herum. »Das Schatten-Netzwerk ist ein Teil des Internets, der über Suchmaschinen unauffindbar ist. Das, was Suchmaschinen finden können, ist nur die Spitze des Eisbergs, den das weltweite Netz formt … oder, um bei kulturell-mythologischen Analogien zu bleiben: Die Landmasse am Rücken der Schildkröte *Haha*, die den Kontinent Talanis auf ihrem Panzer trägt. Das Schatten-Netzwerk ist der gewaltige Block, der sich unterhalb des Wasserspiegels befindet.«

Ich runzle die Stirn. »Das klingt gefährlich … und illegal.«

Er zuckt mit den Schultern und kratzt sich das zerzauste Haar, der schwarze Lack auf seinen Nägeln ist nur noch in Resten vorhanden. »Vieles, was man dort finden kann, ist illegal. Aber manches dient dem Gedankenaustausch zwischen Minderheiten. Es gibt nicht viele Nekromanten auf dieser Welt. Oma kennt keine Familie außer der unsrigen, die noch nekromantische Fähigkeiten besitzt. Wenn ich mehr darüber erfahren will, wozu ich fähig bin, ist das die einzige Möglichkeit, mich mit anderen darüber zu unterhalten. Keine der fünf Personen, mit denen ich hier schreibe, lebt in unserem Land. Einer stammt aus Vorst-Sandhe, drei vom anderen Kontinent und einer aus Talanis, aber er spricht die Gemeinsprache nicht sonderlich gut.« Zhang verdreht die Augen. »Er hat einen grauenhaften Süd-Akzent, den ich nicht verstehe. Und die Schriftzeichen …« Er ächzt. »Dachte nie, dass Oma mal recht haben würde und ich altes Talanidisch brauchen könnte.« Er schlägt ein Bein über das andere und wackelt mit dem großen Zeh, der wie ein Wurm aus dem Sockenloch guckt. »Ich habe mit dieser Opal per Videochat gesprochen«, erzählt er weiter. Ein dreckiges Grinsen erscheint auf seinem Gesicht. »Sie ist heiß. Leider viel zu alt, die Schnecke. Und ihr Freund sieht nicht so aus, als würde er sie teilen! Ist ziemlich besitzergreifend, der Alte, stiert von hinten immer mit schwarzen Augen in die Kamera, wenn wir chatten. Wie dem auch sei«, schüttelt er den Gedanken mit einem Achselzucken ab. »Ich habe nicht vor, kampflos gegen dieses Hundepack aufzugeben. Geralt will sich mit mir messen? Ich bin ein Nekromant!« Er streckt demonstrativ die Arme von sich und ballt dabei die Hände zu Fäusten. Jetzt klingt er wieder wie Kotzbrocken-Zhang, nicht wie das wimmernde Häufchen Elend am Telefon. »Er kann sich in einen Wolf verwandeln? *Ich kann*

Tote wiederauferstehen lassen!« Ein Geräusch lässt mich herumzucken. Die leblose Krähe schlägt mit dem Flügel aus. Dann drückt sie sich mit der zweiten Schwinge in die Höhe. Ihre Beinchen zucken steif. Meine Aufmerksamkeit ist von der Krähe gefesselt, ich erschrecke daher, als die Taube in Bewegung gerät. Zunächst glaube ich, die Krähe werde umfallen, doch sie hält sich bebend aufrecht. Auf den gestreckten Flügeln stützt sie sich ab, ihr Gefieder plustert sich auf. Es wirkt grotesk.

Die Taube hebt den zarten Kopf und drückt sich auf dem Bauch in die Höhe. Da stehen sie, die beiden Vögel, wankend – aber sie stehen. Zhang starrt mit glasigen Augen zum Bett hinüber. Sein Mund ist leicht geöffnet, Konzentrationsfalten rahmen seine Lippen, seine Nasenflügel sind gebläht. »Ich kann sie halten, Christie«, presst er hervor. »Beide gleichzeitig!« Dann stößt er ein Ächzen aus, beide Vögel kippen zur Seite.

»Das ist dir noch nie gelungen!«

Er lächelt stolz.

Ich überlege, ihn zu fragen, wie ihm zwei Vögel gegen Geralt helfen sollen, unterdrücke jedoch den Impuls. Zhang kann jeden Triumph gebrauchen, egal, wie klein er sein mag. Mein Blick gleitet zurück zum Computerbildschirm. »Sag, Zhang – gibt es im Schatten-Netzwerk auch Informationen über Drachenwandler?«

Zhang fährt an den staubigen Tisch heran und hämmert in die Tasten.

Wie es sich herausstellt, gibt es Seiten im Schatten-Netzwerk, die sich mit Drachenwandlern beschäftigen, allerdings sind achtundneunzig Prozent davon auf Talanidisch.

Endlich finden wir eine Seite, die teilweise übersetzt wurde.

»Wofür interessierst du dich?«, fragt Zhang.

Ich beiße mir auf die Unterlippe. »Kannst du etwas über Blaue Drachen finden?«

»Wieso?«

Ich zucke mit den Schultern. »Ich weiß so gut wie nichts über sie.«

»Hm.« Er klickt sich durch die Landschaft fremder Schriftzeichen. »Da haben wir ein paar Bilder.« Ein Bild erscheint. Das Foto zeigt den Oberkörper eines Mannes, dessen Rumpf komplett in Schuppen gehüllt ist. Die Schuppen reihen sich über die Schultern, bis sie wie ein T-Shirt in der Mitte des Oberarms enden.

Als Zhang hinunterscrollt, erscheint das Bild einer Frau. Ihre Schuppen sind eine Spur dunkler als die des Mannes. Haut blitzt an Teilen des Bauches und der Brust auf.

Das dritte Foto zeigt wieder einen Mann, dessen Schuppenteppich nicht gänzlich verwachsen ist. Das Muster erinnert mich an Lins, wären seine Schuppen nicht statt von roter Farbe von einem intensiven Türkisblau.

»Bild eins – männlich – vollblütiger Blauer Drache«, liest Zhang mir vor. »Bild zwei – weiblich – halbblütiger Blauer Drache, mütterlicherseits, väterlicherseits ohne interensischen Anteil.« Das Rad an der Maus surrt. »Bild drei – männlich – 25% Blauer Drache, großväterlicherseits. Keine zusätzlichen magischen Fähigkeiten in der Familienchronik.« Mein Blick gleitet über die spärliche Übersetzung. Ich lese laut weiter. »Die Wahrscheinlichkeit, dass sich ein vollblütiger Drache wandeln kann, liegt bei 98%. Bei einem nicht-drachischen Elternteil reduziert sich die Wahrscheinlichkeit auf 49%.«

Meine Mutter ist zu einem Viertel Drache – ihr Vater war Halb-Talanide. Von dieser Seite der Familie stammen auch ihre wenigen Drachenschuppen.

Die Frage ist – wer ist mein leiblicher Vater? Ist er ein Vollblut, Halbblut oder noch weniger? Und zu was macht mich das?

»Christie«, fragt Zhang plötzlich. »Warum siehst du dir das an?«

»Nur so«, antworte ich abwesend, während ich weiterscrolle. »Siehst du irgendwo die speziellen Talente der Blauen Drachen?«

»Welche speziellen Talente?«

»Manche Roten Drachen können Feuer speien – so wie Long. Das ist ihr Talent. Mum sagt, die Gelben Drachen hätten besonderes Geldglück, sie könnten Gold und gute Geschäfte riechen. Das Talent der Weißen, Schwarzen und Blauen Drachen kenne ich nicht. Siehst du irgendetwas dazu?« Plötzlich krallt Zhang seine dünnen Finger um meinen T-Shirt-Kragen und versucht, ihn herunterzuziehen. Ich fahre herum und schlage auf seine Hand.

»Was soll der Scheiß?«, schreie ich.

Zhang stößt sich auf seinem Computersessel zurück, an dem Haufen Wäsche vorbei und knallt gegen die Zimmertür, an der ein Poster seines Lieblingssängers hängt. Mit der durchaus stimmigen Vermutung, ich könnte einfach abhauen, hängt er sich an die Türklinke. »Christie?«, fragt er kleinlaut. »Bist du ein Drache?«

22.
EIN DRACHE VON VIELEN

Vielleicht ist Long ja doch dein Vater!«, ruft er aus. Seine Stimme klingt hoffnungsvoll. »Möglicherweise haben sich alle geirrt, und du bist doch ein Drache!«

Ich hätte niemals gedacht, dass Zhang etwas daran liegen könnte, mit mir blutsverwandt zu sein. An seinem erwartungsvollen Blick erkenne ich, dass ich wohl nicht die Einzige bin, die sich das gewünscht hat – es würde so vieles leichter machen.

Es fällt mir schwer zu antworten. »Nein«, erwiderte ich dumpf. »Long ist ganz sicher nicht mein Vater.«

Zhang senkt enttäuscht die Augenlider. Eine Weile wippt er vor sich hin, im Hintergrund plärrt seine furchtbare Musik, der Computer surrt. Die Vögel liegen unbewegt auf dem Bett. »Warum hast du dann blaue Schuppen?«

An manchen Tagen könnte ich ihn echt erschlagen. Ich greife nach Frau Steins Gehstock, rapple mich in die Höhe und steige hölzern über den Wäscheberg hinweg. »Lass mich raus!«, schnauze ich meinen Cousin an.

Zhang klammert sich an der Türklinke fest. »Nein!«

»Zhang!«

»Du kannst nicht einfach gehen!«

»Kann ich wohl, im Gegensatz zu dir darf ich dieses Haus verlassen!« Ich zerre an ihm, er bleibt stur – bereits in unserer Kindheit haben wir oft miteinander gerauft, daher kennen wir alle Tricks und Kniffe. Er umschlingt mich mit den Armen, weil er weiß, dass ich das hasse. Dafür fasse ich in seine Frisur, weil ich weiß, dass ihn das verrückt macht. Ich trete nach ihm und versuche, die Türklinke zu erreichen. Leider ist es das falsche Bein, weswegen der Schmerz wie ein Blitzschlag den Schenkel emporwandert. Ich halte mir das Knie und kippe dabei in den Dreckwäscheberg.

»Fein!«, rufe ich aus. »Du hast gewonnen!«

»Habe ich das?« Er taucht über mir auf. »Was habe ich gewonnen?«

»Was muss ich tun, dass du mich gehen lässt?« Ich packe den Gehstock und stoße ihm damit gegen den Kopf wie eine alte Dame. Er hält sich die Schläfe. »Christie!« Dann zupft ein Grinsen an seinen Mundwinkeln, als er durch die geglätteten Stirnfransen zu mir herüberblinzelt. »Ich habe es gewusst!«, erklärt er stolz. »Als du das über Lin und ihre Schuppen gesagt hast. Dass sie kein Tattoo seien, das sie sich ausgesucht habe.« Er reckt das Kinn und lächelt zufrieden. »Da wusste ich, du versteckst etwas!«

Wirklich? Zhang soll an einem einzigen Satz erkannt haben, was ich meiner Familie, mit der ich auf engstem Raum zusammenlebe, über Jahre hinweg erfolgreich verschwiegen habe? Ich sehe ihn ungläubig an.

Er verschränkt demonstrativ die Arme und macht es sich auf dem Wäscheberg bequem, als wäre er eine Sitzgelegenheit. »Du bist nicht so undurchschaubar, wie du glaubst, Christie. Nicht für mich.«

Ich senke den Blick.

»Keine Angst«, höre ich ihn sagen. Zhang rutscht näher. »Ich werde es niemandem sagen. Es ist deine Sache.« Er hebt die rechte Hand und streckt mir den kleinen Finger entgegen. »Ich kann schweigen wie der Tod. *Kleiner-Finger-Schwur.*«

»Du darfst es niemandem erzählen«, ermahne ich ihn. »Hörst du? Solange ich keine Anzeichen einer Verwandlung zeige, bin ich kein Drache!«

»Ich verspreche es.« Auffordernd sieht er mich an.

Zögerlich hebe ich meine eigene Hand, unsere kleinen Finger verhaken sich. Ein, zwei, drei Male rucken unsere Hände auf und ab, damit ist der Schwur besiegelt. Zahlreiche Kindheitsgeheimnisse liegen unter derlei Fingerschwüren vergraben. Selbst Linda weiß vieles nicht – die vier Jahre, die sie von mir trennen, und die fünf, die sie und Zhang unterscheiden, haben Zhang und mich zu einem eingeschworenen Team gemacht.

»Und was machst du, wenn es doch passieren sollte?«, fragt er. »Wenn du dich von einem Augenblick auf den anderen verwandelst?«

Ich schlucke. »Ich werde das schon regeln.«

Er schweigt einen Augenblick lang. »Natürlich«, sagt er. »Wer soll es schaffen, wenn nicht du?«

23.

STRASSENKUNST

Als ich in unser Viertel zurückkehre, stehen zahlreiche Leute an den Fenstern und starren auf die Straße hinab. Ich verstehe nicht wieso, bis meine Füße Farbe am Asphalt erreichen. Neugierig recke ich den Kopf und entdecke Frau Stein, die aus dem Fenster sieht und raucht. »Frau Stein!«, rufe ich hinauf. »Was ist das?«

»Da hat sich wohl jemand verewigt!«, ruft Frau Stein zurück. Sie streift ihre Zigarette andächtig an einem Blumentopf ab. »Die Frauen in eurer Familie scheinen ein Faible für Männer zu haben, die sie zunächst enttäuschen und danach in einem Anfall von Reue öffentliches Gut beschädigen. Als ob es das wieder richten würde ...!«

Ich hebe die Augenbrauen. »Wer war das?«

»Na, der junge Mann von Linda!«

Nachdenklich senke ich meinen Blick. Meine Schuhspitze steht am unteren Rand eines gigantischen E, ich erkenne ein NTSCH dahinter, für den Rest müsste ich aus unserem Badezimmerfenster sehen. Die ENTSCHULDIGUNG ist farbenfroh und künstlerisch einwandfrei gestaltet. Ich frage mich, warum keiner der Nachbarn Thomas aufgehalten hat. Allerdings ... wer einen Skinner mal in Aktion erlebt hat, dem vergeht vermutlich die Lust, mit ihm einen Streit vom Zaun zu brechen.

Ich lege den Kopf schief. Ein Skinner, Freund der Wölfe, jetzt auch Straßenkünstler. Was sagt Linda dazu?

Meine Schwester ist zu Hause und tut so, als hätte sie die schriftliche Entschuldigung nicht bemerkt. Offensichtlich hat Mum sie bereits darauf angesprochen, denn sie sitzt auf dem Sofa und hält sich demonstrativ eine Zeitung vors Gesicht. Ich hüte mich, sie anzusprechen, und schleiche leise an ihr vorbei in unser Zimmer.

Als Long vom Arbeitsamt zurückkehrt, ruft er Bob an und verlangt eine Polizeiüberwachung unseres Hauses. Es dauert fünfundvierzig

Minuten, bis Bob ihm klarmachen kann, dass eine bunt gesprühte Entschuldigung nicht für eine persönliche Polizeieskorte ausreicht, aber er wird jemanden vorbeischicken, der sich den Schaden ansieht. Eine halbe Stunde später stehen Polizeibeamte vor dem Wohnhaus, die Farbproben nehmen und den Schriftzug abfotografieren, um ihn bekannten Tätern der Straßenszene zuzuordnen. Mein Vater ruft ihnen durch das Fenster Thomas' Namen zu, was die Beamten mit gerunzelter Stirn zur Kenntnis nehmen.

An diesem Abend schieben meine Eltern das Sofa zur Seite und rollen einen Teppich aus. Long bittet uns, traditionelle Kleidung anzuziehen. Auch er hüllt sich in eine alte Gewandung, die er in einer Box aus einem der oberen Schränke zieht. Ich beobachte ihn, wie er Schicht für Schicht zurechtzieht, von den Unterhemden, den Überhemden, den Pluderhosen bis zum breiten Seidengürtel. Es riecht nach Lavendel und Bergamotte, als ich das Wohnzimmer betrete. Meine Mutter ist gerade dabei, Räucherstäbchen zu entzünden, die bläuliche Rauchschwaden absondern. Sie sieht wunderschön aus, wie sie so ehrfürchtig vor dem Räucherwerk kniet – wie eine der stolzen Königinnen auf den Bildern der alten Dynastie, die in ›Großmama Phengs‹ hängen.

Wir knien uns rund um den quadratischen Couchtisch nieder. Normalerweise wird er von einem Tischtuch bedeckt, das Holz ist herrlich bemalt. Vier Schalen stehen an den Rändern bereit. Mein Vater beginnt auf Talanidisch zu sprechen, ich verstehe nur einzelne Worte, die hin und wieder in seinen Gesprächen mit Pheng vorgekommen sind, und beobachte ihn bei seinen Bewegungen, mit denen er das Willkommensritual durchführt. In Talanis wurde es angewandt, um hohe Gäste zu empfangen. Unsere Familie hat es übernommen, um die Kinder der Familie willkommen zu heißen.

Bei Linda hat Pheng das Ritual ausgeführt.

Ich hätte nie gedacht, dass mir diese Tradition wichtig sein könnte. Jetzt, wo ich hier sitze, spüre ich, wie meine Nervosität steigt. Ich lege meine Hände auf meinen Knien ab, auf denen der Stoff Falten schlägt.

Mein Vater gießt Tee in die Schalen. Die Kehle trocken, möchte ich danach greifen. Meine Mutter schüttelt sacht den Kopf und ich ziehe meine Finger zurück. Daraufhin beobachte ich sie vorsichtig, bis sie mir mit einem Nicken anzeigt, dass ich die Schale nehmen darf.

Mein Vater hebt seine Teeschale und streckt sie mir entgegen. Meine Schwester und meine Mutter recken die ihren empor, sie berühren sich in der Mitte, berühren die meinige, die zitternd gegen drei andere stößt. Ich sehe meinem Vater in die Augen. Zwischen dem offenen blau-weißen Kragen seiner Gewandung kann ich die roten Schuppen sehen. Ich verstehe die Worte nicht, die er spricht, doch ich verstehe die Bedeutung, die sie in sich tragen.

»Willkommen in der Familie, Christine.«

24.

SONNTAGABEND IM STADTPARK

Es ist seltsam, dass man erst bemerkt, wie wichtig einem etwas ist, wenn es passiert. Als ich in dieser Nacht in meinem Bett liege und auf den Lattenrost von Lindas Stockbett starre, fühle ich mich außergewöhnlich leicht, als wäre eine unsichtbare Last von meinen Schultern gefallen, von der ich bis dato nicht wusste, dass sie existiert hat. Ich fühle mich aufgehoben. Beschützt.

Ich bin ein offizieller Teil meiner Familie.

Erst jetzt, sagt Vater, werden wir der Einladung der Hexade folgen. Nicht, weil er sich umstimmen lassen möchte. Vielmehr möchte er seine Entscheidung vor aller Augen bestätigen. An dem Bruch zwischen Pheng und ihm soll kein Zweifel herrschen, und das können auch die anderen Familien dieser Stadt erfahren.

Am 12.September schlendern wir Seite an Seite durch den Stadtpark dem Wintersteiner Palast entgegen. Mein Vater trägt einen Anzug ohne Krawatte. Meine Mutter und Linda sehen fantastisch aus. Mama trägt ein dunkelblaues Etuikleid, das knapp über den Knien endet, und eine goldene Clutch; Linda elegante beigefarbene Hosen mit Bügelfalten und einen dunkelgrünen Blazer. Ich begnüge mich mit einem dünnen Rollkragenpullover und einer Kette, deren Anhänger mich vor schlecht gelaunten Geistern schützen soll. Ein knöchellanger Rock soll mein Hinken verbergen.

Der Pfad, der zum Wintersteiner Palast führt, wird von kugelförmigen Lichtern flankiert. Das cremefarbene Gebäude stammt aus der vorletzten Jahrhundertwende, was vor allem an den großzügigen, bogenförmigen Fenstern und der elegant gegliederten Fassade erkenntlich ist. Frauenköpfe zieren den Dachrand wie antike Göttinnen. Der Wintersteiner Palast scheint von innen heraus zu glühen und wirft ein sanftes Licht auf die sauber gestutzten Wiesen und ausladenden Bäume des Parks.

Long zupft nervös an seinem Kragen, den er heute Nachmittag eine halbe Stunde lang gebügelt und gestärkt hat. Der oberste Knopf steht offen – ich bin mir nicht sicher, ob Vater einfach nicht zugeknöpft wirken will oder ob es ihm ein Anliegen ist, seine Drachenschuppen zu präsentieren. Meine Mutter greift nach seiner Hand, zwingt sie mit ruhiger Bestimmtheit hinab und schlingt ihre Finger darum. Das scheint ihn zu beruhigen.

Wir schweigen, bis wir die Stufen zum großen Eingang erreicht haben, der auf einer gewaltigen Terrasse aus Sandstein liegt. Musik dringt aus dem Gebäude, irgendetwas Saxophonlastiges, vermutlich von den Mittermorgens organisiert, die sich als Kunst- und Kulturmäzene Poschovars verstehen.

Die Kühle der Nacht wird mir erst bewusst, als wir das geheizte Innere des Wintersteiner Palasts betreten. Die Musik umtanzt uns willkommen heißend. Wir werden gefragt, ob wir unsere Jacken abgeben wollen, doch wir haben keine. Nervös sehe ich auf die Uhr. 19:32 Uhr – das wird ein langer Abend und er hat noch nicht einmal richtig angefangen.

Wir durchlaufen die Eingangshalle, Lindas und Mums Stöckelschuhe klicken über den Marmor. Der Raum, den wir betreten, ist hell und licht.

Zahlreiche Menschengrüppchen stehen beieinander und unterhalten sich. Aperitifs werden gereicht. Es sind ausschließlich junge Frauen in cremefarbenen Kleidern, die mit den Häppchen umherlaufen. Eine davon kenne ich persönlich, sie heißt Katara. Sie arbeitet im ›Großen Songs‹ und ist so stinkfreundlich, dass nicht einmal ich etwas gegen sie haben kann.

Jemand eilt auf uns zu. Es ist Onkel Thien, der seine Frau bei Großmama Pheng zurückgelassen hat, die weiter hinten steht. Thien ergreift die Hand meines Vaters, sie begrüßen einander. Als der Zeitpunkt gekommen ist, einander loszulassen, hält Onkel Thien Vater fest. »Wir müssen reden. Es ist wichtig.«

»Reden?« Long hebt die Augenbrauen. »Oder meinst du, mich *über*reden?«

Thiens Mimik erschlafft. »Es gibt nichts, das sich nicht regeln lässt, Long. Wir sind eine Familie und wir werden immer eine bleiben.«

»Seltsam«, brummt mein Vater. »Ich dachte, wir hätten deutlich geklärt, dass dem nicht länger so ist.«

»Du kannst die Familie nicht einfach abschreiben, Long.«

»Pheng hat es mit meiner Familie getan. Also kann ich es mit der ihrigen tun.«

Ich möchte die beiden nicht länger meinetwegen diskutieren hören, weswegen ich zur Seite flüchte und nach Zhang Ausschau halte. Ich entdecke ihn bei Lisbeth Devoye an einem Stehtisch. Lisbeth wirkt verändert. Sie hat ihre gelangweilte Laszivität abgestreift. Kerzengerade steht sie da und kratzt mit den manikürten Fingernägeln über das Tischtuch, als wolle sie einen eingetrockneten Fleck entfernen. Ihr Blick flattert über die Menge hinweg und sie beachtet Zhang kaum.

Zhang spricht auf sie ein. Üblicherweise bestürmt er Lisbeth wie ein Rammbock ein Burgtor – wenig subtil und mit dem Kopf voraus – doch heute wirkt er entnervt. »... und das ist der Grund, warum Geralt es auf mich abgesehen hat und nicht auf dich. Du bist ein heißes Mädchen. Niemand geht auf die heißen Mädchen los. Mit den heißen Mädchen will man schlafen. Es sind die heißen Jungs, die einem im Weg stehen. Verstehst du?« Er schnaubt und stützt das Kinn auf der Hand ab. Wieder neue Erkenntnisse des großen Zhang – er sollte sie aufschreiben, in Glückskekse einbacken und verkaufen.

Lisbeth erwidert nichts.

»Hey Christie«, brummt mein Cousin und schiebt sich müßig an meine Seite, um mich zu begrüßen. Er mustert mich gelangweilt. »Auf dem Weg zu einem Vorstellungsgespräch?«

Ich imitiere seinen Ausdruck. »Auf dem Weg zu einem Elektro-Konzert?« Zhang trägt einen schwarz-weißen Karo-Anzug. »Wo sind deine Knicklichter?«

Er bleckt die Zähne. »Habe sie im Auto gelassen.«

Ich möchte etwas erwidern, atme ein, ein Geruch fährt in meine Nase. Diesmal muss ich nicht einmal mehr darüber nachdenken. »Die Wölfe«, stoße ich mit der Luft aus.

»Was?«

»Die ...«

... Wölfe.

25.

RUDELBILDUNG

Geralt betritt den Raum, umsäumt von seinem Rudel, darunter die Wölfin mit dem wilden roten Haar. Der Alpha hat sich für den Anlass herausgeputzt, trägt ein Cordjackett und ein grünes Hemd sowie cognacfarbene Lederschuhe. Die Rothaarige trägt ein grünes Kleid und flache Sandalen. Sie sieht gut aus, doch das Outfit ist zum Laufen konzipiert – zumindest schneller, als Linda es in ihren Stöckelschuhen könnte. Ich halte nach Thomas Ausschau, doch er ist nirgends zu sehen. Zhang packt mich am Ellenbogen. »Ich fasse es nicht!«

Lisbeth fährt herum und stößt dabei ihr Sektglas um. »Geralt!«, ruft sie erschrocken aus. Bevor sie nach dem Glas greifen kann, hat die goldene Flüssigkeit bereits das Tischtuch durchtränkt. Sie flucht und betupft eilig die Sauerei.

»Warum so hektisch, Lisbeth?«, fragt Zhang. Obwohl er sich gelassen gibt, spüre ich den Druck seiner Finger. »Wird die Katze in Gegenwart der Wölfe nervös?«

Einen Moment lang scheint Lisbeth nicht gewillt, zu antworten. »Halt die Klappe«, schnappt sie schließlich. »Ich bin es nicht, auf die sie es abgesehen haben!«

Zhang verzieht das Gesicht, seine Augenbrauen wandern zueinander. Er greift mit der freien Hand nach dem umgeworfenen Sektglas und kippt die letzten Tropfen herunter. *Leichtsinn, dein Name ist Zhang.*

Meine aufkeimende Furcht kann sich nicht entscheiden, ob sie Wurzeln schlagen soll. Eigentlich stehe ich nicht länger auf der Abschussliste des Rudels. Unruhig zucke ich mit der Fußspitze, um das taube Gefühl des Wolfsbisses zu verdrängen.

Geralts Blick streift uns, doch er wandert weiter, als wäre keiner von uns interessant. Sein Rudel folgt ihm. Die Menschen teilen sich, aufgeregtes Flüstern und Raunen folgen jedem seiner Schritte. Dann steht da plötzlich Anne Devoye, Lisbeths Mutter. Sie dreht sich um.

Wie ihre Tochter ist sie eine ausnehmend schöne Frau mit vollem, kastanienbraunem Haar und einem leicht goldfarbenem Hautton. Als sie Geralt sieht, schnalzen ihre Lippen zurück und entblößen ein Gebiss, halb menschlich, halb felin. Schlanke weiße Eckzähne flankieren ihre Schneidezähne. Annes Pupillen verengen sich zu Schlitzen, sie stößt ein Fauchen aus. Mit den schwarz gerahmten Augen wirkt sie wie eine aufgebrachte Katze, die ihren Schwanz aufplustert.

Geralt schenkt ihr kaum Aufmerksamkeit. »Übertreiben Sie es nicht, Frau Devoye«, bemerkt er gelangweilt und spaziert an ihr vorbei.

Irgendwo ertönt die aufgebrachte Stimme meiner Mutter. »Ist das euer Ernst? Ihr habt den Wolf und sein Rudel eingeladen? Nach alledem, was er meiner Tochter angetan hat?«

Zwischen den Menschengrüppchen läuft ein eleganter Mann im anthrazitgrauen Anzug hindurch. Es ist Oliver Mittermorgen, der seine typische Friedensstifter-Miene aufgesetzt hat, die Hände beschwichtigend erhoben. »Kein Grund zur Aufregung!«, ruft er. »Das hier ist neutraler Grund! Es gibt keinen Ort und Zeitpunkt, der besser für friedliche Gespräche geeignet wäre!«

Da steht er, Geralt Heller der Alphawolf, vollkommen ungehindert, nachdem er den Befehl gegeben hat, mich zu entführen. Zhang stöhnt auf, als ich seine Hand zusammendrücke. Geralts Präpotenz und die Unfähigkeit der Hexade, ihm seine Grenzen aufzuzeigen, lassen in mir eine unbändige Wut aufkeimen, die ich sonst nur in der Gegenwart von Pheng verspüre.

Dann höre ich stöckelnde Schritte, meine Mutter erscheint, eine blau-goldene Clutch in der Linken, und klatscht Geralt diese ins Gesicht, sodass es trotz seines Bartes deutlich zu hören ist.

Stille. Nur die Musik plätschert unbekümmert im Hintergrund.

Geralt bewegt sich nicht.

Die Wölfe hinter ihm fletschen die Zähne, ein Raunen geht durch das Rudel, ein aufkeimendes Knurren. Die rote Wölfin rückt an Geralts Seite, ihre Augen leuchten, als sie ihren Kopf bewegt, das Licht wird von der reflektierenden Iris zurückgeworfen. Die Zähne in ihrem Gebiss bewegen sich auf grauenhafte Weise, schieben sich knackend durch die Kiefer und formen den Ansatz einer mit Fangzähnen ausgestatteten Schnauze, die aus einem haarlosen, ansonsten menschlichen Gesicht ragt. Ich unterdrücke den Drang, mich abzuwenden.

Meine Mutter steht da, das Gesicht so unbewegt wie während ihrer Interaktionen mit Großmutter Pheng – nur ihre Hand zittert leicht.

Geralt hebt die Hand. »Johanna«, spricht er leise.

Die Rothaarige tritt einen Schritt nach hinten, die Schnauze zieht sich in ihren Schädel zurück. Das Wolfsgebiss macht Platz für ebenmäßige weiße Schneidezähne, über die sie sich nun mit der Zunge leckt. Ich frage mich, ob diese Verwandlung schmerzt oder ob sie so natürlich über die Wölfe kommt wie über meinen Vater.

Leicht versetzt bleibt sie hinter ihm stehen. Ist sie seine Freundin? Sein Alphaweibchen? Seine Sekundantin?

Geralt sieht meine Mutter an. »Das habe ich vermutlich verdient, Madame«, erwidert er und fährt sich mit Daumen und Zeigefinger über die bärtige Wange. »Aber lassen Sie mich Ihnen einen Rat geben – ohrfeigen Sie keine Wölfe.«

Meine Mutter setzt einen Schritt vor. Sie trägt die schönsten Schuhe, die sie besitzt, spitz zulaufende Lederpumps mit einem schmalen Absatz, der nun ein einzelnes Klicken verursacht. Ich habe äußerliche Attraktivität nie als Waffe angesehen, doch jetzt besitzt meine Mutter eine gefährliche Eleganz, wie ein perfekt geschliffenes Messer aus nachtelfischem Stahl, das sich an Geralts Kehle legt. »Ich bin kein Drache«, erklärt sie leise. »Und meine Töchter mögen ebenfalls keine sein. Doch lassen Sie sich eines gesagt haben, Herr Heller – fassen Sie jemals wieder eine von ihnen an, werde ich Ihnen zeigen, wozu eine wütende Mutter in der Lage ist!«

»Ich verstehe Ihren Ärger«, entgegnet Geralt. »Die Songs sind nicht die Einzigen, die Familie hochschätzen. Ich persönlich kann die Gefühle, die Sie momentan durchleben, durchaus nachvollziehen.«

»Das bezweifle ich.«

»Dazu gibt es keinen Grund, Madame.«

Die beiden starren einander an. Ich bemerke, dass mein Vater sich nähert, um bereitzustehen, falls die Situation eskaliert. Es wundert mich, dass er nicht bereits in Drachenform herbeigesprungen ist, als meine Mutter zur Ohrfeige angesetzt hat.

Wieder ist es Oliver Mittermorgen, der eingreift. »Bitte, Ruth«, raunt er und fasst meine Mutter an der Schulter. »Niemandem hier ist mit einer Fehde gedient.« Seine Stimme umschmeichelt Mutters Ohren wie die der umstehenden Gäste. Seine warmen goldbraunen Augen versuchen ihren starren Blick einzufangen. »Wir können das friedlich regeln.«

»Er kam, um den Frieden zu brechen«, zischt meine Mutter. »Dass es Sie nicht stört, Oliver, wundert mich nicht – schließlich war es nicht Ihr Viertel, in das er eingedrungen ist, nicht Ihre Tochter, an die er Hand gelegt hat!«

Olivers Finger graben sich in ihre Schulter. Er beugt sich zu ihr, sein Blick nach wie vor sanft und golden.

»Lassen Sie das!«, zischt meine Mutter leise.

Der schöne Mann schließt die Augen, seine Wimpern schlagen wie Goldfäden nieder. Als er sie wieder öffnet, wirkt sein Blick klarer, nicht mehr so honigsüß. »Nun gut«, sagt er und streckt die Hand aus, bietet ihr den Arm an. »Wir beide besitzen nicht-menschliches Blut und wollen unsere Fähigkeiten zum Wohle aller einsetzen. Ich bitte Sie, Ruth – geben Sie diesem Abend eine Chance.«

Meine Mutter zögert. Dann wirft sie Geralt einen strengen Blick zu. Ihr Haar schwenkt in einer abschließenden Bewegung über die Schulter. Ich sehe, dass einige der Wölfe irritiert blinzeln. Meine Mutter hat es drauf. »Zehn Meter«, teilt sie dem Alpha mit. »Das ist der Abstand, den Sie zu meinen Töchtern halten.« Damit geht sie weg. Mittermorgen folgt ihr.

Mein Vater nähert sich unserem Tisch und gesellt sich zu uns. Seine Aufmerksamkeit gehört aber den Wölfen, sein Blick wandert zwischen den Neuankömmlingen umher. Er saugt hörbar die Luft ein. »Ich werde nicht zulassen, dass auch nur ein Wolf euch von der Seite ansieht.«

Lisbeth zappelt noch immer vor sich hin. »Entschuldigt mich, ich muss zu meiner Mutter.« Auf hohen Schuhen klappert sie davon. Sie bewegt sich wie ein wendiger Schatten zwischen den Menschen hindurch, ohne dass es jemand bemerkt – und das, obwohl Lisbeth doch sonst so auf große Auftritte steht.

Ich sehe, wie Geralt sich mit der roten Johanna durch die Menge drängt, seine Wölfe zerstreuen sich in der Abendgesellschaft.

Long beugt sich zu mir. »Es gibt ein Gerücht«, bemerkt er leise, sodass der Wolf, der hinter uns in gebührendem Abstand vorbeischleicht, uns nicht hören kann. »Die Hexade glaubt herausgefunden zu haben, dass es sich bei Jericho Heller um Geralts Vater gehandelt hat. Geralt muss vielleicht fünf oder sechs Jahre alt gewesen sein, als sein Vater getötet worden ist. Seine Großmutter führte daraufhin das Rudel an. Sie erzog ihn zur Rache.« Er streicht sich über das Kinn, während sein Blick über die Anwesenden gleitet. Seine Nasenflügel beben, als er die Luft einsaugt, um die Wölfe von den restlichen Menschen herausfiltern zu können. »Sie starb vor einem Jahr. Geralt hat daraufhin die Führung übernommen.«

Wir schweigen. Mein Vater richtet sich auf und winkt Zhang und mich zu sich. »Kommt. Ich muss mit Mittermorgen sprechen.« Der Rote Drache schreitet voran, wir folgen gehorsam.

Oliver Mittermorgen, Mama und Linda stehen an der Bar und genehmigen sich Cocktails. Oliver hat meine Mutter mittlerweile mit seiner samtenen Stimme eingelullt. Er gestikuliert, während er mit ihr spricht, das Martini-Glas schwenkt hin und her. Meine Mutter sieht ihn dabei an und rührt mit dem Olivenzahnstocher im Glas, während Linda mit düsterem Gesicht den Salzrand von einem Margarita-Glas lutscht.

»Long!«, ruft er und fasst freundschaftlich an die Schulter meines Vaters. Oliver hat eine Art, die jedem das Gefühl vermittelt, sein bester Freund zu sein. »Sie werden nie erraten, wer sich bei mir gemeldet hat!«

Long hebt die Augenbrauen.

»Han hat angerufen.«

»Han?«, wiederholt mein Vater.

»Wer ist Han?«, fragt Linda.

Oliver lächelt ihr aufmunternd zu. »Han ist einer der drei Köpfe der Triade in Shousa. Long und er haben …« Er wirft meinem Vater einen knappen Blick zu. »… vor langer Zeit Geschäfte miteinander getätigt.«

Ich spüre, wie die Stimmung meiner Eltern weiter kippt. Mutter setzt das Glas an die Lippen. Die Einzigen, die nicht verstehen, was hier vor sich geht, sind Linda und Zhang.

»Was wollte Han?«

Oliver Mittermorgen hebt die Achseln. »Er hat Gerüchte gehört. Von internen Umwälzungen in der Hexade. Fragen Sie mich nicht, wie er davon erfahren hat. Er ... fragte nach Ihnen. Wie es Ihnen geht. Ihnen und Ihrer Familie.«

Die Stimme meines Vaters ist ruhig, doch in Frost gehüllt. »Was haben Sie geantwortet?«

»Dass ich glaube, dass es Ihnen gut geht, aber mich schon länger nicht mehr mit Ihnen unterhalten hätte.« Höflich und indirekt – Oliver Mittermorgen ist gut darin, jemanden abzuwimmeln, ohne dessen Gefühle zu verletzen.

»Sollte Han sich ein weiteres Mal melden, bestellen Sie ihm Grüße und teilen Sie ihm bitte mit, dass die emotionale wie körperliche Verfassung meiner Familie nicht von seinem Interesse sein sollte.«

Mittermorgens goldbraune Augenbrauen heben sich. »Ich ... werde es tun. Wenn Sie gestatten, verwende ich meine eigenen Worte.«

Long sieht meine Mutter lange an. Der Saxophonist spielt im Hintergrund ein Solo. Schließlich wendet sich mein Vater an Oliver. »Würden Sie kurz auf die Kinder achten?« Mittermorgen nickt verwirrt.

Papa streckt die Hand aus und bietet sie Mama an. »Darf ich bitten?«

Zuerst wirkt meine Mutter ebenso verwirrt wie Oliver, dann stellt sie das Glas ab und ergreift die Hand meines Vaters. Langsam führt er sie vor die Band, die auf der Bühne ihre Darbietung gibt. Er lässt sie einmal um sich selbst kreisen, legt seinen Arm an ihre Hüfte und setzt ohne Zögern ein. Mums Bewegungen passen sich an die seinen an. Als würden sie seit zwanzig Jahren jeden Sonntag tanzen gehen. Gemeinsam bewegen sie sich im Takt, den der Schlagzeuger vorgibt. Ein weiteres Paar gesellt sich zu ihnen.

Linda und ich beobachten die beiden.

Mittermorgen seufzt und nippt an seinem Martini. »Wie meine Mutter immer sagte – wenn du einen guten Tänzer gefunden hast, lass ihn nicht gehen.«

Plötzlich knallt Linda das Margarita-Glas auf die Theke. Ihre Hand krallt sich in meinen Arm. Ich quietsche auf, als sie die Fingernägel in die verheilte Wunde rammt. »Thomas«, ist das einzige Wort, das sie hervorbringt.

26.

DINNER MIT SKINNER

Der Abend wird immer besser. Wir werden zur Tafel geladen, und von allen Leuten, neben die man Linda hätte setzen können, ist es ausgerechnet Thomas McAvoy, dessen Namensschild vor dem ovalen Porzellanteller angebracht ist. Der Skinner wirkt genauso überrascht wie sie. In seiner schwarzen Lederjacke und einem T-Shirt wirkt er äußerst deplatziert zwischen der eleganten Abendgesellschaft. Linda sitzt bereits, als er ratlos danebensteht und sein Namensschild betrachtet.

Wir Songs breiten unsere schmutzige Wäsche nicht vor Fremden aus. Ich vermute, dass es keine Absicht der Hexade war, die beiden zusammenzusetzen. Ich glaube nicht, dass die Ratsfamilien von Lindas Exfeund wissen.

Mein Vater wandert ohne einen Ton an Thomas vorbei. Dieser hebt den Kopf, als spüre er den glühenden Blick in seinem Nacken. Einen Moment steht er noch ratlos herum, bis Johanna, die auf dem Platz neben ihm sitzt, den Befehl gibt, Platz zu nehmen. Er setzt sich gehorsam und starrt geradeaus. Johanna muss in der Rudel-Hierarchie über ihm stehen. Nach ein paar Sekunden wendet er sein Gesicht Lin zu und setzt an, etwas zu sagen.

Meine Schwester steht auf. »Können wir den Platz tauschen?«, fragt sie meine Mutter. Diese nickte und rückt hinüber, ohne Thomas aktiv zu registrieren. So regeln talanidische Familien ihre Differenzen, wenn wir sie nicht beseitigen können. Wir ignorieren sie.

Thomas sieht Linda an wie ein getretener Welpe. Dann richtet er seinen Blick geradeaus, verliert seinen Fokus.

Ich sitze zwischen Zhang und meinem Vater. Daneben nehmen Viktorius und Anselm Horasch Platz. Anne und Lisbeth Devoye lassen sich zwei Plätze nebenan nieder.

Ein junger Wolf lässt sich ungefragt neben Lisbeth nieder und beäugt sie. Die junge Devoye umklammert ihre Handtasche. Wie ein

Kätzchen rückt sie ihren Stuhl zurecht. Ich glaube zu sehen, wie sich ihre Pupillen in einem nervösen Schub verengen. Die Katzen scheinen unter Stress ihre Wandlerkräfte nicht gänzlich kontrollieren zu können.

Der Wolf hat ein selbstgefälliges Grinsen aufgesetzt. »Nettes Kleidchen«, nickt er ihr zu. »Falls man ein so kurzes Ding bereits Kleid nennen darf.«

Lisbeth schielt schockiert hinüber. Sie reckt ihren Schwanenhals, doch ich kann sehen, wie sie schluckt.

Anne wirft ihrer Tochter einen besorgten Blick zu. Sie scheint zu überlegen, ob sie eingreifen soll, da erhebt sich Viktorius Horasch und tritt an Lisbeths Seite. »Können wir den Platz tauschen?«, fragt der Mann mit dem fahlen Haar und dem ernsten Gesicht. »Ich sitze vor einem Tischbein und kann meine Beine nicht ausstrecken.«

Lisbeth hebt den Blick. Ein zögerliches Lächeln breitet sich auf ihren Lippen aus. »Natürlich. Gern.«

Sie tauschen die Plätze. Allen scheint damit gedient zu sein – außer dem Jungwolf, der verärgert die Arme vor der Brust verschränkt.

Neben mir schnaubt Zhang entnervt. »Viktorius Horasch«, schnaubt er. »Der Retter mit dem wehenden, blonden Haar!«

Ich grinse verschmitzt. »Ich glaube nicht, dass er sich so sieht.«

»Natürlich nicht. Er ist wie eine jüngere Version von Anselm Horasch – es reicht, dass er zweimal im Jahr den Mund aufmacht, um die Leute in Staunen zu versetzen.« Anselm Horasch hält die Hände auf seinem Stock abgestützt und scheint vor sich hin zu dösen. Das Volk vom Fluss – ein seltsamer Clan.

Zhang beugt sich zu mir. »Etwas stimmt nicht mit Lisbeth.«

Ich runzle die Stirn. »Was meinst du?«

»Sie ist unruhig.«

»Sie sind Katzen – natürlich macht sie die Anwesenheit der Wölfe nervös.«

»Das ist es nicht«, brummt Zhang. »Sieh, wie Lisbeth zu Geralt herüberschielt. Als er hereinkam, hat sie ihn sofort erkannt. Dabei sind sie einander nie begegnet!«

Die Falten auf meiner Stirn verdichten sich. »Er ist der Alpha«, sage ich. »Vermutlich hat sie ihn an seinem Gehabe als Rudel-Leittier erkannt.«

»Mh«, murmelt Zhang. »Vielleicht.« Misstrauisch schweift sein Blick umher. »Und was, wenn nicht? Wenn sich die restliche Hexade bereits mit Geralt getroffen hat? Die fünf anderen Familien – ohne uns?«

»Warum sollten sie das tun?«

Er leckt sich über die Lippen. »Um uns aus der Hexade zu drängen.«

Mein Mund klappt auf. »Das kann doch nicht dein Ernst sein!«

Zhang behält die Tafel im Blick, er wirkt skeptisch. »Wir werden sehen.«

Bevor wir weitersprechen können, wird die Vorspeise serviert. Ein Mädchen reicht winzige Tellerchen zwischen uns hindurch, auf denen noch winzigere Vorspeisen angerichtet sind. »Und da wundert sich jemand, warum die Wölfe auf Jagd gehen«, murmelt Zhang und zupft das Petersilienblatt ab, das sein Gericht beinahe gänzlich bedeckt.

Während sich zahlreiche Gesichter der Speise widmen, nutze ich den ablenkenden Moment, um nach meiner Schwester zu sehen. Lin bestellt eine weitere Margarita und kippt diese herunter. Thomas sitzt wie ein braver Hund neben Johanna. Mein Blick wandert weiter und hält bei Geralt, der zu uns herübersieht. Zuerst glaube ich, er sieht mich an, doch es ist mein Cousin, den er beobachtet.

»Du weißt, du kannst dich nicht ewig verstecken«, sagt Geralt plötzlich.

Zhang hebt den Kopf und bemerkt, dass er angesprochen wurde. Er verzieht den Mund, als hätte er in eine Zitrone gebissen. »Ich verstecke mich nicht«, erwidert er bissig. »Ich habe einfach Besseres zu tun.«

Ein Serviermädchen positioniert die Vorspeise vor Geralt, doch er schenkt beidem keine Aufmerksamkeit. »Du bist noch schulpflichtig. Du kannst dem Unterricht auf Dauer nicht fernbleiben«, stellt er fest. »Ich nehme an, die Schule hat sich bereits bei dir gemeldet?«

Mein Cousin hält im Kauen inne. Die benachbarten Gäste lauschen interessiert. »Klar hat sie angerufen«, spuckt Zhang. »Die Direktion hat nachgefragt, warum du nach der vierten Grundstufe nicht mehr zum Unterricht erschienen bist.«

Linda spuckt die Margarita aus, von der sie gerade getrunken hatte. Auch ich verschlucke mich an meinem Häppchen und muss husten.

Die Wölfin in unserer Reihe hebt abrupt den Kopf, ein Knurren bricht aus ihrer Kehle. Geralt selbst lacht. »Ein schlagfertiger Junge, das muss ich zugeben!«

»Junge …!«, schnauft Zhang neben mir. »Selber Junge!« Sowohl er als auch Geralt widmen sich wieder ihrem Essen. Ganz so, als handele es sich bei der Auseinandersetzung zwischen seinem Rudel und meiner Familie um eine reine Lappalie.

Über dem Tisch hängt eine seltsame Stimmung. Alles wirkt surreal – Geralt und sein Rudel hier an der Seite der sechs Familien und anderer wichtiger Politiker und Personen der Stadt. Als säße ich in einem Traum fest und könnte ihm nicht entkommen. Lin scheint ebenso zu denken, doch sie löst das Problem, indem sie sich noch mehr Alkohol einverleibt.

So schleppt sich die Zeit bis zur Nachspeise dahin. Sowohl Geralt als auch meine Eltern schweigen. Zhang bleibt weiterhin skeptisch und glaubt, durch genügend Beobachtung eine Verschwörung der Hexade nachweisen zu können. Die letzten Wochen haben sein Vertrauen in den Rat erschüttert.

Als das Dessert serviert wird, ist es Pheng, die die Stimme erhebt. »Sie sind anders als die Wölfe, die ich bisher kennengelernt habe, Geralt Heller«, sagt sie. Die Gespräche am Tisch verstummen. Großmama Pheng setzt ungerührt fort: »Als Sie Christine zum Duell entführten, dachte ich, es handle sich bei Ihnen um einen hitzköpfigen Choleriker. Jetzt aber haftet Ihnen davon nichts an. Alles, was ich zu sehen bekomme, ist kalte Berechnung. Ich muss also annehmen, dass Sie heute mit gewissen Absichten hergekommen sind. Vielleicht wollen Sie Mittermorgen mit Ihren feinen Sitten beeindrucken, um sich den Einstieg in die Hexade zu erleichtern. Ich schätze aber, das ist nicht alles. Vielmehr vermute ich, dass Sie meinen Enkelsohn aus der Reserve locken wollen wie zuvor meinen Sohn – um ihn freiwillig zu einem Duell zu bewegen, von dem Sie glauben, dass er es nicht gewinnen kann.«

Geralt sticht den Löffel in seine Souffléform. Der Teig bricht auf und entlässt flüssige Schokolade wie dunkles Blut. »Wenn Sie glauben, Ihr Enkelsohn hätte eine Chance, warum überzeugen Sie mich nicht vom Gegenteil und lassen ihn antreten?« Kruste und Sauce verschwinden in seinem Mund.

Großmutter Pheng lässt ihr Dessert unangetastet. Sie lehnt sich zurück. »Ihre Taktiken sind durchschaubar. Alles, was Sie tun, dient dazu, mich zu schwächen. Sie machen einen Fehler, wenn Sie mich für eine gefühlsduselige alte Dame halten …«

Ich stoße ein Lachen aus und stecke mir den Löffel in den Mund, um es zu unterdrücken.

Phengs Blick wandert zu mir. »Danke, Christine«, sagt sie kalt. »Ausnahmsweise untermauert deine Taktlosigkeit meine Argumentation.«

Ich blecke die Zähne zu einem humorlosen Lächeln. »Keine Sorge, Pheng – niemand an diesem Tisch hält dich für eine gefühlsduselige Alte.«

Die Matriarchin ignoriert meinen Einwand und wendet sich wieder Geralt zu. »Sie erklimmen eine Leiter, Heller. Am Ende dieser Leiter warte ich. Selbst wenn es Ihnen gelingen sollte, die oberste Sprosse zu erreichen, wartet ein weiteres Hindernis auf Sie. Reden wir Tacheles. Sollte ein Platz in der Hexade frei werden, müssen Sie und Ihr Rudel von mehr als der Hälfte der Familien akzeptiert werden. Mittermorgen mögen Sie überzeugt haben, sonst wären Sie nicht hier …«

»Pheng!«, ruft Oliver entrüstet dazwischen, doch die Matriarchin spricht einfach weiter.

»… denn bereits sein Vater war darauf erpicht, jegliches Loch in der Hexade so rasch wie möglich zu stopfen. *Consistam in aequo – Ruhe liegt im Gleichgewicht.* Eine von sechs Familien mögen Sie damit überzeugt haben. Wer steht als Nächstes an? Den Leuten vom Fluss ist es egal, mit wem sie an diesem Tisch sitzen. Die Pensings allerdings werden niemals für Sie stimmen, da sie jedes offene Loch mit ihrem eigenen Clan stopfen wollen. Die Wegemanns hassen Sie, nachdem Sie Cordulas beste Freundin attackiert haben. Bleiben noch die Katzen …« Ihre Stimme wird leiser, ihr Blick wandert zu Anne Devoye. Ich kenne Phengs intensiven Blick, mich wundert es nicht, dass die ältere Devoye die Begegnung meidet. »Werden die Katzen für den Hund stimmen?«

Geralt zuckt mit den Achseln, leckt dabei den Löffel ab und legt ihn in die Dessert-Form. »Es bleibt genügend Zeit, die Hexade von meinen Vorzügen zu überzeugen.«

»Mag sein«, erwidert Pheng und erhebt sich. »Um weitere halbseidene Vorkommnisse wie beim letzten Duell zu verhindern, wäre nun wohl der richtige Zeitpunkt, um einen *Iudex* zu berufen.«

Ich habe keine Ahnung, was das bedeutet. An Geralts Gesicht erkenne ich, dass es ihm ebenfalls so ergeht. »Wie bitte?«

Pheng hebt das Kinn. »Die Hexade fußt auf alten Traditionen. Die Duelle zu hinterfragen, würde bedeuten, die Existenz der Hexade an sich infrage zu stellen. Niemand von uns will das. Anstelle dessen hat der Rat getagt und einen Beschluss gefasst. Damit die Duelle in Zukunft nach allen Regeln und Gesetzen vonstattengehen, haben wir beschlossen, den Posten des Iudicis zu vergeben.«

Nebenan runzelt Vater die Stirn.

»Der Iudex gilt als neutraler Beobachter und zusätzliche Stimme, um eine 50:50 Abstimmung innerhalb der Hexade zu verhindern. Bei ihm darf es sich um niemanden aus den offiziellen Familienclans handeln.«

Ist das der Grund, warum die Hexade Long hierhergerufen hat? Um ihm den Posten als Entscheidungsträger anzuvertrauen?

»Der Iudex muss bei einer Duellaufforderung auf neutralem Grund anwesend sein. Das verhindert Entführungen, wie wir sie zuletzt hatten.« Phengs Blick schiebt sich zu Geralt, bevor sie weiterspricht. »Des Weiteren muss der Iudex während des Duells anwesend sein und bestätigen, dass die Abfolge traditionsgemäß eingehalten wurde. Er ist dazu berechtigt, Sonderregelungen für ein Duell einzuführen. Das Duell muss nicht länger mit dem Tod einer Partei enden. Sollte das von allen drei Parteien beschlossen und sanktioniert worden sein, können alternative Ausgangsformen beschlossen werden.« Pheng macht eine Pause. Ihre runzeligen Hände schlingen sich ineinander, der Stoff ihres traditionellen Kleides bauscht sich um ihre Unterarme. Mein Vater rutscht nervös auf seinem Sitz hin und her. Zhang lässt neben mir die Luft aus. »Jeah«, sagt er. »Ich muss nicht länger sterben. Jetzt wird meine Familie bloß noch aus der Hexade gekickt, wenn ich verliere.« Er klingt nicht wirklich erleichtert.

»Der Rat hat sich über den Posten des Iudicis beraten und sich einstimmig für eine Person entschieden. Wir hoffen, dass jene Person diese wichtige Aufgabe annehmen wird. Bei folgender Person handelt es sich um jemanden, der mit dem Wissen über die Hexade aufgewachsen ist, allerdings nicht zu den offiziellen Familienverbänden der Hexade gehört …«

Ich beiße vor Überraschung in meinen Löffel. Sie will tatsächlich Papa diesen Posten aufschwatzen. *Alte Hexe!*

Mein Blick gleitet zu Oliver Mittermorgen. Dieser hört zu, der Blick unbestimmt. Da haben sich die Matriarchinnen und Patriarchen wieder ein besonderes Glanzstück ausgedacht.

Pheng wendet sich uns zu. Mein Vater steht knapp davor, aufzuspringen.

»Christine Song, wir berufen dich als Iudex der Hexade Poschovars.«

27.

BERUFUNG

Als ich meinen Namen höre, spüre ich, wie mir die Hitze in die Ohren steigt. Gleichzeitig fühlt sich mein Magen an wie ein Eisklumpen. Ich versteinere. Neben mir rührt sich mein Vater ebenfalls nicht. Zhang schiebt ungläubig die Nase in meine Richtung. Einen Sitz weiter hebt Linda, die schon betrunken ist, das Margarita-Glas. »Prost darauf!«, ruft sie und trinkt weiter.

Alle starren mich an. Inklusive Geralt, der überrascht wirkt, und Großmama Pheng, die nicht überrascht ist, weil sie all das geplant hat.

Neben mir regt sich Long. Er ballt die Hände zu Fäusten. »Das kann doch nicht euer Ernst sein!«, ruft er aus und schlägt die Hände auf den Tisch. »Meine Tochter wurde von Geralt Heller entführt und zu einem Duell gezwungen! Man hat sie verletzt und gedemütigt! Und jetzt wollt ihr sie noch tiefer in euren Zwist hineinziehen?«

Oliver Mittermorgen erhebt sich an Phengs Seite. »Das ist einer der Gründe, warum wir Christine gewählt haben. Versteh mich nicht falsch – auch du standest auf der Liste, allerdings verhindert das Blut, das du mit Pheng teilst, dass du diese Position einnimmst. Der Iudex, den wir berufen, hat keine Zeit, sich in die Belange, Hierarchien und Strukturen der Hexade einzulesen. Es muss jemand sein, der diese Strukturen bereits kennt und sich damit auseinandergesetzt hat. Er muss volljährig sein – nach altem Gesetz über sechzehn Jahre, doch Christine erfüllt es mit achtzehn Jahren ebenfalls nach modernem Maßstab. Sie war selbst in die Belange der Hexade verwickelt und weiß über die Auswirkungen der Duelle Bescheid. Sie wird dafür sorgen, dass sie gesetzmäßig arrangiert und ebenso geregelt ablaufen werden. Christine kann einen Unterschied machen. Vielleicht nicht mehr für sich … aber für andere.« Sein warmer Blick gleitet zu Zhang, der verkrampft vor seinem Schokoladensoufflé sitzt.

Ich kann einen Unterschied machen.

Für Zhang.

Wenn ich die Duelle regle, muss er nicht länger auf Leben und Tod mit Geralt kämpfen.

Zhang packt meine Hand. »Nicht«, zischt er. »Das ist nicht deine Sache!«

»Ich kann dir helfen …!«

»Ein Duell bleibt ein Duell! Ich darf nicht gegen Geralt verlieren! Wenn ich versage, verliert meine Familie ihren Status!«

»Mich interessiert es einen Scheißdreck, ob Pheng ihre Position in der Hexade verliert …!«, grolle ich. »Ich will nur, dass du nicht verletzt wirst!«

»Ich kann Geralt besiegen«, zischt Zhang. »Ich kann es – und will es –, ich muss nur noch weiter üben …! Meine Familie wird ein Teil der Hexade bleiben! Du musst mir nur …!«

Ich springe auf. »Ich nehme den Posten an!«, rufe ich laut.

Sowohl meine Familie als auch einige der Anwesenden gaffen mich fassungslos an.

»Nicht!«, ruft mein Vater, doch es ist zu spät.

Auf Phengs Gesicht spielt ein zufriedenes Lächeln. »Christine Song«, schnarrt sie. »Ich begrüße dich als *Iudex Poschovaris* innerhalb der Hexade!«

28.

IUDEX POSCHOVARIS

Zhang lässt meine Hand los.

Ich habe meine Entscheidung blitzartig getroffen. Phengs zuversichtliches Lächeln überzieht mich mit einem Schauer.

Oliver Mittermorgen klatscht erfreut in die Hände, seine Frau setzt verzögert ein, ein Applaus brandet wie eine Welle über die Tafel hinweg, bis alle sich beteiligen. Die Einzigen, die nicht applaudieren, sind meine Familie und die Wölfe. Geralts bärtiger Unterkiefer schiebt sich hin und her, als müsse er erst überlegen, was diese Nachricht für seine Pläne bedeutet.

Ich komme nicht dazu, einen Satz mit meinem höchst verblüfften Vater zu wechseln, denn plötzlich drängen sich lauter Menschen um mich. Hände tasten nach den meinen und drücken sie, man nickt mir zu und ehrt mich mit flüchtigen Worten. Ich bin verwirrt und versuche mich aus der anschwellenden Menschentraube zu ringen. Jemand greift zwischen zwei Gratulanten hindurch und packt meine Hand. Es ist Oliver Mittermorgen, der mich zwischen den Menschen hervorholt, als würde er mich auf die Tanzfläche ziehen. »Lass uns in einen Nebenraum gehen. Dort können wir alles Weitere besprechen.«

Ich blicke hinter mich. Weder mein Vater noch Lin sind zu sehen, doch eine Hand hält mich zurück und ich erkenne sie sofort als die meiner Mutter. Ich bleibe stehen und so auch Oliver. »Christie«, raunt sie. »Bist du dir sicher, dass das der richtige Weg ist?« Kein Vorwurf, jedenfalls nicht, wie ich ihn erwartet hätte. »Ich weiß, dass du dich dein Leben lang in einer verfänglichen Position befunden hast. Aber Entscheidungsträger der Hexade zu werden … ist es wirklich das, was du willst? Die Hexade wird versuchen, dich zu manipulieren.«

Meine Mundwinkel verziehen sich gekränkt. »Willst du damit sagen, sie haben mich ausgesucht, weil ich manipulierbar bin?«

Mutter saugt vorsichtig an ihren Wangen. »Du weißt, dass ich das nicht so sehe. Aber die Familien sind lange in ihrem Amt und kennen Tricks und Kniffe, denen sogar dein Vater und ich zum Opfer gefallen sind.«

»Ich weiß, dass Zhang offiziell nicht als meine Familie gilt – aber das ändert für mich nichts. Wir mögen kein Blut teilen, doch er ist wie ein Bruder für mich. Trotz Phengs Lehren hat er immer zu mir gestanden. Wenn ich als Iudex einen Einfluss darauf habe, dass er das Duell mit Geralt überlebt, dann werde ich diesen nutzen.« Ich weise auf mein Bein. »Ich will nicht, dass Zhang dasselbe passiert.« Damit wende ich mich ab und folge Oliver Mittermorgen durch den Wintersteiner Palast in die entlegenen Räumlichkeiten. Der traurige Blick meiner Mutter verfolgt mich wie ein Geist.

Abgeschieden von der Abendgesellschaft versammeln sich die Matriarchinnen und Patriarchen der Hexade. Niemand von ihnen wirkt im Geringsten überrascht.

Ich bin es. Sie haben mich gewählt – ausgerechnet mich! War ich wirklich ihre beste Option?

Mein Blick wandert über die Anwesenden. Ob Cordula davon gewusst hat? Ihre Eltern, die Wegemanns, lächeln mir aufmunternd zu. Jetzt sind nur die Oberhäupter anwesend, nicht ihre Nachfolger.

Der runde Tisch scheint auf den ersten Blick recht klein, bis Oliver sich bemüßigt, die Tischplatte zu packen und zu drehen. Das mechanische Wunderwerk teilt die spiegelnde Holzplatte und schiebt sie auseinander, um Zwischenteilen Platz zu machen, die sich von dem dicken, zentralen Tischbein emporklappen. Neu setzen sich die Holzteile zu einer größeren Tischplatte zusammen, die ein Sternmuster aus verschiedenen Holzschattierungen besitzt.

Oliver bietet mir einen Platz an; Charlêne eilt mit einem Tablett herbei, auf dem ein Krug Wasser und Gläser stehen. Sie schenkt mir ein, anschließend den anderen. So fühlt es sich also an, ein Teil der Hexade zu sein. Ich weiß nicht, was ich davon halten soll.

»Es freut mich, dass es nicht längerer Überredungskunst bedurft hat, um dich für diese Position zu begeistern«, sagt Oliver Mittermorgen. Die Pensings sitzen Seite an Seite, ein Bein über das andere geschlagen, und haben ein wissendes Lächeln aufgesetzt. »Das zeigt mir, dass du die Chance erkennst, die sich hier für dich aufzeigt!« Er tritt zu einer Kommode, auf der sich Papier stapelt, und fischt eine Mappe hervor. »Veränderungen lassen sich nicht aufhalten«, fährt er fort. »Aber wir können zumindest dafür sorgen, dass sie geregelt ablaufen. Du bist quasi der Schutzmechanismus für alle Beteiligten.« Seine Hände klappen die Mappe auf. Er breitet Papierunterlagen vor mir aus. »Der Vertrag ist nach altem und neuem Gesetz aufgesetzt. Er beinhaltet das Gesetzbuch der Herrscherfamilien, das von den Bewohnern der Grenzlande aufgestellt worden ist, genauso wie die aktuelle staatliche Gesetzeslage, in der die Sonderregelungen verankert sind. Alle sechs Familien haben bereits unterschrieben.«

Ich blättere durch das zehn Seiten umfassende Dokument. An seinem Ende wurden diverse Kästchen eingefügt, die Unterschriften aufweisen. Phengs Unterschrift erkenne ich an den talanidischen Schriftzeichen. Ich sehe zu ihr hinüber. Ihr Gesicht spiegelt sich in der Tafel. Sie wirkt ruhig und entspannt. Was hat sie davon, mich zu wählen? Geht es ihr um Zhang? Weiß sie, dass ich mich um meinen Cousin kümmern werde?

»Darf ich mir das in Ruhe durchlesen?«

»Natürlich«, erwidert Oliver, spricht jedoch gleich weiter, sodass ich mich kaum auf den juristischen Schreibstil konzentrieren kann. »Der Vertrag enthält übliche Klauseln, mit denen als Iudex Poschovaris zu rechnen ist. Der Iudex steht unter diplomatischer Immunität und darf weder von herrschenden Familien noch Familien, die selbst einen Platz in der Hexade anstreben, behelligt werden. Wir garantieren deine Sicherheit mit unseren eigenen Mitteln. Ebenfalls erhältst du ein monatliches Honorar, das deinem geschätzten Arbeitsaufwand entspricht. Da diese Schätzung auf alten Zahlen beruht, als Duelle noch an der Tagesordnung waren, wirst du zufrieden sein. Diese Zahlungen sollen zugleich Bestechungen entgegenwirken, die natürlich tabu sind.«

»Bestechungen?«, frage ich.

Paul Pensing lehnt sich zur Seite. Er hat sich eine Zigarette angezündet und fährt sich mit der freien Hand über den Bartansatz. »Wir mögen öffentlich wie beste Freunde wirken, doch jeder von uns hegt ein Grundmisstrauen gegenüber den anderen Familien.«

Überraschung zupft an meinen Augenbrauen. Noch nie habe ich einen der Patriarchen das laut aussprechen gehört.

Peter nickt zustimmend, niemand widerspricht. »Ein Iudex darf nicht bestechlich sein. Sollte ihm Bestechung nachgewiesen werden, wird er seines Amtes enthoben, zur Rückzahlung seines Gehalts verpflichtet …«

»… und gegebenenfalls mit einer Geldstrafe belegt.«

Ich schlucke und sehe zu Pheng. Aber das Gehalt – ein zusätzliches Einkommen – kann meine Familie gut gebrauchen. *Ich* kann den entscheidenden Unterschied machen, solange Long keine Arbeit findet.

Meine Hand spielt mit dem Kugelschreiber, den Oliver Mittermorgen zurechtgelegt hat. Ich versuche mich auf den Text zu konzentrieren, der all das, was Oliver bereits gesagt hat, noch einmal in eine ausführliche Juristensprache übersetzt – als Laie fällt es mir schwer, die Zusammenhänge zu behalten.

Meine Nervosität trägt ihr Übriges dazu bei. Die Kugelschreiberspitze tippt in regelmäßigen Abständen auf die Tischfläche. Die Spannung, die sich rund um mich aufbaut, fühlt sich wie eine Gewitterwolke an, in deren Mitte ich sitze. Sie treibt mich dazu an, die Lektüre hastig zu beenden.

Ich kann Zhang retten, Pheng und Geralt unter Kontrolle halten und dabei Geld verdienen. Wer hätte gedacht, dass dieser Tag so enden würde?

Also setze ich meine Unterschrift in das dafür vorgesehene Kästchen.

29.

KATZE AM FENSTER

Mein Triumphgefühl, endlich nicht mehr ein Opfer der Hexade sein zu müssen, dämpft ab, als ich in die Halle zurückkehre. Ich werde von Zhang abgefangen. »Warum hast du das getan?«, faucht er.

Verdutzt bleibe ich stehen. »Ist das ein Witz?«

»Sehe ich aus, als würde ich lachen?«, fährt mich mein Cousin an. Sein Griff ist ungewohnt fest. Er scheint ernsthaft sauer zu sein.

Ich reiße mich los. »Nur so kann ich dir gegen Geralt helfen!«

»Ich will deine Hilfe nicht!«

»Vor wenigen Wochen klang das noch anders!«

»Seitdem hat sich einiges verändert. Seitdem habe *ich* mich verändert!«

Ich starre ihn an und verstehe nicht, was hier vor sich geht. »Was ist dein Problem?«, schnauze ich nun verärgert zurück.

»Ich brauche dich nicht als Babysitter!«

Ich finde, dass Geralt Heller nicht der richtige Streitpunkt für Zhangs verletzte Eitelkeiten ist. Das gebe ich ihm auch zu verstehen. »Willst du ihn mit einem toten Huhn töten?«, fahre ich ihn an. »Du kannst Geralt nicht besiegen! Das weiß auch Großmama Pheng – deswegen hat sie mich für diese Sache ausgewählt! Falls Geralt dich zu einem Duell fordert, geht es nicht länger um Leben und Tod – du kannst dich unterwerfen und ...«

»Ich will mich aber nicht unterwerfen!«, schreit Zhang. Er ballt seine Hände zu Fäusten.

»Was willst du damit sagen? Dass du lieber stirbst, als auf deine Nachfolge zu verzichten?«

Zhang presst die Lippen zusammen. Er zittert vor Anspannung. Seine Augen glänzen fiebrig. »Ich bin dazu bestimmt, die Nachfolge zu übernehmen ...! Und das werde ich auch tun!«

Mein Mund klappt auf. Sein ganzes Leben lang haben Großmama und seine Eltern ihm eingeredet, er wäre der einzige und unverzichtbare Teil der Hexade – und jetzt glaubt mein Cousin wirklich daran.

Nun bin ich es, die die Fäuste ballt. »Als ich hier ankam, hast du dich bei Lisbeth darüber beschwert, dass Geralt ausgerechnet hinter dir her ist! Und plötzlich willst du den Helden spielen?«

»Ich habe meine Rolle längst akzeptiert«, knirscht Zhang. »Während du es nicht kannst und dir verzweifelt eine neue suchen musstest.« Damit dreht er sich um und geht.

Ich bleibe stehen. Was ist hier passiert? Hat Zhang mich von oben herab behandelt – *mein* Zhang, der Einzige aus Großmutters Familie, der mich unterstützt hat? Mein Herz krampft sich zusammen.

Ich drehe mich um. Pheng Song taucht in meinem Blickfeld auf. Sie steht bei Oliver Mittermorgen und unterhält sich mit ihm. Falls es ihr Ziel war, Zhang und mich zu entzweien, so ist es ihr gelungen.

Das ändert nichts an meinem Plan. Falls ich Zhang vor seinem eigenen Ego schützen muss, so werde ich das tun.

Meine Familie verhält sich zurückhaltend, als wir nach Hause gehen. Mein Vater ist gekränkt und wütend. Er schält sich aus dem alten Anzug, setzt sich in die Küche und raucht bei offenem Fenster.

Lin zieht sich schweigsam in unser Zimmer zurück. Sie ist ziemlich betrunken und hat vermutlich alle Mühe, die Leiter zu erklimmen. Als ich später nach ihr sehe, schläft sie in meinem Bett und schnarcht vor sich hin.

Mama schaltet den Fernseher an, ich kann mir nicht vorstellen, dass sie sich auf den Filminhalt konzentriert. In ihren glasigen Augen spiegeln sich die Bewegungen des Bildschirms.

Niemand spricht mich auf meine neue Position an. Ich habe keine Freude erwartet, doch zumindest eine langatmige Diskussion. Stattdessen ziehen sich alle zurück.

Ich folge ihrem Beispiel, klettere in Lins Bett und vergrabe mich unter der Decke.

Auch am folgenden Tag spricht niemand die Geschehnisse an. Ich glaube, es ist ein kulturelles, talanidisches Ding, das ich nicht ganz verstehen kann. Früher, sobald Großmutter Pheng unzufrieden war, zeigte sie uns Kindern bloß die kalte Schulter, ohne uns den Grund dafür zu verraten. Wir sollten selbst herausfinden, was wir falsch gemacht hatten. Irgendwann schien Pheng zu erkennen, dass derlei Strafaktionen bei mir bloß zu Verwirrung führten und nicht zu dem erwünschten Besserungsverhalten. Seitdem wirft sie mir alles, was sie stört, ungefiltert ins Gesicht. Dass sie es überhaupt notwendig hat, macht sie vermutlich noch zorniger – ich infames, untalanidisches Mädchen.

Heute arbeite ich im Laden. Eigentlich teile ich die Schicht mit Lin, doch diese bewirft mich mit einem Kissen, als ich sie darauf anspreche, also ziehe ich allein los. Es ist das erste Mal, dass ich wieder auf mein Fahrrad steige. Long hat es am Straßenrand gefunden und repariert.

Der Sattel fühlt sich vertraut an, doch das Treten der Pedale verursacht Knieschmerzen. Ich hoffe, bald wieder Polo spielen zu können. Ich brauche diesen Sport, um meine Gefühle unter Kontrolle zu bekommen.

Im Laden ist es öde und einsam. Frau Vitra kommt vorbei. Sie erzählt mir von einem Gast in ihrer Wahrsager-Stube, der angeblich dank ihr beim Bingo gewonnen hätte. Warum sie dieses Glück nicht bei sich selbst anwendet, traue ich mich nicht zu fragen.

Ich verspreche ihr, endlich einmal vorbeizusehen, und schicke sie mit Blautee, Wasserreinigungssteinen und gemahlenen Rashda-Nägeln, die die Libido auf magische Weise steigern sollen, davon. Ich möchte gar nicht wissen, wozu sie das Zeug braucht.

Der Vormittag vergeht zäh, bis das Telefon läutet und ich im Hinterzimmer abhebe. »Spricht dort Christine Song?«, fragt eine weibliche Stimme.

»Am Apparat. Was kann ich für Sie tun?«

»Einen Augenblick bitte. Ich leite Sie weiter.« Damit knackt die Leitung und läutet einen Warteton ein, der irgendwann wieder abrupt abbricht. »Anne Devoye am Apparat«, spricht die Matriarchin.

Ich schlucke. »Wie kann ich Ihnen helfen?«

»Ich wollte mich melden, um Ihnen persönlich zu Ihrem reizvollen Posten zu gratulieren.« Sie macht eine Pause.

Ratlos lausche ich ins Telefon. »Ähm, danke«, stammle ich.

»Im Gegensatz zu den Wegemanns und Pheng Song hatten wir noch nicht sonderlich viel miteinander zu tun. Ich würde mich daher freuen, wenn Sie meine Einladung zum Nachmittagstee annehmen würden, um diesen Umstand zu beheben.«

Ich schweige einen Moment lang ins Telefon. »… fällt das nicht schon unter Bestechung?«

Sie lacht, doch es klingt eine Spur hysterisch. »Ich bitte Sie! Ich schenke Tee aus, kein Gold. Ich möchte lediglich denselben Vorteil genießen, ein wenig über Sie zu erfahren, wie es die Wegemanns oder Ihre Großmutter tun.«

»Sie ist nicht meine Großmutter«, knirsche ich.

»Sehen Sie – das wäre schon mein erster Fauxpas. Bitte sagen Sie nicht Nein! Ich habe mir extra den Nachmittag freigehalten.«

Ich möchte nicht unhöflich sein. Abgesehen davon ist das, was sie sagt, wahr: Pheng und die Wegemanns besitzen einen gewissen Vorteil, was ihr Hintergrundwissen über mich betrifft. »Na gut«, willige ich ein. »Wann und wo?«

Ein aufgedrehtes Lachen verrät mir Anne Devoyes Erleichterung. Sie gibt mir ihre Adresse und weist mich an, um sechzehn Uhr da zu sein. Dann legt sie auf.

Erst als es zu spät ist, erinnere ich mich, dass ich ganz allein im Laden bin. Mit schlechtem Gewissen rufe ich Mama an, um sie zu fragen, ob sie für mich einspringt. Zuerst schweigt sie, als würde sie ahnen, worum es geht. Dann sagt sie zu.

Einige Kunden kommen und gehen, ehe Mama mich ablöst. Ich überlege, ihr zu verraten, wohin ich fahre, doch sie verhält sich abweisend. Also fahre ich wortlos zu der Adresse, die Anne Devoye mir gegeben hat.

Als ich vor ihrem Anwesen stehe, erinnere ich mich blass, schon einmal hier gewesen zu sein; vermutlich vor dem Gefängnisaufenthalt meines Vaters. Es überrascht mich, dass ich mich erinnere. Ich kann höchstens vier oder fünf Jahre alt gewesen sein.

Die Villa besitzt vier Etagen, wobei die unterste eine Art Souterrain bildet. Eine Einfahrt führt zu einer der beiden Treppen, die am Haus entlang zu einer erhöhten Terrasse reichen, auf der drei hohe, abgerundete Glastüren den Weg ins Gebäudeinnere freigeben. Vier Säulen stützen einen Balkon. Die eisernen Gitter daran sind von Pflanzen umrankt. Das Gebäude besteht aus einem Hauptgebäude und zwei Seitenflügeln. Das flache Dach wird durch dekorative Fries-Elemente gestützt.

Ich halte vor dem Eisentor, das in der Mauer angebracht ist, die das Grundstück umringt. Zwischen den Efeuranken suche ich nach der Klingel und drücke sie. Die Gegensprechanlage knackt. »Bei Devoye«, spricht eine Mädchenstimme. »Was kann ich für Sie tun?« Ich bin mir ziemlich sicher, dass es sich weder um Anne noch Lisbeth handelt. »Christine Song«, erwidere ich. »Anne Devoye hat mich zum Tee geladen.«

»Kommen Sie herein«, fordert mich die Gegensprechanlage auf. Ein Surren ertönt, dann öffnet sich die Eisenkonstruktion. Ich schiebe mein Fahrrad über den weißlichen Pflasterweg empor.

Ich lasse das Rad an einem getrimmten Busch stehen und nähere mich der Seitentreppe, die auf die Terrasse führt. Eine der drei Türen öffnet sich, ein Hausmädchen steht bereit. Sie trägt eine graue Bundfaltenhose, eine blütenweiße Bluse und eine mit Rüschen gesäumte Schürze.

Sie nickt mir zu, die Hände hinter dem Rücken verschränkt. »Bitte folgen Sie mir«, sagt sie und betritt vor mir das Anwesen.

Ganz so, wie Katzen es mögen, schießt es mir durch den Kopf, als ich eintrete. Es ist behaglich temperiert, der Boden mit hellem Marmor ausgelegt, auf den sich kein einziger Fussel verirrt hat. Auf der linken Seite breitet sich eine großzügige Sofalandschaft über einen Florteppich aus, die knitterlosen Kissen verraten mir, dass sie kaum benutzt wird. Dekorative Elemente bestimmen das Raumbild, genau wie glitzernd-glimmende Hängeleuchten, die von der Decke pendeln. Ich stelle mir vor, was für ein Lichtspiel sie des Nachts bieten müssen. Der Geruch ist überraschend unauffällig – ich hatte immer vermutet, Lisbeth Devoye stünde auf intensives Potpourri und blumenlastiges Parfum. Stattdessen riecht alles frisch geputzt – nach Möbelpolitur, Teppichschaum und Zitrus-Putzmittel.

Zu meiner Rechten erstreckt sich ein Tisch samt Stühlen, welche beide aus der Entstehungszeit dieser Villa stammen müssen. Sie sind mit seidenem Blumenstoff überzogen.

Das Hausmädchen gibt ein ordentliches Tempo vor, ich folge ihr hastig.

Eine Treppe aus Walnussholz führt in das darüberliegende Stockwerk. Meine Hand fährt über das polierte Geländer, dabei betrachte ich die Wandgemälde. Es handelt sich hauptsächlich um Landschafts- und geschmackvolle Aktgemälde, die in Pastellfarben gehalten sind. Die Zimmerdecke ist mit Stuck besetzt.

Das Hausmädchen führt mich durch einen Gang, bis wir an eine Tür gelangen. Sie klopft. »Madame Devoye?«

»Herein.«

Die junge Dame tritt zurück und gibt mir mit einem Wink zu verstehen, dass ich eintreten darf. Zögernd öffne ich die Tür.

Anne Devoye sitzt in einem von Fenstern umsäumten Wintergarten. Durch das Glas flutet das Grün der Gartenanlage herein. Erstes Herbstgold blitzt in den Baumkronen.

Der Wintergarten ist mit Rattanmöbeln vollgestellt, die kreisförmig um einen geschmackvollen Tisch angeordnet sind. »Fräulein Song«, ruft Anne Devoye aus und erhebt sich. Ich weiß nicht, ob sie sich Mühe gegeben hat, amikal auszusehen – sie trägt das Haar offen, doch ihre Perlenohrringe und der luxuriöse Stoff ihrer Kleidung strafen die vermeintliche Häuslichkeit Lügen. »Frau Devoye«, erwidere ich und reiche ihr die Hand. Enthusiastisch schüttelt sie meine. »Setzen Sie sich doch«, bittet sie und nickt dem Mädchen an der Tür zu. »Der Tee soll gebracht werden.«

Unsicher lasse ich mich nieder. Hier lässt sich Anne Devoye also Tee servieren, während wir uns zu Hause darüber Gedanken machen, ob es wirklich notwendig ist, sich einen neuen Stuhl anzuschaffen – oder ob wir warten sollen, bis einer der Nachbarn Möbel auf die Straße stellt.

Der Rattanstuhl ächzt unter meinem Gewicht. Ich ziehe meinen schäbigen Rucksack auf den Schoß und komme mir dabei noch deplatzierter vor. »Wie geht es Ihnen?«, murmle ich, um meine Unsicherheit zu verbergen.

»Gut, ganz gut«, erwidert Anne und wirkt dabei fahrig. Ich kann es nicht fassen, dass ausgerechnet ich sie nervös machen soll. *Ich! Sie!* Die Frau, die mehr Geld besitzt, als das gesamte Arbeiterviertel zusammen! Zuerst erschrecke, dann spüre ich, wie ein anderes Gefühl meinen Körper erfasst. Ist es Genugtuung, nach all der Zeit aus dem Schatten meiner Großmutter zu treten?

Das Hausmädchen betritt das Zimmer und balanciert ein Silbertablett mit Teetassen, einer Teekanne, Milchkännchen und Zuckerwürfel, die in einer Kristallschale gestapelt sind, die vermutlich teurer ist als unser gesamtes Kücheninterieur. Sie drapiert alles vor uns und schenkt anschließend ein. Nicht, wie Pheng es gutheißen würde, aber doch so lautlos, dass man das Zwitschern der Vögel durch die geschlossenen Fenster hören kann. Danach verschwindet sie wieder so leise, wie sie gekommen ist. Ihr haftet der Geruch von Putzmittel und Seife an.

»Zucker?«, fragt Anne. Sie hat bereits einen Würfel mit einer Zange ergriffen, daher nicke ich.

Lautlos schlürfe ich an der dampfenden, orangeroten Flüssigkeit. Südnodhalischer Schwarzer Frühstückstee. Anne bietet mir Milch an, doch ich lehne ab. Da sie das Gespräch nicht eröffnet, gebe ich mir einen Ruck. »Was wollen Sie also von mir wissen?«, frage ich.

»Sie haben die Schule beendet?«

Ich nicke und überlege, ob ich das Thema wirklich vertiefen soll. Allerdings hat mir meine Mutter beigebracht, dass ich mich für nichts genieren muss. »Die Grundschule«, sage ich. »Bis sechzehn.«

»Jetzt sind Sie achtzehn?«

Ich nicke erneut und beobachte Anne, wie sie sich selbst Milch zugibt. Sie stellt mir mit zarten Fingern eine verschlossene Schale vor die Nase und öffnet sie. Es handelt sich um Zuckergebäck. »Was machen Sie seitdem?«

»Ich arbeite im Laden meiner Mutter und im … und habe in Phengs Restaurant ausgeholfen.«

»Das Geld ist knapp in Ihrer Familie?«

Ich bin zunächst etwas verblüfft, dann zucke ich mit den Schultern. »Wir kommen zurecht.«

»Ihr Cousin Zhang beendet die Schule, soviel ich weiß. Haben Sie sich nie überlegt, eine höhere Ausbildung zu beginnen? Lisbeth hat dieses Jahr zu studieren begonnen. Rechtswissenschaften.« Ein mütterliches Lächeln zupft an ihren Mundwinkeln. Sie ist stolz auf ihre Tochter.

»Zhang genießt in unserer Familie gewisse Vorteile, die anderen unzugänglich sind«, erwidere ich und widme mich meiner Teetasse. Ich habe ihm nicht verziehen. Der Groll über seine gestrigen Worte kriecht meine Kehle hoch.

»Dass Pheng ihn bevorzugt, ist kein Geheimnis«, erwidert Anne offen. »Nehmen wir an, Geld spiele keine Rolle. Hätte es Sie interessiert, etwas anderes zu machen?«

Draußen wiegen die Bäume im Wind. Etwas ratlos sehe ich sie an. Wieder diese Frage, die auch Thomas mir in der *Gelben Katze* gestellt hat. Diese Möglichkeit erschien mir immer als Luxus, den sich weder Linda noch ich leisten konnten. Unsicher zucke ich mit den Achseln. »Ich … ich weiß es nicht«, gestehe ich. Ich habe immer ganz gern Sport gemacht, weswegen ich Fahrrad fahre und mir das Polo-Team gesucht habe. Mein Interesse für die Schule war gemäßigt. In den meisten Fächern war ich durchschnittlich, selbst im Wahlfach talanidische Geschichte. Das einzige Interesse hat sich auf *die Historie der Interens* bezogen – ein Fach, das wir bloß ein Jahr lang hatten und Zwischenwesen wie Wandler behandelt, sowie ihre Geschichte auf den verschiedenen Kontinenten.

Ich versuche, die unangenehme Situation mit einem Scherz zu überspielen. »Ich wäre sicherlich nicht so eine gute Rechtswissenschaftlerin wie Lisbeth!«, winke ich ab. Im nächsten Augenblick frage ich mich, ob es überhaupt Rechtswissenschaftlerin heißt. Wie nennt man jemanden, der Rechtswissenschaft studiert hat? Ich stecke mir rasch ein Zuckergebäck in den Mund. »Mh …« Ich kaue und schlucke herunter. »Und Sie? Was haben Sie gemacht?«

Annes exakte Augenbraue hebt sich. »Ich? Ich habe Wirtschaft und Kunstgeschichte studiert. Zweiteres war meine persönliche Leidenschaft, doch ich habe sie nur privat ausgelebt.« Sie weist auf das geschmackvolle Interieur. »Eigentlich arbeite ich an der Börse.«

»Haben Sie mit Charlêne Mittermorgen zu tun?«, frage ich, weil ich weiß, dass sie ebenfalls dort tätig ist.

»Nicht wirklich. Oliver sehe ich häufiger – zahlreiche Gemälde und Plastiken, die Sie hier im Haus sehen können, stammen aus seiner Galerie.« Anne rührt in ihrer Tasse aus hauchzartem Porzellan, durch welches das Außenlicht fällt. Ich bemerke einen Schatten an einem der Fenster und muss blinzeln, da sich die Sonnenstrahlen in der Scheibe brechen. Etwas kratzt am Glas. Ein Miauen ertönt.

Anne erhebt sich und tritt zum Fenster, um es zu öffnen. Eine schlanke, braun getigerte Katze schlüpft herein und springt auf den

Teppichboden. Sie streckt sich, reckt ihren Schwanz und gähnt. Dann dehnt sie sich und scheint dabei zu wachsen. »Lisbeth, wir haben Gäste«, sagt Anne, doch die Katze hört nicht auf sie. Es knackt und kracht und die Wirbel rücken auseinander.

Mein Gesicht verliert an Farbe, ich tauche in den ausladenden Rückenteil des Rattansessels zurück, weil mich das Geschehnis an Geralts Verwandlung erinnert. Schon das Geräusch, mit dem sich Lisbeths Körper dehnt, lässt die Übelkeit in mir aufsteigen.

Hinter dem Rattangeflecht sehe ich, wie sich eine schlanke Gestalt erhebt. »Hast du mein Handy gesehen?«, fragt Lisbeth. »Ich kann es nicht finden.«

»Wir haben Besuch«, wiederholt Anne. »Christine Song ist hier.«

Ich erwarte, dass Lisbeth die Flucht antreten wird, stattdessen taucht sie in meinem Blickfeld auf – nackt. Von uns ist nicht *sie* die Schockierte.

Lisbeth rümpft die Nase. Ihr Haar fließt nussbraun über ihre Schultern. Mit ihren neunzehn Jahren besitzt sie den straffen, rehschlanken Körper eines Teenagers. Sie mustert mich und es hätte mich nicht gewundert, wenn hinter ihrem Rücken plötzlich ein Schwanz hervorpeitschen würde, der ihre schlechte Laune untermauert. »Hast du mein Handy gesehen?«, fragt sie mich.

Ich schüttle den Kopf.

Damit verlässt sie das Zimmer.

Anne setzt sich wieder hin, als wäre nichts passiert. »Wandler!«, winkt sie ab, als würde das auch bei uns täglich passieren. Offensichtlich besitzen Katzen ein anderes Körperbewusstsein als Drachen.

»Lisbeth hat gestern nervös gewirkt«, sage ich.

Anne hält darin inne, die Tasse an ihren Mund zu führen. »Wie meinen Sie das?«

»Nun – die Wölfe … ich kann mir vorstellen, dass sie die Katze in Ihnen beunruhigen.«

Ein Lächeln schiebt sich auf ihr Gesicht, doch es wirkt traurig. Sie lehnt sich zurück und schlägt ein Bein über das andere. »Wir sind Katzen – sie sind Wölfe, das macht uns zu natürlichen Antagonisten. Aber wir sind auch Wandler. Und Wandler … wie soll ich sagen? Sie stehen anderen Gestaltenwandlern immer näher als anderen Menschen. Deswegen haben wir uns immer gut mit Ihrem Vater verstanden.«

»Haben Sie nicht Angst, dass Geralt sich einen Platz innerhalb der Hexade erkämpft? Sie und Lisbeth sind nur zwei, Geralt bringt ein ganzes Rudel mit …«

Annes Blick streift mich flüchtig. »Ein wenig«, gesteht sie. »Ich weiß nicht, was die Zukunft bringt, sollte Heller einen Platz ergattern. Er ist stark, stur und bestimmend – wäre er das nicht, wäre er nicht Alpha seines Rudels. Das Augenmerk liegt immer auf dem Alpha …« Sie weist mit Zeige- und Mittelfinger auf ihre eigenen Augen und anschließend auf mich. »Aber das sollte es nicht.«

»Was meinen Sie?«

»Jeder Alpha hat seinen Beta.«

Unverständnis prägt mein Gesicht.

»Im Allgemeinen ähneln Alphas einander. Sie zeichnen sich durch ihr dominantes Verhalten und ihr Durchsetzungsvermögen aus. Sie besitzen ein einnehmendes Wesen und treffen die Entscheidungen, zeigen den Weg an. Welcher Weg das ist, entscheiden sie allerdings selten allein. Sie alle haben Berater. Hinter jedem Alpha steht ein Beta. Viele von ihnen lieben den Einfluss, scheuen jedoch die Öffentlichkeit.«

Unsicher beiße ich die Zähne zusammen und kaue an den nächsten Worten herum. »Meine Familie …«

»Hat ebenfalls einen Alpha, ja. Ihren Vater, meine Liebe.«

»Und der Beta?«

»Ist Ihre Mutter.«

Meine Mutter als Beraterin meines Vaters? Aus diesem Blickwinkel habe ich die Sache noch nie betrachtet. Ich knete nachdenklich mein Ohrläppchen. »Und wen halten Sie für Geralts Beta?«

»Seine Schwester.«

»Geralt hat eine Schwester?«

»Ich glaube, sie heißt Johanna. Es ist die Rothaarige, die er gestern mitgebracht hat.«

Ich spitze überrascht die Lippen. Johanna Heller – Geralt hat also seine Familie hier angeschleppt.

»Und …«

»Mein Beta?« Sie lacht.

Ich nicke.

»Meine Tochter natürlich.«

»Sie finden, Lisbeth scheut die Öffentlichkeit?«

»Manche Dinge ändern sich mit der Zeit ... *müssen* sich ändern. Eines Tages wird Lisbeth die Position als Matriarchin übernehmen und sich einen Beta suchen. Derlei Hierarchien existieren nicht bloß bei uns Wandlern, sondern auch im Rest der Hexade. Pheng Song war Zukos Beta, bis dieser starb. Nach seinem Tod musste sie seine Position übernehmen und Ihr Vater nahm die Position ihres Betas ein. Als er ins Gefängnis kam, brachte er sie damit in eine instabile Situation. Nun, da Long sich von der Hexade getrennt hat ...«

... macht Pheng Zhang zu ihrem Beta. Und mein Cousin bereitet sich darauf vor, selbst Alphamännchen spielen zu können.

»Die Mittermorgens?«, fährt Anne fort, ohne dass ich sie dazu auffordern muss. »Oliver ist Sonnenschein und Repräsentant, lullt die Menge mit seinem Charme und seinem interensischen Erbe ein, doch mit wem berät er sich des Nachts? Es hat seine Gründe, warum ich mich mit seiner Frau zum Kaffee treffe, wenn ich innerhalb der Hexade Unterstützung brauche. Peter und Paul Pensing sind eine Ausnahme, muss ich zugeben. Sie sind unbeständig wie das Feuer, das sie beherrschen, und wechseln die Rollen, wie es ihnen beliebt. Das macht es schwer, sie einzuschätzen.« Sie streicht sich zart über das Kinn. »Dann kommen wir zum guten Anselm Horasch. Wer hätte gedacht, dass es einen stilleren Mann gäbe als ihn? Anselm hat ihn gefunden. Was nicht heißt, dass Viktorius ohne Einfluss ist. Er ist für die artgerechte Renovierung der Häuser zuständig, die den Kanal säumen. Ohne sein Mitspracherecht wird dort kein Spachtel angerührt.« Annes Blick hängt in der Leere, während sie zur sechsten Familie kommt. »Zum Schluss: Die Wegemanns. Ulla und Johann waren beide ihr Leben lang mehr Beta als Alpha. Hätte sich die Hexade wegen ihrer Fähigkeiten nicht um sie bemüht, wäre es fraglich gewesen, ob sie sich überhaupt für den Posten beworben hätten. Nun gibt es Cordula. Sie ist eine geborene Alpha, und das hatten die Wegemanns auch dringend nötig.« Anne fächert sich Luft zu, dann verlagert sie ihre Aufmerksamkeit auf mich und rückt ein Stück vor. »Sie fragen sich sicherlich, warum ich Ihnen das erzähle. Es ist wichtig, dass Sie die Strukturen der Hexade verstehen – die *wahren* Strukturen, nicht die, die man Ihnen vorgaukelt. Die Geschichte passiert nicht immer dort, wo am lautesten geschrien wird … manchmal geschieht sie in aller Stille.« Sie sieht mir in die Augen und es scheint, als wolle sie noch etwas anhängen. Stattdessen fasst sie mit ihrer kühlen Hand nach der meinen. »Ich bin mir sicher, Sie werden Ihre Aufgabe ausgezeichnet meistern, Christine. Geben Sie acht … auf uns alle.«

30

DIE KONSEQUENZEN GEHÖREN MIR

Nachdenklich steige ich auf mein Fahrrad, während sich das Eisentor surrend hinter mir schließt. Ich trete in die Pedale und schlängle mich zwischen zwei parkenden Autos hindurch. Die Straße, in der die Devoyes leben, gehört zu einer reichen Villengegend nahe dem Stadtpark. Sie wird von dickstämmigen Kastanien gesäumt, unter denen protzige Autos parken. In einem offenen Cabriolet unterhalten sich zwei Männer. Als ich an dem grünen Schlitten vorbeifahren möchte, klappt die Autotür auf und zwingt mich anzuhalten. »Haben Sie keine Augen im Kopf?«, rufe ich.

Der Geruch von Zigaretten steigt mir in die Nase und reizt meine Lungen. Der Fahrer greift nach seiner Sonnenbrille und schiebt sie sich über die Stirn. Es handelt sich um Peter Pensing. Sein Bruder Paul wendet sich mir vom Beifahrersitz aus zu. Beide grinsen mich unisono an. »Fräulein Song«, begrüßen sie mich zeitgleich. »Wie schön, Sie zu sehen!«

Erst nachdem einige Sekunden verstrichen sind, bemerke ich, dass mein Mund offen steht. »Was wollen Sie hier?«, frage ich.

»Dasselbe könnten wir Sie fragen.«

Peter steigt aus dem Wagen und schlägt die Autotür zu. Er lehnt sich gegen den dunkelgrünen Lack. »Wir haben gehört, Sie haben sich mit den *Katzen* getroffen. Sie sollten vorsichtig sein … Katzen mögen es, zu bestechen, doch ihre Launen sind wankelmütig – im nächsten Augenblick verfliegt ihr Interesse und sie wenden sich etwas anderem zu.«

Meine Stirn legt sich in Falten. »Anne hat mich nicht bestochen. Sie hat mich lediglich zum Tee eingeladen, um mich besser kennenzulernen!«

Peter Pensing ist ebenfalls ausgestiegen, hat das Auto umrundet und schiebt sich an die Seite seines Bruders. Obwohl sie sich nicht wirklich ähnlich sehen, verhalten sie sich wie eineiige Zwillinge. Er tippt sich mit dem Zigarettenfilter gegen die Unterlippe. »Anne«, wiederholt er nasal. »Sie sind also bereits beim Vornamen angekommen. Gut zu wissen.«

Paul beugt sich vor. »Katzen sind raffiniert, was ihre Bestechungen betrifft, müssen Sie wissen«, sagt er. »Nachdem sie dich eine Zeit lang mit Ignoranz gestraft haben, erfüllt es dich oftmals mit Genugtuung, wenn sie sich plötzlich liebevoll an dich schmiegen.«

»Ein verstörendes Bild«, murmle ich. »Ich weiß nicht, was Sie mir sagen wollen – meine Großmutter mag mir gegenüber reserviert gewesen sein, doch das emotionale Trauma reicht nicht aus, als dass ich mich mit Streicheleinheiten bestechen lassen würde. Wenn Sie mich entschuldigen, ich muss jetzt los.«

Pauls Hand schießt vor. »Ist das Ihr Gefährt?«, fragt er. »Damit kommen Sie herum? Und das nach der Beinverletzung, die Geralt Heller Ihnen zugefügt hat?«

Ich blinzle ihm zu. »Nicht jeder kann sich ein Cabriolet leisten, Herr Pensing«, erwidere ich und möchte das Fahrrad aus seiner Reichweite schieben.

Paul hält den Lenker fest. »Das ist doch kein Gefährt für eine junge Dame, die einen Wolf niedergerungen hat!«, ruft er aus.

»Wie wahr – wie wahr«, ruft Peter im Echo. »Apropos – wie geht es Ihrem Bein?«

»Wir sollten für ein Dienstfahrzeug plädieren.«

»Das sollten wir! Für die Iudex Poschovaris ist es notwendig!«

Ich reiße den Mund auf. »Nun sind Sie es, die mich plump zu bestechen versuchen!«

»Aber wie kann es denn Bestechung sein, wenn die gesamte Hexade dafür stimmt?«, grinst Peter.

Ich sehe ihn fassungslos an. »Lassen Sie mein Fahrrad los!«

Folgsam löst Pensing Nummer zwei die Finger vom Lenker. »Sie wirken schockiert«, sagt er. »Dazu gibt es keinen Grund. Am Ende der Woche wird sie jede der sechs Familien auf die eine oder andere Weise kontaktiert haben.«

Pensing eins nickt hastig. »Jeder hat sich durch Ihren Einsatz als Iudex etwas versprochen. Sogar Pheng.«

»Jeder hofft, Sie bei einem Veto auf seine Seite zu ziehen.«

»Wirklich jeder.«

Ich recke die Nase in die Luft und steige auf den Sattel. »Dann lassen Sie es sich gesagt sein – Sie haben es nicht geschafft!« Und damit fahre ich davon.

Hinter mir lachen die Pensings wie zwei Hyänen. Wenig später höre ich, wie sie ins Auto steigen und einen Häuserblock weiter surrt das Cabriolet an mir vorbei, mit zwei sonnenbebrillten Pensings ans Bord.

Anstatt nach Hause zu fahren, mache ich einen Abstecher und fahre zu Cordula. Meine Freundin arbeitet zwanzig Stunden die Woche im Poschovarer Gäga-Hospital, doch ihre Schichten ändern sich ständig. Manchmal sieht ihre Mutter nach den Kindern, manchmal Dave, selten helfe ich aus, falls Not am Mann ist.

Als ich bei ihrem Wohnhaus ankomme, schmerzt mein Bein stärker, als ich es erwartet habe. Ich hinke zu der Klingel und suche die Beschriftung meiner Freundin.

1/16: Wegemann Dave MSC & Cordula HM

HM steht für Heilmagierin. Cordula hat wie ich die Grundschule abgeschlossen, im Unterschied zu mir wurde ihr allerdings wegen ihrer ausgeprägten magischen Fähigkeiten ein Stipendium an einer Hochschule für Magie angeboten. Dort errang sie fünf Jahre später den Titel als Heilmagierin. Die Wegemanns sind nicht so reich wie die Devoyes, die Pensings oder die Mittermorgens, doch sie zählen zur gut betuchten Poschovarer Mittelschicht. Seit ihrer Kindheit förderten sie Cordulas magisches Talent, weswegen ihr die Hochschulausbildung nicht sonderlich viel Mühe abrang.

Ich läute. Tatsächlich ertönt wenig später Cordulas Stimme. »Hallo?«

»Ich bin's, Christie. Kann ich reinkommen?«

»Christie!«, ruft Cordula überrascht. »Klar, ich wollte schon anrufen.« Die Tür surrt, ich trete ein.

Cordula wartet an der Wohnungstür. Aus der Wohnung quillt Rock-Musik, aus dem Kinderzimmer die Stimmen ihrer Söhne Freddy und Johnny, die bei ihren Großeltern Alfred und Johann heißen.

Cordula hat einen trägerlosen Leopardenprint-Einteiler an und sich ein rotes Tuch in die Haare geknotet. Sie saugt nachdenklich an ihren Wangenpiercings, als ich die Treppe emporhinke. »Hast du einen Eisbeutel?«, keuche ich.

Sauer schürzt sie die Lippen. »Sag nicht, du bist zu Fuß unterwegs!«

Wenig später sitze ich mit hochgelagertem Bein auf ihrer Couch, Johnny und Freddy fahren mit ihren Monstertrucks um mich herum. Der größte Truck hat die Plastik-Tiersammlung entführt und muss nun besiegt werden. Sein Versteck ist ausgerechnet in der Sofaritze, neben der ich sitze.

Falls einer der beiden Cordulas heilmagisches Talent geerbt hat, wird die Ausbildung eine schwere Geburt, vermute ich. Bei ihren derzeitigen Berufswünschen handelt es sich um ›Superheld‹ und ›Schrottplatzwärter‹.

Cordula beschließt, die Tierfamilie selbst zu retten, und verfrachtet sie unter Protest der Kinder unter den Couchtisch. Sie setzt sich neben mir aufs Sofa. »Ich habe dir doch gesagt, du sollst dein Bein nicht überlasten!«

»Ich wäre sogar noch schneller gefahren, wäre es mir gelungen«, erwidere ich. Ich erzähle ihr von meinem Nachmittagstee mit Anne Devoye und dem anschließenden Überfall der Pensings und deren dunklen Versprechen, die gesamte Hexade würde innerhalb dieser Woche vor meiner Haustür auftauchen.

Als ich das sage, setzt Cordula ein übertriebenes Lächeln auf, sodass sie mir alle Zähne zeitgleich präsentiert, als wäre ich ihr Zahnarzt.

»Was ist?«, frage ich.

»Meine Eltern haben mich ebenfalls darum gebeten, mit dir zu sprechen«, erwidert sie kleinlaut.

Ich stöhne auf.

»Was hast du erwartet? Pheng wirft dieses Iudex-Zeugs bei einer Abendgesellschaft in die Runde, ohne dich vorzuwarnen – und ohne Zögern sagst du einfach zu!«

»Das gibt niemandem das Recht, mir die Autotür ins Fahrrad zu rammen!«

»Die Pensings sind gewöhnungsbedürftig«, gesteht Cordula. »Sie testen dich auf ihre schrullige Weise, wie sie jeden testen.«

Ich streiche mir durch die Stirnfransen. »Und was wollen deine Eltern von mir?«

»Dich fragen, wie es dir geht. Und ich soll ...« Sie unterstreicht ihre Worte mit flatternden Fingern. »... gefühlvoll nachhaken, wie du momentan zu Pheng Song stehst.«

»Ersteres – gut, zweiteres – weniger gut. Warum wollen sie das wissen?«

Cordula neigt den Kopf und spielt mit einer platinblonden Strähne, die unter dem roten Tuch hervorspäht. »Sie wundern sich. Pheng hat sich vor der Hexade für deinen Einsatz als Iudex starkgemacht. Dabei wissen sie, dass sie dich nicht sonderlich leiden kann.«

»Zwischen Pheng und mir hat sich nichts verändert. Ich nehme an, sie hat mich wegen Zhang als Iudex bestellt. Sie weiß, dass ich ihn nicht hängen lasse.«

Meine Freundin sieht mich nachdenklich an. »Vielleicht ist es das«, erwidert sie leise. »Wahrscheinlich sogar.« Sie schreckt auf, als ein Plastik-Tiger zu uns herübersegelt und in ihrem Schoß landet. Die Kinder stürzen sich wie weißblonde Affen auf sie.

Cordulas Frage hat mich nachdenklich gemacht. Ist tatsächlich Zhang der Grund, warum Pheng mich als Entscheidungsträger für Hexade-Angelegenheiten haben wollte? Oder steckt im Endeffekt mehr dahinter?

Als ich nach Hause komme, sitzt mein Vater am Küchentisch, diesmal hat er dem Fenster den Rücken zugewandt und scheint auf jemanden zu warten. Als ich ihn begrüße, springt er auf. »Wie kannst du diese Position annehmen, ohne es vorher mit mir abzusprechen!«, ruft er. Diese Reaktion hatte ich eigentlich erwartet. Verzögert wie eine Zeitbombe geht nun mein Vater hoch.

Als ich zu sprechen ansetze, würgt er mich ab. Er spricht all das laut aus, was er gestern Abend schon sagen wollte aber nicht konnte. Wir diskutieren den gesamten Abend, wandern von der Küche ins Wohnzimmer und wieder zurück. Irgendwann sperre ich mich im Badezimmer ein und setze mich auf den geschlossenen Toilettendeckel, um meine Gedanken zu sortieren.

»Liebes?«, höre ich Frau Steins Stimme. Ich schleppe mich zum offenen Badezimmerfenster.

Frau Stein raucht am Fenster, als hätte sie diese Position seit unserem letzten Zusammentreffen beibehalten. »Ist alles in Ordnung bei euch? Ich habe Schreie gehört.«

»Paps ist mit ein paar meiner Entscheidungen nicht einverstanden«, erwidere ich müde. Es war ein langer Tag.

Frau Stein lächelt zuversichtlich. »Er war nicht da, als du erwachsen wurdest, Liebes. Du musst ihm zugestehen, dass er ein wenig Zeit braucht, um das zu akzeptieren«, sagt sie und streift zärtlich die Asche an ihrem Blumentopf ab. »Jetzt sind es *deine* Entscheidungen. Und deine Konsequenzen.«

Die Entscheidungen und Konsequenzen gehören alle mir, begreife ich. Der Gedanke erschrickt mich.

Am nächsten Tag kontaktiert mich Oliver Mittermorgen und lädt mich in seine Galerie ein. Der Nachmittag vergeht damit, dass er mir die beeindruckenden postmodernen Ergüsse eines Poschovarer Jungkünstlers präsentiert und mir nebenbei Fragen zu meiner Großmutter stellt. Er scheint ähnlich verwirrt zu sein wie Cordula und ihre Eltern, warum Pheng mich in die Hexade berufen hat.

Diejenigen, die sich nicht melden, sind Anselm Horasch – es hätte mich auch sehr gewundert – und Großmama Pheng persönlich. Ich warte noch zwei Tage, bis ich beschließe, dass beide es wohl nicht für wichtig halten.

Auch Zhang meldet sich nicht. Nachdem er mir unterstellt hat, meinen Platz nicht zu kennen, habe ich auch nicht vor, mich bei ihm zu melden.

Rund um Geralt und sein Rudel bleibt es ruhig. Ich vermute, die Berufung eines Iudex Poschovaris, dem er ins Bein gebissen hat, brachte den Alphawolf etwas aus dem Konzept.

Ich befinde mich mit Mama im Laden, als das Telefon läutet. Sie geht ran. Nach einer Weile ruft sie nach mir. »Es ist Onkel Thien«, sagt sie und hält mir den Hörer hin.

Hat sich Pheng doch noch dazu berufen gefühlt, mich einzuladen und Onkel Thien vorgeschickt? Ich greife nach dem Telefonhörer. »Hallo?«

»Hallo, Christine«, grüßt Thien. »Kannst du vorbeikommen?«

Es stört mich, dass er sich so gar nicht bemüht, mich einzuladen. Die anderen Matriarchinnen und Patriarchen haben sich wesentlich mehr Mühe gegeben. »Ich habe keine Zeit. Bin im Laden.«

»Bitte!«, fleht Thien und ich bemerke, dass seine Stimme nervös klingt. Sitzt ihm Pheng im Nacken und lauscht jedem seiner Worte? »Es geht um Zhang …!«

»Was ist mit ihm?«

Die Leitung taucht in vorübergehende Stille. »Ich … er hat mich gebeten, einen Käfig Brieftauben zu kaufen …«

Meine Augenbrauen kriechen nach oben. »Wozu …?«

»Er hat sie getötet, Christine, und lenkt sie über die Dächer der Nachbarhäuser. Er will Geralt herausfordern. Er glaubt, es sei seine Pflicht! Er glaubt, er hätte an diesem Tag Geralt gegenüberstehen sollen, nicht du! Er glaubt, ihn besiegen zu müssen, wie es als Phengs Nachfolger seine Aufgabe ist!«

Ein bitterer Geschmack kriecht meine Speiseröhre empor und legt sich auf meine Zunge. »Zhang hat die Tauben eigenhändig getötet?«

»Bitte, Christie – du musst mit ihm reden! Ich weiß nicht, was Großmama zu ihm gesagt hat, doch er glaubt, er müsse sich vor allen beweisen – vor der Hexade, vor sich selbst, vor Lisbeth Devoye … *vor dir …!*« Die Verzweiflung lässt seine Stimme flackern. »Er will nicht länger darauf warten, dass Geralt ihn findet! Er möchte ihn selbst herausfordern!«

31. VÖGEL

Ich lege auf, renne aus dem Hinterzimmer, an meiner Mutter vorbei, rufe nur »Zhang!« und springe aufs Fahrrad.

Als ich in die Straße einbiege, in der das ›Große Song‹ steht, bemerke ich den Taubenschwarm. Zhang hat sich zwar verbessert, dennoch ist es grotesk, dem Spektakel zuzusehen: Immer wieder brechen graue Punkte aus dem Schwarm und stürzen in die Tiefe, bis Zhang sie auffängt, indem er ihre Flügel erneut zum Schlagen bringt.

Ich halte erschrocken an – und bin nicht die Einzige. Passanten starren in den Himmel und tuscheln miteinander.

Nachdem ich Zhangs Tun eine Weile lang beobachtet habe, reiße ich mich zusammen und überbrücke die letzten Schritte zum Restaurant. Ich mache mir nicht die Mühe, das Fahrrad abzuschließen, sondern lasse es neben der Laterne liegen. Als ich die Tür öffne, zieht der Geruch von talandischem Essen durch das Erdgeschoss. Ich höre Gemurmel. Gäste sitzen in den Logen und wickeln Nudeln um ihre Essstäbchen. Katara steht hinter der Bar und schenkt Getränke aus. Sie zieht die Lippen zu einem übertriebenen Lächeln und grüßt mich laut und nasal. Großmama Pheng ist nirgends zu sehen.

Ich laufe durch den Laden, stoße die Tür zum Obergeschoss auf und renne die Treppe empor. »Thien?«, rufe ich. »Bist du da?«

Als ich oben ankomme, schiebt sich mir jemand in den Weg. Statt Thien ragt plötzlich Großmama Pheng vor mir auf. »Was machst du hier?«

»Ich will zu Zhang!«

»Zhang braucht keine Störung. Er übt.«

Ich versuche, mich an ihr vorbeizudrängen, doch sie packt meinen Arm und hält mich fest. Über ihre Schulter sehe ich Onkel Thien in der Ecke des Wohnraums sitzen, die Hände auf den Knien. Seine Frau ist nirgends zu sehen. Er starrt geradeaus.

Das war schon immer so – wie eine Puppe unter der Kontrolle der Matriarchin. »Lass mich durch!« Ich versuche, meinen Unterarm aus ihrem Griff zu entwinden, doch es ist hoffnungslos. Sie ist wie ein Krebs, der sich an mir festklammert.

»Niemand hat dich eingeladen«, schnarrt Pheng. »Das ist Hausfriedensbruch!«

Thien schweigt. Ich kann es ihm nicht verübeln, er muss mit diesem Biest zusammenwohnen. Ich drehe meinen Kopf und sehe Pheng in die Augen. »Ich weiß nicht, warum du mich als Iudex berufen hast«, sage ich leise. »Aber ich rate dir, mich augenblicklich loszulassen, damit ich meiner Arbeit nachgehen kann. Zhang plant offensichtlich, Geralt zu einem Duell zu fordern.«

Ihr Blick aus schwarzen Augen bohrt sich in meine Augen. Wir starren einander an. Dann lässt sie mich los.

Ich komme nicht dazu, den Triumph auszukosten. Stattdessen beeile ich mich, durch den Wohnbereich zu Zhangs Zimmer zu gelangen, bevor es sich die Matriarchin anders überlegt.

Zhang hat sein Zimmer abgeschlossen. Ich rüttle an der Klinke. »Zhang!«, rufe ich. »Zhang, mach auf!«

Mein Cousin reagiert nicht. Ich hämmere gegen das Holz, bis ich Schritte vernehme. Der Schlüssel dreht sich im Schloss, die Tür springt auf und ich zurück. Ein Windstoß fegt durch das Zimmer und bläst mir Taubenfedern ins Gesicht. Ich kneife die Augen zu.

»Was willst du?«, schnarrt mich mein Cousin an.

»Was ist nur los mit dir?« Ich blinzle. Sein Fenster steht sperrangelweit offen, die Vorhänge blähen sich unter dem eisigen Wind, der hereinfährt. Einige Tauben liegen auf Zhangs Schreibtisch, seinen Computer hat er zur Seite geräumt. Andere Vögel entdecke ich als leblose graue Punkte am roten Hausdach auf der anderen Straßenseite.

Ich bin schockiert. Hat mein Cousin tatsächlich diese Tiere getötet? Ich sehe nirgends Blut – vermutlich hat er ihnen den Hals umgedreht.

Zhang stiert mich böse an. Sein Haar ist unordentlich – und mit unordentlich meine ich ungestylt. »Hat dich Mama angerufen? Die findest du im Schlafzimmer.«

Ich habe mich mit meiner angeheirateten Tante nie sonderlich gut verstanden, doch als Phengs Schwiegertochter hat sie sicher kein einfaches

Leben. Sobald Pheng sie kränkt, verzieht sie sich mit vermeintlicher Migräne ins Schlafzimmer. In Wirklichkeit weint sie.

»Ich habe keine Zeit für Belehrungen«, sagt Zhang und will mir die Tür vor der Nase zuknallen. Ich zwänge mich dazwischen und stoße sie mit der Hand auf. »Nichts da!«, erwidere ich. »Wir reden!« Erst als ich den Raum betreten habe, werfe ich die Tür hinter mir zu. »Was ist in dich gefahren? Warum verhältst du dich wie ein Fanatiker?«

Schockiert weist Zhang auf sich. »Ich?«, ruft er aus. »Ich bin es nicht, die sich plötzlich in die Hexade gedrängt hat, nachdem sie ihr Leben lang so getan hat, als würde sie all das nicht interessieren!«

Ich ziehe den Kopf zurück. »Fühlst du dich von mir bedroht?«, frage ich geradeheraus. Im nächsten Augenblick erkenne ich, dass das ein Fehler war. Einen Teenager zu fragen, ob er sich von einem Mädchen bedroht fühlt, dient nicht gerade der Deeskalation.

Zhang lacht übertrieben. Seine Arme ragen aus einem weiten, schwarzen T-Shirt. Er war schon immer dünn, doch ich bemerke, dass er in den letzten zwei Wochen noch mehr abgenommen hat.

Er tut so, als würde er sich eine Träne aus den Augen wischen und zeigt auf mich. »*Du* … mich bedrohen … das ist ja köstlich …!«

Ich bleibe ernst. »Das hat dir alles Pheng eingeredet, nicht wahr?«

Seine Arme schlingen sich wie Drahtseile ineinander. »Ob du es glaubst oder nicht«, schnauzt er. »Nicht jeder, der dich hin und wieder nicht leiden kann, wurde von der allmächtigen Pheng Song beeinflusst!«

Zhang kann so ätzend sein. Die, die dich am besten kennen, stoßen am gezieltesten zu. Ich schürze die Lippen. »Das ist es also? Du *tötest,* um deine Fähigkeit zu fördern?«

»Reg dich ab, Christie«, winkt Zhang ab. »Es sind nur Tauben. Du isst Fleisch, schon vergessen?«

»Das ist nicht dasselbe!«

»Nein«, erwidert er und wendet sich dem Fenster zu. »Du hast nicht einmal die Courage, die Tiere zu töten, die du in dich hineinstopfst.« Er hebt die Hände. Die Adern an seinen Handgelenken schlingen sich schwer und dunkel unter seiner Haut dahin wie dunkelviolette Flüsse. Die Tauben auf der anderen Dachseite erheben sich träge. Zhang hat die Augen geschlossen, doch ich kann die Augäpfel hinter der dünnen Haut zucken sehen. Die grauen Vögel flattern mit den Flügeln, erheben sich wankend, dann immer gezielter, und bilden einen Strudel, als würden sie sich durch eine Windhose bewegen.

Da ich nicht weiß, was ich sagen soll – alles, was ich ausspreche, scheint Zhang noch mehr zu verärgern –, überlege ich fieberhaft, woher der Gedankenwandel meines Cousins stammt. Nach und nach setzen sich die Puzzleteile in meinem Kopf zusammen.

Pheng dachte immer, sie hätte länger Zeit, um Zhang als ihren Nachfolger heranzuziehen. Nachdem Long sich aber nun von ihrer Familie getrennt hat, steht sie unter Zeitdruck. Onkel Thien ist zu schwach, um die Nachfolge zwischenzeitig zu übernehmen. Long hätte als Zwischenposten gedient, bis Zhang reif gewesen wäre.

Jetzt versucht sie, das grüne Gemüse in gar unglaublicher Zeit reifen zu lassen. Und ich bin das Mittel zum Zweck, weil sie wusste, dass Zhang unter Druck gerät – und platzt.

Das ist also der Grund, warum Pheng mich als Iudex vorgeschlagen hat.

Ich drehe mich abrupt um, nehme den Zimmerschlüssel an mich und verlasse das Zimmer, ohne dass Zhang es in seinem meditativen Zustand zu bemerken scheint. Die Tauben kreisen über der Straße. Ich sperre hinter mir das Zimmer zu, laufe zurück in den Wohnraum und drücke Onkel Thien den Schlüssel in die Hand. »Lass ihn nicht raus!«, beschwöre ich ihn. »Hörst du? Wenn er das Haus verlässt, wird er Geralt zum Kampf herausfordern! Der Einzige, der zwischen Zhang und dem Wolf steht, bist du!«

Onkel Thien sieht mich angstvoll an.

»Hast du mich gehört?«, rufe ich lauter.

Thien nickt zögerlich, seine Finger schließen sich um den Schlüssel. Ich höre die Treppe knarren. Pheng kommt aus dem Restaurant herauf. »Du bist ja noch immer da!«

Ich umschlinge Thiens Blick mit meinem. Er nickt erneut. Dann wende ich mich ab. »Du bist wie der Phönix, nach dem du benannt bist«, teile ich Pheng mit, während ich mich an ihr vorbeidränge. »Alles, was du berührst, verbrennt zu Asche!« Und damit laufe ich aus dem Restaurant, um zu dem einzigen Menschen zu gehen, der mir vielleicht helfen kann – meinem Vater Long.

Wir sitzen gemeinsam am Küchentisch und ich erzähle ihm von Thiens Anruf und meinem Gespräch mit Zhang. Eigentlich erwarte ich, dass Long sofort aufspringen und wie der Rote Drache zu Pheng laufen wird, doch er hält sich zurück und dreht sich eine *Phönix Gold.* »Du kannst Menschen nicht vor sich selbst beschützen, Christie«, sagt er.

»Aber es ist nicht Zhangs Schuld! Pheng hat ihn manipuliert!«

Mein Vater wiegt den Kopf hin und her. »Pheng mag ihren Anteil haben«, sagt sie. »Doch die Entscheidung trifft Zhang allein.«

»Er verhält sich wie ein Kleinkind …!«

»Er will sich durchsetzen. Er ist ein junger Mann, der als Erwachsener gelten möchte. Natürlich gefällt es ihm nicht, dass seine Cousine ihn beschützen will.«

»Weil ich ein Mädchen bin?«, frage ich bissig.

»Weil du ihm nie als Konkurrentin in der eigenen Familie schienst.«

Ich presse die Lippen zusammen und senke den Blick. »Er hat keine Chance gegen Geralt. Du weißt das.«

Long kippt die gerollte Zigarette, sodass der Filter nach unten ragt, und klopft sie gegen die Tischfläche, damit sich der Tabak darin komprimiert. Er scheint nachzudenken.

»Kannst du nicht mit ihm sprechen?«

»Vielleicht wäre es klüger, wenn Ruth mit ihm spricht. Er war doch oft bei euch. Vielleicht akzeptiert er sie als Autoritätsfigur. Du kennst deine Mutter. Sie ist nicht …«

»… nicht so aufbrausend wie ich?«

Er lächelt. »So wollte ich das nicht ausdrücken, aber ja.«

»Und sonst willst du nichts tun?«

»Was hättest du denn gern, dass ich tue?«

»Kannst du nicht mit Pheng sprechen?«

Er lacht düster. »Glaubst du denn, sie wird auf mich hören?«

Ich senke enttäuscht den Kopf.

Long streckt seine Hand aus und berührt die meine. »Ich weiß, wie du dich fühlst, Christie. Hilflos. Aber manchmal müssen wir uns eingestehen, dass unser Einfluss begrenzt ist. Die Welt bewegt sich nicht allein durch unsere Entscheidungen. Es sind Milliarden von Entscheidungen, die sie formen.«

So etwas in der Art hätte auch Mutter gesagt; der Grund, warum ich damit nicht zu ihr gegangen bin. »… ich will das nicht akzeptieren.«

»Das musst du aber.«

»Warum kann Pheng Geralt nicht herausfordern? Warum löffelt *sie* nicht die Suppe aus, die sie Zhang eingebrockt hat?«

»Pheng könnte Geralt gar nicht herausfordern. Zuko hat Geralts Vater getötet. Damit gilt es als Matriarchin oder Patriarch als unehrenhaft, sich ihm zu stellen – und auffordern darf sie ihn schon gar nicht.«

Ich entziehe ihm die Hand. »Ich scheiße auf die Ehrenhaftigkeit …!«

Long sieht mich traurig an. »Hast du es noch nicht begriffen? Bei der gesamten Poschovarer Hexade geht es doch ausschließlich um die Ehre. In Shousa ist es anders. In Shousa bedeutet es Macht und Geld, Teil der Triade zu sein. Hier in Poschovar ist es ein leeres Amt, das von denjenigen getragen wird, die sich damit brüsten wollen. Und ob du es willst oder nicht – Zhang gehört dazu.«

Es ist schwer, diese bittere Wahrheit anzunehmen – dass Zhang ein Titel mehr wert ist als seine Gesundheit oder unsere Freundschaft. Ich will all das nicht hören, stehe auf und ziehe mich in mein Zimmer zurück. Lin liegt seit meiner Heimkehr in der Badewanne.

Irgendwann kriecht sie über mir ins Stockbett und mein Vater übernimmt das Badezimmer. Als das Telefon klingelt, ruft er, dass ich rangehen soll. Ich schleppe mich ins Wohnzimmer und hebe ab. »Christie!«, heult Zhang ins Telefon. »Ich bin im Einkaufszentrum der Zhetar-Eswin-Straße! Du musst mir helfen! Geralt ist hier!«

Ruth

32.

RETTUNG NAHT

Die Zhetar-Eswin-Straße liegt im Industriegebiet der Pensings. Es handelt sich um einen besonders wenig einladenden Flecken Poschovars, der hauptsächlich aus grauen Klötzen, Asphalt und Industrietürmen besteht, aus denen Rauch wie aus überdimensionalen Zigarettenspitzen quillt. Ein Teil der Strecke ist mir bekannt, da der Poschovarer Gürtel zum Gefängnis führt. Ich kämpfe gegen den Verkehr an. Es ist Abend und die Nacht bricht herein, die Straßen strahlen vor roten und weißen Autolichtern. In der Ferne blinkt in regelmäßigen Abständen die Beleuchtung der Windräder auf, von denen die Stadt einen Teil ihres Stroms bezieht.

Mein Fahrrad besitzt seit dem Überfall kein Rücklicht mehr, was mir beinahe zum Verhängnis wird. Als ich die Abfahrt nehme, rast ein Kombi an mir vorbei und hupt zornig.

Ich strample weiter, bis ich zur Zhetar-Eswin-Straße gelange, die am größten Einkaufszentrum in diesem Landstrich vorbeiführt.

Wie konnte Zhang bloß das Haus verlassen? Ist Onkel Thien schwach geworden? Die Wut auf meinen Onkel und seine Unfähigkeit, Regeln aufrechtzuhalten, ballt sich wie ein Feuerball in meinen Eingeweiden. Ich strample stärker, ignoriere die hupenden Autos, die hier selten Fahrradfahrern begegnen, und biege auf einen der Parkplätze ein, auf denen sich auch noch um diese Uhrzeit zahlreiche Wagen drängen.

Ich mache mir nicht die Mühe, mein Fahrrad anzuketten, sondern lehne es gegen einen Mülleimer und laufe durch eine der Drehtüren. Zhang steckt in Schwierigkeiten, welch ein Wunder! Er versteckt sich in der Nähe des Kinos, wollte mir aber am Telefon nicht verraten, wo genau.

Ich renne den Korridor entlang, an dem sich Geschäfte reihen, deren bunte Auslagen mich vor Kitsch schier erschlagen. In der Ferne kann ich bereits die Kinovorhalle sehen. Auf Bildschirmen läuft die Vorschau, im Zentrum der Halle stehen Tische und Stühle, die zu anschließenden Restaurants gehören. Auf der Rolltreppe drängen sich zahlreiche Einkaufslustige.

Atemlos halte ich nach meinem Cousin Ausschau. Hat einer der Wölfe ihn abgefangen? Ich drehe mich im Kreis – zu viele Menschen, es sind einfach zu viele Menschen!

Ich bleibe stehen, als ich jemanden zu erkennen glaube. Allerdings handelt es sich nicht um Zhang, sondern Geralt, der mir den Rücken zudreht. Ich erkenne sein kurzes, gelocktes Haar. Er wirft einen Blick nach rechts, sodass sein bärtiges Profil meine Vermutung bestätigt. Ich stoße die Luft aus und überwinde die letzten Schritte, die uns trennen. »Du ...!«, rufe ich aus und hebe meinen Zeigefinger. »Verschwinde von hier!«

Verwirrt dreht sich der Wolf um. Er hält die Hände in den Taschen seiner Jacke vergraben. »Was machst du hier?«, brummt er.

»Da fragst du noch, du Hundearsch?«, schnappe ich. »Halte dich gefälligst an die Regeln!«

Er sieht mich verständnislos an. »Ich habe keine Ahnung, was ...«

Einen Moment lang ragt mein Zeigefinger noch in der Luft, dann sackt er nieder. Ich begreife. Zhang braucht keine Hilfe. Er hat mich angerufen, um mich hierher zu locken. Nicht als Christie. Sondern als Iudex Poschovaris, die bei einer Duellaufforderung anwesend sein muss. *Ich dumme, dumme ...*

»Hallo ihr beiden«, sagt jemand hinter mir. Ich drehe mich um. Es ist Zhang. Auf seiner Schulter sitzt eine Taube. Seine Haare hängen ihm glatt in die Stirn. »Ich wollte euch beide gemeinsam an einem Fleck haben, damit auch alles regelkonform ist«, sagt er. Dabei wirkt er vollkommen ruhig. All die Gereiztheit und der Zorn, mit denen er mich heute Nachmittag noch empfangen hat, scheinen fortgewischt. Er bläst sich das Haar aus der Stirn. »Christine, hiermit fordere ich Geralt offiziell und unter Einhaltung aller Regeln zum Duell.«

Ich bin unfähig zu sprechen. Die Geräusche des Einkaufszentrums rauschen in meinen Ohren. »Ich bin so dumm«, stoße ich aus. »Wie kann ich nur so dumm sein?«

Zhang zuckt mit den Achseln.

Ich spüre, dass Geralt an meine Seite tritt. »Müssen wir noch irgendetwas tun, um den Schritt zu besiegeln?«, fragt er.

Mein Cousin zuckt mit den Schultern.

»Christine?«

Ich sage nichts. Ich kann nicht sprechen. Ein gewaltiger Kloß sitzt in meinem Hals und egal, wie sehr ich ihn herunterzuschlucken versuche, er bleibt hartnäckig sitzen. Wie konnte ich nur so dumm sein? Wie konnte ich mich von Zhang nur so manipulieren lassen?

Mein Bein brennt dort, wo Geralt mich gebissen hat. Die Muskeln zucken – oder zumindest fühlt es sich so an. Ich drücke meine Hand darauf, um aufrecht stehen bleiben zu können. Ich schlucke. Und schlucke nochmals.

»Christine, ist noch irgendetwas zu tun?«, wiederholt Geralt.

»Nein«, krächze ich.

Die Taube tänzelt auf Zhangs Schulter. »Sollen wir gleich gehen? Oder einen Termin ausmachen?«

Höre ich da richtig?

»Es wäre einfacher, wenn jeder seine Leute zusammentrommelt und wir uns morgen früh treffen«, antwortet Geralt. »Sieben Uhr im Ratsgebäude?«

»Das passt für mich«, sagt Zhang. Er setzt einen zögernden Schritt nach vorne und streckt die Hand aus. »Auf ein gutes Duell.«

Geralt hebt die Augenbraue, ergreift wortlos die Hand und schüttelt sie. Ich stehe hilflos daneben.

Zhang dreht sich um und geht. Ich kann mich noch immer nicht rühren, meine Hand am Oberschenkel verkrampft.

Geralt bleibt noch einen Augenblick lang stehen. »Nun gut«, räuspert er sich. »Wir sehen uns dann um sieben Uhr.« Damit dreht er sich um und geht ebenfalls.

Nekromant versus Wolf. Das Duell ist festgelegt.

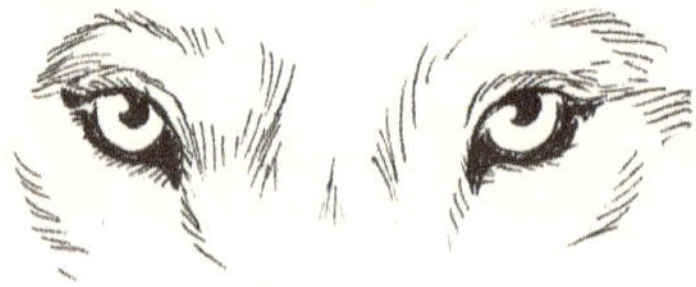

33.

MANIPULATIONSOPFER

Die Beine geben unter mir nach. Ich muss mich hinsetzen. Erst nachdem ich eine Weile mitten in der Halle gesessen bin, schaffe ich es wieder, mich aufzurappeln. In meinem Wahn, so rasch wie möglich hierherzukommen, habe ich mein Bein komplett überanstrengt. Ich hinke zum nächsten Münztelefon und wähle Cordulas Nummer, damit sie mich abholt.

Als sie mich und mein Fahrrad zu Hause absetzt, heule ich vor Wut über meine eigene Idiotie. Ich komme in die Wohnung, teile meinen Eltern in knappster Form die Besiegelung des Duells mit und verkrieche mich in meinem Zimmer. Wenig später kommt mein Vater zu mir, setzt sich aufs Bett und nimmt mich wortlos in die Arme. Meine Mutter steht in der Tür und sieht mich traurig an. »Du brauchst es nicht zu sagen«, schluchze ich. »Sogar mein eigener Cousin manipuliert mich und ich bin so dumm, darauf hereinzufallen!«

Mein Vater streicht mir über die Schulter. Schwarzes Haar fällt über mir vom Stockbettrand. »Was'n los?«, fragt Lin schlaftrunken.

»Zhang hat ein Duell mit Geralt ausgemacht«, sagt meine Mutter leise.

Lin schluckt. »Volltrottel.« Nach einem Moment fügt sie an: »Männer. Sorry, Paps.« Sie blinzelt in das Licht. »Und was machen wir jetzt?«

»Christie muss während des Duells anwesend sein«, sagt Long. »Und wir werden sie dabei unterstützen.« Vater hält mich fest. Er riecht so gut – ein Geruch, den ich nicht vergessen kann und dessen Erinnerung mich als Kind des Öfteren zum Weinen gebracht hat. Obwohl ich achtzehn bin und somit dem Gesetz nach erwachsen, tut es gut zu wissen, dass er endlich für uns da sein kann. Später verlässt er mich und ich höre ihn mit meiner Mutter sprechen. Linda fängt wieder an, leise zu schnarchen. Sie muss ihren Rausch ausschlafen.

Mich umfängt die Nacht. Ich finde keine Ruhe.

Erst als ich gerüttelt werde, bemerke ich überhaupt, dass ich eingeschlafen bin. »Wach auf«, höre ich die Stimme meines Vaters sagen. »Es ist sechs Uhr dreißig.« Ich verstehe zuerst nicht, warum ich seine Stimme hören kann — befinden wir uns in seiner Zelle?

Nach und nach sickern die Erinnerungen zurück. Mein Vater sitzt nicht länger im Gefängnis. Ich blinzle, und mit den ersten Gedanken schrecke ich hoch.

Zhang.

Ich stürze aus dem Bett und ins Bad, um mir kaltes Wasser ins Gesicht zu klatschen. Lin ist bereits aufgestanden und bindet sich die Haare zu einem Knoten. Sie trägt schwarz. Handelt es sich um Trauerkleidung?

Ich komme nicht dazu, mir passende Kleidung zu überlegen, also bleibe ich bei dem, was ich trage und dränge meine Eltern, zu gehen. Vater ruft ein Taxi. Wir steigen ein und quälen uns durch den frühen Morgenverkehr zum Ratsgebäude. Mama zahlt mit dem Trinkgeldtopf die Taxirechnung. Sie wollte sich davon eigentlich etwas Schönes kaufen. Das, was sie sich nun gekauft hat, ist etwas Schreckliches … eine Fahrt zu einem Duell. Als wären wir ein Leichenzug auf dem Weg zum Nifengrund.

Ich stürze ins Gebäude, obwohl ich weiß, dass ohne mich hier nichts beginnt. Mama, Lin und Papa eilen hinterher.

Die Hexade hat sich bereits rund um die Arena versammelt. Diesmal ist es nicht nur die Handvoll, die man kurzfristig zu meinem Duell auftreiben konnte. Sie alle sind hier – Cordula und ihre Eltern, die Pensings mit zwei Neffen, Anselm und Viktorius Horasch in Begleitung einiger Personen vom Flussvolk. Die Arena füllt sich mit Gesichtern, die ich teilweise vom Dinner kenne. Sie flüstern aufgeregt, als wäre das hier ein Sportereignis – ein Adrenalin gesteuerter Boxkampf, auf dessen Ausgang man wetten kann. Das ist kein Boxkampf. Hier kämpft mein Cousin um sein Leben!

Ich sehe Zhang bei seiner Familie stehen. Seine Mutter ist anwesend, doch sie steht da wie eine zerbrochene Puppe. Ihr Kopf ist gesenkt, das schwarze Haar fällt ihr ins Gesicht. Daran, dass ihre Schultern beben, kann ich erkennen, dass sie weint. Onkel Thien ist bleich wie Porzellan. Sein Blick ist abwesend, er sagt nichts.

Zhang scheint nervös zu sein. Großmama redet ihm zu, doch seine Schuhspitze schlägt wiederholt auf den Boden und er starrt auf die andere Seite der Arena, wo sich die Wölfe sammeln. Einige von ihnen haben sich in Tierform gewandelt. Einen von ihnen erkenne ich wieder. Es ist der vermeintliche Streuner-Kojote, der uns in der Seitengasse angegriffen hat, damit Thomas als der große Held dasteht. Als ich das Tier betrachte, erkenne ich darin Johanna wieder. Geralt und sie müssen Halbgeschwister sein wie Lin und ich, denn ihre Tierform weist hybride Züge auf, halb Wolf, halb Kojote. Sie ist ein wenig kleiner als die anderen, sandfarben und die buschige Halskrause besitzt eine rötliche Farbe. Sie platziert sich neben dem Steinblock, der die Zugangsbeschränkung zur Arena darstellt.

Ich will zu Zhang laufen, werde jedoch von Oliver Mittermorgen abgefangen. »Das ging schnell«, sagt er. »Damit hätte ich nicht gerechnet! Wie kam es dazu, dass …?«

»Ich habe jetzt keine Zeit!«, schnappe ich und winde mich aus seinem Griff. Aus dem Augenwinkel erkenne ich Cordula. Sie trägt eine Rettungsjacke und führt einen Erste-Hilfe-Koffer mit sich. Ihre Eltern stehen ebenfalls mit besorgten Gesichtern bereit. Sie wollen helfen. Die Wegemanns sind einfach zu gut für die Hexade.

»Zhang!«, rufe ich. »Zhang!«

Mein Cousin dreht sich zu mir um. Obwohl er in meine Richtung sieht, fokussiert er mich nicht. Ich weiß nicht, ob er mich noch immer meidet oder seine Konzentration für etwas anderes braucht. Ich überwinde die letzten Stufen. »Bitte!«, bettle ich. »Bitte, tu das nicht!«

»Es ist zu spät, Christie«, erklärt er dumpf.

Großmama tätschelt seine Schulter. »Vergiss nicht, was wir besprochen haben«, sagt sie.

Er nickt lahm. Ich versuche seinen Blick einzufangen, doch es gelingt mir nicht. Ich packe ihn an seinen Oberarmen und sage das Einzige, was mir in diesem Moment richtig erscheint. »Ich will dich nicht verlieren …!«

Für einen Augenblick wandert sein dunkler Blick zu mir. »Ich muss das tun«, stößt er unter angehaltenem Atem aus. Sein Blick fokussiert etwas hinter mir, ich bemerke Schritte, die sich uns nähern.

»Wir müssen die Duell-Modifikationen regeln«, sagt Geralt.

Bevor ich etwas sagen kann, macht Zhang den Mund auf. »Auf Leben und Tod.«

Ich reiße den Mund auf.

»Nein!«

Es bin nicht ich, die das schreit – nicht mein Vater, nicht Onkel Thien, nicht seine Frau ... es ist Großmama. »*Nein*, Zhang, das ist *nicht* ...!«

»Mir ist es recht«, brummt Geralt und streckt die Hand aus.

Ich dränge mich dazwischen. »Das lasse ich nicht zu!«

»Deine Stimme zählt nur bei einem Ungleichgewicht«, erwidert Geralt. »Ich habe nachgelesen. Solange sich beide Duellanten einig sind, hast du kein Mitspracherecht. Du bist lediglich eine Beobachterin.«

Pheng plustert sich hinter Zhang auf wie eine schwarze Henne. »Das verbiete ich!«, ruft sie nun ebenfalls. »Zhang Song, du weißt, was wir abgesprochen haben ...!«

Zhang packt Geralts Hand. Der Wolf drückt zu. Es knackt.

Mein Cousin weicht einen Schritt zurück, ein dünner weißer Schatten in schwarzer Kleidung. Seine Großmutter hat seine Schulter gepackt und zerrt daran. »Was soll das?«, schreit sie. »Was soll das, Junge?«

Zhang streicht ihre Hand ab. Er tritt zu dem Begrenzungsblock und nestelt etwas aus seiner Hosentasche. Es ist ein Taschenmesser.

Als Pheng ihm hinterhereilen will, hält Oliver sie zurück. »Es tut mir leid«, sagt er. »Aber Regeln sind Regeln.«

»Lass mich los!«, zetert sie. »Das war nicht so ausgemacht! Ich sagte ihm, er solle aufgeben! Ich sagte ihm, er solle sich unterwerfen! Ich habe es ihm gesagt ...!«

Ich stehe da, während Zhang sich in die Handfläche schneidet. Das Duell auf Leben und Tod war also gar nicht Phengs Idee?

»Heller!«, schreit meine Großmutter plötzlich. »Wenn Sie diese Arena betreten, ich schwöre Ihnen, ich bringe Tod und Unheil über Sie ...!«

Der Alphawolf kehrt bereits zu seinen eigenen Leuten zurück. Auf der anderen Seite angekommen, verbeugt er sich. »Keine Sorge, Frau Song«, erklärt er. »Sie kommen als Letztes dran. So war der Plan.«

Zhang presst die Handfläche gegen den Stein. Ich höre das Zischen des Blutes, als es den Zauber aktiviert. »Keine Sorge, Oma«, ruft er, ohne sich dabei umzudrehen. »Ich werde gewinnen. Ich bin der neue Patriarch der Familie Song.« Und damit durchtritt er die unsichtbare Schranke. Ein Schillern geht durch die Luft, als er durch den prüfenden Magieschild gleitet.

Erst jetzt begreife ich, dass es vorbei ist. Nicht das Duell – sondern meine Möglichkeit, einzugreifen. Ich kann nichts mehr tun, nur noch dastehen und zusehen, genau wie meine Großmutter, die von Oliver Mittermorgen umklammert wird, den Arm halb ausgestreckt. Sie würde am liebsten toben, wüten, schreien … doch stattdessen versagen ihr die Worte. Ihre Hand fällt herunter und baumelt schlaff an ihrer Seite. Sie ist fassungslos.

Sie dachte, Zhang wäre ein weiteres Werkzeug wie ich, ein Hilfsmittel, das sie für ihre Zwecke instrumentalisieren könnte. Er sollte sich Geralt unterwerfen, dann Onkel Thien, und schließlich müsste Geralt gegen sie antreten.

Nun muss Großmama Pheng am eigenen Leib erfahren, dass man Kinder zwar auf- und erziehen kann, doch ihre Entscheidungen treffen sie selbst.

Man hat ihr die Kontrolle entrissen. Das Entsetzen in ihrem Gesicht spiegelt das meine. Wir sind uns so fremd und doch so ähnlich.

Das Duell beginnt.

34.

VOGELFLUG

Zhang strafft die Schultern. Er hält die Arme angehoben, wie Flügel, die sich im nächsten Augenblick ausbreiten. Seine Finger sind gekrümmt, sein Blick unleserlich unter der Flut blauschwarzen Haars, das ihm in die Stirn hängt. Der hohlwangige Junge in der schwarzen Kleidung wirkt wie einer der Schatten, die er hier anzurufen versucht. »Ich werde dich töten«, sagt er. Obwohl seine Stimme nicht sonderlich laut ist, wird sie von den Stufen der Arena zurückgeworfen. »Genau, wie mein Großvater deinen Vater getötet hat!«

Geralt wandert in gemäßigtem Tempo die Stufen seiner Arenaflanke herab. »Zuko Song hat meinem Vater den Kopf abgebissen«, entgegnet er und zieht sich das T-Shirt über den Kopf. Erstes Fell sprießt auf seiner Brust. »Genau dasselbe werde ich mit dir tun.« Als der Stoff sein Gesicht freigibt, ist es bereits dabei, sich zu verformen. Seine Lippen spalten sich, Wolfszähne sprießen aus dem rosigen Fleisch seines Gebisses. Während er nach dem Hosenbund greift, um seine Hose abzustreifen, formt sein Rücken einen Buckel. Die Wirbeldornen stoßen aus der Haut, die Rippenbögen dehnen sich und knacken. Fell schießt auch hier aus der Haut und bedeckt immer größere Flächen seines Leibes. Ein Heulen geht durch Geralts Rudel. Johanna reckt ihre hybride Schnauze aus der roten Fellkrause und jault ohrenbetäubend.

Ein Satz aus seiner Kleidung – und der Gestaltenwandler ist nur noch ein Bündel aus Muskeln, Sehnen, Fell und Zähnen, das seine Pfoten auf den Arenaboden setzt.

Zhang wartet am anderen Ende des Ovals, die Augen geschlossen. Seine Finger schnappen zusammen, als balle er die Fäuste. Zunächst passiert nichts. Ich höre nur das Heulen der Wölfe, sehe, dass Geralts schlanker Wolfskörper wie eine Windböe den Abstand zwischen sich und seinem Duellpartner überwindet, und schlage die Hände vor den

Mund. Vor meinen Augen sehe ich den Wolf bereits Zhang niederreißen wie ein schlaksiges Rehkitz.

Vor Aufregung entgeht mir das Rauschen, das in meinem Rücken heranbraust. Das Geräusch stammt vom Flattern Dutzender Flügel. Tausende Federn peitschen im Wind. Ich ducke mich instinktiv. Ein Luftzug fegt durch mein Haar, der von den Leibern zahlreicher Vögel verursacht wird, die über mich hinwegstieben. Meine Stirnfransen tanzen.

Tauben, Krähen, Amseln, Spatzen und Kohlmeisen fliegen auf die Arena zu, und mit sich tragen sie den Geruch von Tod und Verwesung. Zhang muss die Parks und Bahnunterführungen nach toten Vögeln abgesucht haben, die nun in einem grotesken, gefleckten Schwarm auf Geralt zuhalten.

Einen Augenblick glaube ich, dass sie an der magischen Schranke abprallen, doch sie fliegen ungehindert hindurch, längst vom Leben verlassen und somit nichts anderes als das Taschenmesser oder der Polo-Schläger, die ich verwenden durfte – Waffen in der Hand meines Cousins.

Wie Pfeile schießen sie auf den nahenden Wolf nieder.

Geralt stößt ein wütendes Heulen aus. Spatzen und Meisen hacken mit ihren Schnäbeln auf ihn ein. Er schnappt nach ihnen, schüttelt sich, sodass sie seine Augen nicht erwischen, fängt einen, zwei, drei von ihnen aus der Luft und zerbeißt ihre toten Körper, sodass selbst ein Nekromant sie nicht länger kontrollieren kann.

Ich laufe die Tribüne entlang und bleibe erschrocken stehen, als ich die Augen meines Cousins sehe. Sie leuchten in einem fahlen Schein, ein Silberring, der seine Pupillen umfasst. Der Vogelansturm bremst Geralt allmählich ab. Wütend schnappt der Wolf nach den Angreifern, die langsam, aber stetig die Überhand zu gewinnen scheinen. Hinter ihm tobt das Rudel wie unter Tollwut.

Ich beiße mir vor Anspannung in die Finger. Kann Zhang es tatsächlich schaffen? Habe ich unterschätzt, wie gut er seine Fähigkeit beherrscht? Haben wir ihn alle unterschätzt?

Ein Zittern geht durch meinen Cousin. Ich bemerke, dass seine Arme vor Spannung beben, seine Finger sich verkrampfen, sodass sich die Fingernägel in sein Fleisch bohren. Dann tropft Blut. Es rinnt zwischen seinen Fingern hervor und tröpfelt zu Boden.

Nun beginnt Zhang am gesamten Körper zu beben.

»Was ist das?«, schreie ich. »Pheng, was ist mit ihm los?«

Großmama Pheng steht an der Barrikade, ohne diese zu berühren. Sie blickt zu ihrem Enkelsohn, den Mund leicht geöffnet. Und plötzlich platzt ein Wort aus ihrem Mund. »Stopp!«, ruft sie und kurze Zeit später auch auf Talanidisch, ein für mich fremdes Wort mit wohl demselben Inhalt.

Zhang zittert, als stünde er unter Strom. Jäh kriecht etwas schwer und dunkel aus seiner Nase. *Blut.*

»Zhang!«, schreit nun Onkel Thien. »Ich bitte dich! Unterwerfe dich!«

Der Vogelschwarm hackt auf Geralt ein. Der Wolf nähert sich langsam, kämpft sich durch die flatternden Leiber, hinterlässt eine Spur aus Blut, Federn und zerrissenen Körpern. Ein sagenhafter Gestank treibt zu uns herüber. Das Wolfsfell ist zerzaust, Gesicht und Ohren weisen Risse auf, sein rechtes Auge ist zugeschwollen. Er fischt eine Krähe aus der Luft, stößt sie zu Boden und reißt ihr den Kopf ab. Die restlichen Vögel senken sich auf ihn nieder. Einen Augenblick lang scheint er in sich zusammenzusinken und ich hoffe – zwei Meter von Zhang entfernt muss er sich dem Druck beugen.

Im nächsten Moment erkenne ich, dass ich mich irre.

Lautlos schnellt der Wolf in die Höhe, gleitet durch den Vogelschwarm, überbrückt den letzten Abstand und schnappt nach der Kehle meines Cousins.

Zähne rammen sich in weißes, ungeschütztes Fleisch.

Geralt rutscht mit Zhang zu Boden und landet auf ihm. Sein Gebiss umklammert seine Kehle.

Der Vogelschwarm, der sich vor einem Moment noch in tummelnder Bewegung befunden hat, wird Zhangs Kontrolle entrissen. Ein Vogel nach dem anderen bricht in der Flugbewegung ab. Sie stürzen zu Boden – *patsch-patsch-patsch-patsch*. Das Federvieh bleibt reglos liegen, *wieder* tot, bildet ein Feld zerstörter Träume.

Geralt, den Wolfsschädel über und über mit Hackwunden überzogen, öffnet das Maul. Seine Zähne gleiten aus Zhangs Fleisch. Zhangs Herz pumpt Blut aus den Löchern seiner Kehle. Ich höre ein Heulen und glaube zuerst, es gehört dem Wolfsrudel, doch es ist Pheng, die gegen die Barrikade trommelt. Sie schreit auf Talanidisch, und ich glaube zu verstehen, dass sie die Geister beschwört, dass sie Geralt verflucht. Ich selbst fühle mich taub. Ich kann mich nicht bewegen, starre nur auf die Löcher in Zhangs Hals und wie das Blut in einem regelmäßigen Takt herausschwappt. Alles fühlt sich so surreal an. Der Wolf trabt zwischen den Vogelleibern hindurch, hinüber zu seiner Seite. Seine Schnauze ist blutverschmiert. Als er die Barrikade mit der feuchten Nase berührt, schmilzt sie dahin. Ich sehe, wie er in die Arme seines Rudels sinkt. Er muss ebenfalls verletzt sein.

Pheng stürzt durch den magischen Schild. Es ist das erste Mal in meinem Leben, dass ich sie völlig außer sich sehe. Als Long ins Gefängnis musste, nahm sie es hin. Aber Long hatte nie ihr gehört – sie hatte ihn zwar geboren, aber er war nicht wie sie.

Zhang war wie sie. Da vorne liegt er – *ihr* Zhang.

Sie stürzt zu ihm. Die toten Vögel regen sich wieder unter dem Ansturm. Es ist das erste Mal, dass ich Großmama Pheng Totenmagie einsetzen sehe. In die Krähen und Amseln kommt raschelnd Bewegung, ein dunkler Schwarm, der sie wie ein gespenstischer Heiligenschein umkreist. Sie hält Zhang im Arm und presst die Hand gegen seinen Hals. Das Blut quillt zwischen ihren Fingern hervor.

Hinter ihr kommt Cordula angelaufen, ihr folgt Onkel Thien. Ich sehe meinen Vater rennen. Thien und er wollen Zhang in die Höhe heben, doch Cordula gibt ihnen den Befehl, den Reglosen liegen zu lassen. Es benötigt beide Männer, um Großmutter von Zhang fortzubekommen, damit Cordula übernehmen kann. Nun ist es ihre Hand, die sich gegen Zhangs Hals presst.

Jemand schlingt seine Arme um mich. Es ist Linda. Erst als sie mich an sich drückt und wir einander umarmen, bemerke ich, dass wir beide weinen. Die Tränen tränken die Nackenbeuge der jeweils anderen.

Zhang wird aus der Halle gebracht. Niemand achtet auf Geralt und sein Rudel. Ich sehe, wie sich die Wölfe um ihn scharen. Johanna hat wieder Menschengestalt angenommen und beugt sich über ihren Halbbruder. Er liegt am Boden und atmet schwer, verwandelt sich dabei in seine menschliche Gestalt zurück.

Meine Mutter drängt uns von den Stufen der Arena. »Kommt«, sagt sie. »Wir müssen uns beeilen.«

35.

DEN WÖLFEN ZUM FRASS

Im Krankenhaus kümmern sich drei Heiler darum, dass mein Cousin am Leben bleibt. Großmutter sieht so aus, als würde sie seine Seele notfalls gewaltsam zurück in seinen Körper zwingen. Es benötigt zahlreiche Hände, um sie davon abzuhalten, ihrem Liebling in den Notfall-OP zu folgen.

Zhang hat auf dem Weg Blut verloren. Glück allein ist es zu verdanken, dass Geralts Zähne die Halsschlagader verfehlt haben. Die Vene, die das Blut vom Hirn zurück zum Herzen führt, ist angerissen. Das Gefäß ist zu zerfranst, als dass die Heilmagier es wieder verbinden könnten. Das traumatisierte Stück muss abgeschnitten werden, ein Stück seiner Beinvene wird entnommen und anschließend von zwei Heilern mit der Vena Jugularis verbunden. Müsste das Gefäß von Hand vernäht werden, würde das seine Überlebenschancen verringern. Zahlreiche Bluttransfusionsbeutel werden gebraucht, um sein Herz am Schlagen und sein Hirn mit Sauerstoff versorgt zu halten.

Sein Körper überlebt, teilt uns ein Chirurg und Heilmagier mit. Ob seine Seele jedoch noch irgendwo da drinnen steckt, kann niemand sagen. Sein Hirn hat unter Sauerstoffverlust gelitten. Niemand kann die Schäden abschätzen, solange er nicht aufwacht.

Falls er aufwacht.

Wir sind alle hier.

Lin wiegt mich in den Armen, während ich an ihrer Schulter weine. Was für ein Iudex Poschovaris bin ich, wenn ich genau das nicht verhindern konnte, weswegen ich diesen Posten angenommen habe? Meine Mutter sitzt bei Onkel Thien und Tante Kim. Sie spricht den beiden Hoffnung zu und streichelt dabei Kims schlaffe Hände. Soweit ich verstanden habe, hat Thien Zhangs Zimmer gar nicht aufgeschlossen. Zhang schleuste eine tote Taube durch ein geöffnetes Fenster und hat den Schlüssel gestohlen. Dennoch macht sich Thien Vorwürfe. Vermutlich wird er niemals vergessen, was ich zu ihm gesagt habe. *Das Einzige, das zwischen Zhang und dem Wolf steht, bist du!*

Eltern sollten ihre Kinder nicht verlieren. Das entspricht nicht dem natürlichen Verlauf der Ordnung. Auch nicht, dass Großmüttern ihre Enkelkinder entrissen werden. Pheng steht bei der gläsernen Tür und starrt zu dem Trakt hinüber, in dem Zhang behandelt wird.

Ich hätte niemals gedacht, dass das möglich wäre – doch sie tut mir leid. Falls sie für irgendjemanden Liebe empfindet, dann für Zhang.

Oliver tritt zu ihr. Er hat rote Augen. Auch wenn er ein Mann der Diplomatie ist, lässt ihn Zhangs Zustand nicht kalt. Die Oberhäupter der Hexade kennen die Kinder und Enkelkinder der jeweils anderen seit deren Geburt. Ich verstehe nicht, was Oliver zu Pheng sagt – ob er ihr Trost zuspricht oder sich entschuldigt. Abschließend legt er ihr die Hand auf die Schulter und lässt sie mit ihrem Kummer zurück.

Vor meinem Vater, der neben Lin und mir sitzt, geht er in die Knie, um leise mit ihm zu sprechen. »Ich möchte Zhangs Eltern zu diesem Zeitpunkt nicht damit belasten, daher bitte ich dich, einen günstigen Augenblick abzuwarten, um das Thema anzusprechen. Da Zhang im Koma liegt, gilt das Duell als erfolgreich durchgeführt.« Mein Vater bläht die Brust, doch bevor er etwas erwidern kann, hebt Oliver beschwichtigend die Hände. »Ich weiß – ich verstehe euch. Aber die Maschinerie steht durch euren Verlust nicht still. Geralt hat das Duell gewonnen. Da Zhang nicht ansprechbar ist, gilt er nach den Regeln der Hexade als verstorben. Damit gilt eine vierwöchige Trauerzeit für die Familie.« Mittermorgen saugt die Luft ein. »Danach kann Geralt den Nächsten zum Duell fordern.«

»Wen wird er wählen, um Pheng weiter zu demütigen? Thien?«

Mittermorgen nickt. »Egal, ob Thien sich unterwirft oder Pheng den ersten Schritt macht und auf die Etikette verzichtet, am Ende heißt es Geralt Heller versus Pheng Song.«

Mein Vater beißt die Zähne zusammen, die Sehnen an seinem Hals treten hervor. Rote Schuppen spielen an seinem Halsansatz, tauchen glänzend auf und versinken wieder als Tinte in der Haut. »Kann ich gegen ihn kämpfen?«, fragt er rau.

Oliver schüttelt den Kopf. »Du bist nicht länger ein Teil der Familie. Ein Bruch ist schnell getätigt, lässt sich aber nicht so einfach kitten.

Du gehörst nicht zur Hexade. Wenn du Geralt angreifst, dann gilt das herkömmliche Landesrecht für dich. Das wäre ein Mordversuch.«

Long saugt die Luft ein. Er krallt seine Hand um die Armlehne. Er strömt Hitze aus. Ich frage mich, ob es die Magie ist, die seinen Körper umgibt. »Ich will diesem Schweinehund alle Knochen brechen …«

Oliver sieht ihn entschuldigend an. »Du musst deine Familie darauf vorbereiten – vier Wochen, dann ist die Schonfrist beendet. Seid bereit.« Sein Blick wandert zu mir.

Ich knirsche mit den Zähnen.

»Es tut mir leid.« Mittermorgen erhebt sich und nickt uns zu. »Ich werde die restlichen Familien anrufen, um ihnen von Zhangs Zustand zu berichten. Lasst uns zu den Göttern beten, zu den Geistern und was sonst noch existieren mag, um seine Seele sicher zurück in seinen Körper zu geleiten.« Damit läuft er den Gang entlang und zieht dabei das Handy aus der Jackentasche.

Ich löse mich von Lins Schulter.

Die Zeit für Tränen endet. Ich bin kein kleines Mädchen, das in dem Luxus schwelgt, sich ihren Befindlichkeiten hingeben zu können. Ich bin erwachsen. Ich bin die Iudex Poschovaris. Ich hätte diesen Kehlenbiss verhindern müssen – irgendwie.

Vier Wochen Gnadenfrist für meine Familie, dann tanzt der Wolf erneut. Er frisst sich durch meine Familie, ohne Rücksicht auf Verluste. Es ist mir egal, dass Geralt selbst seinen Vater verlieren musste. Der Rachegedanke, der die Hellers treibt, ist ein Schimmelpilz, dessen Giftsporen in unserer Familie Wurzeln schlagen.

Ich bin unglaublich wütend. Nicht nur auf die Wölfe, sondern auch auf Zhang. Auf meinen dummen, eitlen Cousin, der geglaubt hat, mir und dem Rest der Welt etwas beweisen zu müssen. Jetzt hängt er an zahlreichen Maschinen, das einzige Lebenszeichen das Keuchen und Piepen der Atemmaschine, die ihn am Leben erhält.

Bloß Onkel Thien und Tante Kim dürfen direkt zu ihm, die Gesichter mit Masken verhüllt, die Oberkörper in papierdünnen Hemdchen, als wären sie Papierdrachen, die beim nächsten Luftzug davonschweben. Selbst Großmama darf nicht zu ihm. Wie wir steht sie am Sichtfenster und blickt zu Zhang hinein, der unter Plastikschläuchen begraben scheint. Sein Gesicht ist so angeschwollen und verfärbt, dass sich seine

Züge nur noch erahnen lassen. Tante Kim zieht die Decke über seine Schultern, darauf bedacht, die Schiene, die seinen Nacken stützt, nicht zu berühren.

»Das könntest du sein, Christie«, sagt meine Mutter leise.

Eine Zeit lang spricht niemand.

Dann sagt Großmama Pheng: »Ich wünschte, es wäre sie, die dort liegt.«

Das ist für mich der Augenblick, zu gehen. Objektiv weiß ich, dass aus Pheng tiefer Kummer spricht. Ganz kann ich diesen Satz jedoch nicht an mir vorbeigleiten lassen.

Meine Familie hüllt mich mit ihren Armen ein, als wolle sie einen Schutzwall bilden, doch ich streife sie ab und drehe mich um. »Schon gut«, sage ich. »Das macht ihn auch nicht wieder lebendig.« Ich sehe, dass Pheng zusammenzuckt. Dann gehen wir und lassen sie allein.

Es fühlt sich banal an, wieder nach Hause zu kommen. Banal, dem Alltag nachzugehen. Sich zu waschen. Zu kochen. Zu essen. Jeder hängt seinen Gedanken nach. Frau Stein fragt durch das offene Küchenfenster, warum wir so früh außer Haus geeilt sind. Niemand hat Lust, ihr die Frage zu beantworten. Es ist meine Mutter, die ihr die Situation in knappen Worten erklärt. Frau Stein nickt und raucht weiter.

Als würde unsere Straße spüren, dass etwas nicht stimmt, bleibt es heute unheimlich ruhig. Vielleicht kommt es mir auch nur so vor. Der frühe Herbstwind zieht warm durch unsere Wohnung und straft die kalte Stimmung Lügen.

Lin borgt sich das Notebook eines Nachbarn und sucht alles, was sie zu Zhangs Verletzungen, seinen Behandlungen und seinem komatösen Zustand finden kann. Ob ihr das hilft, weiß ich nicht. Sie brütet über den Tasten wie ein Schwarzer Drache, mit jedem Klick legen sich mehr Sorgenfalten über ihren Mund, bis sie Ähnlichkeit mit einer alten Frau besitzt.

Als die Stimmung mich zu ersticken droht, verlasse ich das Haus. Normalerweise würde ich Cordula besuchen, doch die ist im Krankenhaus, und falls sie bereits nach Hause durfte, wird sie sich von dem magischen Akt, Zhang am Leben zu erhalten, erholen müssen. Magie ist keine unendliche Ressource – ihr Einsatz zehrt am Nutzer, wie er auch an Zhang gezehrt hat.

Ich fahre zum Sportplatz. Eine Mädchen-Fußballmannschaft hat gerade ihr Training beendet. Ich kenne den Coach, er überlässt mir seinen Schlüssel, ich besorge mir ein paar Bälle und kurve mit dem Bike im Kreis, um meinen Schlag zu verbessern. Ich weiß nicht, wie spät es ist, doch die Zeit verrinnt gnadenlos. Schatten ziehen sich in die Länge, die sinkende Sonne haucht ihren rotgoldenen Schein auf die Stadt, bis er im Häusermeer ertrinkt und mich in der anbrechenden Nacht zurücklässt. Als ich nach Hause fahre, bin ich schweißnass und erschöpft. Ich sehne mich nach nichts mehr als nach meinem Bett.

Als ich die Tür öffne, dreht sich meine Mutter im Nachtgewand zu mir um. »Christie«, sagt sie. »Da bist du ja! Es gab einen Anruf für dich. Er sagte, es wäre wichtig.«

Ermattet werfe ich die Polo-Schläger in die Ecke. Wer will jetzt schon wieder etwas von mir? Oliver Mittermorgen? Kann er denn nicht einen Tag lang warten, bis er die Belange der Hexade vorantreibt? »Wer ist es?«, frage ich.

»Viktorius Horasch«, sagt Mutter und streckt mir den Notizblock entgegen, der neben unserem Telefon liegt. »Er meinte, je früher du ihn zurückrufst, desto besser.«

Ungläubig starre ich auf die Telefonnummer. Viktorius Horasch hat hier angerufen? Bei *mir?* Warum? Wozu? Was will er von mir? Von allen Beteiligten der Hexade war es immer das Volk vom Fluss, das sich am wenigsten für die anderen interessiert hat. Ich vermute, es liegt daran, dass sie schon immer hier waren – wie der Fluss selbst – und vermutlich noch hier sein werden, wenn alle anderen von uns fortgegangen sind.

Ich trete zum Telefon, hebe ab und wähle zögerlich die Nummer.

»Horasch«, hebt jemand ab.

»Spreche ich mit Viktorius?«, frage ich unsicher.

»Nein. Warten Sie.«

Offensichtlich ist die gesamte Sippe gleichermaßen einsilbig gestrickt. Ich warte. Und warte. Sekunden dehnen sich zu Minuten, ich lehne mich an die Wand und gleite daran herab. Es fröstelt mich in der durchschwitzten Kleidung, als ich endlich Schritte höre. Jemand hebt den Hörer an. »Hallo?«

»Viktorius?«

»Ja. Was kann ich für Sie tun?«

»Sie haben mich angerufen. Ich bin es, Christine Song.«

Eine Pause trennt unser Gespräch. »Ah, der Iudex.«

»Die Iudex, bitte schön.«

»Könnten Sie hierherkommen?«

Ich, schockiert: »Jetzt?«

»Ja.«

»Wieso?«

»Ich muss etwas mit Ihnen besprechen.«

Verdattert hocke ich am Boden. »Ich weiß nicht, ob Sie es bereits gehört haben, aber …«

»Es geht nicht um Ihren Cousin. Es geht um Lisbeth Devoye.«

»Was ist mit Lisbeth?«

»Es wäre mir lieber, Sie kämen hierher.«

»Ich habe nur ein Fahrrad und …«

»Ich komme mit dem Auto vorbei und hole Sie ab. Bis gleich.« Er legt auf.

Verwundert betrachte ich den Telefonhörer.

»Was wollte Viktorius?«, fragt meiner Mutter, die die Bettdecke für die Nacht über dem ausgeklappten Sofa ausbreitet.

»I-ich weiß es nicht«, sage ich.

»Hexade!«, ruft mein Vater aus, der sich eine Gute-Nacht-Zigarette in der Küche gegönnt hat und nun in gestreiften Pyjama-Hosen und Unterhemd ins Wohnzimmer kommt.

»Er hat gesagt, er holt mich ab. Irgendetwas sei mit Lisbeth.« Erschrocken blicke ich auf. »Geralt wird sie doch nicht angegriffen haben?«

»Dazu hat er keinen Grund«, sagt meine Mutter, während sie die Polster ausschüttelt. »Weder hat er eine Fehde mit den Katzen noch bringt es ihn näher an Pheng heran.«

Ich kratze mich an der Schläfe. Anschließend erhebe ich mich und gehe ins Zimmer, um mir frische Kleidung anzuziehen.

Ein Auto hupt vor dem Haus. Ich blicke aus dem Badezimmerfenster, nachdem ich mich rasch frisch gemacht habe. Ein silberfarbener Hybridwagen wartet vor dem Gebäude. »Ist das dein Freund?«, fragt eine Stimme von links. Frau Stein.

Ich verziehe die Lippen zu einem humorlosen Lächeln. »Ein schöner Gedanke, aber nein – das ist meine Arbeit«, sage ich und ziehe mich zurück. Zugegeben, Viktorius Horasch sieht ganz gut aus – aber im Gegensatz zu Lisbeth habe ich nie für ihn geschwärmt. Abgesehen davon ist er nur wenige Jahre jünger als meine Eltern, ich schätze ihn auf Mitte dreißig.

Ich schlüpfe in meine Kapuzenweste und laufe runter. Viktorius wartet im Wagen, der wie eine friedliche Katze schnurrt. Ich klappe die Beifahrertür auf. »Hallo«, grüße ich.

Der Mann vom Fluss hat die Haare zu einem Pferdeschwanz gebunden, seine rechte Hand ruht auf dem Schalthebel. »Steig ein.«

»Wohin fahren wir?«

»Zu mir.«

»Und wo ist das?«

Er hebt die Augenbrauen. »Willst du die Adresse wissen?«

»Mein Vater bittet darum.«

Viktorius dreht den Kopf und späht aus dem Fahrerfenster. »Ah«, erwidert er. Der Rote Drache blickt aus der Wohnung zu uns herab. »Ich verstehe.« Er gibt mir seine Adresse und ich rufe sie meinem Vater zu. Frau Stein kichert zwischen ihren Blumentöpfen, ihre Zigarette ein orangefarbener Punkt in der Nacht.

Ich steige ein. »Tut mir leid«, brumme ich. »Nach allem, was passiert ist …«

»Schon gut«, würgt mich Viktorius ab und fährt los. Gesprächig wie alle Horaschs.

Viktorius wohnt an der Mahr, dem Fluss, der nach Poschovar hinein, am Stadtpark vorbei, unter der Umfahrungsstraße hindurch und wieder hinaus fließt. Die Gebäude rund um die Mahr sind geschichtlich gesehen die ältesten der Stadt. Die meisten Häuser werden seit Generationen von denselben Familien bewohnt, viele von ihnen besitzen das fahle blonde Haar des Flussvolkes. Da es sich um Privatgelände handelt, mussten die Familien ihr eigenes Einkommen aufbringen, um die Gebäude zu sanieren. Viele konnten sich das nicht leisten, weswegen die Gegend um den Fluss nach und nach verfiel.

Viktorius Horasch kaufte zahlreiche der Mahr-Gebäude und begann sie zu renovieren. Die Bewohner durften gegen eine geringe Pacht in ihren Heimen wohnen bleiben. Nach und nach erstrahlt die Gegend um die Mahr nun wieder im alten Glanz.

Wir halten an einem Haus, das sich über die Klippen beugt wie eine Greisin. Hier auf der Ostseite des Flusses ist der Untergrund hart wie Granit. Als ich auf dem Parkplatz aussteige, an dessen Brüstung kugelförmige Lampen glühen, habe ich einen guten Ausblick zur Westseite. Das Gelände besteht dort aus einem weichen Stein-Kiesel-Gemisch. Sobald die Mahr während der Regenfälle anschwillt, schwemmt sie nach und nach den Untergrund ab. Ich kann Höhlen sehen, die durch gewaltige Eisenkonstruktionen gestützt werden. Im Sommer treffen sich hier oft Jugendliche, zünden Lagerfeuer an, trinken Bier und schwimmen nackt in der Mahr.

Das Klirren von Viktorius' Schlüsseln zieht meine Aufmerksamkeit auf sich. Er bewegt sich über die Einfahrt Richtung Gebäude. Während der gesamten Fahrt hat er geschwiegen.

Die Neugier zwingt mich, ihm zu folgen. Die Nacht ist kühl, doch einige vereinzelte Grillen zirpen am Flusshang, von dem ein flüsterndes Plätschern aufsteigt. Die Stimmung ist ruhig und angenehm. Ich kann verstehen, warum das Volk vom Fluss an diesem Ort hängt.

Als Viktorius die Stufen emporsteigt, leuchten die Kugellampen, die die Haustür bestücken, auf. Das weiß gestrichene Haus mit dem steilen Dach liegt dunkel und verlassen da. Viktorius sperrt auf und lässt mich ein. Schüchtern setze ich den ersten Schritt in das fremde Zuhause.

Zunächst sauge ich den Geruch ein. Ich finde, jedes Haus wird erst zum Zuhause, sobald es den Geruch seiner Bewohner angenommen hat. Dasselbe Gebäude, von zwei verschiedenen Familien bewohnt, wird in meiner Wahrnehmung zu zwei unterschiedlichen Orten.

Es riecht nach Viktorius selbst, aber auch nach seinem Waschmittel, nach dem Fluss, nach dem Ziegelgemäuer, nach frischem Wandverputz, nach Kiefernholz. Der feine Geruch von frisch Gekochtem durchzieht die Räume. Zusammen mit dem Duft, der alten Häusern ebenso eigen ist wie betagten Menschen, ergibt sich eine unverkennbare Komposition.

Viktorius schaltet das Licht an.

Ich blinzle gegen die plötzliche Lichtquelle an.

Der Wohnraum ist offen gestaltet. Die Treppe teilt das Untergeschoss formal in mehrere Bereiche – der Eingangsbereich geht in ein großzügiges Wohnzimmer über, dahinter erkenne ich den Ansatz einer Küche. Holzfußboden und Gebälk an der Decke verleihen dem Gebäude etwas Organisches, Lebendiges, als würde es atmen. Die Wände sind weiß gestrichen, nur die Mauer, an der ein Kamin angebracht ist, besteht aus rohen, roten Ziegeln, auf denen noch alte Brand-Embleme zu erkennen sind.

»Lisbeth ist oben«, sagt Viktorius.

»Warum ist sie hier?«

Viktorius holt tief Luft. »Ich weiß nicht, warum sie zu mir gekommen ist. Ich kann ihre Mutter nicht erreichen. Sie kratzte in Katzengestalt an meiner Tür, miaute, und als ich öffnete, lief sie in den Oberstock und versteckte sich.«

Ich verziehe das Gesicht. »Sind Sie sicher, dass es sich um Lisbeth handelt und nicht um irgendeine Straßenkatze?«

Der Mann vom Fluss wirft mir einen abschätzigen Blick zu. »Ist das eine ernst gemeinte Frage?«

»Ähm … ja?«

Sein Blick wandert prüfend über mich, von Kopf bis Fuß. »Ich vergaß. Du bist ja kein Drache wie Long oder deine Schwester. An den Gedanken muss ich mich erst gewöhnen.«

Was soll das jetzt heißen? Ich beiße die Zähne zusammen. »Und?«

Viktorius hebt seine Handwerkerhand und bewegt seine Finger, als würde er sich Luft zufächeln. »Long könnte es riechen.«

»Und du?«

Ein mysteriöses Lächeln klettert auf sein Gesicht. »Ich habe so meine Methoden.« Er erklärt sich nicht weiter, sondern wendet sich der Treppe zu. »Ich weiß nicht, was ich mit ihr anfangen soll.«

Zögerlich folge ich ihm. »Und was soll ich tun?«

»Du bist der Iudex Poschovaris. Entweder du holst sie hier raus oder du bringst ihre Mutter dazu.«

Ich schnaube empört. »Ich bin Iudex, kein Babysitter …!«

Das Licht, das über die Treppe das Obergeschoss streift, erschafft eine Zwielichtstimmung. Wie das Untergeschoss ist der Raum kaum gegliedert. Ein Badebereich geht nahtlos in ein Schlaf-/Arbeitszimmer über. Rostbraune quadratische Fliesen bedecken den Teil des Raumes, in dem ein Duschkopf aus der Wand ragt, daneben steht eine Waschmuschel mit

Spiegel. Die Toilette und ein Pissoir werden durch eine Milchglaswand abgetrennt. Die Einrichtung schreit geradezu Single, männlich, Frauen gehen ohne Frühstück.

Ich sehe mich um. Das Bett in der linken Ecke ist zerwühlt, doch keine Lisbeth zu sehen. Ein ausladender Schreibtisch mit Zeichenfläche, auf der Baupläne zu sehen sind, steht vor der Wand gegenüber der Treppe. Viktorius sieht sich um. »Lisbeth«, gurrt er. »Komm heraus!«

Unter dem Schreibtisch regt sich etwas. Ich sehe ein Auge hervorblitzen, das spiegelnde Auge einer Katze, vom Licht berührt. Viktorius geht in die Knie und rückt näher. Er macht lockende Geräusche. »Komm her«, lockt er. »Niemand will dir etwas Böses! Siehst du, wer hier ist? Christine sieht nach dir.«

Das schillernde Auge taucht in die Dunkelheit, die Katze verkriecht sich.

Ich verziehe die Stirn. Irrt sich Viktorius und es handelt sich gar nicht um Lisbeth, sondern bloß um eine Streunerin? Ich habe niemals erlebt, dass die junge Devoye sich vor irgendetwas ängstigt. Präpotenz scheint zu ihren natürlichen Zügen zu gehören. Die einzigen Momente, in denen ich sie jemals unsicher erlebt habe, waren in Viktorius' Gegenwart oder in Gegenwart der Wölfe.

Etwas enerviert kratze ich mich am Hinterkopf und verschränke anschließend die Arme vor der Brust. »Lisbeth, was ist los? Warum bist du hier?«

Die Katzenaugen blitzen auf, ein schlanker Schatten taucht unter dem Tisch hervor. Zögerlich nähert sich das gestreifte Kätzchen Viktorius' lockenden Händen. Im Zwielicht kann ich ihre Fellfarbe nicht richtig erkennen. Es fällt mir schwer, die Felidin mit dem Kätzchen aus dem Haus der Devoyes zu vergleichen.

Die Katze tastet sich an Viktorius heran. Sie beschnuppert seine ausgestreckte Hand, doch als er sie ergreifen will, duckt sie sich. Meine Stirn legt sich in Falten. »Das ist nicht Lisbeth«, sage ich leise. »Sieh dir ihr Ohr an.« Das rechte Katzenohr ist blutig und zerrissen. Es muss sich um eine Streunerin handeln.

»Es ist Lisbeth«, ist sich Viktorius sicher. »Sieh dir ihr Fell an. Das ist der Grund für meine Besorgnis.«

Lautlos trete ich näher und gehe in die Knie. Langsam gewöhnen sich meine Augen an die dämmrige Umgebung. Ich sehe, dass nicht nur ihr Ohr in Mitleidenschaft gezogen worden ist. Sie hinkt, ihr Fell ist zerzaust und teilweise ausgerupft. Ich hole tief Luft und sauge die Luft ein.

Der Geruch.

Die Katze riecht nicht wie ein gewöhnliches Tier. Zunehmend deutlich duftet es hier nach Frau. Eine zarte Note durchwebt den Geruch von Viktorius' Zuhause, unterlagert ihn wie eine sanfte Klaviereinlage. »Es *ist* Lisbeth«, flüstere ich. Und als ich das sage, springt die Katze wie von der Tarantel gestochen zurück und verkriecht sich wieder in ihrem Versteck.

Viktorius seufzt auf und wirft einen Blick über seine Schulter. »Was kannst du tun?«

Ist Lisbeth in Katzenform einer Straßenkatze begegnet? Warum hat sie sich nicht zurückverwandelt? Steckt sie in der Katzenform fest? Kann das überhaupt sein – dass ein Wandler sich nicht zurückverwandeln kann?

Ich hole tief Luft. »Pass auf sie auf«, sage ich. »Ich werde zu Anne fahren und sie hierher bringen, damit sie Lisbeth abholt. Ihrer Mutter wird sie vertrauen.« Als ich mich schon zum Gehen wenden will, bemerke ich, dass ich ja gar nicht mit dem Fahrrad hier bin. »Ähm«, sage ich. »Kannst du mir vielleicht ein Taxi rufen?«

Viktorius folgt meiner Bitte. Wir lassen Lisbeth in Frieden und kehren in das Erdgeschoss zurück, wo er mir anbietet, mich zu fahren. Ich verneine – irgendjemand muss bei Lisbeth Devoye bleiben. Also ruft er mir ein Taxi und bezahlt den Fahrer trotz meiner Einwände. Ein seltsamer Mann.

Das Taxi bringt mich zu Anne Devoyes Adresse. Die Nacht umschließt dunkel das Grundstück, einige verirrte Grillen zirpen in den Beeten. Ich steige aus dem Auto, bedanke mich und sehe zu, wie der Wagen davonfährt. Dann richte ich meine Aufmerksamkeit auf das Anwesen.

Der Garten ruht nachtblau in sich, doch zahlreiche Fenster der Villa sind erleuchtet. Falls Anne allein zu Hause ist, geht sie mit der Elektrizität reichlich verschwenderisch um. Vielleicht sind es auch die Hausangestellten, die durch die Zimmer streunen.

Ich nähere mich dem ausladenden Tor, suche in der Finsternis nach dem Klingelknopf unter den Efeublättern und drücke ihn.

Ich warte.

Drücke erneut.

Und warte wieder.

Warum geht niemand ran?

»Hallo?«, rufe ich durch die Dunkelheit. »Hört mich jemand?« Bloß das Grillenzirpen antwortet mir.

Ich stecke den Kopf durch das Gitter, so weit es geht, und stiere zur Villa hinauf. Ich sehe zwar keine Schatten an den Fenstern, glaube jedoch ein entferntes Lachen zu hören. Es klingt, als würde etwas zerbrechen. Vielleicht irre ich mich auch und das Geräusch stammt von woanders.

Ich lecke mir über die Lippen. Dann krampfen sich meine Finger fester um das Tor. Meine Hände schiebe ich an den Eisensprossen empor, hebe meinen Fuß und steige auf die erste Querstrebe, um mich in die Höhe zu katapultieren.

Während des Sportunterrichts gehörte ich zu den Schülerinnen, die Seile und Eisenstangen emporklettern konnten. Heute fällt es mir schwerer, doch unter aller Anstrengung gelingt es mir, die Spitze des Tors zu erklimmen. Ich spanne meine Bauchmuskeln an und schwinge mein Bein darüber. Im nächsten Augenblick sitze ich auf dem Pflasterweg. Der Aufprall jagt schmerzhaft durch meine Knie. Durch mein rechtes Bein schießt ein intensiver Schmerz bis in die Hüfte hinauf. Ich reibe meinen Oberschenkel, richte mich auf und hinke voran.

Der schwere Geruch von Chrysanthemen legt sich in meine Nase, ihre ausladenden, vielblättrigen Blüten verströmen selbst des Nachts einen starken Duft, der an den Spätsommer erinnert. Dazwischen liegt ein scharfer Geruch, der mich irritiert – als hätten Hunde den Garten markiert. Hunde auf dem Grundstück der Katzen? Das macht mich stutzig.

Ich schleiche an den Beeten und akkurat geformten Büschen vorbei, die den Gehweg einfassen, und husche zur Treppe, die auf die Terrasse führt. Im Schatten einer Säule bleibe ich stehen und spähe durch die drei Glastüren ins Innere. Gerade noch rechtzeitig ducke ich mich. Die Bewegung geschieht instinktiv, obwohl ich eigentlich keinen Grund habe, mich zu fürchten.

Während ich so stehe und zu den erleuchteten Rechtecken blicke, nehme ich den intensiven Harngeruch wahr, der von den Blumentöpfen am Terrassenrand aufsteigt. Als ich das letzte Mal hier war, habe ich das nicht gerochen. Haben sich die Devoyes einen Hund zugelegt?

Ich rümpfe die Nase. Bevor ich überlegen kann, warum der Geruch so viel schärfer scheint, als ich es von der offenen Straße gewohnt bin, taucht eine Gestalt im erleuchteten Wohnzimmer auf.

Im ersten Augenblick kann ich es nicht glauben. Gebannt husche ich näher, meide die ausladenden Türen und schleiche zu einem der Fenster, um mich hinter den Blumenkästen zu verstecken. Ich spähe zwischen samtigen Zyklamen hindurch. Der Geruch von scharfem Harn klettert durch meine Atemwege in meinen Mund, als ich die Wölfe sehe. Dank meinem übersensiblen Geruchssinn weiß ich jetzt auch, wie Gestaltenwandler-Pisse riecht.

Einer von ihnen befindet sich in tierischer Form. Er liegt auf der weißen Sofalandschaft und zerkaut ein Kissen. Offensichtlich ist es nicht das erste, denn die Couch ist mit Löchern überzogen, Schaumstoff und Gänsefedern liegen auf dem Teppich verstreut. Ein anderer Wolf – ich erkenne ihn an der Art, wie er läuft – jagt in Menschengestalt ein Weibchen durch das Wohnzimmer. Alkoholflaschen stehen auf dem Boden und den Tischen herum – Wodka, Bier, Whiskey –, ebenso Teller mit Speiseresten, doch ich entdecke auch rohes Fleisch und Knochen.

Mein Mund klappt ohne Zutun auf. Was geht hier vor?

Zwei Wölfe balgen sich um ein Stück Braten – einer in Tier– und einer in Hybridform, halb Mensch, halb Wolf. Sie gleiten immer wieder aus meinem Blickfeld und zerren dabei die Beute durch das Geschoss. Ich traue mich nicht, der Bewegung zu folgen, aus Angst, sie könnten mich entdecken.

Überrascht erkenne ich auch ein bekanntes Gesicht. Ich glaube das Zimmermädchen zu erkennen, das Anne und mir den Tee serviert hat. Sie sitzt auf einem Fauteuil, den jemand zur Treppe geschoben hat, ihre beiden Hände sind mit Seilen an das Geländer gefesselt.

Jemand kommt die Treppe herab. Ich erkenne lediglich Stiefelspitzen, die in meinem Blickfeld auftauchen, und sehe, dass das Hausmädchen den Kopf verdreht und einen flehenden Blick emporwirft. Sie sagt etwas, das ich durch das Fensterglas nicht verstehe. Nur das Heulen der Wölfe antwortet.

Den braunen Stiefelspitzen folgt eine grüne Hose, die sich um eine weibliche Hüfte schmiegt. Wenig später erscheint Johanna in meinem Sichtfeld. Ihr Haar rahmt rot und wild ihr Gesicht. Sie trägt einen Eimer bei sich, über dessen Rand blutige Mullbinden hängen. Als sie einen der Wölfe sieht, schnappt sie nach ihm, die Zähne gefletscht. Die beiden, die sich um den Braten prügeln, ziehen sich Richtung Esszimmer zurück. Was ist passiert? Sonst hatten sich die Wölfe immer unter Kontrolle – warum verhalten sie sich plötzlich wie wilde Tiere?

Ich lecke mir über die Unterlippe. Was auch immer hier vorgeht, warum auch immer sie das Haus der Devoyes besetzt haben – ich muss augenblicklich zur Hexade und ihr davon berichten.

Ich traue mich nicht zu atmen, als ich den Kopf vom Fenster zurückziehe. Ein Raunen zieht meine Aufmerksamkeit auf sich. Zuerst glaube ich, ein Auto nähert sich auf der Straße, doch das Geräusch schwillt zu einem Knurren an.

Angstvoll wende ich den Kopf und finde mich einem ausgewachsenen Wolf mit gefletschten Zähnen gegenüber, der mich aus verkniffenen Augen anglotzt. Mir fällt nichts anderes ein, als die Hände zu heben. »I-ich ergebe mich?«, wispere ich in die Dunkelheit.

Das furchtbare Knacken ertönt, als Knochen brechen und sich verformen, gefolgt von dem Schmatzen von Fleisch. Dieser Wolf braucht ungleich länger als Geralt, um sich in seine menschliche Gestalt zurückzuverwandeln. Ein, zwei, drei wertvolle Sekunden verstreichen, ehe ich reagiere. Während ich noch auf dieses Wesen starre, das sich aus dieser Halbform zwischen Mensch und Tier müht, renne ich los. Ich komme keinen Schritt weit, da schießt ein rotbrauner Schatten hinter dem Busch hervor und wirft sich gegen mich. Das Muskelpaket rammt mich in den nächsten Strauch und wir brechen gemeinsam hindurch. Zweige stechen durch meine Kleidung. Ich muss mit Gewalt meine Lippen zusammenpressen, damit ihnen kein Schrei entkommt. Auf mir liegt ein hechelnder Fellhaufen, der meinen Hosenbund packt und mich aus dem Buschwerk zieht. Ich will nach ihm treten, doch eine menschliche Stimme lässt mich innehalten. »Lass das«, sagt ein Mann. »Oder wir zerfetzen dich in tausend Stücke.«

Ich umklammere meinen wehen Arm, als mich der zweite Wolf am Hosenbund in die Höhe zieht.

»Du hast unser Territorium betreten«, sagt der Wolf, der mich vor dem Fenster gestellt hat. Er ist nackt, durch das Licht, das aus dem

Haus strahlt wie durch zahlreiche Augen, kann ich seinen athletischen Körper erkennen. »Nach dem Sonderrecht für Interens gehörst du daher uns.« Er grinst, die Zähne ein weißer Halbmond. Ich glaube ihn zu erkennen. Handelt es sich nicht um den aufdringlichen Jungwolf, der während des Dinners im Wintersteiner Palast neben Lisbeth gesessen hat?

Ich richte mich auf, den pelzigen Genossen im Rücken, der ein dunkles Knurren ausstößt, eine Warnung, dass er sich jederzeit in meine Kehle verkeilen kann wie in die meines Cousins. Ich klopfe meine Oberschenkel ab. »Nicht ich habe fremdes Territorium betreten!«, rufe ich. »Ihr seid bei Anne Devoye eingebrochen!«

Die Zahnmondsichel bleibt bestehen wie das Gestirn am Himmel. »Anne Devoye gehört jetzt zu unserem Rudel«, behauptet er. »Daher gehört dieses Grundstück uns.«

Seine Dreistigkeit raubt mir den Atem. »Ihr …«, mir fällt kein passendes Wort ein. »… räudigen Köter!«

Er winkt uns zu, mir und meinem Bodyguard. »Kommt«, brummt er. »Johanna wird sich um dich kümmern.« Damit geleiten sie mich den Pflasterweg zurück zur Villa.

Als sie die Glastür öffnen, beschäftigt sich das Rudel zunächst mit den eigenen Tätigkeiten, bis ihnen mein Geruch in die Nase dringt. Zahlreiche Köpfe, ob menschlich oder wölfisch, drehen sich in meine Richtung. Die Wandler starren mich an. Geräuschfetzen streuen aus dem Obergeschoss zu uns herab.

»Johanna!«, ruft der nackte Wandler. »Wir haben Besuch!«

Köpfe rucken herum, hinüber zum Esszimmer, dorthin, wo sich die Küche verbirgt. Bis auf die Geräusche aus dem Obergeschoss ist es plötzlich unheimlich still. Das Zimmermädchen, das an das Treppengeländer gefesselt ist, wimmert. »… helfen Sie mir!«, fleht sie mich an.

Wasser plätschert in der Küche. Der Wandler packt mich an der Schulter und stößt mich voran, an seinen Gefährten vorbei, die in den Ecken lungern, manche von ihnen halb nackt, manche blutig, manche Gesichter mit Essen verschmiert. Paarung, Gewalt, Futter – das Rudel scheint sich momentan seinen tierischen Gelüsten hinzugeben. Eine angespannte Stimmung hat die Ausgelassenheit abgelöst. Wenn ich in die Augen der Fremden sehe, sehe ich Wildheit, ja fast Tollheit. Das

Rudel hat zahlreiche seiner menschlichen Eigenschaften abgelegt. Was mir nun entgegenblickt, ist roh, gewaltbereit und lüstern.

Eine Gestaltenwandlerin, die sich unter dem ausladenden Esstisch verkrochen hat, fletscht die Zähne. Aus ihrem Gesicht bricht die Wölfin hervor. Sie alle befinden sich am Limit. Eine falsche Bewegung und sie werden mich anfallen.

Ich kämpfe mit dem Würgereflex, als ich das Esszimmer durchschreite. Es riecht nach Sex, Blut und Essensresten. Schwül hat sich Wollust mit Tollwut vermengt. Ich weiß nicht, was hier vorgeht. Geralt mag vieles getan haben, doch er war nie außer Kontrolle.

Aber Geralt ist nicht hier.

Geralt ist nicht …

Ich blicke in Richtung Plafond.

Bevor ich mir weiter Gedanken über seinen Verbleib machen kann, verlässt Johanna die Küche und tritt mir gegenüber.

»Du«, spricht sie nasal. Sie wischt sich die Hände an einem karierten Küchentuch ab. Es hat eine rosige Farbe angenommen, genau wie die Ärmel ihrer Bluse. Johannas Gesicht scheint wie gegerbt – sie muss lange nicht geschlafen haben. »Als ob deine Familie nicht schon genug angerichtet hätte!«

Was? »Höre ich da richtig?«, schieße ich zurück. »Du belehrst mich über meine Familie, nachdem mein Cousin gerade wegen Geralt im Koma liegt?«

Sie trocknet sich noch immer die Hände ab. Immer und immer wieder fährt das Baumwolltuch über ihre Hände. Ich stelle fest, dass ihre Fingernägel zu Klauen gekrümmt sind. Sie hat sich nicht vollständig unter Kontrolle, genau wie Anne Devoye im Wintersteiner Palast. Doch bei Johanna ist es nicht Angst, die ihre tierische Seite belebt. Ihr Rudel stärkt ihr den Rücken, sie hat keinen Grund, sich zu fürchten.

Es ist Tollheit, der ihr Tier aus der menschlichen Haut treibt. Nur warum? Warum hält Geralt das Rudel nicht im Griff?

»Er stirbt«, sagt Johanna heiser. »Niemand wird ihm helfen, weil alle Heiler von deiner Freundin Wegemann beeinflusst werden. Er stirbt, und das ist eure Schuld …!« Mit einer abrupten Bewegung wirft sie das Geschirrtuch fort.

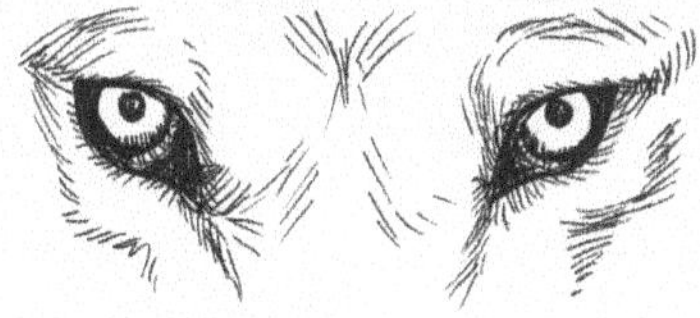

36.

TOLLWUT

Mir fällt keine Erwiderung ein. Die Wölfin nähert sich mir, lauernd. Als das restliche Rudel mich zu erkennen scheint, rückt es näher. Laute der Feindseligkeit werden laut, Lefzen heben sich. Die Laune, die zuvor euphorisch war, kehrt sich ins Gegenteil. Automatisch weiche ich zurück, stoße gegen den Wolf, der mich hereingeführt hat – und nun menschliche Gestalt angenommen hat. »Na, na«, brummt er mir ins Ohr. »Ist das ein Angebot?«

»Dass du mich zum Gartentor zurück begleiten darfst? Sehr gern«, zische ich.

Er packt mich am Hosenbund, diesmal mit der Hand. Seine Finger graben tiefer, als es notwendig wäre. »Genauso neunmalklug wie die Jungkatze, die vor dir hier war«, flüstert er. »Doch später war sie still.«

Ich friere in der Bewegung ein.

Lisbeth.

Er spricht von Lisbeth.

Ich balle meine Hand zur Faust und ramme sie dorthin, wo ich seine Genitalien vermute. Ich verschätze mich leicht, doch es reicht, um einen Effekt zu erzielen. Er lässt zuerst einen Schrei, dann meinen Hosenbund los und hält sich das Skrotum.

Im nächsten Augenblick wirft sich jemand auf mich und rammt mich nieder.

Ich kugle in einem Fellbündel über das Parkett. Der Wolf ringt mich zu Boden und setzt sich auf mich. Die Muskelmasse lastet auf mir. Ich strample, doch meine Beine erfassen kein Hindernis. Mit einem Schrei versuche ich mich aufzurichten – vergeblich. Krallen bohren sich durch meine Kleidung. »Ab jetzt bewegst du dich nur noch dann, wenn ich es dir sage«, brummt der Wolf, dem ich zwischen die Beine geschlagen habe.

Johannas cognacfarbene Stiefel erscheinen in meinem Blickfeld. »Auf mit ihr«, befiehlt sie streng. Das Gewicht verlagert sich. Kaum bin ich davon befreit, werde ich auch schon an den Achseln in die Höhe gerissen. Ein Schmerz reißt durch meine gequetschten Lungen. Heute lerne ich, wie viele Arten des Schmerzes es gibt – und keine gleicht der anderen.

Zwei Wandler huschen aus der Küche, kichern wie Kojoten. Der eine trägt eine Rolle Frischhaltefolie, die der andere im Lauf auseinanderzieht, sodass sich der durchsichtige Kunststoff wie ein Segel bläht. Was bei den Seelen haben sie damit vor?

Einen Augenblick später werde ich in ihr Vorhaben eingeweiht. Die beiden laufen rechts und links an mir vorbei, spannen die Frischhaltefolie um meine Brust und beginnen, mich darin einzuwickeln. Keckernd umkreisen sie mich, untermalt vom Spanngeräusch der Folie, und amüsieren sich köstlich dabei.

Ich werde eingerollt wie eine Frühlingsrolle. Die Schichten halten meine Arme eng an meinen Körper gepresst. Wenn ich die Luft einsauge, spannt mein Brustkorb gegen das hautenge Gefängnis.

Johanna mustert mich belustigt und gräbt dabei die Hände in Geralts Lederjacke. Sie nickt Richtung Treppe. »Los.« Zwei Wölfe stoßen mich voran. Ich habe keine andere Wahl, als der Rothaarigen zu folgen. Auf dem Weg bemerke ich, dass einige der Wandgemälde fehlen. Papierreste und zersplitterte Rahmen liegen auf den Stufen.

Im Obergeschoss folgen wir dem Teppich, der sich durch den Flur erstreckt, bis in den hinteren Teil des Stockwerks. Am Ende des Ganges liegt eine dunkelbraune Tür, die von zwei Wandlern bewacht wird. Sie weichen zur Seite und wir treten ein.

Der Raum ist dunkel, das einzige Licht fällt durch das Fenster. Im ersten Augenblick glaube ich, es stammt von einer Straßenlaterne, doch es ist der Mond, der rund und satt hereinblickt. Ob die Legende stimmt und Wandler zu Vollmond gegen ihre tierische Natur ankämpfen müssen? Oder ist es Geralts Abwesenheit, die sie aus der Haut fahren lässt?

Ich schnuppere und erkenne, dass es sich bei diesem Zimmer ursprünglich um Annes Schlafzimmer gehandelt hat. Jetzt durchtränkt ein saurer, kranker Geruch den Duft von getrockneten Rosenblättern und Aloe-Vera-Weichspüler. Jemand stößt mich unsanft in den Rücken und ich stolpere einige Schritte vorwärts, auf das ausladende Bett zu. Bevor ich ihn zwischen den Laken erkennen kann, bemerke ich den Schlafenden an seinem Geruch. Ein rasselndes Geräusch streift mein Ohr, wie das einer kranken Lunge, die sich mit jedem Atemzug abmüht.

Beim Kopfende der Schlafstätte bleibt Johanna stehen und verschränkt die Hände vor sich. Mit Ehrfurcht blickt sie zu ihrem Halbbruder hinab. Als ich mich nähere, entdecke ich Geralts Gesicht zwischen zahlreichen Daunenkissen. Sein Haupt und Kinn wurden geschoren, zahlreiche Schnitte bedecken sein Gesicht.

Ich würde mir am liebsten die Nase zuhalten. Kranken Lebewesen dringt der Geruch aus jeder Pore. Geralt riecht nicht einfach nur krank. Er riecht nach Tod. Das einzig Vergleichbare, das ich erlebt habe, war der Geruch eines schwächlichen Eichhörnchens, das Lin, Zhang und ich im Stadtpark gefunden haben. Von seinen Geschwistern aus dem Nest verstoßen, hatte es im Gras gelegen, das Beinchen gebrochen, von Schmeißfliegen eingehüllt. Diese ekligen Insekten wussten bereits, dass der Tod nur noch wenige Schritte entfernt verharrte.

Wir versuchten das Tierchen zu retten. Vergeblich. Die Fliegen hatten ihren Anteil bereits getan.

Geralt riecht wie dieses Eichhörnchen. Sein Gesicht ist geschwollen und erinnert mich unmittelbar an Zhang, der komatös in seinem Krankenhausbett liegt. Sein rechtes Auge ist zugeschwollen, eine verkrustete Furche zieht sich hindurch. Ich habe das Gefühl, Verwesung zu schmecken. Bakterien müssen durch die Verletzungen der toten Vögel in sein Blut gelangt sein. Er scheint an einer Blutvergiftung zu sterben.

»Warum bringt ihr ihn nicht ins Krankenhaus?«, frage ich leise.

Johanna wendet mir ruckartig den Kopf zu und sieht mich zornig an, da ich die ehrfürchtige Stille mit meinen Worten schände.

»Ein Wolf stirbt nicht in einem Krankenhaus«, zischt sie. »Er stirbt unter seinesgleichen!«

»Vielleicht hätten sie etwas tun können …«

Sie packt mich an der Schulter, ihre Finger krallen sich in mein Fleisch, ich sinke in die Knie, versuche zu entkommen. »Euresgleichen haben bereits genug getan!« Sie stößt mich zur Tür und auf den Gang hinaus. Die Wächter schließen hinter uns ab. »Was soll das heißen?«, schnaufe ich.

»Deine Familie hat uns das angetan!«

»Wie bitte?«

»Zuerst dein Großvater, jetzt sein Enkel! Wie die Pest seid ihr!«

Ich stoße ein schockiertes Lachen aus. »Das kann du doch nicht ernst meinen! Geralt hat mit diesen Duellen begonnen!« Ein weiterer Stoß lässt mich vorwärts taumeln, in der Frischhaltefolie gefangen muss ich einen großen Ausfallschritt machen, um nicht zu stürzen. »Er hat Zhang ausspioniert! Hat meine Schwester ausspionieren lassen! Hat mich in den Ring gezerrt! Und jetzt sagst du, es wäre Zhangs Schuld, dass Geralt ihn unterschätzt hat?«

Ein weiterer Schlag trifft mich zwischen die Schulterblätter, diesmal kann ich die Bewegung nicht abfangen. Ich falle zu Boden und reiße gerade noch den Kopf in die Höhe, um nicht aufs Gesicht zu fallen. Mein Brustkorb fängt den Fall ab, es raubt mir den Atem. Mit einem Tritt werde ich herumgedreht. Atemlos bin ich dazu gezwungen, meine Gegnerin anzusehen. Der Wahn spricht aus Johannas Augen. Sie mag Geralts Beta gewesen sein, doch der Alpha war es, der das Rudel zusammenhielt. Sein Zorn war kalt und berechnend. Ihrer ist heiß und brennend. Während Geralt das Rudel bei Verstand gehalten hat, ertrinkt es nun in Johannas Wut. In ihrer *Tollwut.*

»Was glaubst du, das ihr hier tut?«, ächze ich. »Ihr könnt nicht einfach ein Haus besetzen und deren Bewohner gefangen nehmen!«

Ein mörderisches Lächeln spannt sich auf Johannas Gesicht. »Anne Devoye gehört jetzt zu uns«, raunt sie. Meine Begleiter gehen neben mir in die Knie und helfen mir hoch. »Und damit gehört dieses Haus uns.«

Ich stoße ein trockenes Lachen aus. »Na klar«, rufe ich. »Und das Mädchen da unten liebt Sadomaso-Spielchen und hat sich freiwillig an die Treppe fesseln lassen, was?«

Das Lächeln auf ihrem Gesicht schwindet nicht. Es scheint sich von einem Ohr zum anderen zu spannen und wirkt dabei beunruhigend wölfisch – obwohl Wölfe doch nicht lächeln können. Johanna kommt näher. »Das Mädchen gehört Anne«, sagt sie leise. »Anne gehört zu uns. Daher gehört uns das Mädchen.«

Ich schürze die Lippen. »Was für ein hausgemachter Unsinn …!«

Johanna packt mich und schiebt mich weiter. »Was verstehst du schon von Gestaltenwandler-Hierarchien? Du bist ein Kuckuckskind in einem Drachennest. Du wirst nie verstehen, was es bedeutet, ein Wandler zu sein – nie wissen, wie es ist, zu einem Rudel zu gehören, Gemeinschaft zu leben …!«

Johanna versteht es, mich zu beleidigen. Als hätte sie Nachhilfe bei Pheng genommen. Ich brauche keine Nachhilfe. »Sieht so aus, als wäre ich nicht das einzige Kuckuckskind«, puste ich aus. »Man muss keinen DANN-Test machen, um zu erkennen, dass Geralt und du Halbgeschwister seid!« Ich weiß, was wehtut. Im Prinzip geht es mir nicht anders als ihr.

»Wir hätten denselben Vater, hätte dein Großvater ihn nicht ermordet!«, faucht sie und stößt mich erneut. Sieht so aus, als hätte ich einen wunden Punkt getroffen.

Einer meiner Begleiter fängt mich auf, bevor ich gegen das Geländer pralle. Als ich mich aufrichte, stelle ich fest, dass wir vor einer Tür stehen geblieben sind. Was kommt als Nächstes? Ich versuche es weiter. »Ob ihr es wollt oder nicht, irgendwann wird die Polizei nach Anne Devoye sehen …!«

»Wir sind ein Rudel«, beharrt Johanna. »Für interensische Gruppierungen wie uns Gestaltenwandler-Rudel gilt auf diesem Kontinent das Sonderrecht. *Unser Territorium, unsere Regeln.* Ohne Gerichtsbeschluss kommt hier niemand rein.«

»Du glaubst doch nicht, dass euch irgendjemand abnimmt, Anne hätte sich euch freiwillig angeschlossen …!«, spucke ich ihr entgegen.

Johanna reißt die Tür auf. »Anne? Was hast du dazu zu sagen?«

Ich stehe vor einer Besenkammer. Neben Reinigungsutensilien wird sie von einem Hundekäfig ausgefüllt, in dem ein Katzenklo, eine Wasserschüssel und eine braune Hauskatze untergebracht sind. Die Hauskatze blinzelt gegen den plötzlichen Lichteinfall an. »Hopp!«, schnarrt Johanna. »Ich habe nicht den gesamten Tag Zeit!«

Die Katze erhebt sich zögerlich, streckt sich. Die Knochen knacken und beginnen sich zu bewegen. Innerhalb des Hundezwingers beginnt sich die Felidin in einen Menschen zu verwandeln, bis vor mir Anne Devoye kauert. Sie versucht den Kopf zu heben, doch stößt dabei gegen das Gitter, das ein blechernes Geräusch von sich gibt.

Ihr Haar hängt offen und verworren in ihre Stirn. Sie hat ein blau geschlagenes Auge und, wenn ich es im Licht richtig erkennen kann, Würgemale.

»Wärst du so freundlich, der Iudex Poschovaris zu verraten, dass sie sich auf *unser* Grundstück verirrt hat?«, schnappt Johanna.

»Ich gehöre zu Geralts Rudel«, spricht Anne monoton.

Ich starre sie an. »Anne …!«

»Ich gehöre zu Geralts Rudel«, wiederholt sie. »Das hier ist unser Territorium. Du hast unser Recht verletzt.«

»*Du* bist verletzt! Sie haben dich in einen Zwinger gesperrt! Lisbeth …!«

Kurz schnappt die Trance aus Annes Augen. Sie sieht mich an. Weiß sie, dass es Lisbeth gelungen ist, zu fliehen? Ihr Mund klappt auseinander. »Für Gestaltenwandlerrudel gilt das Sonderrecht der Interens. Wir können unsere tierische Seite frei ausleben. Darunter fallen auch Hierarchiekämpfe.« Ich sehe, wie sie schluckt – der Hals, von roten Striemen überzogen, bewegt sich. »Wir kennen unser Recht.«

Ich stoße ein entsetztes Lachen aus. Die interensischen Sonderrechte waren geschaffen worden, um Zwischenwesen wie Gestaltenwandler zu schützen, die über die Jahrtausende hinweg immer wieder Attacken, Verfolgungen, sogar Massenmorden ausgesetzt waren. Die Sonderrechte sollten Gestaltenwandlern wie Wölfen die Möglichkeit geben, ihre tierische Seite auszuleben. Hierarchiekämpfe gehören dazu. »Niemand kann mir erklären, dass dich in einen Käfig zu sperren dazu dient, dich in eine Hierarchie einzugliedern!«

Anne sieht mich müde an.

»Was weißt du schon«, wirft Johanna ein und damit die Tür zu.

»Das Sondergesetz für Interens soll Rechte der Gestaltenwandler schützen, nicht eine rechtsfreie Zone schaffen, in der ihr versklaven, verletzen und vergewaltigen könnt!«

Meine Belehrungen beeindrucken Johanna kaum. »Keine Münze ohne zwei Seiten«, erwidert sie und geht weiter. »Ohne Bescheid darf die Polizei unser Territorium nicht betreten. Ich wette, Anne wiederholt es auch gern für jeden anderen, der an unsere Tür klopft.« Sie wirft im Gehen einen Blick über die Schulter. »Nicht, dass du es jemandem erzählen wirst.«

Ich schlucke. »Was soll das heißen?«

»Du hast unser Territorium betreten. Damit gehörst du uns.«

»Die Welt funktioniert nicht so …!«, rufe ich.

Johanna lacht. »Was nicht passt, wird passend gemacht.«

Ihr Wahnsinn geht mir durch und durch. Johanna stellt willkürlich Regeln auf, die sich nicht in mein Weltbild eingliedern wollen. Ich bin ihr genauso ausgesetzt wie Anne oder das Hausmädchen. Dass ich nichts dagegen tun kann, macht mich wütend und verzweifelt. Ich schmecke beide Gefühle, sie erfüllen heiß mein Herz und drücken auf meine in Folie gewickelte Brust. Aufgewühlt schnappe ich nach Atem. »Ich …!«, will ich noch sagen, doch werde schon wieder weitergedrängt und beginne zu begreifen – mein Ich hat hier nicht länger Rechte.

37.
RECHTLOS

Ich werde zurück ins Hochparterre gebracht, wo man mich in die Küche stößt. Von hier aus führt eine Tür in das Souterrain.

Am Ende einer Holztreppe erwartet mich eine lieblos eingerichtete Waschküche, die durch Halogen-Lampen erhellt wird. Der Raum ist steril mit weißen Fliesen ausgelegt, was mich beunruhigend an Horrorfilm-Szenarien erinnert. Neben der Waschmaschine, dem Trockner und den Wäscheständern führt eine Tür wie ein schwarzes Loch in anliegende Räumlichkeiten. Am Geruch erkenne ich, dass es sich um einen Erdkeller handeln muss – hier wird in der kalten Jahreszeit Wintergemüse gelagert. Der Duft von Wurzelgemüse und gelagertem Obst und Gemüse fehlt, weswegen er vermutlich nicht in Benutzung ist.

Ich bin gerade dabei, mich zu orientieren, als hinter mir die Kellertür ins Schloss fällt. »Hey!« , rufe ich, doch die geschlossene Tür dämpft die Geräusche. Nach einer halben Minute setzt Musik ein, deren Bass dumpf durch den Fußboden dröhnt. Die Wölfe scheinen weiter ihren Launen nachzugehen.

Ich steige die knarrende Treppe empor und prüfe das Schloss. Vor mir thront eine massive Tür. Ich zerre mit dem Mund an der Türklinke, doch wie erwartet ist abgeschlossen. Ich ducke mich und spähe durch das Schlüsselloch. Das Schloss ist altmodisch und passt zu einem dicken Kellerschlüssel. Kein Schlüssel steckt auf der anderen Seite, weswegen ich durch das Schloss hindurchblicken kann. Besonders viel kann ich nicht erkennen – nur eine weiße Fläche und den Rand des Küchenblocks, der das Zentrum des Raumes ausmacht.

Fauchend atme ich aus und lasse mich auf den Stufen nieder. Noch immer werde ich von der Frischhaltefolie gefangen gehalten, darunter bin ich schweißgebadet. Ich muss sie irgendwie loswerden.

Meine Gedanken bedürfen einer Ordnung. Zuerst muss ich mich aus der Folie befreien, dann aus diesem Keller entkommen, dann Hilfe holen …

Meine letzte Entführung hätte mir eine Warnung sein sollen. Kann man irgendwo einen Crashkurs für Entführungsopfer belegen? Ich winde mich in der Frischhaltefolie. Ob der Punkt ›Wie kann ich mich aus Küchenzubehör befreien‹ in diesem Crashkurs behandelt worden wäre, ist allerdings zweifelhaft.

Ich lehne die Schulter an die Wand, stemme mich daran in die Höhe und steige die Treppe hinab. Mein Blick gleitet prüfend über die Inneneinrichtung. Auf der Raumseite gegenüber der Waschmaschine befindet sich eine altmodische Küchenzeile samt Waschbecken, auf der Waschmittelpackungen aufgereiht stehen. Vermutlich wurde sie gebaut, um das Gemüse aus dem Erdkeller reinigen und gleich verwerten zu können. Ich nähere mich der Küchenzeile und balanciere auf einem Bein, um mit der Schuhspitze des anderen Beins die Laden aufzuziehen. Enttäuscht stelle ich fest, dass die Schränke größtenteils leer stehen. Ich finde einen Korb voll bunter Wäscheklammern, eine Kunststoffwäscheleine, Weichspüler, Waschnüsse, Handspülmittel und zwei ausladende Töpfe, in denen hartnäckige Flecken ausgekocht werden können. Kein Messer, bloß ein Löffel. Ich grapsche ihn mir mit den Fingern, die ich aus der Folie zwängen kann. Als ich ihn zwischen meinen Bauch und die Folie zwänge, verbiegt er und bleibt stecken. Ich fluche, trete gegen die Küchenzeile und bemerke dabei einen metallenen Handknauf. Ermutigt gehe ich in die Knie und mühe mich ab, den Rand des Knaufs zwischen die Frischhaltefolie zu zwängen. Ich ziehe.

Die Tür klappt auf.

Ich ziehe weiter.

Die Scharniere ächzen.

Die Frischhaltefolie dehnt sich, meine Hand erhält ein bisschen Spielraum. Ich stemme mich mit meinen Beinen gegen den Tresen und ziehe so fest ich kann. Ein Geräusch ertönt. Ich will bereits triumphieren, als ich zurückkugele. Die Tür fällt klappernd zu Boden.

Das Scharnier ist gebrochen.

»Verdammte Billigmöbelhäuser!«, rufe ich und frage mich, warum sich die Devoyes für hier unten nichts Besseres leisten wollten.

Die Folie hat sich an einer Stelle geweitet, doch es reicht nur, um meine Hand ein kleines Stück hervorzuschieben. Mir bleibt nichts anderes übrig, als weiterzusuchen.

Ich blicke mich um.

Mein Versuch, die Folie an einer Tischkante festzuhaken, schlägt fehl, ich gleite immer wieder ab. Die Waschmaschine und der Trockner sind mir keine Hilfe. Mein Blick wandert über den Innenraum und bleibt beim schwarzen Türloch hängen.

Bleibt noch der Erdkeller übrig. Dort drinnen gibt es kein Licht – zumindest keines, das ich finde. Mit einem unwohlen Gefühl im Magen trete ich an die Öffnung heran. An der Grenze, an der Licht auf Schatten trifft, bleibe ich stehen und sauge die Luft ein. Es riecht nach Erde. Bereits in der Waschküche war es kühl, doch aus der Finsternis schlägt mir eisige Kälte entgegen. Ich lecke mir über die Lippen und trete zögerlich ein.

Das grell erleuchtete Weiß der Waschküche führt dazu, dass mich das Gefühl überkommt, ich würde in ein Tintenfass tauchen. Der Boden unter meinen Füßen verändert sich. Ich spüre Ziegel unter meinen Schuhen, aber auch Sand, der laut knirscht. Das Geräusch wird hohl zurückgeworfen, genau wie mein Atem. Es ist eine Sache, sich blind durch die Dunkelheit zu tasten. Dass meine Hände gefangen sind, verstärkt meine Panik. Meine Einbildung spielt mir Streiche. Ich habe Angst, jeden Augenblick gegen eine Wand zu knallen, ohne meine Arme als schützenden Widerstand ausstrecken zu können.

Meine Fußspitzen tasten vorsichtig nach einem Hindernis. Sie graben durch mehr Sand. Dann stoßen sie gegen eine senkrecht aufgestellte Holzplatte.

Erleichtert atme ich auf. Ich hebe mein Knie an und betaste damit den Gegenstand. Die Holzplatte oder Holzplatten sind morsch und scheinen mir bis zur Hüfte zu reichen. Ich schiebe meine rechte Gesäßhälfte auf den Rand und strecke die freien Finger aus. Sie ertasten Sand. Es muss sich um eine Art Hochbeet handeln, in dem das Gemüse eingescharrt wird, sodass es über den Winter frisch bleibt. Vielleicht hat jemand eine Harke zurückgelassen, mit der ich mich aus der Kunststoffhülle befreien kann.

Ich strecke meine Hand aus, so weit es möglich ist. Meine Finger durchstreifen den Sand. Anspannung verkrampft meine Finger. Ich erwische etwas und zucke automatisch zurück. Da ich nicht sehe, was ich berühre, kostet es mich meine gesamte Überwindung, die Finger erneut auszustrecken. Ein Laut des Grauens presst sich aus meiner Kehle. Meine Fingerspitzen tauchen erneut in Sand, tasten blind herum, erwischen etwas. Ich hoffe, es handelt sich um eine Gartenharke, doch als ich es näher betaste, ist es weicher und runzlig, wie eine Karotte …

Ich erstarre. Meine Finger fahren weiter über die kalte Rübe.

Das ist keine Karotte, schießt es mir durch den Kopf. *Karotten haben keine Fingernägel.*

Ich schreie, so laut ich kann. Als ich mich von den Holzlatten abstoßen will, verliere ich das Gleichgewicht und stürze zu Boden. Sand stiebt auf und fährt mir in die Nase. Ich huste, schreie weiter, huste wieder und krieche Richtung weißes Rechteck, das den Ausgang markiert. Ich wälze mich quietschend zum Eingang zurück, rolle über die Stufe auf die Fliesen und rutsche weiter.

Ich schreie noch immer, als ich bei der Treppe ankomme, hinaufstolpere, mir die Knie an den Holzkanten aufschlage und mit der Stirn gegen die Tür trommle. »Lasst mich raus!«, kreische ich, Tränen in den Augen. »Bitte, bitte lasst mich hier raus!«

Meine Schreie verklingen ungehört. Ich blicke zu dem schwarzen Loch, das in den Erdkeller führt. Mein Herz rast und lässt sich nicht beruhigen. Es dauert sicher eine Stunde, in der ich alle möglichen Gefühlszustände durchleide, bis ich mich so weit zusammenreißen kann, dass ich einen klaren Gedanken fassen kann.

Wer auch immer dort im Sand liegt – er liegt noch nicht lange dort. Der Tod muss in den letzten zwei Tagen eingetreten sein, vermutlich später. Selbst der Geruch des Erdkellers hätte den Verwesungsprozess nicht aufgehalten; läge er länger hier, hätte ich die Leiche gerochen.

Meine Schläfe rutscht die Tür hinab, vor der ich kauere. Ich lausche dem Bass der Musik und erinnere mich an die beiden Wölfe, die sich um einen Braten gestritten haben. Wurde jemand während der Hierarchiekämpfe getötet? Oder ist es einer von Annes Angestellten, der hier unten liegt?

Eigentlich ist es egal. Ich kann weder dem Toten helfen noch er mir. Dennoch sträubt sich alles in mir, als ich wieder in die Waschküche hinabsteige. Seine Nähe zu wissen, macht mich krank. Ihn nicht zu sehen, macht es noch schlimmer. Es ist, als lauere ein Untoter in diesem Keller, der nur darauf wartet, aus seinem Grab zu steigen – und bei meiner Familie ist das nicht einmal ein Ding der Unmöglichkeit.

Ich bleibe auf den Fliesen stehen und wahre den größtmöglichen Abstand zum Erdkellerzugang. Dann versuche ich mich auf mein Ziel zu konzentrieren. Ich muss aus dieser Frischhaltefolie entkommen.

Meine Augen entdecken nichts Neues. Stattdessen bleibt mein Blick an den beiden Herdplatten hängen, die aus der Küchenzeile ragen. Ich blinzle. Und trete darauf zu.

Eine Sekunden starre ich auf sie herab. Mir ist klar: Was ich vorhabe, ist gefährlich – ich habe keine Ahnung, wie die Folie auf die Hitze reagiert und ich könnte mir starke Verbrennungen zuziehen. Doch nichts zu tun liegt nicht in meiner Natur.

Ich wende meine Hüfte Richtung Schalter und fummle mit meinen Fingern daran herum. Unterhalb der Folie ist meine Kleidung schweißdurchtränkt, Flüssigkeit rinnt die Innenseite meiner Arme herab. Ich drehe den Schalter hoch und warte.

Obwohl nach einigen Minuten die Hitze wallend bis zu meinem Gesicht vordringt, muss ich mich dazu durchringen, meinen Plan umzusetzen. Die Angst vor Verbrennungen hemmt mich. Gleichzeitig treibt mich die Todesangst an, aus diesem Keller zu verschwinden.

Ich rücke zurecht, positioniere mich vor dem Herd, schließe die Augen und atme einige Male ein und aus. Dann rutsche ich näher und drücke mit meinem Arm die Folie so weit wie möglich fort. Der Druck, den ich dafür aufwenden muss, lässt meine Muskeln zittern. Das macht es umso gefährlicher, mich der heißen Herdplatte zu nähern. Ich atme vorsichtig aus und drücke den Rand der Folie auf die Plattenkante.

Es beginnt zu stinken. Die Folie schmilzt an. Ein Schweißtropfen rinnt von meiner zitternden Hand, die ich verkrampft halte, und löst sich zischend auf der Platte auf.

Ich drücke die Folie näher heran. Der Geruch ist beißend, der Rand verflüchtigt sich.

Meine Begeisterung wächst. Doch meine Hand bebt. Sie streift die Platte. Zunächst spüre ich nichts, dann zucke ich durch den plötzlich einschießenden Schmerzimpuls zurück. Mein Daumen fährt über die Knöchel. Sie fühlen sich wächsern an. Zeitversetzt beginnt der Schmerz zu pumpen.

Ich versuche ruhig zu atmen und kneife die Augen zusammen. Besser, ich bringe es jetzt hinter mich, bevor sich die Verbrennung lautstark meldet und ich vor Schmerzen nicht mehr stillhalten kann. Ich nähere mich wieder und führe die Folie gegen die Kante. Die Herdplatte schmilzt einen Riss hinein. Ich beuge mich tiefer, um zumindest einen Teil der Folienschicht zu durchtrennen. Der Geruch steigt mir zu Kopf. Meine unteren Bauchmuskeln rebellieren wegen der ungewohnten Haltung. Schweiß rinnt an mir herab. Ich versuche, die Herdplatte im Auge zu behalten, doch es wird zunehmend schwierig.

Ich verliere das Gleichgewicht.

Meine Hand quetscht sich auf die Herdplatte. Es zischt grausam – und diesmal ist es nicht nur die Folie, die dieses Geräusch verursacht. Ich wälze mich zur Seite, und es ist reinem Glück zu verdanken, dass ich dabei nicht noch größere Verbrennungen erleide. Winselnd rutsche ich von der Tischkante und winde mich am Boden. Meine Hand brennt, alles brennt, es stinkt nach geschmolzenem Kunststoff und verbrannter Haut. Meine Kehle entlässt gepeinigte Laute, sie klingen so fremd, unwirklich, als stammten sie von einem Tier. Um mich herum wallt Schmerz. Die Verbrennung fühlt sich anders an als Geralts Bisse – sie ist wie Säure, die sich immer tiefer in mein Fleisch gräbt. Vermutlich tut das geschmolzene Plastik das auch.

Ich wälze mich am Boden, höre kaum, wie die Folie reißt. Tränenüberströmt winde ich den pulsierenden Arm aus der unteren Folienschicht, reiße sie von meinen Schultern, bis sie wie ein schillernder Halsreif um meinen Nacken liegen bleibt. Endlich frei, presse ich die Hand an mich. Versehentlich berühre ich das versengte Fleisch. Dieser Schmerz … *dieser Schmerz!*

Ich krümme mich und wimmere vor mich hin. Das Gefühl intensiviert sich. Nach zehn Minuten bin ich zwar wieder bei Sinnen, doch meine Hand sendet Schmerzimpulse aus, die mir beinahe den Verstand rauben. Ich robbe ächzend in die Höhe, den verletzten Arm an meiner Brust geborgen, und entledige mich der letzten Folienreste. Mit verheulten Augen sehe ich mich um, streiche mir die Flüssigkeit von der verstopften Nase. Auf einem Wäscheständer hängt weiße Kleidung, darunter auch Handtücher und Bettlaken. Ich nähere mich auf wackligen Beinen und finde einen Kissenbezug, der sich zweckentfremden lässt. Daraus bastle ich mir eine Schlinge und lege meinen Arm darin ab. Schniefend streiche ich mir mit der unverletzten Hand die Stirnfransen aus dem Gesicht.

Das ist wirklich ein Scheißtag.

Ich schaffe es nicht, weitere Pläne zu schmieden. Stattdessen setze ich mich auf die unterste Stufe der Holztreppe, lehne mich an die Wand und schließe die Augen. Das verschwitzte Gewand verliert rasch an Temperatur und überzieht mich mit einer Gänsehaut. Sollte jemand nach mir sehen und feststellen, dass ich mich aus der Frischhaltefolie befreit habe, war all die Mühe umsonst.

Ich erhebe mich und sehe mich erschöpft um. Meine rechte Hand ist nicht zu gebrauchen. So muss sich ein Stück Fleisch im Ofen fühlen – unförmig und heiß pulsierend. Ich traue mich kaum, mir anzusehen, wie die Hand wirklich aussieht. Plastikreste, die mit der Haut verschmolzen sind. Allein der Gedanke macht mich irre.

Ich bewege mich durch den Raum, um mich weiter umzusehen, aber auch, um meinen Kreislauf in Schwung zu bringen. Fiebrig suche ich nach einem Weg, dieses fensterlose Gefängnis zu verlassen. Beim Wäscheständer bleibe ich stehen.

Ich ziehe eine Wäscheklammer von der Leine. Die beiden Plastikteile werden durch einen dicken Draht zusammengehalten.

Meine Zunge fährt über die Lippen, während mein Hirn arbeitet. Dann kehre ich zur Treppe zurück und mache mich daran, die Wäscheklammer aufzubrechen. Es benötigt dann noch mehrere Anläufe, um die Metallverbindung der Klammer auf den Stufen so zu verbiegen, dass ich sie als Dietrich verwenden kann.

Ich hatte es nie zuvor nötig, irgendwo ein- oder auszubrechen. Ich habe auch noch nie einen Dietrich verwendet – Lins Tagebuchschloss konnte man einfach aufbrechen. Das Schloss ist halb so groß und breit wie mein Daumen, ich kann bis auf die andere Seite hindurchsehen. Mit zitternden Fingern kommt nun der Dietrich zum Einsatz. Ich schiebe ihn in das Schloss und fummle darin herum, bis ich glaube, Schritte zu vernehmen. Augenblicklich halte ich inne. Ein Schatten zieht am Schlüsselloch vorbei. Ich halte den Atem an und befürchte, die Tür werde sich im nächsten Moment öffnen, stattdessen sehe ich, wie sich etwas Weißes auf der anderen Raumseite öffnet – es handelt sich um den Kühlschrank. Jemand holt sich etwas zu trinken und verschwindet wieder.

Ich setze mein Tun fort.

Einige Male klickt es verdächtig, doch als ich die Türklinke herunterziehe, passiert nichts. Als ich ein weiteres Mal den Dietrich drehe, höre ich ein deutliches Schnappen.

Ich lausche, ob es noch jemand außer mir gehört hat. Die Musik dröhnt. Ich drücke vorsichtig die Türklinke herab. Ohne Widerstand lässt sich die Tür aufdrücken.

Bange spähe ich in die Küche. Als ich niemanden zu sehen bekomme, schiebe ich das Türblatt mit meiner Schulter auf und schleiche hinaus. Lautlos schließe ich die Kellertür hinter mir und ducke mich hinter der Kücheninsel, die das Zentrum des Raumes bildet. Ich höre Stimmen, Musik, Lachen, aber auch das Jaulen von Wölfen und Klirren von Gläsern. Ein unmelodisches Lärmen erklingt – irgendein Wolf muss ein Klavier entdeckt haben, dessen Tasten er drückt.

Ich bücke mich hinter die Theke und taste mich Richtung Küchentür. Mein nasser Kragen klebt, weswegen ich ihn mit der freien Hand lockere. Erschrocken blicke ich an mir herab und ziehe das T-Shirt herunter. Meine Drachenschuppen treten aus der Haut wie Wachsplättchen. Ich lasse den Kragen los. Mit dieser Scheiße muss ich mich später auseinandersetzen.

Ich schmiege mich an die Wand und schleiche zur Tür. Lausche. Dann werfe ich einen hastigen Blick um die Ecke.

Erschrocken ziehe ich den Kopf zurück. Scheiße. Scheiße! Jemand nähert sich! Irgendein Mann kommt auf die Küche zu! Jetzt höre ich seine Schritte. So rasch ich kann, bewege ich mich zurück hinter die Kücheninsel und kauere mich nieder. Ich höre, wie er eintritt. Ohne zu zögern hält er auf den Kühlschrank zu. Ich umrunde die Kücheninsel so, dass ich mich nun auf der gegenüberliegenden Seite befinde.

Der Kühlschrank klappt auf, eine Weile höre ich ihn surren. Der Wolf braucht ungewöhnlich lang, um sich zu entscheiden. Vielleicht kommt es mir auch nur so vor, weil ich mein Gesicht hinter dem Arm verberge, um nicht laut zu atmen. Momentan rieche ich nur meinen eigenen Schweiß.

Hoffentlich riecht er mich nicht, fährt es mir durch den Kopf. *Bitte rieche mich nicht!*

Die Kühlschranktür gibt ein klagendes Geräusch von sich, als sie langsam ins Schloss fällt. Ich erwarte, dass sich die Schritte wieder entfernen, doch kein Geräusch erklingt. Die Panik hält mich fest im Griff.

Ein Schritt, dann noch einer. In die falsche Richtung. Meine Nackenhärchen stellen sich auf, panisch wende ich meinen Kopf. Mein Herz setzt einen Schlag aus, als ich feststelle, dass sich die Kücheninsel samt meiner dahinter kauernden Wenigkeit in der Glasfront des Küchenkabinetts spiegelt. Der Wolf umrundet die Insel.

Ich spüre Tränen der Verzweiflung hinter meinen Augen keimen. *Alles umsonst!*

Im nächsten Augenblick blicke ich in Thomas McAvoys erstauntes Gesicht.

38.

ALPHA

Mein Arm erstickt ein Geräusch, das ich nicht zurückhalten kann. Aus tränenverschmierten Augen sehe ich zu ihm empor. Er hält eine Packung Orangensaft in der einen Hand und stellt sie nun langsam ab. Dann schüttelt er den Kopf.

Ich weiß nicht, was das bedeuten soll.

»McAvoy!«, erklingt plötzlich eine Stimme von der Tür her. Thomas schießt herum. »Spielen wir uns als Freund der Katzen auf?«

Thomas gibt mir mit seinen Fingern zu verstehen, dass ich unten bleiben soll. »Wenn ihr sie schon nicht gehen lasst, bringe ich ihr wenigstens etwas zu trinken, bevor sie dehydriert«, brummt er.

»Das ist 'ne Katze«, erwidert der Wolf. »Die dehydriert nicht so schnell. Wenn du sie streicheln willst, bring ihr lieber 'ne Dose Katzenfutter.«

Thomas senkt den Blick.

»Wie du willst«, ruft der Wolf. »Mach das mit Johanna aus.«

Ich kann von meinem Platz aus sehen, dass Thomas zur Tür starrt. Als sich der andere entfernt hat, gleitet sein Blick zu mir. »Vorne kommst du nicht raus«, flüstert er. »Zu viele Wölfe.«

»Bitte, bitte – verrate mich nicht!« Ich greife nach seiner Hand. »Bitte …!«

Zögerlich schließen sich seine Finger um meine. »Ich konnte schon Anne und dem Mädchen nicht helfen«, murmelt er. »Sie werden mir den Hals umdrehen …«

Tränen quetschen sich zwischen meinen Wimpern hervor. Es kostet mich nicht viel Mühe, sie zu produzieren, meine verletzte Hand brennt wie Feuer.

»Nun gut«, seufzt Thomas. »Wie gesagt, so kommst du nicht aus der Küche.« Er tritt an mir vorbei zu einer Klappe, die sich über dem Küchentresen befindet. »Das ist ein Speiseaufzug, er führt in den Oberstock. Klettere da rein, ich ziehe dich von oben hoch.«

Unsicher blicke ich ihn an.

»Komm schon!«, fordert er mich auf. »Hier unten kann ich nichts für dich tun. Oben im Lesezimmer sehen wir weiter.«

Ich tue wie mir geheißen. Welche Wahl habe ich denn? Thomas hilft mir auf den Tresen. Ich klettere in das Loch hinein. Das Letzte, was ich sehe, ist sein Gesicht. »Ich werde tun, was ich kann«, flüstert er. Dann schiebt er die Klappe zu.

Ich höre, wie sich seine Schritte entfernen und warte in der Dunkelheit, dass Thomas sein Versprechen einlöst.

Die Zeit verstreicht zäh. In dem kleinen Blechkasten ist es schwierig, die eindringenden Geräusche zuzuordnen. Als sich der Speiseaufzug mit einem Ruck in Bewegung setzt, wirft es mich überrascht zur Seite. Einige Sekunden vergehen, bis er anhält. Eine Klappe öffnet sich und Thomas blickt mir entgegen. Sein Gesicht ist in bläuliche Schatten getaucht, als er mir die Hand entgegenstreckt. »Komm«, flüstert er. »Du bist schwer, ich kann die Aufzugkabine kaum halten.«

Hastig lasse ich mich von ihm herausziehen. Er schickt die handbetriebene Maschinerie wieder nach unten.

Wir befinden uns in einem weitläufigen Lesezimmer, das von dekorativen Bücherregalen ausgefüllt wird. Durch die bogenförmigen Fenster strahlen der Mond und seine kleineren, kugelförmigen Laternengeschwister der Straße. Trotzdem stelle ich fest, dass der Himmel mittlerweile eine hellere Farbe angenommen hat. Der Morgen graut.

Thomas winkt mir, ihm zu folgen. Wir kauern uns hinter einer Couch zu Boden. »Ich wusste nicht, dass du hier bist«, flüstert er.

»Wie kannst du meine Ankunft verpasst haben?«, frage ich leise. »Ich wurde im Garten aufgegabelt, mit mir eine Parade durch das Haus veranstaltet und anschließend wurde ich in den Keller gesperrt.«

»Ich war beim Gärtner, Ezechiel. Sie haben ihn auf den Dachboden gesperrt. Er ist verletzt.«

Fragend sehe ich ihn an.

»Ezechiel und sein Gehilfe wussten nichts von den Wölfen. Sie haben das Grundstück mit dem Ersatzschlüssel betreten. Als sie von den Wölfen gestellt wurden, drohten sie damit, die Polizei zu rufen.

Ezechiels Gehilfe lief fort. Das hat den Jagdinstinkt der patrouillierenden Wölfe geweckt. Sie haben ihn gerissen.«

Ich schlucke. »Ist das … der Tote im Erdkeller?«

Thomas nickt vorsichtig.

»Wie kannst du all das unterstützen?«

»Ich unterstütze das nicht«, flüstert Thomas. »Geralts Verletzung hat das aus ihnen gemacht. Johanna war außer sich. Keiner von ihnen hatte sich länger unter Kontrolle. Sie wandeln von der einen Form in die andere und verhalten sich in beiden gleich. Es ist, als hätte Geralts Zustand sie verrückt gemacht. Johanna hat die anderen nicht unter Kontrolle. Sie will sie auch gar nicht kontrollieren. In ihrem Schmerz um ihren Bruder sieht sie rot.« Er holt tief Luft. »Ich habe versucht, sie dazu zu bringen, Ezechiel und Khalinda gehen zu lassen.«

»Khalinda?«

»Das Hausmädchen. Aber sobald Johanna merkt, dass ich mich um sie kümmere, quält sie sie noch mehr. Ihr Schmerz soll der Schmerz aller werden, die nicht zum Rudel gehören. Sie denkt, alle, die irgendwie an der Hexade beteiligt sind, tragen Schuld.«

»Warum gehst du nicht?«, flüstere ich.

»Glaubst du, irgendjemand darf das Haus verlassen? Außerdem … was passiert mit den Bewohnern, wenn ich weg bin?« Das Dämmerungsmilieu lässt seine Augen groß erscheinen. Obwohl er mich dreist anlügen könnte, wie er es zuvor bei meiner Schwester getan hat, glaube ich ihm.

»Warum bist du hier?«, fragt er mich im Gegenzug.

»Lisbeth ist bei Viktorius aufgetaucht«, sage ich.

Erleichterung schwappt über sein Gesicht. »Sie konnte entkommen? Warum bist du allein gekommen? Sie weiß doch, was hier vor sich geht – wir brauchen Hilfe …!«

Ich reibe die Lippen aneinander. »Sie hat sich nicht zurückverwandelt«, sage ich. »Ich wollte Anne holen. Lisbeth war verängstigt. Sie blieb in Katzengestalt und sprach mit niemandem. Also bin ich hierhergekommen, damit Anne sie abholt.«

Thomas reibt sich das Gesicht. »Also weiß sonst niemand, dass du hier bist?«

»Bloß Viktorius … aber ich bezweifle, dass er so bald nach mir zu suchen beginnt.«

Der Skinner reibt sich über die dunklen Augenbrauen. »Du weißt, was hier vor sich geht?«

»Inwiefern?«

»Warum wir hier sind – hier bei den Devoyes?«

Ich hebe unsicher die Schultern. »Weil sie Wandler sind?«

Thomas schüttelt dunkel den Kopf. »Nein«, erwidert er entschieden. »Nein, das ist nicht der Grund.« Und so beginnt er zu erzählen.

»Als Geralt in die Stadt kam, besuchte er zunächst Anne Devoye. Sie ist eine Katze und ihm als Wandlerin von Natur aus unterlegen. Damals, als Geralts Vater um den Posten in der Hexade schacherte, hätte er diesen auch ohne Duell bekommen können. Doch die Hexade besetzte den freien Platz mit den Katzen, weil sie glaubten, diese wären weniger dominant und besser zu kontrollieren. Bis zu einem gewissen Grad ist das richtig. Geralts Vater wusste, ergatterte er einen Platz in der Hexade, würden sich die Katzen seinen Wünschen beugen. Tierische Gestaltenwandler besitzen nicht nur innerhalb des Rudels eine starke Hierarchie, auch Rudel untereinander machen eine Hackordnung aus. Daher forderte der alte Heller Zuko Song zum Duell – und nicht die Katzen. Es war Berechnung, um mit einer besseren Position innerhalb der Hexade zu starten.« Er leckt sich über die Lippen. »Der alte Heller wusste nichts über Drachenwandler. Der alte Song hat ihm den Kopf abgerissen und ihn seinem Rudel vor die Füße geworfen. Das Rudel war am Boden zerstört, genau wie heute – doch Hellers Beta, seine Mutter, stieg auf und übernahm die Kontrolle. Sie ging mit dem Rudel fort. Geralt forderte seine Großmutter auf, ihm den Alpha-Posten zu überlassen. Diesen verweigerte sie ihm. In der Auseinandersetzung wurde sie getötet.«

Ich schlucke. »Und das Sonderrecht für Interens …«

»Gestaltenwandlerrudel besitzen das Recht zur Selbstbestimmung. Geralt musste einige Formulare ausfüllen, damit war die Sache geregelt.«

»Das ist absurd.«

»So funktioniert die Tierwelt. Und so funktioniert die tierische Hälfte der Wandler.« Er zuckt mit den Schultern. »Die Duelle der Hexade sind nichts anderes.«

Ich verfalle in Schweigen.

Thomas legt die Fingerspitzen aneinander und schließt die Augen, um sich zu konzentrieren. Dann spricht er weiter. »Geralt kehrte also mit dem Rudel nach Poschovar zurück und besuchte Anne Devoye. Er erklärte ihr, dass er hier wäre, um sich einen Platz in der Hexade zu erkämpfen. Ihm ginge es nicht um Macht, denn diese besäße die Hexade in Poschovar wahrlich nicht in demselben Ausmaß wie in anderen Städten. Er wollte einfach nur fordern, was sein Vater zuvor gefordert hatte – und diesen dadurch rächen. Er erklärte Anne in aller Ausführlichkeit, wie er zunächst ihre Tochter zum Duell fordern würde, und nachdem er diese getötet hätte, Anne selbst. Die Devoye war natürlich entsetzt. Sie hätte sich ihm von Grund auf unterwerfen können, doch ohne den Posten in der Hexade besäße sie nicht länger den geschäftlichen Einfluss in Poschovar – und hatte wohl Angst, den Besitz ihrer Familie zu verlieren.« Er weist um sich. »Geralt wusste das. Also machte er ihr einen Vorschlag. Er wollte die Katzen zu Verbündeten. Und er würde sich der Familie annehmen, die damals den alten Heller getötet hat – die Songs. Da Zuko Song nicht mehr am Leben war, würde er sich durch die restliche Familie kämpfen, ohne Rücksicht auf Verluste. Er informierte sich über die Mitglieder und Ränge innerhalb der Familie. Und Anne sollte ihm deren Schwachpunkte liefern.« Er holt tief Luft, bevor er weiter erzählt. »Anne wusste von Longs Gefängnisaufenthalt und von deiner schwierigen Beziehung zu Pheng. Sie erzählte Geralt, dass Zhang für die offizielle Erbfolge geplant war und die Fähigkeit seiner Großmutter geerbt hatte. Bis er mächtig genug wäre, sollte Long die Stellung halten.«

»Warum hat er Zhang nicht herausgefordert, solange mein Vater im Gefängnis war?«, frage ich leise.

»Long hätte ihn zurückfordern können, sobald er entlassen worden wäre, und ihn vermutlich wie Zuko zerrissen. Geralt hatte nicht vor zu sterben. Stattdessen … wandte er sich an mich.« Das ist der Augenblick, in dem Thomas dem Schweigen verfällt.

»An dich? Du hast ihn nicht vorher gekannt?«

Er schüttelt den Kopf. Sein Blick verfinstert sich.

»Woher kennst du ihn dann?«

»Ich saß zu diesem Zeitpunkt im selben Gefängnis wie dein Vater.«

… »*Was?*«

»Ich kam mit wenig Geld von Aurora hierher. In meinem Leichtsinn … räumte ich die Kasse einer Tankstelle leer, deren Besitzer eingeschlafen war. Ich dachte, es wäre einfach verdientes Geld. Eine Kamera nahm mich auf. Ich sollte ein Jahr sitzen.«

»Du warst mit meinem Vater im Gefängnis?!«, fauche ich.

»Nicht im selben Block. Ich kannte ihn nur flüchtig vom Hofgang. Aber das war vermutlich der Grund, warum Geralt auf mich zukam. Er besorgte mir einen Anwalt. Ich wurde wegen guter Führung ein halbes Jahr früher entlassen.«

Ich starre ihn mit offenem Mund an.

»Ich passte wohl in sein Konzept«, schnauft Thomas und wirkt dabei geknickt, »und erfüllte alle Bedingungen. Ich saß mit Long im Knast, wegen des leichten Diebstahls hatte ich keine lange Gefängnisstrafe zu befürchten. Außerdem war ich verzweifelt auf der Suche nach …« Er bricht ab.

»Gemeinschaft?«

»Familie.«

Ich beiße mir auf die Unterlippe. »Es tut mir leid«, sage ich.

Sein Blick wandert zu mir. »Was tut dir leid?«

»Dass nichts so gelaufen ist, wie du es dir erhofft hast.« Ich meine es ehrlich – und bin selbst davon überrascht.

Er zuckt mit den Achseln. »In meinem Leben ist selten etwas so gelaufen, wie ich es mir vorgestellt habe«, sagt er. »Geralt bat mich um Hilfe – zum Wohle des Rudels.« Er lacht finster. »Wie hätte ich da Nein sagen können?«

»Und der Gefallen war, meine Schwester auszuspionieren?«

»Ja.«

»Da hattest du großes Glück. Meine Schwester geht normalerweise nie mit Männern aus. Schon gar nicht mit irgendwelchen dahergelaufenen wie dir.«

Meine Aussage projiziert ein Lächeln auf sein Gesicht, das rasch von der Trauer dahinter durchdrungen wird. »Das war alles ein großer Fehler. Du hast keine Ahnung, wie oft ich das *Was-wäre-wenn*-Spiel gespielt habe. Immer und immer wieder … ohne dass sich die Vergangenheit hätte ändern lassen. Die Zeit lässt sich eben nicht zurückdrehen.«

»Du hast Geralt verraten, dass ich nie in den Familienverband aufgenommen worden bin.«

Er nickt.

»Und Geralt hat mich entführt, um Long dazu zu bringen, sich von Großmama Pheng zu trennen. Damit glaubte Geralt, die größte Gefahr – die Drachen innerhalb der Linie – gebannt zu haben.«

Er nickt erneut.

»Aber er hat nicht mit Zhangs Sturschädel gerechnet.«

»Niemand hat das«, erwidert Thomas. »Und jetzt sitzen wir hier. Johanna gibt Anne Devoye die Schuld für Geralts Zustand. Sie sagt, Anne hätte sie davor warnen müssen, wie stark Zhang geworden ist.«

»Deswegen quält Johanna sie?«

»Sie hat Lisbeth den Wölfen zum Fraß vorgeworfen. Ich habe ein Fenster offen gelassen. Sie konnte sich verwandeln und fliehen, ohne gerissen zu werden. Ich habe jedoch nicht gewusst, ob sie es geschafft hat.« Bedrückt senkt er den Kopf. »Aber das ist wohl ohnehin einerlei.«

Ich fasse seine Hand. »Nicht, wenn ich hier rauskomme und Hilfe holen kann!«

»Das Selbstregulierungsgesetz …«

»Auch das Selbstbestimmungsrecht für Interens hat seine Grenzen. Im Keller liegt ein *Toter* – und er ist *kein* Gestaltenwandler! Wenn ich das der Polizei erzähle, bekommt sie sicher einen Bescheid und darf eingreifen!«

Thomas sieht mich zweifelnd an.

»Du musst mir vertrauen«, bitte ich und drücke seine Hand. »Allein schaffe ich es nicht!«

Thomas' Stimme ist rau. »Über das Untergeschoss kommst du nicht raus. Sie sind überall.«

Ich werfe einen Blick zu den Fenstern. »Dann müssen wir eben von hier oben das Gebäude verlassen.«

Die Fenster im Lesezimmer eignen sich nicht für unser Vorhaben, weswegen wir durch zwei anschließende Räume in Lisbeths Mädchentraum-Zimmer schleichen. Die Vorhänge ihres Himmelbetts schirmen ein Fenster ab, vor dem ein Rosengitter bis zum Boden reicht. »Das könnte funktionieren«, brummt Thomas.

»Aber die Dornen …«, flüstere ich, während ich mich im flauschigen Teppich auf die Zehenspitzen recke. »Da können wir uns unmöglich festhalten!«

»Nicht in meiner jetzigen Form, nein«, erwidert er. Ich sehe ihn an. »Du musst mir vertrauen«, wiederholt er meine Worte. Dann schließt er die Augen und sein Gesicht überzieht sich mit schwarzem Schuppenwerk.

Ich kann aus nächster Nähe beobachten, wie sich seine Nase zurücksetzt und das Gesicht abflacht, die Ohren schrumpfen und sich in den Schädel zurückziehen. Seine Schuppen sind nicht spiegelnd wie die meines Vaters, sondern ähneln Schlangenhaut – matt und gummiartig. Sein eigentlicher Körper verändert sich kaum, lediglich die Arme strecken sich in die Länge, genau wie die Finger, deren Spitzen zusammenlaufen wie Klauen, ohne dass sie sich dabei zu verhärten scheinen.

Ein Zucken geht durch den Skinner. Dann öffnet er seine schlitzartigen Augen.

Ich weiche in den Vorhangstoff zurück. »D-das ist ziemlich spektakulär«, flüstere ich in die Nacht.

Thomas öffnet den Mund, als ob er mir antworten will, stattdessen klappt diese mit Zähnen gespickte Spalte auf. Es sieht aus, als würde er grinsen. Als er mein erschrockenes Gesicht bemerkt, schließt er das Maul. Er streckt die Hand mit den unnatürlich langen, geschuppten Fingern aus. Ich muss gegen meinen inneren Impuls ankämpfen, um sie zu ergreifen und nicht zurückzuweichen. Die Schuppen fühlen sich elastisch an und strahlen Körperwärme aus.

Mit einem Satz ist der Skinner auf dem Fensterbrett, die Beine angewinkelt wie ein Frosch. Er zieht mich hinter sich und gibt mir ein Zeichen, dass ich meinen unverletzten Arm um seinen Hals legen soll. Ich folge seiner Anweisung. Meine verletzte Hand wird zwischen meinem und seinem Leib eingequetscht, ich beiße die Zähne zusammen. Mit einer seiner seltsamen Hände hält er meinen gesunden Oberarm fest, dann schwingt er sich auf das Rosengitter. Mein verletzter Arm gräbt sich in meinen Magen, und ich glaube mich übergeben zu müssen.

Einhändig klettert der Skinner hinab, mich wie ein Sack Diebesgut auf seinem Rücken. Meine Beine baumeln verzweifelt hin und her, mein Gewicht hängt an meinem Arm, den diese Kreatur festhält. Thomas'

Fußtritte sind sicher, nur wenn er die Hand lösen muss, mit der er sich an den Rosen festhält, geht ein Ruck durch uns beide.

Innerhalb kürzester Zeit setzen wir auf dem Boden auf. Thomas gibt meinen Oberarm frei. Ich taumle einige Schritte davon und halte meinen Arm.

»Alles in Ordnung?«, höre ich seine Menschenstimme fragen. Als ich zu Thomas blicke, sehe ich, dass er sich zurückverwandelt. Die Schuppen ziehen sich aus seinem Gesicht zurück.

»J-ja«, erwidere ich. »Gewöhnungsbedürftig, nichtsdestotrotz.«

Er sieht mich entschuldigend an. Einmal mehr erinnert er mich an einen verlassenen Hundewelpen.

»Komm!«, winkt er mir zu. »Ich bringe dich zur Mauer und helfe dir darüber!« Wir laufen durch den nachtumschatteten Garten. Thomas ist schneller als ich, was mich kaum verwundert. Als Skinner wirkt er wie ein Wesen aus Sehnen und Muskeln, mit Zähnen bespickt und umspannt von schwarzer Haut, die ihn vor den Feuerattacken meines Vaters geschützt hat. Auch in seiner menschlichen Form ist Thomas fitter als ich – ein Mann, der sein gesamtes Leben der Bewegung gewidmet hat.

Der Geruch der Spätsommerblumen und die dumpfen Musikgeräusche aus dem Haus lassen meine Entführung unwirklich erscheinen. Meine verbrannte Hand, die im Baumwollbezug klebt und bei jedem Schritt gegen meine Brust schlägt, erinnert mich schmerzhaft an die Wahrheit.

Wir nähern uns der Mauer und schleichen zwischen gestutztem Buschwerk weiter. Ich sauge die Luft ein. Blumen, die zahlreichen Harnmarkierungen, aber kein Wolf dazwischen. Was nichts heißen muss – das letzte Mal habe ich sie auch nicht bemerkt.

Wir erreichen die Mauer. Über drei Meter hoch spannt sie sich über unsere Köpfe hinweg, voll von Efeuranken. Könnte ich beide Hände einsetzen, könnte ich sie vermutlich sogar aus eigenem Antrieb überwinden – die Efeutriebe bilden faustdicke Stämme, die sich in den Steinspalten festkrallen. So geht Thomas in die Knie und weist mich an, in seine verknoteten Hände zu steigen. »Ich hebe dich auf meine Schultern, und von dort aus kannst du dich über die Mauer wälzen.«

»Komm mit!«, flüstere ich durch die Nacht. »Wir gehen gemeinsam zur Polizei!«

Er schüttelt den Kopf. »Ich kann nicht.«

»Wegen Anne und den anderen? Wir kommen so schnell wie möglich zurück!«

Der Vollmond schneidet ein akkurates Bild seiner Mimik. Er sieht mich an und ich glaube zu erkennen, dass es nicht die Sorge um die gefangenen Menschen allein ist. »Thomas …?«

»Ich bin … ein Teil dieses Rudels …«, ächzt er.

»Das kann doch nicht dein Ernst sein!«, zische ich.

Betreten blickt er zu Boden. »Du musst Hilfe holen«, sagt er. »Los.«

»Du kannst nicht bei ihnen bleiben wollen!«

»Ich werde nicht bei ihnen bleiben. Die Polizei wird kommen. Ich werde ins Gefängnis gehen wie sie alle.«

Mein Mund klappt auf. Ein tollwütiges Rudel, und er die treue Seele. Vermutlich hat Johanna recht. Ich werde nie verstehen, wie es ist, ein Teil eines Rudels zu sein. Für mich gab es immer nur mich und meine Kleinfamilie. Ich verstehe nicht, wie Thomas zu diesen grauenhaften Wesen eine Verbindung aufbauen konnte, wie er sieht, dass sie Falsches tun und trotzdem bleibt. Ich würde ihm gern all das sagen, doch die Angst überkommt mich, er könnte es sich anders überlegen und mir nicht mehr über diese Mauer helfen. Daher schlucke ich die Widerworte herunter. »Wie du meinst«, sage ich und hebe das Bein, um meinen Schuh in seine ausgestreckten Hände zu setzen, »es ist dein Leben.« Thomas will mich gerade in die Höhe katapultieren, als ihn ein Geräusch herumfahren lässt. Mein Fuß verliert den Halt und gleitet zu Boden. Ich folge seinem Blick. Die sanfte Brise, die über die Mauer fährt, dreht sich und trägt den Geruch von Wolf mit sich. »Thomas!«, zische ich. »Schnell!«

Der Skinner starrt in den Garten Richtung Büsche, die Augen geweitet.

»Thomas!« Ich packe seine Schulter und schüttle ihn. »Bitte! Anne, der Gärtner, das Hausmädchen …! Wenn ich hier nicht rauskomme, werden sie alle …!« Ein keckerndes Geräusch würgt mich ab. Ein Kojote gleitet hinter den Büschen hervor, gefolgt von einem größeren Wolf mit zottligem, gelbbraunem Fell. Die Patrouille hat uns aufgespürt. Beide Tiere fletschen die Zähne.

Da stehe ich, direkt neben der rettenden Straße, durch nichts von ihr getrennt als durch eine Mauer. Verzweiflung schwappt über mich und drückt mich in die Knie. Das ist so unfair. *Ihr Geister, warum tut ihr mir das an …?*

Ich registriere nur peripher, dass sich der Kojote wandelt. Es handelt sich um einen schlaksigen, rotblonden Jungen, dem das Grinsen ins Gesicht gestempelt scheint. Er wankt auf uns zu – ich weiß nicht, ob es an der Verwandlung liegt, am Vollmond oder an Trunkenheit. Er stößt ein abschätziges Geräusch aus. »Tz, tz, tz … was macht das Omega hier?«

Meine Stirn legt sich in Falten. Thomas, der halb vor mir steht, rührt sich nicht. Erst als sich der Rothaarige weiter nähert, erkenne ich, dass er den Skinner meint. »Ganz unten in der Nahrungskette …«, raunt der Junge, verfolgt vom angriffsbereiten Wolf. »… und trotzdem leistet er sich einen solchen Fauxpas.«

Thomas bleibt stumm.

Hinter ihm stoße ich ein Schnauben aus. »Bist du schon alt genug, um solch klugen Worte verwenden zu dürfen?«

Der Kojoten-Wandler verlagert seine Aufmerksamkeit auf mich. »Wie bist du aus dem Keller gekommen?«, fragt er erstaunt.

»Das werde ich ausgerechnet dir verraten.«

Sein Lächeln verbreitert sich. »Du kannst dem Omega den Trick gern verraten – schließlich werdet ihr beide dort unten landen.« Er legt den Kopf schief. »Geh zum Haus zurück«, fordert er Thomas auf.

Und Thomas geht.

Er ist ein Skinner und könnte den Hals dieses Kindes mit einem einzigen Biss durchlöchern, stattdessen beugt er sich und geht. »Thomas!«, rufe ich aus. »Du bist stärker als er!«

Der Kojote lacht nur. »Aber er ist doch das Omega!«, ruft er aus. »Und als Omega steht er ganz unten in der Nahrungskette.« Er schmatzt, während sein Blick über mich gleitet. »Oder haben wir ein neues Omega?« Und damit werde ich zurück zu der Villa gebracht, die mir einst wie ein herrliches Schloss erschien und nun zum zweiten Mal mein Gefängnis wird.

39.

Das Omega

Johanna sitzt auf den Stufen der Treppe, die in den ersten Stock führt, als wären sie ein Thron. Sie hat die Unterarme auf den Knien abgestützt und blickt herausfordernd zu den Wölfen, die sich vor der Treppe scharen.

Thomas steht zwischen ihnen. Er verhält sich in sich gekehrt, zeigt keinerlei Gefühle, während das Rudel eindeutig klarmacht, dass er sich in der Hackordnung ganz weit unten befindet. Der Thomas, der damals in unseren Laden spazierte, einen lässigen Spruch auf den Lippen und die Erfahrung seiner Wanderschaft auf den Schultern, hat nichts mit dem Mann gemein, den ich hier sehe. Geralt hat ihm eine Gemeinschaft versprochen. Das Rudel hat ihn ausgenutzt, ihn seiner Selbstständigkeit beraubt und ihn gebrochen. Er, der vermutlich Geralt im Duell hätte töten können, glaubt sich als unterlegen.

Johanna ist die neue Alphawölfin. Sie besitzt das Gehabe einer Königin, die über den Abschaum regiert. Der Zorn blockiert meine Worte, ich presse meine Zähne so fest zusammen, dass es wehtut. Ich verstehe dieses Rudel-Gehabe nicht. Ich will es auch nicht verstehen. Es steht für all das, was ich in meiner eigenen Familie hasse – für Großmama Phengs Macht und Einfluss, gegen den das Omega, *ich,* nicht anstreiten kann.

Johanna mustert mich arrogant. »Was für ein lustiges, kleines Menschlein«, stellt sie fest. »Das hätte ich dir gar nicht zugetraut.« Sie verlagert ihre Aufmerksamkeit auf Thomas. »Und du«, erhebt sie ihre Stimme. »Ist das der Dank dafür, dass wir dich aufgenommen haben?«

Der Skinner schweigt.

»Geralt hat dir einen Anwalt verschafft, dir aus dem Gefängnis verholfen, dich wie einen Bruder behandelt – und so dankst du ihm?«

Ich muss mir auf die Zunge beißen. Es ist nicht meine Auseinandersetzung – es ist Thomas'.

»Ich habe dir eine Frage gestellt!«, herrscht Johanna ihn an. »Hast du gehört?«

Thomas nickt langsam.

Der Kopf der Kojoten-Wandlerin ruckt vor. »Dann beantworte sie gefälligst!«

Als ich Thomas bereits aufgegeben habe, überrascht er mich. »Ich danke euch für das, was ihr für mich getan habt«, sagt er. »Aber das, was hier geschieht, ist Unrecht.«

Die Wölfe, die uns umgeben, tauschen überraschte Blicke. Johanna erhebt sich schleppend. »Was hast du gesagt?«

»Das, was hier geschieht, ist falsch.«

»Wer bist du, darüber zu urteilen?«, schnappt sie.

»Geralt hätte es für falsch empfunden«, antwortet Thomas ruhig, ohne sie anzusehen. »Und ich kann nur für ihn hoffen, dass er niemals erwacht und sieht, was du innerhalb von Tagen aus seinem Rudel gemacht hast.« Ein Heulen geht durch die Wölfe. Manche von ihnen wandeln instinktiv, bleiben in einer Halbform stecken, geifern, japsen, jaulen. Aus Johannas Gesicht tritt ebenfalls das Tier hervor. Sie fletscht eine kahle Halbschnauze, aus der spitze Zähne ragen. »Wie kannst du es wagen …!«, raunt sie im Anflug eines Knurrens.

Thomas schweigt.

Eine der drei Glastüren zur Terrasse klappt auf. Ein Patrouillen-Wolf tritt ein. Er räuspert sich. »Alpha«, spricht er. »Jemand steht am Tor.«

»Schick ihn weg!«, schnauzt Johanna, die von den Stufen gleitet, um sich dem widerborstigen Omega zu widmen.

»A-aber er sieht aus wie sie!« Er streckt den Zeigefinger aus.

»Wie wer?«

Er weitet die Augen und zieht die Winkel auseinander. »Na, er hat Schlitzaugen«, sagt er.

»Arschloch!«, schnappe ich und hätte ihm am liebsten die Faust in die Nase gerammt, doch ich werde zurückgehalten. Gleichzeitig atme ich auf. Jemand, der aussieht wie ich? Ich erinnere mich daran, meinem Vater Viktorius' Adresse gegeben zu haben. Er muss gewartet haben, dass ich nach Hause komme – und als ich es nicht tat, muss er zu Viktorius gefahren sein. Ich weiß nicht, ob ich froh sein soll. Die Gefahr wird dadurch nicht gebannt. Falls Long merkt, in welcher

Gefahr ich mich befinde, könnte er die Wölfe angreifen ... und ich ertrage es nicht, ihn für den Rest seines Lebens im Gefängnis zu sehen.

Der Wolf an der Tür kratzt sich am Hinterkopf. »Der Talanide meint, er will seine Tochter abholen.«

Johanna sieht überrascht aus. Hat sie wirklich nicht damit gerechnet, dass jemand nach mir sucht? Sie rümpft die Nase. »Schick ihn fort.«

»Aber ... er sagt, wenn er zwanzig Jahre ins Gefängnis gehen muss, um hier reinzuwalzen, uns allen den Kopf abzubeißen und seine Tochter rauszuholen, dann wird er es tun.«

Ein Schauer klettert über meinen Rücken.

Johanna reckt das Kinn, sie denkt nach. »Gut«, sagt sie schließlich. »Bringt ihn her.«

Während das Rudel überraschte Blicke tauscht, kehrt die Patrouille zum Tor zurück und geleitet meinen Vater zur Villa empor.

Mein Vater wirkt ruhig, als er hereingebracht wird. Misstrauisch sieht er sich um, sein Blick bleibt an mir hängen, dann sieht er sich weiter um, schätzt die Lage ein. Das ist eine Eigenschaft, die ihm das Gefängnis beigebracht hat. Wisse, wo du stehst. Wisse, wo die anderen stehen. »Wo ist Anne?«, fragt er sogleich in die Runde.

Johanna hält die Arme verschränkt. »Anne gehört jetzt zu uns.«

Skeptisch presst mein Vater den bärtigen Kiefer zusammen, die Sehnen an seinem Hals treten hervor. Noch hat er sich unter Kontrolle, die rote Tinte an seinem Nacken bleibt reglos. »Ich werde jetzt meine Tochter mitnehmen«, sagt er und nickt in meine Richtung. »Und ihr werdet uns gehen lassen.«

Johanna stößt ein trockenes Lachen aus. »So?«, erwidert sie lediglich, setzt einen Stiefel vor den anderen und tastete sich in einem Halbkreis näher.

Ich versuche, die Aufmerksamkeit meines Vaters auf das Hausmädchen zu lenken, das an das Treppengeländer gefesselt ist. Sie starrt ins Nichts. Die Erschöpfung drückt ihre Augenlider nieder. Ob Long sie bemerkt, lässt sich nicht sagen. Sein Fokus liegt auf Johanna. »Ich könnte kulant sein und dich und deine kleine Tochter gehen lassen«, sagt sie und zieht ihre Bahnen. »Aber ich fürchte, deine Familie hat sich jegliche Kulanz unsererseits verspielt.«

Die Augenbrauen meines Vaters verschieben sich, dazwischen bildet sich eine steile Falte. Eine Ader, die sich über seine rechte Schläfe zieht, pocht. »Geralt war klug genug, nicht gegen mich kämpfen zu wollen«, spricht er. »Er wusste, in einem Duell gegen mich wäre er chancenlos.«

»Ich brauche kein Duell«, erwidert Johanna. »Ich scheiße auf Fairness. Du kommst und pisst in mein Territorium, stellst auch noch dreiste Forderungen – dann musst du damit rechnen, dass sich ein ganzes Rudel auf dich stürzt. Selbst wenn es dir gelingen sollte, uns alle zu töten … ins Gefängnis kommst du allemal. Du kannst nur verlieren.« Sie zuckt mit den Schultern. »Vielleicht sogar deine Tochter.« Die Alphawölfin bleibt abrupt stehen, wenige Schritte von Long entfernt. Sie schnippt. »Holt Anne«, fordert sie.

Anne wird in Katzenform in ihrem Käfig die Treppe heruntergetragen. Das braune Pelzbündel hat sich in der hintersten Ecke verkrochen und macht sich so klein wie möglich. »Anne«, spricht Johanna ruhig. »Wärst du so freundlich und würdest Herrn Song sagen, er soll von unserem Territorium verschwinden?«

Mühsam windet sich die Katzen-Wandlerin aus ihrer feliden Form. Sie braucht länger als zuletzt, was die Verwandlung in all ihrer Grausamkeit in die Länge zieht. Als sich die Rippen und Wirbel in ihrem Rücken zusammengesetzt haben, atmet Anne schwer. Sie kauert gekrümmt im Käfig, ihr Gesicht ist nicht zu sehen, da sie zu Boden blickt, ihr Haar ein kastanienbrauner Wasserfall. »Bitte … geh …«, schnauft sie.

»Fordert man so jemanden dazu auf, sein Territorium zu verlassen?«, fragt Johanna.

Anne reißt den Kopf in die Höhe, der Blick wild. »… geh!«, schreit sie.

Long stiert die Gefangene an, die Ader an seiner Schläfe regt sich. »Ihr wisst«, raunt er, »auch in den Hierarchiekämpfen innerhalb eines Rudels ist nur ein gewisses Maß an Gewaltanwendung erlaubt. Dazu zählt nicht Misshandlung und Folter. Ihr könnt euch nicht der Justiz entziehen.«

Johanna lächelt. Sie tritt zum Käfig und schnippt so oft, bis Anne sich wieder in eine Katze verwandelt hat. Dann öffnet die Wölfin den Zwinger, greift hinein und hebt die Katze heraus. Das Tier erstarrt in ihren Armen. Die Rothaarige streicht über das zerzauste Fell, krault Anne mit vermeintlicher Zärtlichkeit. »Weißt du, was für Anne am schlimmsten war? Sie hat mit Geralt Informationshandel betrieben, um ihre Tochter zu schützen. Doch dann musste sie erkennen, dass sie damit ihre Kleine den Wölfen zum Fraß vorgeworfen hat.« Ihre Hände streichen fest über den Katzenleib. »Du willst doch nicht, dass es deiner Kleinen wie ihrer geht …?« Die Bewegung wirkt innig-brutal. Ich spüre, dass sich jemand von hinten nähert. Ein Körper presst sich gegen meinen, eine Hand ergreift meinen Hals, streicht über meine Gurgel und schnappt zu. Die Finger sind halb menschlich, gespickt mit wölfischen Krallen, die sich in meine empfindliche dünne Haut bohren. Ich versuche mich aus dem Griff zu winden, doch zwei weitere Wölfe halten mich fest. Die Panik wächst. Ich fühle mich gefangen. Hände halten mich von allen Seiten und quetschen meine Verbrennungen. Ich fühle mich wie in einer Schraubzwinge, aus der ich strampelnd zu entkommen versuche, ohne dass sie einen Millimeter nachgibt. »Lasst … mich … los!«, würge ich. Die Worte kämpfen sich aus meiner Kehle. Jemand umklammert meinen Kopf, ich spüre einen heißen Atemzug an meinem Ohr, der Geruch von Wolf wird übermächtig. Der tierische Geruch vermischt sich mit dem von Schweiß, Wollust und Mundgeruch. Gänsehaut überzieht meine Arme. Kurz halte ich in meiner Abwehrbewegung inne, so sehr erschrecke ich vor dem Gedanken, was nun kommen wird.

Mein Blick wandert zu Long. Der Rote Drache steht da und unternimmt nichts. Ich wünsche mir, dass er etwas unternimmt. Ich wünsche mir, dass er nichts unternimmt. Die Angst vor der Gewalt der Wölfe und der möglichen Rückführung meines Vaters ins Gefängnis fechten einen Kampf aus. Die roten Schuppen an Vaters Hals pulsieren, drücken sich aus der Haut, im gleichen Takt wie die Ader an seiner Stirn pulsiert. Er öffnet die Lippen einen Spaltbreit. »Reicht das jetzt?«, flüstert er.

»Ich weiß nicht«, erwidert Johanna. »Reicht es?«

»Ich rede nicht mit dir«, sagt mein Vater schleppend.

»Nein? Mit wem dann?«

»Mit dem Übertragungsgerät an meinem Hemdkragen.«

Einige Sekunden herrscht Stille. Dann bricht klirrend Fensterglas.

40.

Gemetzel

Magie platzt durch die Fenster. Ich versuche instinktiv, mich zusammenzukrümmen, doch überall sind Hände, die mich festhalten, also presse ich die Augen zusammen. Glassplitter hageln über mich und ritzen meine Haut. Die Wölfe werfen sich auf mich und drücken mich zu Boden. Durch die zu Schlitzen gepressten Augen sehe ich, wie schwarz gekleidete Männer durch die Fenster springen. Die Spezialeinheit, die aus Kampfmagiern und Soldaten mit Schusswaffen besteht, trägt Schutzkleidung, Helme und gummiartige Handschuhe. Rund um mich herum wird Heulen laut. Das Rudel wandelt sich – manche in Wölfe, andere bleiben in Halbform stehen – und wirft sich auf die Angreifer.

Die Katze kreischt und läuft an mir vorbei. Sie setzt zum Sprung an und will aus dem Fenster setzen.

Ein Kojote schießt vor und schnappt sie im Sprung. Seine Zähne verkeilen sich in der Wirbelsäule. Er schnappt zu. Das Rückgrat bricht.

Ich kreische vor Entsetzen, unter Wolfsleibern vergraben, mein Schrei eine Verdopplung des Todeslauts, den Anne ausstößt. Dann erschlafft sie. Der braune Katzenkörper fällt aus dem Maul des Kojoten, der sogleich auf den nächsten Soldaten zuhält.

Der Soldat streckt die Hände aus. Auf seinem Ärmel prangt ein metallisches Zeichen, das ich als das der magischen Spezialeinheit identifizieren kann. Aus seinen Händen schießt ein Schwall violetter Energie, der gegen den Kojoten prallt und ihn zur Seite stößt.

Die Wölfe über mir gehen in den Angriff über. Als ich mich über den Boden entlangziehen will, verheddert sich mein verletzter Arm im Kissenbezug und ich schlage mit der Schulter auf. Ein schlanker Wolf mit goldroter Halskrause schießt auf mich zu. Johanna hat die Zähne gefletscht. Obwohl sie ganz Tier ist, ist die Wut in ihren Augen menschlich. Ich kann ihr Zahnfleisch sehen, die spitzen weißen Zähne, die auf mich zukommen, und fühle mich wie in der Arena, als Geralt mich jagte. Meine Hand tastet nach irgendeiner Waffe, doch findet nichts außer Glas und dem Kissenbezug. Hilflos sehe ich zu, wie das Bündel aus Muskeln und Fangzähne auf mich zufliegt. Diesmal ist ein Mitglied der Familie Heller nicht darauf aus, mich zu verletzen. Johanna will mich töten.

Es heißt, kurz vor deinem Tod siehst du dein Leben an dir vorbeiziehen. Ich sehe nichts. Ich denke an niemanden. Nicht an die Fehler, die ich gemacht habe, nicht an die guten Zeiten, nicht an meine Familie. Alles, was ich mache, ist, in die Augen der Wölfin zu starren und mich von der Angst vereinnahmen zu lassen. Ich will nicht sterben. Meine Zeit ist noch nicht gekommen. Ich will einfach nicht …

Etwas Rotes prallt gegen Johanna und stößt sie zur Seite. Aus einer Wolke scharlachroter Magie schält sich mein Vater, der Drache. Sein langer, schlanker Körper peitscht wie eine Schlange. Sein Schwanz schießt vor, erwischt die Wölfin, die sich bereits wieder aufzurappeln versucht, und schlingt sich wie eine Boa um ihr Bein. Er reißt daran, und Johanna schleift mit einem Klagelaut über den Parkettboden.

Im Hintergrund tobt der Schlachtlärm. Die Spezialeinheit wehrt sich gegen die Attacken des Rudels. Ich höre die tierischen Schreie, als jemand getötet wird. Am liebsten würde ich mir die Ohren zuhalten, stattdessen versuche ich mich außer Reichweite zu ziehen. Sehe nach hinten – das Hausmädchen. Sie windet sich in ihren Fesseln und schreit um Hilfe. Ich bin die Einzige, die ihr Hilfe bieten kann.

Johanna schnappt nach meinem Vater und erwischt sein Bein. Ihre Zähne bohren sich zwischen den Schuppen hindurch. Er stößt einen seltsamen Laut aus, den nur Drachen verursachen können, und bäumt seinen Hals auf wie eine buckelnde Katze. Der Nackenkamm stellt sich auf. Sein spitzes Maul klafft auseinander und ich sehe, wie ein Leuchten aus seiner Kehle dringt. Im nächsten Augenblick wirkt es, als würde er würgen, dann platzt Feuer aus seinem Maul.

Johanna jault, als die Hitze ihr Fell versengt, doch sie lässt nicht los, bohrt sich immer tiefer, sodass es gefährlich knackt. Sie versucht meinem Vater das Bein zu brechen. Es riecht nach verbranntem Fell, als ich mich aufrapple und an den Kämpfenden vorbei zu den Stufen renne.

Ich stolpere zum Treppengeländer, wo sich das Hausmädchen in den Fesseln windet. »Hilf mir!«, fleht sie. »Bitte, bitte, hilf mir!« Ich hebe beide Hände. Die verbrannte Haut meiner rechten berührt das Seil. Als ich versuche, es zu lösen, brennt es wie Feuer. Ich werfe einen Blick hinter mich. Ein Wolf in Halbform hält auf mich zu, grotesk verformt, mit Fellbüscheln, die aus rosaroter Haut sprießen, das Gesicht eine Grimasse aus flacher, nackter Schnauze, das direkt aus meinen Alpträumen zu stammen scheint. Auf abgeknickten Beinen, wie die Hinterläufe eines Wolfes, wankt er auf mich zu.

Dahinter faucht mein Vater. Er muss sich von der letzten Flammenattacke erholen. Feuerdrachen haben keinen besonders großen Kiefer, sie sind auf die Feuerattacke ausgerichtet. Er schnappt nach Johanna, doch sie hält im Überlebenskampf an seinem Bein fest. Sein schillernder Körper dreht und windet sich, er umschlingt den ihren und versucht sie von sich wegzuziehen. Zwei Bestien, die nicht aufgeben wollen.

Ich ziehe an den Seilknoten. Der Hybrid-Wolf tappt näher, die Augen glasig, die nackte Schnauze blutig. Aus Wunden an seiner Schulter strömt Blut. Er leckt sich die Lefzen.

»Schneller!«, fleht das Hausmädchen. »Bitte, schneller!«

»Ich mache so schnell ich kann!«, keuche ich. Meiner rechten Hand fehlt das Gefühl und somit die Feinmotorik. Die zahlreichen Knoten sind festgezurrt, ich bekomme kaum einen Fingernagel dazwischen.

Dann packt mich etwas und stößt mich zu Boden. Bei seiner Langsamkeit habe ich nicht damit gerechnet, dass der Wolf zum Sprung ansetzt. Einmal mehr wird mir der Atem geraubt, Schmerz explodiert in meinem Brustkorb. Mein Kinn knallt auf das Parkett, die Zähne schlagen zusammen, ich schmecke Blut. Mein Kopf klingelt. Die Schreie des Mädchens sind schrill wie ein Feueralarm.

Ich weiß nicht, was ich als Nächstes erwarten soll, doch plötzlich löst sich das Gewicht von mir. Durch gleißende Sterne sehe ich eine schwarze Gestalt, die den Halbwolf von mir zieht. »Thomas!«, ruft das Hausmädchen.

Der Skinner befindet sich noch immer in Menschenform. Er hält den Wolf am Kragen seines T-Shirts und stößt ihn zurück. »Lass sie in Ruhe!«, ruft er aus und stellt sich zwischen mich und ihn. Der Wandler fletscht die Zähne. Dann klappt sein Maul auf. »Omegarrr …«, schnarrt er schwerfällig, das hybride Gebiss ein Sprechhindernis.

Thomas bleibt stehen.

Der Wolf tastet sich heran.

Ich habe Angst. Angst, dass Thomas wieder zu dem Omega wird, das sich lieber töten lässt, als zu handeln. Im Hintergrund bäumt sich mein Vater ein weiteres Mal auf. Feuer strömt aus seinem Maul und prasselt auf Johanna herab. Hier ist niemand außer mir, der etwas tun kann.

Ich handle instinktiv. Mein Blick tastet meine Umgebung ab. Ich überbrücke die wenigen Schritte zur Couch, fasse mir da das Erstbeste, das ich in die Finger kriegen kann – es ist eine Lampe mit wulstigem Porzellanstandfuß. Sie ist schwer. Die Panik verleiht mir ungeahnte Kräfte. Ich wuchte sie hoch – und meine Beine laufen los. Mit einem Schrei zerschmettere ich sie auf dem Haupt des unförmigen Hybriden.

Er sinkt in sich zusammen. Scherben fliegen. Thomas zuckt, als erwacht er aus einer Starre.

Der Kojote sinkt in die Knie – und schnellt wieder in die Höhe. Sein Gesicht wendet sich mir zu, ein Knurren auf den Lefzen. Blut rinnt aus einer Platzwunde in sein Auge und färbt es rot. In Erwartung einer Attacke spanne ich mich an. Der Gestank von verbranntem Fleisch treibt an mir vorbei.

Dann kreischt Johanna – äußerst menschlich –, was den Kojoten ablenkt. Die Wölfin windet sich unter den Krallen meines Vaters, ihr Körper verändert sich – und plötzlich liegt dort eine nackte, rothaarige Frau, ein Großteil ihres einst prächtigen Haars fortgebrannt, die Haut bedeckt mit schwärenden Blasen. Überrascht hält mein Vater inne. Das Feuer zieht sich in seinen Rachen zurück und verlischt. Sein Mitleid wird ihm zum Verhängnis, denn mein Kojote setzt zum Sprung an. »Papa!«, schreie ich.

Thomas macht einen gewaltigen Satz. Wie ein Frosch landet der Skinner auf den Schultern des Halbwolfs. Sein Haupt ist mit schwarzen Schuppen überzogen. Im Fall stößt er vor und beißt dem Wolf ins Gesicht.

Würgend wende ich mich ab.

Johanna versucht zu fliehen. Nackt rennt sie zwischen den Kämpfenden hindurch zur zerbrochenen Glastür. Ihre bloßen Füße laufen über Glassplitter und hinterlassen eine Blutspur.

Mein Vater hat sich währenddessen einem anderen Gegner zugewendet. Ich ziehe an den Fesseln, und es gelingt mir tatsächlich, den Knoten zu lösen. Das Mädchen scheint das zu bemerken, denn Erleichterung flutet ihr Gesicht, als sie eine Hand frei bekommt. Endlich befreit, packe ich eine ihrer Hände mit meiner unverletzten und ziehe sie zur Seite. Wir ducken uns hinter der Wohnlandschaft.

Der Kampflärm setzt nach und nach aus. Einige Wölfe werden getötet, dann höre ich welche um Erbarmen rufen. Schüsse ertönen im Garten. Als in unserer direkten Nähe ein Rumpeln erklingt, ducke ich mich tiefer. Statt eines Wolfes taucht mein Vater in Drachenform auf. Sein spitzer Kopf mit den langen Barteln späht über den Couchrand, er sieht mich aus schmalen Augen an, seine Pupillen besitzen eine eigenartige Form – schlitzförmig mit zwei Ausbuchtungen ähnlich einer Lilie. Long blinzelt und reckt mir die Nase hin. Ich strecke meine Hand aus, fahre über die Haut, die an der Nase ungleich dünner ist, dünn und warm. Er zwinkert. Meine Finger streichen höher, kämmen die rote Mähne, die wie bei einem Pferd auf seinem Haupt sprießt. Er schmiegt sich an mich. Ich schließe die Augen und umarme seinen Hals.

Wir sind gerettet, begreife ich. Im Hintergrund ertönen zackige Befehle der Spezialeinheit. Mein Vater hat mich gerettet. Und er hat das Richtige getan. Er muss nicht ins Gefängnis zurück.

Wir tauchen gemeinsam in einen Schleier aus Magie, als er sich zurückverwandelt. Meine Finger fahren über die Schuppen auf seinen Schultern, krallen sich in sein Hemd. »Ich habe doch gesagt, ich bin für dich da«, flüstert er. Nach und nach weicht meine Anspannung der Erleichterung. Mit ihr kommen die Tränen, die vorher nicht sein durften.

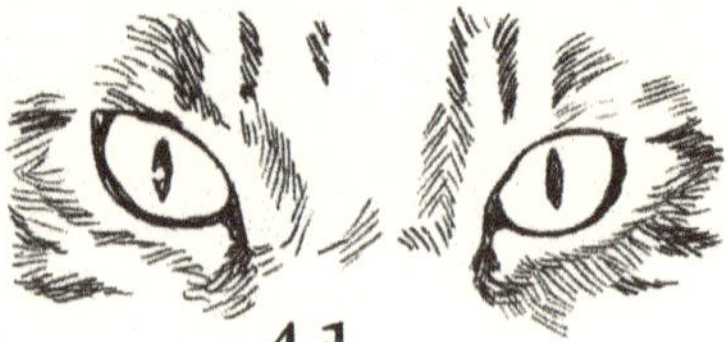

41.

Blaulicht

Die Polizei hilft dem Hausmädchen, die Villa zu verlassen. Auf der Straße blinkt das Blaulicht von Rettungs- und Polizeiwagen. Thomas ist zwischenzeitig verschwunden, doch er taucht wieder auf – stützt den Gärtner Ezechiel, der wegen einer Bisswunde nicht allein gehen kann. Unter den Gesichtern der Spezialeinheit und der Beamten entdecke ich Bob, der auf Papa und mich zukommt, ein Funkgerät in der Hand. Er schließt mich in die Arme. Nach fünfzehn Jahren ist er mir mehr ein Onkel geworden als Onkel Thien.

Wer hätte gedacht, dass mein Vater an diesem schrecklichen Ort, den man Gefängnis nennt, einen so guten Freund finden würde?

Longs Arm ist verletzt, also bringt man mich und ihn gemeinsam ins Spital. Ich nehme nur am Rande wahr, wie die letzten lebenden Wölfe abgeführt werden. Irgendjemand trägt eine tote Katze und ich begreife, dass es sich um Anne handelt. Die Tochter wird ihre Mutter nur noch in Katzenform verabschieden können.

Ich muss weinen, so viel weinen. Ich hielt mich nie für ein weinerliches Mädchen, doch jetzt kann ich nicht länger dagegen ankämpfen. Zhang, Geralt, Anne … So viele Tote, so viele Verletzte, und das alles nur wegen eines Wettstreits um einen Hexade-Platz, der vor Jahrzehnten begonnen und nie geendet hat. Ich bin achtzehn Jahre alt und habe mehr Mord und Totschlag gesehen, als manch anderer in seinem gesamten Leben.

Cordula hat Dienst. Obwohl sie nicht für die Notaufnahme zuständig ist, wirbelt sie herum, zieht sich Latexhandschuhe über die tätowierten Hände und sieht nach mir. Meine Verbrennungen müssen erst gereinigt werden, also behandelt sie die Bisswunde meines Vaters. Er bekommt Coltairische-Wolfkrankheit- und Tollwut-Antikörper in den Arm gejagt. Heute will ich keinen Schmerz mehr fühlen, daher verlange ich nach einer örtlichen Betäubung. Ich halte mir die gesunde Hand vor die

Augen, während mir eine Pflegerin das geschmolzene Plastik aus den Verbrennungen entfernt. Die Haare stehen mir zu Berge, als ich doch zwischen den Fingern hindurchspähe.

Meine Mutter und meine Schwester kommen von zu Hause, das dunkle Haar behelfsmäßig aufgesteckt. Lin setzt sich zu mir und fragt, ob sie mir etwas bringen kann. Ich schicke sie Kakao holen. Sie braucht ewig – das Getränk ist nur noch lauwarm, als sie bei mir ankommt. Ich frage sie, ob etwas passiert sei. Sie schlägt die Augen nieder. Erst nachdem ich nachbohre, verrät sie mir, dass sie Thomas getroffen hat. Er ist mit dem Gärtner und dem Hausmädchen mitgefahren, vor allem zweitere habe ihn angebettelt, mitzukommen, bis ihre Familie sie abholen käme. Diese musste aus dem zwei Stunden entfernten Gelder anreisen. Das Mädchen hat zu dem einzig menschlichen ihrer Peiniger Vertrauen gefasst.

Ich verrate Lin, dass sich Thomas um die Verletzten gekümmert hat. Gleichzeitig kann ich ihr nicht verschweigen, wie sehr er in den Strukturen des Rudels gefangen war. Linda wirkt innerlich zerrissen. Ich spüre, dass sie ihm verzeihen möchte, doch noch hat sie nicht die Entscheidung getroffen, ob sie es kann.

Ich werde zur Beobachtung für eine Nacht stationär aufgenommen, genau wie mein Vater, der nur deswegen zusagt, weil er bei mir bleiben kann. Cordula ist so zuvorkommend, uns ein gemeinsames Zimmer zu organisieren. Long wirkt gelöst, er scherzt mit den Krankenschwestern und spricht mit den Heilern, die sich für die Bisswunden interessieren, da er sie in Drachenform erlitten hat. Ich gleite in den Schlaf, während der Fernseher läuft, Lin an meiner Seite.

Als ich erwache, blinzelt die Sonne hoch vom Himmel. Das Bett meines Vaters ist leer. Ich setze mich auf. Mein Handgelenk schmerzt. Alle meine Finger sind separat eingebunden, damit die Wunden nicht zusammenkleben. Cordula hat mich vorgewarnt, dass ich jeden Tag schmerzhafte Übungen werde machen müssen, damit sich die Narben nicht zusammenziehen – sonst werde ich meine Finger nicht mehr richtig beugen können.

Als ich mich verschlafen umsehe, erstarre ich.

Pheng sitzt auf einem Stuhl in der Ecke und sieht mich an.

Ich schlucke den Schlafgeschmack herunter und streiche mir das zerzauste Haar aus der Stirn. »W-was machst du hier?«, frage ich verdattert.

»Dein Vater ist mit Thien bei Zhang«, antwortet sie einsilbig. Das beantwortet nicht meine Frage. Als ich sie anschweige, erbarmt sie sich. »Zhang ist aufgewacht.«

Ich atme tief ein und wieder aus. Ein Druck fällt von mir ab, der wie eine unsichtbare Last auf meinen Lungen gelegen hat. Ich falle zurück ins Bett und kann nichts sagen, blinzle nur gegen neue Tränen an. Diesmal sind es Tränen der Erleichterung. Nach einer Weile frage ich: »Wie geht es ihm?«

»Den Umständen entsprechend. Die Medikamente sind stark. Er hat Wahnvorstellungen. Außerdem versteht er nicht, warum er durch den Luftröhrenschnitt nicht sprechen kann.« Sie blickt aus dem Fenster, das Sonnenlicht erweicht die zahlreichen Falten, die ihr Gesicht durchziehen. Wir schweigen einander an, bis meine Mutter zurückkehrt. Sie erzählt mir von Zhang, verschweigt jedoch seine Wahnvorstellungen. Im Gegensatz zu Pheng legt sie den Fokus auf das Positive – er war nur wenige Tage im Koma, was die Chance erhöht, dass er keinen Hirnschaden davongetragen hat. Näheres wird sich erst sagen lassen, sobald die Schmerzmittel aus seinem Körper geschwemmt sind und sein Kopf klarer wird.

Ich frage nach Papa und Lin. Meine Mutter verzieht verschmitzt das Gesicht. Vater sei in der Kantine und führe ein Gespräch mit Thomas McAvoy. Lin habe sich hinter dem Kiosk versteckt, um die beiden zu beobachten. Sie fürchte wohl einen erneuten Kampf.

Ich sehe Mama fragend an. »Was will er von Thomas?«

Sie zuckt mit den Schultern. »Du warst mit den beiden in der Devoye-Villa. Müsstest du das nicht wissen?« Nachdenklich sehe ich sie an. Da weder sie noch ich telepathisch mit meinem Vater in Verbindung stehen, werden wir die Antwort abwarten müssen.

Später besuchen mich Onkel Thien und Kim. Kim und ich waren uns nie nah, weswegen ich sie meist nur als Anhängsel betrachte. Jetzt ist sie überschwänglich vor Glück, sie umarmt mich und bringt mir Schnittblumen. Ich bin verblüfft – noch nie hat mir jemand Blumen geschenkt. Sie küsst mich auf die Stirn und bedankt sich bei mir. Ich frage sie warum. Sie sagt, dafür, dass ich versucht hätte, Zhang zu retten – wenngleich man Menschen auch nicht vor sich selbst retten kann.

Vater kehrt zurück. Auf die Frage nach Thomas hält er sich einsilbig. Erst als wir beide allein sind, öffnet er sich.

Er habe Bob nach dem Zwischenfall bei der Müllstation auf Thomas McAvoy angesetzt. Dieser habe seinen Lebenslauf eingesehen. Thomas war als Kind mit seiner Skinner-Mutter durch Aurora gezogen, ohne festen Wohnsitz, ohne Schulbildung. Die Mutter hatte ihn zurückgelassen, als er neun Jahre alt war. Eine Weile hatte sich Thomas allein durchgeschlagen, bis Behörden auf ihn aufmerksam wurden. Die folgende Zeit verbrachte er in diversen Pflegeeinrichtungen, riss aber immer wieder aus, bis er mit achtzehn Jahren mündig wurde.

Bei seiner Festnahme wurde er befragt, warum er den alten Kontinent verlassen habe. Thomas gab an, ein Jahr lang in einer Beziehung gelebt zu haben. Als seine Partnerin schwanger wurde, freuten sie sich zunächst auf das Kind. Als er ihr seinen interensischen Hintergrund beichtete, trieb sie das Baby im sechsten Monat ab.

Daher habe er alle Verbindungen abgebrochen und sei nach Vesper gekommen.

Ich schweige. Es ist eine traurige Geschichte eines einsamen Menschen. Ich frage Vater, was er mit dieser Information anfangen will. Er seufzt – und sagt, er habe Thomas versprochen, ihm zu helfen, hier in Poschovar sesshaft zu werden. »Jemand muss ihm helfen – sonst wird es immer Menschen geben, die ihn ausnutzen. Menschen wie Geralt und Johanna.«

»Und es ist deine Aufgabe, ihm zu helfen?«

»Wer sonst soll es tun?«, entgegnet er. »In vielen Dingen erinnert er mich an mich selbst, damals, als deine Mutter und ich kaum dem Kindesalter entflohen waren und bereits selbst ein Kind hatten. Wir glaubten uns erwachsen. Ich hatte niemanden, an den ich mich wenden konnte. Daher rutschte ich in die Kriminalität ab.« Er schweigt, blickt dabei aus dem Fenster. Die Sonne lässt sein rotes Schuppenkleid leuchten. Es sieht aus, als wäre sein gesamter Oberkörper tätowiert. Die Schuppen lauern in seiner Haut und warten darauf, hervorzubrechen. Schuppen wie meine. Dass ich sie noch immer verstecken konnte, gleicht schon irrwitzigem Glück. Die Geister müssen mein Versteckspiel gutheißen. Die Geister sind mir gnädig. »Auf eine gewisse Art musste Thomas bereits als Kind erwachsen sein«, raunt mein Vater, »auf eine andere Weise ist er jetzt noch ein Kind.« Sein Blick ist ohne Fokus. Verträumt sieht er nach draußen. »Und nein, ich wäre nicht begeistert, wenn Lin ihn wiedersieht. Allerdings habe ich mittlerweile begriffen, dass ich wohl der Letzte bin, der sich ein Urteil erlauben darf.« Damit verfällt er in Schweigen.

Die Wolken ziehen vorbei. Kurze Zeit später kommt die Ergotherapeutin, um mit mir die Fingerübungen durchzugehen. Es fühlt sich an, als würde sie mir die Finger brechen. Die Wunden reißen auf und bluten.

Wir werden beide am nächsten Tag entlassen. Onkel Thien fährt uns. Er ist fröhlich wie schon lange nicht mehr und spricht die gesamte Fahrt über. Zu Hause humpeln Papa und ich den Korridor entlang. Die Tür klappt auf, Frau Stein späht hervor. »Eh, da seid ihr ja wieder! Gesund und munter, wie ich sehe!«

Ich schaue sie verwundert an, doch als Notfallkrankenschwester hat Frau Stein vermutlich schon anderes gesehen. Sie fädelt die Hand aus dem Türspalt, daran baumelt ihr Postkastenschlüssel. »Wären Sie so freundlich?«, fragt sie meinen Vater. Gutmütig wandert er zum Briefkasten hinunter und bringt gleich unsere Post mit. Als er die Tür hinter sich schließt, geht er den Stapel durch. Er stößt auf einen Briefumschlag und knirscht mit den Zähnen. »Hexade«, sagt er und tritt zu mir ans Sofa, um mir den Brief zu reichen, der an mich adressiert ist. Ich erkenne das sechszackige Siegel und reiße den Umschlag auf.

Als ich den Brief herausschütteln will, fällt mir Geld in den Schoß. »W-was ist das?«

Long sieht von der Werbung auf, die er interessiert inspiziert. »Das ist dein Gehalt.«

Mit zitternder Hand greife ich nach dem Geldstapel. Dabei liegt ein offizieller Lohnzettel, der meinen Namen trägt.

Name: *Song, Christine*
Tätigkeit: *Iudex*

Das ist mein Honorar als Iudex Poschovaris. Ich weiß einen Moment lang nicht, ob ich mich freuen oder wegen des unpassenden Zeitpunkts verärgert sein soll. Dann blättere ich durch die Geldscheine, löse die Manschette und werfe den Stapel in die Luft, sodass die Scheine über dem Sofa auf mich herabfliegen. Ich hatte noch nie so viel Geld in der Hand.

»Das wird gerade mal die Krankenhauskosten abdecken«, brummt mein Vater.

Im Moment ist mir das egal. In diesem Augenblick bin ich achtzehn Jahre alt, habe ein gewaltiges Bündel Geldscheine und wälze mich darin auf dem Sofa.

Mein Vater setzt sich in die Küche und rollt sich eine Zigarette. Ich höre, wie er die Papierwerbung zerreißt und die passenden Prozente und Angebote zur Seite legt. Mein Vater, der Sparfuchs.

»Jetzt, wo Geralt weg ist«, rufe ich aus meinem Nest und fühle mich wie einer der Gelben Drachen, die angeblich ein besonderes Händchen für Geschäfte haben, »brauchen sie mich auch nicht mehr als Iudex Poschovaris, oder?«

»Ich nehme an, beim nächsten Treffen wird bestimmt, wie es weitergeht. Prinzipiell kann dich die Hexade jederzeit einstimmig abbestellen.«

Tatsächlich flattert am nächsten Tag ein Brief herein, der ein Ratstreffen einberuft. Es ist drei Tage nach Anne Devoyes Beerdigung geplant. Wir treffen uns am Nifengrund, wo die verstorbene Matriarchin in einer Urne zu Grabe getragen wird. Im ersten Augenblick glaube ich, Lisbeth sei nicht anwesend, bis ich Viktorius Horasch treffe. Er trägt Lisbeth in Katzenform auf dem Arm. Sie hat sich bisher nicht zurückverwandelt. Ich unterhalte mich leise mit Mama, die im Trauerzug an meiner Seite geht. Was wird mit Lisbeth passieren? Wird man sie in die Wirklichkeit zurückholen können?

»Vielleicht braucht sie Zeit«, flüstert Ruth. »Und vergiss nicht – sie ist zur Hälfte eine Katze. Sie mag ihre Mutter verloren haben, doch Katzen wählen ihr Zuhause selbst. Und so wie ich das sehe, hat sie das getan.«

Ich frage mich, was Viktorius Horasch von dieser Wahl hält. Er scheint sich nicht zu beschweren, allerdings habe ich ihn auch noch nie erbost gesehen.

Bob erscheint ebenfalls und gibt seine Kondolenz ab, ist allerdings entsprechend verwirrt, als er einer Katze sein Beileid ausdrückt. Beim anschließenden Leichenschmaus erzählt er, dass Geralt seinen Verletzungen erlegen ist. Johanne hingegen ist weiterhin flüchtig. Die Polizei hat einen magischen Spurenleser beauftragt, ihre Fährte aufzunehmen. Das Blut, das sie durch ihre Verletzungen hinterlassen hat, soll den Prozess erleichtern.

Mein Vater, der als Spitzel für die Polizei gearbeitet hat, um der Spezialeinheit einen raschen Zugriff in einer Notsituation zu ermöglichen, muss gegen die überlebenden Wölfe aussagen. Des Weiteren muss er sich für seine Verwandlung rechtfertigen, was aber angesichts des Angriffs durch die Wölfe wohl mehr eine Formalität zu sein scheint, als dass wir uns ernsthaft Sorgen machen müssten. Meine Mutter verzieht dennoch den Mund. Ich erinnere mich an ihre Warnung, dass sie kein zweites Mal auf meinen Vater warten würde.

Die Zeit bis zum nächsten Hexade-Treffen vergeht mit schmerzhafter Ergotherapie, um meine Hand beweglich zu halten. Wir besuchen Zhang, der nur schriftlich über einen Computer mit uns kommunizieren kann. Oft entsteht durch die starke Medikation wirres Zeug – dass er überall Spinnen sähe, die wie ein Feuerwerk zerfließen, oder die Bilder der Familie, die wir mitgebracht haben, ihm zuwinken und sich mit ihm unterhalten. Einmal scheint er besonders zufrieden zu sein. Als ich sein Krankenzimmer betrete, zieht sich ein Grinsen auf seinem Gesicht von einem Ohrläppchen zum anderen. »Der ist aber high«, flüstert Lin hinter mir, als er versonnen vor sich hin schielt, durch die Halskrause nahezu bewegungsunfähig gemacht. Als ich mich zu ihm setze und frage, wie es ihm geht, tippt er mit der freien Hand in seinen Computer.

Ich habe gewonnen

steht dort geschrieben. Er grinst mich an, der Blick ohne Fokus. Ich seufze und nehme seine Hand, tätschle sie. »Ja«, sage ich leise. »Du hast gewonnen.«

Zhang schmatzt zufrieden und kuschelt sich in sein Kissen.

Am Tag des Hexade-Treffens fragt mich mein Vater, ob er mich begleiten soll. Ich verneine. Es hat gereicht, dass Vati mich aus den Fängen der Wölfe retten musste. Durch eine elend lange Hexade-Sitzung kann ich mich alleine quälen.

Aus irgendeinem Grund bin ich nervös, als ich vor dem Ratsgebäude warte. Peter Pensing raucht vor den Toren eine Zigarette, schenkt mir jedoch keine Aufmerksamkeit. Ich sitze auf der Steinbrüstung in Gesprächsweite, doch er ignoriert mich. Schließlich tritt er die Zigarette aus und geht hinein.

Cordulas Eltern kommen an, erzählen mir, der Babysitter habe Cordula kurzfristig abgesagt, weswegen sie zu Hause bleiben musste. Oliver und Charlêne Mittermorgen erscheinen in trauter Zweisamkeit. Oliver versucht freundliche Worte mit mir zu wechseln, ich verhalte mich einsilbig, heute steht mir der Sinn nicht nach Smalltalk. »Der offene Platz in der Hexade hat sich schon herumgesprochen«, sagt er. »Wir haben bereits einen ersten Bewerber, der es so eilig hat, dass er gebeten hat, sich bereits heute vorstellen zu dürfen.«

»Was ist mit meinem Posten als Iudex?«, frage ich.

Oliver lächelt, doch Unsicherheit spielt mit seinen Mundwinkeln. »Lass uns das doch drinnen besprechen.«

Wenig später stützt Viktorius den alten Anselm Horasch die Stufen hinauf. An seiner Armbeuge baumelt eine Tüte mit Katzenfutter. Ich frage mich, ob es richtig ist, Lisbeth mit Katzenfutter zu füttern – doch da sie sich Viktorius ausgesucht hat, muss sie sich seiner Verpflegungsmethode anpassen.

Annes Betrug an Großmama Pheng schließt aus, dass Lisbeth den Platz in der Hexade überschrieben bekommt. Ihr Erbe ist das Anwesen ihrer Familie sowie deren monetäre Hinterlassenschaften. Die Erbschaft kann sie allerdings erst übernehmen, sobald sie sich wieder in Menschenform befindet.

Von den fünf Familienoberhäuptern kommt Pheng als letztes. Onkel Thien lässt sie aus dem Auto aussteigen und sucht anschließend einen Parkplatz. Die Matriarchin rafft ihre Kleider und trippelt die Stufen empor. Sie stützt sich auf einen Stock, was bedeutet, dass sich die Kalkknochenkrankheit wieder verschlimmert. Sie sieht mich nicht an, als sie an mir vorbei zur Tür geht. Dann dreht sie um und kehrt die letzten Stufen zu mir zurück. »Du solltest heute dabei sein«, sagt sie, ohne mimische Emotionen zu zeigen.

»Ich komme gleich«, erwidere ich.

Sie mustert mich aus dunklen Augen. »Du solltest heute wirklich dabei sein«, wiederholt sie ominös.

Verständnislos blicke ich sie an. Dann dreht sich Großmama Pheng um und betritt das Ratsgebäude. Ich warte auf Onkel Thien und wir folgen zuletzt.

Die Hexade sitzt bereits an der Tafel. Pheng winkt Thien herbei, Oliver hat mir einen Platz neben sich und Charlêne reserviert. Ich lehne mich auf meinem Stuhl zurück und bin gespannt, was kommt. Mittermorgen faltet neben mir die Hände. Ich bemerke, dass auf der anderen Seite der Tafel ein freier Stuhl steht. Ist er für den neuen Bewerber?

»Durch Annes unglückseligen Tod ist ein Platz in der Hexade frei geworden«, spricht neben mir der blonde Mittermorgen. Taktvoll verschweigt er Annes Betrug. Selbst wenn sie überlebt hätte, wäre ihr der Platz entzogen worden. Die Hexade ist eine Einheit, sie tauscht Geheimnisse und man vertraut den anderen. Wer Vertraulichkeiten anderer Familien ausplaudert, wird mit der sofortigen Exklusion aus der Hexade bestraft. »Ein Platz, der so bald wie möglich gefüllt werden soll – consistam in aequo; die Ruhe liegt im Gleichgewicht.« Sein Blick gleitet zu Pheng. »Ich glaube, ich spreche für jede der verbleibenden Familien, Pheng, wenn ich sage, dass das Leid, das Ihre Familie zuletzt erfahren musste, in uns tiefste Betroffenheit auslöst. Gleichzeitig sind wir überglücklich – und hierbei handelt es sich um keine leere Floskel –, dass Zhang aus dem Koma erwacht ist.« Er senkt ehrfürchtig den Kopf. »Sobald es ihm besser geht, würden wir uns freuen, ihm zu Ehren eine Festivität zu veranstalten.«

Pheng bleibt steinern. Onkel Thien lächelt selig.

»Wie dem auch sei – lassen Sie es sich durch den Kopf gehen. Währenddessen haben wir den offenen Platz in der Hexade ausgeschrieben. Erste Interessenten haben sich bereits gemeldet.« Nun wendet er sich an mich. »Sobald sich ein Platz öffnet, können sich Kandidaten innerhalb einer vorgegebenen Frist vorstellen. Sie bekommen die Chance, ihre Vorzüge als Matriarchin oder Patriarch herauszustellen.«

»Gibt es Duelle?«, frage ich skeptisch.

Er schüttelt den Kopf. »Nicht gegen uns. Sollten mehrere Familien in die engere Wahl kommen und die Hexade keine eindeutige Entscheidung treffen, kann es zu Duellen zwischen den Anwärtern kommen.«

Ich schlucke. Ich habe genug von Duellen jeglicher Art.

»Wir werden natürlich unser Möglichstes tun, um das in Zukunft zu vermeiden. Daher wäre uns weiterhin an einem Iudex gelegen, der in dieser Zeit bis zur Fixierung des sechsten Platzes für Ordnung sorgt. Wir haben uns im Vorfeld abgesprochen. Uns wäre es recht, wenn du diesen Posten weiterhin besetzt. Trotz der schrecklichen Ereignisse finden wir, du hast deinen Posten bestmöglich ausgeführt. Wir würden einige Änderungen vorschlagen, damit so etwas wie auf Annes Anwesen keine Wiederholung findet – unter anderem ein Arbeitshandy, eine Fahrgelegenheit sowie die Übernahme der Krankenkosten, die deine Familie aufbringen musste. Die Frage ist: Wärst du überhaupt bereit, weiter als Iudex zur Verfügung zu stehen?« Mit einer fächernden Handbewegung weist er auf die Anwesenden. »Niemand von uns nimmt es dir übel, wenn du ablehnst. Du kannst ohne Konsequenzen aus diesem Vertrag aussteigen.«

Ich presse unsicher die Lippen zusammen. Hätte man mich vor ein paar Minuten gefragt, ob ich weiterhin Iudex sein möchte, hätte ich ohne groß zu zögern Nein gesagt. Meine persönliche Aufgabe, Zhang zu beschützen, steht nicht mehr im Vordergrund der Ereignisse. Was mich nun allerdings lockt, ist die Aussicht auf Geld. Ich schäme mich. Aber sobald die Krankenhauskosten von der Hexade übernommen werden, steht uns das restliche Geld zur Verfügung, das nun in einem Stapel in unserer Kommode liegt. Mit Long, der keinen Job hat, mussten wir unseren Gürtel noch enger schnallen.

Es ist ein banaler Grund.

Banal, aber Menschen haben schon ganz anderes für Geld getan.

Gleichzeitig kann ich den Horror in Annes Villa nicht vergessen. Meine Hand schmerzt und erinnert mich bei jeder Bewegung, in was man mich hineingezogen hat.

Alle sehen mich erwartungsvoll an.

Dann erklingt ein schweres Klopfen an der verzierten Doppelflügeltür. Die Mitglieder der Hexade sehen sich um. »Herein!«, ruft Mittermorgen.

Das Tor öffnet sich einen Spalt. Ein junger Mann im schwarzen Anzug blickt herein. Ich glaube ihn zu kennen, weiß jedoch nicht, woher. Mein Instinkt schreit: *Drache!,* doch seine hellen Augen, das aurorisch geschnittene Gesicht und das helle Haar strafen meinen Instinkt Lügen.

Er verbeugt sich ehrfürchtig. »Meister Han ist hier.«

Eine Gänsehaut überzieht meine Arme. Das hier ist der Bodyguard des Mannes, der meinen Vater besucht hat. Der Mann, der meinen Vater in die zwielichtigen Geschäfte der Drachenstadt Shousa verwickelt hat.

Der Wächter richtet sich auf, sieht jedoch devot zu Boden.

»Oh«, flötet Mittermorgen. »Er soll ruhig reinkommen und sich setzen. In einer Minute haben wir Zeit für Meister Han.«

Der Wächter tritt zur Seite und zieht das Tor ein Stück auf. Durch den Spalt tritt Han ein. Er würdigt seinen Wächter keines Blickes.

Ich erinnere mich, dass er kleiner ist als mein Vater, doch das Selbstbewusstsein, das bei jedem gemächlichen Schritt aus seinen Poren zu dringen scheint, macht ihn zu einem viel größeren Mann. Er lächelt und nickt den Anwesenden zu. »Lassen Sie sich nicht von mir aufhalten«, bittet er sanft und steuert den freien Platz an.

Ich will schon meine Aufmerksamkeit abwenden, als ich sehe, dass die obersten Knöpfe seines Hemdes gelöst sind.

Und da sehe ich sie.

Blau blitzen sie hervor, die Drachenschuppen – ein ebenmäßiger Teppich, noch ebenmäßiger als die Schuppen meines Vaters. Dieses Muster kann nicht von einem Tätowierer, sondern nur von der Natur geschaffen sein. Die Schuppen haben die Farbe des Himmels, wenn die Nacht anbricht: Ein intensives, sattes Blau.

Ich kann mich nicht bewegen.

Han lässt sich mir gegenüber nieder und nickt erneut, als besäße er die Kontrolle über die Zeit. Mittermorgen räuspert sich. »Christine?«, fragt er. »Kannst du dir also vorstellen, weiter als Iudex bei uns zu arbeiten?«

Ich starre schockiert in das Gesicht des Fremden, des Blauen Drachen, des Anwärters für den sechsten Hexade-Platz. Er wirkt gelassen und fügt sich in die Reihe der Hexade ein, als wäre er bereits ein Teil von ihr. Meine geweiteten Augen blicken zu Pheng. Sie wirkt ruhig, doch ihr schwarzer Blick hakt sich an meinem fest. *Sie weiß es,* flüstert eine Stimme in mir. *Daher hat sie auf meine Anwesenheit bestanden.*

Ich stoße ein unkontrolliertes Husten aus und kann meine Aufmerksamkeit nur schwer von der anderen Tischseite losreißen. Oliver Mittermorgens fragendes Gesicht steht über mir. »J-ja«, antworte ich. »Ich werde weiterhin eure Iudex sein.«

Kontinent Vesper

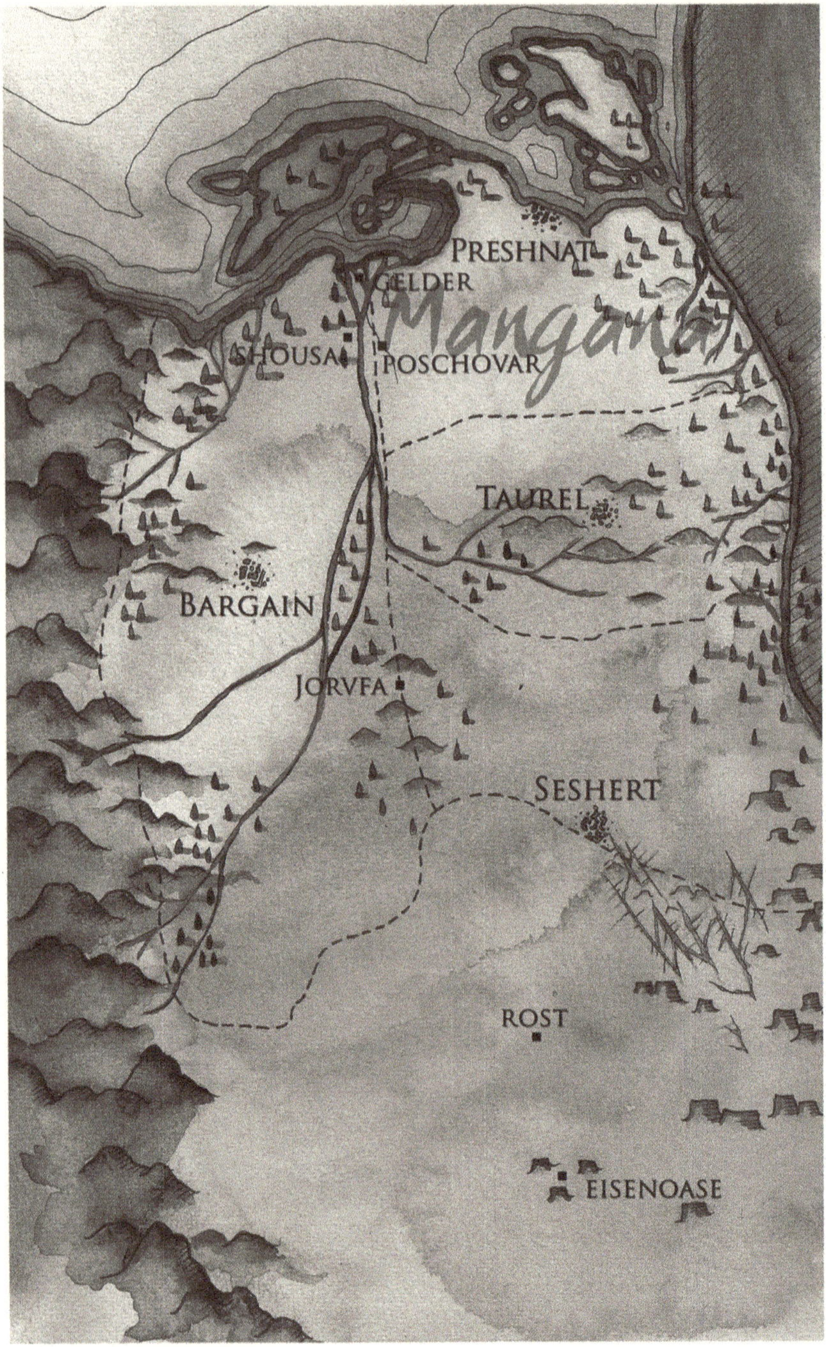

zur Zeit der Moderne

DIE FAMILIE SONG

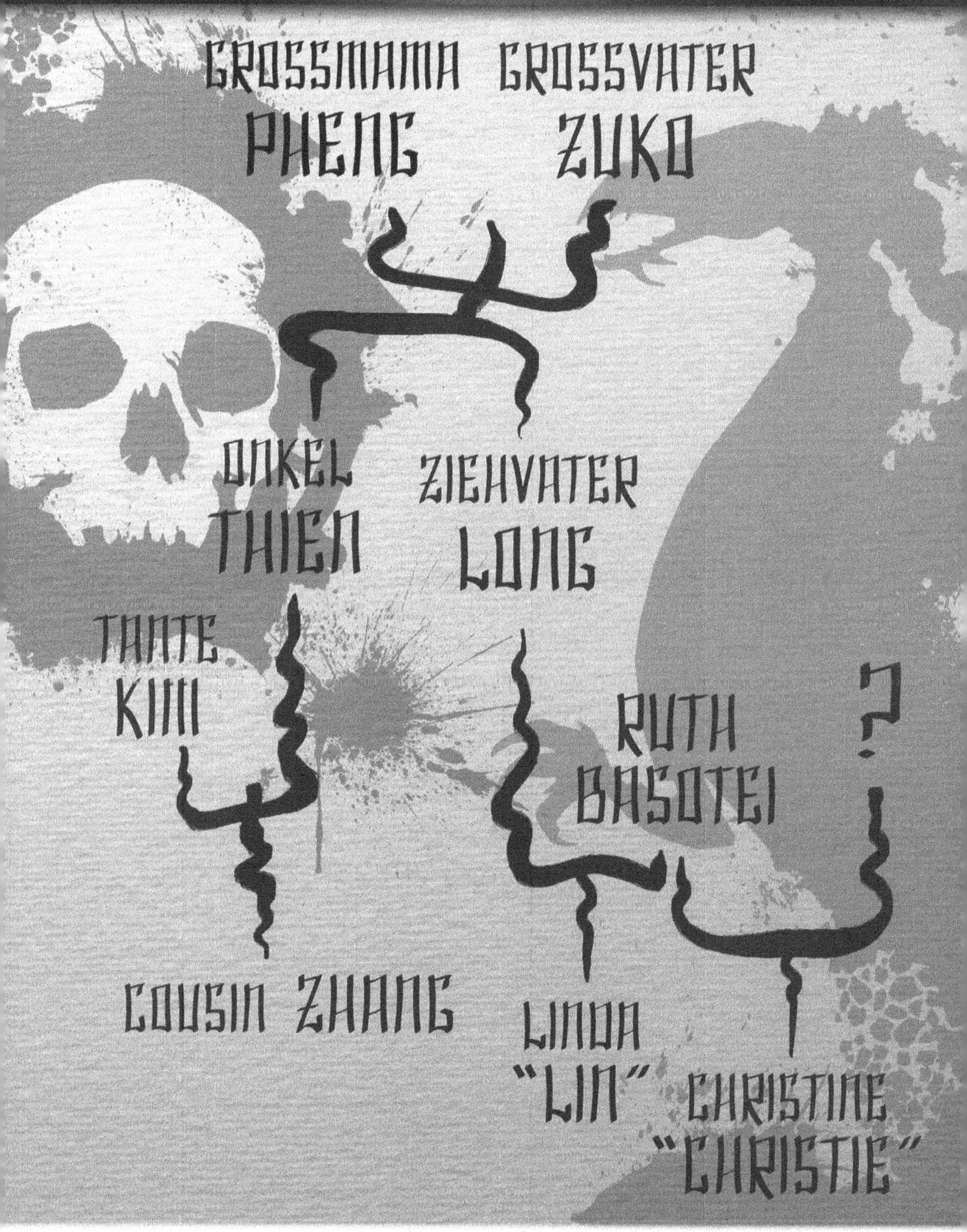

BEGRIFFSLEXIKON

Alpha, der oder die — Anführer einer gestaltenwandlerischen Gruppierung, die eine starke Hierarchie aufweist. Zu weiteren hierarchischen Rängen siehe Beta oder Omega.

Alte Dynastie, die — Epoche der talanidischen Geschichte, als Talanis noch von Königen und Kriegerlords regiert wurde.

Asphodelienkraut — Asphodelien sind Blumen, deren Blüten- und Blätterstände je nach Dosierung geraucht berauschend bis beruhigend wirken können. Asphodelien werden gemeinhin verschiedenen Göttinnen zugesprochen. In Aurora gelten sie als Blumen der Totengöttin Nif, es heißt, sie wachsen am Grund ihres Totenreichs. Tatsächlich sind sie oft auf sogenannten Nifengründen zu finden. In Gilebret gelten sie als die Pflanze der Liebesgöttin Lemuris. Sie sollen ein Geschenk ihres Liebhabers gewesen sein, des Totengottes Ereshk. Das Harz der Pflanzenstämme besitzt eine stark berauschende Wirkung und kann Halluzinationen sowie Psychosen auslösen.

Aurora — »Der Grüne Kontinent« liegt auf derselben Landplatte wie die Kontinente Gilebret und Nodhal und einem Teil Talanis'. Bei der Besiedelung von Vesper kamen beim ersten Schwung hauptsächlich aurorische Siedler über das Meer, weswegen auch heute noch starke kulturelle Züge Auroras auf Vesper zu finden sind (so u.a. die Religion).

aurorischer Polytheismus, der

70% der Menschen auf Vesper gehören dem aurorischen Polytheismus an, der Hauptreligion des Kontinents Aurora. In den letzten Jahrzehnten hat die Doppelgottheit Rehlt und Rvalt zusehends an Bedeutung gewonnen. Andere alte Götter wurden in den Hintergrund gedrängt.

Badhre

Hauptstadt des Staates Magarra-Soversch auf Aurora.

Beta, der oder die

»Jedem Alpha sein Beta« – häufig der/die PartnerIn des Alphas einer gestaltenwandlerischen Gruppierung, oftmals auch Familienmitglied und beratender Freund. Wenn der/die Alpha abtritt oder anderweitig verscheidet, übernimmt der/die Beta seine Position. Betas agieren meist verdeckt im Hintergrund.

Blauer Tee, der

Teespezialität aus den südlichen Landstrichen Talanis', hauptsächlich kultiviert durch die talanidische Bevölkerungsgruppe Seom-ui jumin.

Drachenmale, die

Kennzeichen der talanidischen Drachenwandler – die Schuppen sehen aus wie Hautverfärbungen und bedecken je nach Abstammung kleinere oder größere Teile des Oberkörpers bis über die Schulter. Vollblütige Drachenwandler besitzen eine Art farbiges T-Shirt aus Drachenmalen, die ihren Oberkörper bedecken.

Drachenstadt, die	Shousa wird auch »die Drachenstadt« genannt, da sie von einer Triade aus Drachenwandlern regiert wird.
Drachenwandler, die	Drachenwandler gehören zu den sogenannten Interens bzw. zu der Unterart der Gestalten wandler. Drachenwandler gibt es bekanntermaßen ausschließlich auf dem Kontinent Talanis. Früher gab es Drachenwandler auch auf dem Kontinent Aurora, doch mit der Zeit wurden die Drachen ausgerottet und mit ihnen auch die Menschen, die sich in solche verwandeln konnten. Die talanidischen Drachenwandler unterscheiden sich optisch von den ausgestorbenen Drachen Auroras; sie erinnern eher an die Meeresschlangen, die an der Küste zu finden waren: Sie besitzen lange, längliche Körper mit oftmals mehreren Beinpaaren, können Hörner, aber auch Haare besitzen und ihre Schädelstruktur ist nicht rein echsenhaft. Je nach Farbe können Drachenwandler unterschiedliche Talente besitzen. Bekannt sind folgende Farben: Rot, Schwarz, Weiß, Blau und Gelb.
Estherra	Staat auf Vesper, Hauptstadt Taurel.
Feenwesen	Siehe Interens
Felide, der, Plural Feliden oder Felidae	In der Gelehrtensprache steht es für Katzen, wird häufig auch als Synonym für Katzen wandler eingesetzt.
Feuermagie, die	Feuermagie gehört zur Unterkategorie der Elementarmagie. Hierbei kann Feuer erschaffen und/oder manipuliert werden, je nach Stärke

und Ausbildung des Talents. Da Feuermagier zu den am weitesten verbreiteten Magiern auf der Welt gehören, besitzen sie den Spitznamen Feuersalamander.

Gäga — Göttin des aurorischen Polytheismus, steht für das Leben, die Geburt und die Heilung.

Gäga-Brocken, der — Magisches Gestein, das ein grünes Leuchten von sich gibt und die Selbstheilungskräfte aktiviert.

Gäga-Salbe, **-Paste** — Siehe Gäga-Brocken

Gelder — Stadt an der Grenze zwischen Mangana und Vorst-Sandhe, nördlich von Poschovar.

Gestaltenwandler, die — Gestaltenwandler sind eine Unterart der Interens. Man trennt hierbei üblicherweise menschliche Gestaltenwandler (Wandler, die andere menschliche Formen annehmen können) und tierische Gestaltenwandler (Wandler, die bestimmte Tierformen annehmen können). Nach Jahrhunderten der Verfolgung haben sich die Gestaltenwandler, die auf Vesper zu der weit verbreiteten interensischen Art gehören, ein Selbstbestimmungsrecht erstritten. Das bedeutet, dass Rudel sich intern selbst verwalten und ihre tierische Seite ausleben dürfen. Das Selbstbestimmungsrecht fällt unter das vesperische Selbstregulierungsgesetz, das auch Sonderrecht der Interens genannt wird.

Grenzlande, die — Zone zwischen den ehemals verfeindeten Staaten Vorst-Sandhe und dem Drei-Staaten-Bund Mangana, Estherra und Schogarten.

	Da die Grenze oftmals wechselte, verwalteten sich die darin gelegenen Städte selbst. Dadurch entstand z.B. in Poschovar die Struktur der Hexade oder in Shousa die Triade.
Heilmagie, die	Unterart der Magie, die sich auf den Wiederaufbau organischen Gewebes spezialisiert.
Hexade, die	Zusammenschluss aus sechs Familien, die sich eine Stadt in Einflussbereiche aufteilt. Altes Relikt des Kalten Krieges zwischen Vorst-Sandhe und dem Drei-Staaten-Bund Mangana, Estherra und Schogarten.
Interens, die	Früher abfällig Dämonen oder im Falle positiv besetzter Spezies Feenwesen genannt, einigt man sich moderner auf die Bezeichnungen Interens, Andersartige oder Dazwischen-Seiende, dennoch gibt es zahlreiche rechte Gruppierungen, die diese Nicht-Menschen mit Argwohn bis Hass betrachten. Interens unterscheiden sich je nach Spezies – viele zeichnen sich durch besondere aktive und passive magische Begabungen und ungewöhnliche Körpermerkmale aus.
Mahr, die	Fluss, der durch Poschovar fließt.
Mangana	Staat im Norden Vespers, zu dem Poschovar heute gehört.
Matriarchin, die	Weibliches Oberhaupt einer der Familien der Hexade.
Nekromantie, die	Kunst der Beherrschung der Toten

Nif — Göttin des aurorischen Polytheismus, Göttin der Toten und des Totenreichs, geleitet die verstorbenen Seelen zum Nifengrund herab.

Nifengrund — Ort, an dem die Toten begraben und verehrt werden. Nach vesperischer Tradition werden die Toten meist verbrannt und anschließend in Urnen in sogenannten Nifenschreinen abgelegt.

Nodhal — Der am geringsten besiedelte Kontinent zwischen Gilebret und Talanis.

Nunchaku, das — Dreschflegel aus Talanis

Omega, der, die oder das — Siehe auch Alpha oder Beta, ist der/die (oder abfällig das) Omega das rangschwächste Glied in einer gestaltenwandlerischen Gruppierung.

Patriarch, der — Männliches Oberhaupt einer der Familien der Hexade.

Poschovar — Stadt an der Grenze zwischen Mangana und Vorst-Sandhe, die heute zu Mangana gehört. Als Relikt des Kalten Krieges existiert immer noch die Hexade, ein Zusammenschluss aus sechs Familien, die sich die Stadt in Einflussbereiche aufgeteilt hat.

Prinz Pel'Dagan — Prinz des lange hegemonial (repräsentative Monarchie) regierten Landes Estherra, der entschieden zum Frieden mit Vorst-Sandhe beigetragen hat.

Quipao, der — Traditionelles talanidisches Kleidungsstück, hochgeschlossen, ärmellos und seitlich

	geschlitzt, traditionell aus teurer talanidischer Seide hergestellt, heute auch aus billiger Kunstseide.
Rashda, die	Katzenart in Gilebret
Rehlt	Göttin des aurorischen Polytheismus, doppelgesichtige Göttin, deren andere Seite Rvalt ist. Wünsche werden an die weibliche Seite, Rehlt, gerichtet, während die männliche Seite, Rvalt, sie erfüllt oder verneint.
Rvalt	Gott des aurorischen Polytheismus, doppelgesichtiger Gott, dessen andere Seite Rehlt ist. Wünsche werden an die weibliche Seite, Rehlt, gerichtet, während die männliche Seite, Rvalt, diese erfüllt oder verneint.
Sandelmückenfieber, das	Schwere Krankheit, die durch die auf Talanis sowie in Teilen von Nodhal heimische Sandelmücke übertragen wird. Wer es überlebt, ist dagegen immunisiert. 75% der Talaniden besitzen ein Antigen gegen das Sandelmückenfieber.
Schogarten	Südlicher Staat auf Vesper, größtenteils von Steppe überzogen, Hauptstadt Seshert.
Schwertzeit, die	Epoche, die sich von der Frühen bis zur Späten Schwertzeit erstreckt, also vor ungefähr 1550-450 Jahren
Selbstbestimmungsrecht, das	Das Selbstbestimmungsrecht bestimmt, dass sich Rudel intern selbst verwalten und ihre tierische Seite (die oftmals mit Gewalt einhergeht) ausleben dürfen. Das Selbstbestimmung-

	srecht fällt unter das vesperische Selbstregulierungsgesetz, das auch Sonderrecht der Interens genannt wird.
Selbstregulierungsgesetz, das	Siehe Selbstbestimmungsrecht
Shousa	Stadt an der Grenze zwischen Mangana und Vorst-Sandhe, die heute in Vorst-Sandhe liegt, jedoch von einer Triade aus Drachenwandlern beeinflusst wird.
Skinner, der	Unterart der Gestaltenwandler, der auf Aurora heimisch ist. Heute nur noch wenige Exemplare existent, da sie wegen der beiden großen Dämonenhetzen wie viele andere interensische Arten beinahe gänzlich ausgelöscht wurden. Skinner sind Einzelgänger, die Mütter verlassen ihre Kinder oft früh und lassen sie zurück. Ihre zweite Gestalt ist Furcht einflößend, schwarz geschuppt und mit spitzen Zähnen versehen.
Sonderrecht der Interens, das	Da Interens über die Jahrhunderte starker Verfolgung ausgesetzt waren, gilt auf Vesper heute ein Sonderrecht für Interens. Das bedeutet, dass interensische Gruppierungen ihre Eigenarten ausleben dürfen, ohne dafür verfolgt zu werden. Siehe auch Selbstbestimmungsrecht.
Talanidisch (Sprache)	Talanidisch wird gemeinhin die Sprache der Hauptgruppe an Talaniden aus dem Norden des Kontinents genannt. Es gibt einige Unterakzente und Nebensprachen, die sich auch durch ein unterschiedliches Schriftbild auszeichnen.

talanidische Seide, die	Ein heiß begehrtes Exportgut, das aus der Seide der talanidischen Seidenraupe gewonnen wird.
Talanis, adj. Talanidisch	»Der versunkene« Kontinent verschwindet im Laufe der Geschichte immer wieder zu großen Teilen im Meer und taucht hernach wieder auf. Momentan befindet er sich für eine lange Episode an der Oberfläche. Die Bewohner unterscheiden sich äußerlich größtenteils durch dunkles Haar und dunkle, mandelförmige Augen von Bewohnern der anderen Kontinente.
Totengeist, der	Geist eines Verstorbenen. Nekromanten können diese erspüren, solange sie noch nicht vergangen sind.
Triade, die	Drei Familien, die eine Grenzstadt beherrschen; so wie in Shousa oder Jorvfa.
Umbra, die; Plural Umbrae	Siehe Totengeist
Vesper	Kontinent nordnordwestlich von Aurora, der erst spät besiedelt wurde, da er mit dem Schiff kaum erreichbar ist. Einheimische Dämonenarten wurden beinahe gänzlich ausgerottet.
vesperische Steppe, die	Klimazone zwischen der vesperischen Wüste und dem klimatisch gemäßigten Norden.
vesperische Wüste, die	Wüste im Süden des vesperischen Kontinents, die nach einem atomaren Schlagabtausch zu großen Teilen verseucht ist.

Volk vom Fluss, das

Poschovarer Bevölkerung, die an dem Fluss lebt, der durch die Stadt fließt. Man kann annehmen, dass sie von vesperisch-interensischen Ureinwohnern abstammen, denn viele von ihnen besitzen dasselbe weißgelbliche Haar und eigene Gesichts- und Wesenszüge. Man munkelt, dass manche von ihnen unter Wasser atmen können. Da das Volk vom Fluss seine Privatsphäre liebt, ist jedoch nicht viel darüber bekannt.

Vorst-Sandhe

Staat auf Vesper, der ursprünglich aus zwei Staaten bestand, die fusionierten.

Wintersteiner Palast, der

Gebäude im Stadtpark Poschovars, das von einer alten Adelsfamilie namens Winterstein errichtet worden ist, die nach dem Zusammenbruch der Monarchien nach Vesper floh.

Zhetar Eswin

Berühmter Priester und Angehöriger des aurorischen Polytheismus, der interensischer Abstammung ist und angeblich schon ein Jahrhundert an Lebenszeit überschritten hat.

Katharina V. Haderer,

ein ausgezeichneter 88er-Jahrgang, lebt mit ihrer Katze Lady Agathe von Schnuppe in der Stadt der heilenden Quellen – Bad Vöslau/Österreich. Sie schreibt seit frühester Jugend fantastische Romane, Familie, Freunde und Bekannte wurden zu mehr oder weniger freiwilligen ExperimentalleserInnen. Des Weiteren ist Katharina auch malerisch und fotografisch kreativ aktiv und arbeitet seit Jahren als Pfadfinderleiterin der Wichtel und Wölflinge der Gruppe Baden, ein wichtiger Bestandteil ihres Lebens.

http://www.katharinavhaderer.com/

https://www.facebook.com/KatharinaVHaderer/

Weitere Titel von Katharina V. Haderer

Das Herz im Glas: Ein Blutmagie-Roman

Die Drachen von Talanis:
Blue Scales
Green Scales
Red Scales

Black Alchemy Reihe:
Das Schwert der Totengöttin
Der Garten der schwarzen Lilien
Der Herrscher des Waldes